D1665348

Georgette Heyer, geboren am 16. August 1902, schrieb mit siebzehn Jahren ihr erstes Buch, das zwei Jahre später veröffentlicht wurde. Seit dieser Zeit hat sie eine lange Reihe charmant unterhaltender Romane verfaßt, die weit über die Grenzen Englands hinaus Widerhall fanden. 1925 heiratete sie den Bergbauingenieur George Ronald Rougier und ging mit ihrem Mann für drei Jahre nach Ostafrika. Georgette Heyer starb am 5. Juli 1974 in London.

Zu ihren bekanntesten Werken, die sie vornehmlich als eine vorzügliche Kennerin der Epochen des englischen Rokoko und Biedermeier ausweisen, gehören die in der rororo-Taschenbuchreihe erschienenen Romane «Die drei Ehen der Grand Sophy» (Nr. 2001), «Der Page und die Herzogin» (Nr. 2002), «Venetia und der Wüstling» (Nr. 2003), «Penelope und der Dandy» (Nr. 2004), «Die widerspenstige Witwe» (Nr. 2005), «Frühlingsluft» (Nr. 2006), «Serena und das Ungeheuer» (Nr. 2007), «Lord ‹Sherry›» (Nr. 2008), «Ehevertrag» (Nr. 2009), «Liebe unverzollt» (Nr. 2010), «Barbara und die Schlacht von Waterloo» (Nr. 2011), «Der schweigsame Gentleman» (Nr. 2012), «Heiratsmarkt» (Nr. 2013), «Die Liebesschule» (Nr. 2014), «Ein Mädchen ohne Mitgift» (Nr. 2015), «Eskapaden» (Nr. 2016), «Findelkind» (Nr. 2017), «Herzdame» (Nr. 2018), «Die bezaubernde Arabella» (Nr. 2019), «Die Vernunftehe» (Nr. 2020), «Geliebte Hasardeurin» (Nr. 2021), «Die spanische Braut» (Nr. 2022), «April Lady» (Nr. 2023), «Falsches Spiel» (Nr. 2024), «Die galante Entführung» (Nr. 2025), «Verführung zur Ehe» (Nr. 2026), «Die Jungfernfalle» (Nr. 2027), «Brautjagd» (Nr. 2028), «Verlobung zu dritt» (Nr. 2029), «Damenwahl» (Nr. 2030), «Skandal im Ballsaal» (Nr. 2031), «Der schwarze Falter» (Nr. 2032), «Lord Ajax» (Nr. 2033), «Junggesellentage» (Nr. 2034), «Zärtliches Duell» (Nr. 2035), «Lord John» (Nr. 4560), «Königliche Abenteuer» (Nr. 4785), «Der tolle Nick» (Nr. 5067), «Der Eroberer» (Nr. 5406) und «Der Unbesiegbare» (Nr. 5032).

Überdies schrieb Georgette Heyer die erfolgreichen Detektivromane «Ein Mord mit stumpfer Waffe» (Nr. 1627), «Mord ohne Mörder» (Nr. 1859), «Der Trumpf des Toten» (Nr. 4069) und «Mord beim Bridge» (Nr. 4325).

Georgette Heyer

Die Vernunftehe

Roman

Rowohlt

Titel der englischen Originalausgabe
«The Convenient Marriage»
Berechtigte Übertragung aus dem Englischen
von Stefanie Neumann
Umschlagbild Eva Kausche-Kongsbak
Umschlagentwurf Manfred Waller

233.–257. Tausend Juli 1986

Veröffentlicht im Rowohlt Taschenbuch Verlag GmbH,
Reinbek bei Hamburg, April 1962
Copyright © 1955 by Paul Zsolnay Verlag GmbH, Hamburg/Wien
Gesamtherstellung Clausen & Bosse, Leck
Printed in Germany
500-ISBN 3 499 12020 8

1

DA LADY WINWOOD nicht zu sprechen war, fragte die morgendliche Besucherin nach Miss Winwood oder nach irgendeiner der jungen Damen. In Anbetracht des Gerüchtes, das ihr zu Ohren gekommen war, wäre es wahrlich höchst erbitternd, wenn sich alle Winwood-Damen verleugnen lassen wollten. Aber der Portier hielt die Tür weit offen und meldete, daß Miss Winwood zu Hause sei.

Mrs. Maulfrey wies den Kutscher ihres äußerst eleganten Stadtwagens an, auf sie zu warten, trat in das halbdunkle Vestibül und sagte temperamentvoll: «Wo ist Miss Winwood? Sie können sich die Mühe ersparen, mich anzumelden.»

Es erwies sich, daß alle drei jungen Damen im kleinen Salon waren. Mrs. Maulfrey nickte und ging mit klappernden hohen Absätzen durch die Halle. Als sie die Treppe hinaufstieg, streifte ihr über sehr große *paniers à coudes* gebreiteter Reifrock rechts und links am Geländer an. Sie fand — nicht zum erstenmal —, daß das Stiegenhaus zu eng und der Teppich ausgesprochen schäbig waren. Sie selbst würde sich einer so altmodischen Einrichtung schämen. Allerdings war sie zugegebenermaßen, und obzwar sie das Recht hatte, sich zur Vetternschaft zu rechnen, keine Winwood of Winwood.

Der kleine Salon, wie der Portier ein hinteres Wohnzimmer nannte, das den jungen Damen zur Benützung überlassen wurde, lag im ersten Stock und war Mrs. Maulfrey wohlbekannt. Sie schlug leicht mit der behandschuhten Hand an eines der Türfelder, hörte das Echo ihres Klopfens und trat sogleich ein.

Die drei Misses Winwood waren beim Fenster versammelt und boten ein ungezwungenes, anmutiges Bild. Auf einem verblaßten gelben Sofa saßen Miss Winwood und Miss Charlotte und hielten einander um die Taille. Sie sahen sich ziemlich ähnlich, doch galt Miss Winwood als die schönere. Diese hatte mit dem Profil zur Türe gesessen; als Mrs. Maulfrey hereinrauschte, drehte sie sich um und zeigte dem Gast ein paar schmelzend blaue Augen und einen süßen, geschwungenen Mund, der jetzt ein «O» gelinder Überraschung bildete. Üppiges, gewelltes, ohne Puder frisiertes Blondhaar, durch das ein blaues Band lief, umrahmte ihr Gesicht und fiel in mehreren, zierlich geordneten Lokken auf ihre Schultern.

Neben der Familienschönheit präsentierte sich Miss Charlotte nicht zu ihren Gunsten, aber auch sie war eine echte Winwood, mit der berühmten geraden Nase und den gleichen blauen Augen. Ihre Locken, die nicht ganz so blond waren wie die ihrer Schwester, verdankten ihr Entstehen der Brennschere, das Blau ihrer Augen war seichter und ihr Teint hatte einen leichten Stich ins Gelbliche; doch konnte auch sie als eine sehr hübsche junge Dame bezeichnet werden.

Miss Horatia, die jüngste, hatte keinen der Familienzüge außer der Nase. Ihr Haar war dunkel, die Augen tiefgrau und die beinahe schwarzen und sehr dichten Augenbrauen liefen ganz gerade und gaben ihr einen ernsten, fast mürrischen Ausdruck; und man konnte diese Brauen noch so sorgfältig behandeln, es war keine Kurve hineinzubringen. Horatia war um einen halben Kopf kleiner als ihre Schwestern und mußte mit ihren siebzehn Jahren leider einsehen, daß sie wohl kaum mehr wachsen würde.

Als Mrs. Maulfrey eintrat, saß sie auf einem niedrigen Schemel vor dem Sofa, stützte das Kinn auf die Hände und blickte finster vor sich hin. Oder, dachte Mrs. Maulfrey, war das nur eine Täuschung durch jene lächerlichen Augenbrauen.

Die drei Mädchen trugen Morgenkleider aus Musselin über kleinen Reifen, und Seidengaze-Schleifen um die Taille. Verbauert, dachte Mrs. Maulfrey, indem sie mit Genugtuung an ihrem fransengeschmückten Seidenmantel zupfte.

«Meine Teuren!» rief sie aus. «Ich mußte sofort zu euch, da ich die Nachricht erfuhr! Sagt mir nur rasch: ist es wahr? Hat Rule um Lizzie angehalten?»

Miss Winwood, die sich anmutig erhoben hatte, um ihre Kusine zu begrüßen, wurde blaß und ließ den Kopf hängen: «Ach ja, Theresa», sagte sie schwach. «Es ist wahr.»

Mrs. Maulfrey bekam vor Ehrfurcht runde Augen. «Oh, Lizzie», hauchte sie. «Rule! Eine Komtesse! Zwanzigtausend Jahreseinkommen, so höre ich, und wer weiß — vielleicht noch mehr!»

Miss Charlotte bot ihr einen Stuhl und bemerkte mit leichtem Vorwurf im Ton: «Wir betrachten Lord Rule gewiß als einen sehr wünschenswerten Bewerber. Allerdings», fügte sie hinzu, indem sie nach Miss Winwoods Hand faßte und sie liebevoll drückte, «allerdings kann niemand, und wäre er noch so vornehm, unserer teuren Lizzie würdig sein.»

«Ach Gott, Charlotte», sagte Mrs. Maulfrey schroff, «Rule ist der größte Wert auf dem Markt, das weißt du selbst. Ein so erstaunlicher Glücksfall ist mir noch nie zu Ohren gekommen. Wenn ich auch sagen muß, Lizzie — du verdienst ihn. Ja, wirklich, und ich freue mich herzlich für dich. Denk doch nur an den Kontrakt!»

«Ich finde diese Erwägung besonders unzart, Theresa», sagte Miss Charlotte. «Gewiß wird Mama diese Dinge mit Lord Rule besprechen, aber von Lizzie wird niemand verlangen, daß sie sich mit so trivialen Dingen wie der Höhe von Lord Rules Vermögen befaßt!»

Die jüngste Miss Winwood, die bis jetzt unbeweglich mit auf die Hände gestütztem Kinn gesessen hatte, hob plötzlich den Kopf und warf mit einer kleinen, tiefen Stimme, die im Stottern ein wenig zitterte, das eine vernichtende Wort «Qu-quatsch!» in den Raum.

Miss Charlotte war es sichtlich peinlich. Miss Winwood lächelte müde. «Ich fürchte, Horry hat damit recht. Aber es ist nun eben mein Schicksal.» Sie fiel auf das Sofa zurück und starrte zum Fenster hinaus.

Jetzt bemerkte Mrs. Maulfrey, daß ihre ruhigen blauen Augen tränenüberflutet waren. «Aber, Lizzie! Du tust ja, als hättest du nicht einen fabulösen Antrag, sondern betrübliche Nachrichten bekommen!»

«Theresa!» mahnte Miss Charlotte, indem sie die Schwester mit beiden Armen umfing. «Wie kommst du mir vor? Solltest du wirklich Mr. Heron vergessen haben?»

Mrs. Maulfrey hatte Mr. Heron allerdings vergessen. Einen Augenblick senkten sich ihre Mundwinkel, doch sie erholte sich sofort. «Nun ja, gewiß ... Mr. Heron. Sehr bedauerlich —, aber denk doch nur: Rule! Sicherlich ist der arme Mr. Heron eine sehr schätzenswerte Persönlichkeit, aber doch nur ein Leutnant, meine teure Lizzie! Und überdies wird er wahrscheinlich bald wieder nach Amerika in den abscheulichen Krieg ziehen müssen. Nicht auszudenken, meine Gute!»

«Nein», sagte Elisabeth mit erstickter Stimme, «es ist nicht auszudenken!»

Horatias dunkler Blick lag bedeutsam auf ihrer zweiten Schwester. «Ich glaube, es wäre eine gute Idee, wenn Charlotte Rule bekäme», war ihr Urteil.

«Horry!» keuchte Charlotte.

«Ach Gott, mein Kind, was sprichst du nur für Unsinn», sagte Mrs. Maulfrey nachsichtig. «Rule will doch Elisabeth haben!»

Horatia schüttelte heftig den Kopf. «Nein, nur eben eine Winwood», antwortete sie in ihrer eigenwilligen Art. «War alles schon vor Jahren abgemacht. Ich g-glaube nicht, daß er L-lizzie mehr als ein halbes dutzendmal gesehen hat. Dann kann es doch nichts bedeuten.»

Miss Charlotte ließ die Hand ihrer Schwester los und sagte bebend: «Um nichts, nichts in der Welt würde ich Lord Rule heiraten, sogar wenn er sich um mich beworben hätte. Die bloße Vorstellung einer Ehe widerstrebt mir. Ich habe längst beschlossen, Mamas Stütze zu bleiben.» Sie atmete auf. «Und sollte mich jemals ein Herr dazu bringen, den Ehestand in Betracht zu ziehen, dann kannst du überzeugt sein, meine liebe Horry, daß das ein ganz anderer Mann wäre als Lord Rule.»

Mrs. Maulfrey wußte sich diese Ankündigung zu deuten. «Was mich betrifft, so gefallen mir Wüstlinge», bemerkte sie. «Auch ist Rule ein so schöner Mensch!»

«Ich finde», beharrte Horatia, «M-mama hätte wirklich Charlotte vorschlagen können.»

Elisabeth wandte sich an sie. «Du verstehst das nicht, Horry. So etwas Ausgefallenes durfte doch Mama nicht tun.»

«Zwingt dich denn meine Tante dazu?» fragte Mrs. Maulfrey, der diese Vorstellung Freude zu machen schien.

«O nein», erwiderte Elisabeth ernsthaft. «Du kennst doch Mamas Güte. Sie ist ganz Rücksicht und Verständnis. Nur das Bewußtsein meiner Pflicht gegen unsere Familie drängt mich zu diesem, meinem Glück so abholden Entschluß.»

«Hy-hypotheken», sagte Horatia mit einem Sphinxgesicht.

«Pelham, nehme ich an?» sagte Mrs. Maulfrey.

«Ja, natürlich», antwortete Charlotte nicht ohne Erbitterung. «Es ist alles seine Schuld. Wir stehen vor dem Ruin.»

«Armer Pelham!» sagte Elisabeth und widmete dem abwesenden Bruder einen Seufzer. «Er ist leider recht verschwenderisch.»

«Hauptsächlich Spielschulden, nicht wahr?» meinte Mrs. Maulfrey. «Die Tante schien zu fürchten, daß sogar eure Mitgift...» Sie brach taktvoll ab.

Elisabeth errötete, aber Horatia griff ein. «P-pel kann nichts dafür. Es liegt im Blut. Eine von uns m-muß eben Rule heiraten. Lizzie ist die älteste und hübscheste, aber Charlotte w-würde auch genügen. Lizzie ist doch mit Edward Heron verlobt.»

«Nicht verlobt, Horry», sagte Elisabeth leise. «Wir hatten nur eben gehofft, daß, wenn er erst Captain wäre, die Mama vielleicht einwilligen würde.»

«Aber sogar dann, meine Liebe», mahnte die vernünftige Mrs. Maulfrey, «was, frage ich dich, ist ein Captain der Linientruppen, verglichen mit dem Grafen Rule? Auch höre ich, daß der junge Mann über höchst bescheidene Mittel verfügt; wer soll denn da, ich bitte dich, die Beförderung bezahlen?»

Horatia ließ sich nicht so leicht unterkriegen. «Edward s-sagte mir, wenn er das Glück hätte, nochmals im Gefecht zu stehen, dann gäbe es vielleicht eine Ho-Hoffnung.»

Miss Winwood durchfuhr ein leichter Schauer, und sie legte die Hand an ihre Wange: «Ach bitte, Horry...»

«Es hat keinen Sinn», erklärte Mrs. Maulfrey. «Du sollst mich nicht für gefühllos halten, Lizzie, aber es ginge wirklich nicht. Wie willst du denn mit dem Gehalt des jungen Mannes auskommen? Furchtbar traurig, gewiß — aber jetzt denk doch an die Stellung, die du einnehmen, den Schmuck, den du besitzen wirst!»

Die Aussicht schien Miss Winwood zu widerstreben, aber sie sagte nichts mehr. Es blieb Horatia überlassen, den Gefühlen der drei Schwestern Ausdruck zu geben: «Unfein!» sagte sie. «Das bist du wirklich, weißt du, Theresa.»

Mrs. Maulfrey errötete und brachte umständlich die Falten ihres Rockes in Ordnung. «Nun ja, ich weiß, daß diese Erwägungen bei Lizzie nichts gelten, aber ihr könnt doch nicht leugnen, daß es eine glanzvolle Partie ist. Was sagt die Tante dazu?»

«Sie ist höchst dankbar», antwortete Charlotte, «wie wir es alle sein müssen, natürlich, wenn wir bedenken, in welche Lage uns Pelham gebracht hat.»

«Wo ist er denn?» fragte Mrs. Maulfrey.

«Wir wissen es nicht genau», antwortete Elisabeth. «Jetzt vielleicht in Rom. Pel ist kein sehr eifriger Briefschreiber. Aber wir werden gewiß sehr bald von ihm hören.»

«Nun ja, er muß doch wohl zu deiner Hochzeit kommen . . . Ach, sag mir doch, Lizzie: hat dir Rule schon seine Aufwartung gemacht? Ich hatte ja keine Ahnung — obzwar ich natürlich wußte, daß es gewisse Arrangements gegeben hatte. Aber er war so . . .» Offenbar hielt sie es für besser, das Weitere für sich zu behalten. «Nun, es hat ja nichts zu sagen, jedenfalls wird er ein reizender Gatte sein. Hast du ihm schon geantwortet?»

«Noch nicht», sagte Lizzie fast unhörbar. «Ich . . . ich hatte ja auch keine Ahnung. Ich bin ihm natürlich schon begegnet. Er tanzte zweimal mit mir beim Almack-Ball, als Pelham kürzlich in London war. Damals war er sehr liebenswürdig, und ist es immer, aber daß er um meine Hand anhalten würde, hätte ich mir nie träumen lassen. Gestern besuchte er die Mama und erbat sich ihre Erlaubnis, um mich zu werben. Aber du mußt wissen, daß noch nichts verlautbart wurde.»

«Alles tadellos korrekt!» lobte Mrs. Maulfrey. «Ach, Liebste, sag wenn du willst, daß es mir an Gefühlswärme fehlt — aber denk doch nur, was es bedeutet, von Rule umworben zu werden! Ich gäbe ein Auge dafür — wenn ich nicht verheiratet wäre, natürlich. Und das gilt für jedes Mädchen in der Stadt. Ihr könnt euch nicht denken, meine Lieben, wie nach ihm geangelt wird . . .»

«Ich muß dich bitten, Theresa, diese abscheulichen Redensarten zu unterlassen», sagte Charlotte.

Horatia musterte ihre Kusine neugierig. «Wieso: ‹ . . . was es bedeutet, von Rule umworben zu werden›? — Er ist doch schon so alt!»

«Alt? Rule? Was fällt dir ein?» protestierte Mrs. Maulfrey. «Höchstens fünfunddreißig, darauf wette ich meinen guten Ruf. Und dieser Gang, diese Haltung! Das entzückendste Lächeln!»

«Ich nenne das alt», sagte Horatia unbeeindruckt. «Edward ist erst z-zweiundzwanzig.»

Danach gab es nicht mehr viel zu sagen. Mrs. Maulfrey hatte nun, wie sie wohl merkte, alle Neuigkeiten, welche derzeit bei ihren Kusinen zu holen waren, gehört und traf Anstalten, sich zu empfehlen. Elisabeth, die offensichtlich sehr bestürzt war, tat ihr leid, aber sie konnte sie gar nicht verstehen und fand, es wäre wohl am besten, wenn Captain Heron möglichst bald zu seinem Regiment zurückberufen würde. Deshalb schürzte sie auch die Lippen und machte ein abweisendes Gesicht, als eine magere Frauensperson unbestimmbaren Alters hereinkam und Elisabeth mit leicht erregter Stimme zuflüsterte, daß Mr. Heron in der Halle sei und um eine Unterredung bitte.

Elisabeth wurde rot und wieder blaß, aber sie erhob sich vom Sofa und sagte ruhig: «Danke, Laney.»

Miss Laney schien Mrs. Maulfreys Mißbilligung zu teilen; ihr Blick verriet es bei der Ermahnung: «Liebste Miss Winwood, ist das auch sicher recht? Hätte Ihre Frau Mama nichts dagegen?»

Elisabeth erwiderte in ihrer würdig sanften Art: «Meine liebe Laney, Mama hat mir erlaubt, Mr. Heron die ... die bevorstehende Veränderung in meinem Stand bekanntzugeben ... Theresa, ich bin überzeugt, du wirst von Lord Rules gütigem Angebot nicht sprechen, bis ... bis es offiziell angekündigt wird.»

«Du allzu edles Geschöpf!» Charlotte seufzte, als sich die Tür leise hinter ihrer Schwester schloß. «Wie demütigend sind doch, erwägt man es richtig, die Prüfungen, die das weibliche Geschlecht peinigen!»

«Edward wird auch gepeinigt», bemerkte Horatia mit ihrem gesunden Menschenverstand. Ihre scharfsichtigen Augen ruhten auf ihrer Kusine. «Theresa, wenn du über unsere Dinge k-klatschst, wirst du es bereuen ... Etwas muß ge-geschehen.»

«Was kann da geschehen, wenn unsere süße Lizzie als williges Opfer zum Altar schreitet?» fragte Charlotte mit hohler Stimme.

«Prüfungen! Opfer!» rief Mrs. Maulfrey. «Mein Gott, wer euch zuhört, müßte Rule für einen Menschenfresser halten! Wahrlich, Charlotte, du erzürnst mich! Ein Haus am Grosvenor Square, und der Besitz in Meering, der ganz wunderbar sein soll, ein Park, sieben Meilen weit und mit drei Toren.»

«Es wird eine vornehme Stellung sein», sagte in ihrem leicht keuchenden Ton die kleine Gouvernante. «Wer könnte sich aber auch besser dafür eignen als unsere liebe Miss Winwood? Man fühlte immer schon, daß sie für einen hohen Rang bestimmt war.»

«Ach was!» rief Horatia verächtlich und schnippte mit den Fingern. «So viel gebe ich für Rules hohen R-rang!»

«Miss Horatia, ich bitte, keine uneleganten Gesten!»

Charlotte unterstützte die Schwester: «Du sollst nicht mit den Fingern schnippen, Horatia, aber sonst hast du ganz recht. Lord Rule macht keine üble Partie, wenn er eine Winwood zur Frau bekommt.»

Inzwischen hatte sich Miss Winwood, nachdem sie erst einen Augenblick im Treppenhaus die Erregung, die die Ankündigung von Mr. Herons Erscheinen ausgelöst, niedergekämpft hatte, in das im Erdgeschoß gelegene Bibliothekszimmer begeben. Hier erwartete sie ein junger Mann, der noch aufgeregter war als sie.

Mr. Edward Heron, vom derzeit in Amerika kämpfenden zehnten Infanterie-Regiment, befand sich momentan in England auf Rekrutierungsdienst. Er war in der Schlacht bei Bunker's Hill verwundet und bald darauf nach Hause geschickt worden, denn seine Verletzung erwies sich als schwer genug, um ihn — zumindest eine Zeitlang — für den Felddienst untauglich zu machen. Nach seiner Genesung wurde er zu seinem Leidwesen dem Inlandsdienst zugeteilt.

Seine Freundschaft mit Miss Winwood war alten Datums. Als der jüngere Sohn eines Landjunkers, dessen Besitz an den Viscount Winwoods angrenzte, kannte er die Misses Winwood beinahe seit ihrer Geburtsstunde. Er stammte aus einer ausgezeichneten, wenn auch verarmten Familie, und wäre er vermögend gewesen, so hätte er vielleicht als ein nicht brillanter, aber doch annehmbarer Bewerber für Elisabeth angesehen werden können.

Als Miss Winwood in den Bibliotheksraum eintrat, erhob er sich von seinem Sitz beim Fenster und kam ihr mit besorgtem und fragendem Ausdruck entgegen. Er war ein junger Mann von angenehmem Äußeren, und seine scharlachrote Uniform stand ihm gut. Er war hochgewachsen, hatte breite Schultern und ein gerades, offenes Gesicht, das momentan infolge längeren Leidens blaß war. Den linken Arm hielt er noch etwas steif, erklärte sich aber gesund und sehr gerne bereit, zu seinem Regiment zurückzukehren.

Ein rascher Blick auf Miss Winwood verriet ihm, daß die Sorge, die ihre kurze Zeile bei ihm ausgelöst hatte, nicht unbegründet war. Er faßte ihre Hände und hielt sie fest. «Was ist geschehen?» fragte er dringlich. «Ach, Elisabeth, etwas Böses?»

Ihre Lippen zuckten. Sie zog ihre Hände aus den seinen und suchte an einer Stuhllehne Halt. «Oh, Edward», flüsterte sie, «das Allerschlimmste!»

Er wurde noch blasser. «Dein Brief hat mich beunruhigt. Was ist es denn, um Gottes willen?»

Miss Winwood preßte ihr Taschentuch an die Lippen.

«In diesem selben Raum stand gestern Lord Rule mit der Mama.» Sie hob flehend den Blick zu ihm auf: «Edward, es ist alles zu Ende. Lord Rule hat um meine Hand angehalten.»

Eine furchtbare Stille fiel in das halbdunkle Zimmer. Miss Winwood stand mit geneigtem Kopf und leicht auf die Stuhllehne gestützt vor Mr. Heron.

Er rührte sich nicht, aber jetzt sagte er mit rauher Stimme: «Und du hast...» Aber es war eigentlich gar keine Frage; die Worte waren ihm nur entschlüpft, denn er wußte die Antwort selbst.

«Was kann ich tun?» erwiderte sie verzweifelt. «Du weißt ja, wie es mit uns steht.»

Er wich einen Schritt zurück und begann im Zimmer auf und ab zu gehen. «Rule!» sagte er. «Ist er sehr reich?»

«Ja», antwortete sie trostlos, «sehr reich.»

Viele Worte drängten sich ihm auf die Lippen — Worte des Kummers, zornige und leidenschaftliche Worte —, aber nicht eines konnte er aussprechen. Das Leben versetzte ihm den grausamsten Schlag, und er fand mit betäubter Stimme nichts anderes zu sagen als: «Ich verstehe.» Jetzt sah er, daß Elisabeth lautlos weinte, ging auf sie zu, faßte nach ihren Händen und zog sie zu sich auf den Diwan. «Ach, Liebste, weine nicht!» sagte er — und dabei wankte die eigene Stimme. «Vielleicht ist es noch nicht zu spät. Wir können... wir müssen uns etwas ausdenken.» Aber er sprach ohne Überzeugung, denn er wußte selbst, daß er niemals gegen Rules Reichtum aufkommen könnte. Er umschlang das Mädchen und lehnte seine Wange an ihr Haar; ihre Tränen fielen auf seinen heiter roten Rock.

Nach einer Weile rückte sie ab. «Nun mache ich auch dich noch unglücklich», sagte sie.

Er fiel neben ihr auf die Knie und verbarg sein Gesicht in ihren Händen. Sie versuchte nicht, sie ihm zu entziehen. «Mama ist so gut zu mir gewesen! Sie erlaubte mir, es dir zu sagen. Das ist also jetzt unser Abschied, Edward. Es muß sein. Mir fehlt die Kraft, dir weiter zu begegnen. Ach, ist es unrecht, wenn ich sage, daß du immer und ewig in meinem Herzen wohnen wirst?»

«Ich kann von dir nicht lassen!» sagte er mit verhaltener Heftigkeit. «Unsere ganze Hoffnung, all unsere Pläne — ach! Elisabeth, Elisabeth!»

Sie schwieg. Er hob sein gerötetes, verstörtes Gesicht. «Was könnte ich nur tun? Gibt es keine Rettung?»

Ihre Hand lag kraftlos auf dem Diwan. «Glaubst du, ich habe nicht selbst versucht, mir etwas auszudenken?» fragte sie traurig. «Aber hatten wir nicht immer schon geahnt, daß es nur ein schöner Traum war, der sich nicht verwirklichen ließe?»

Er setzte sich wieder und stützte den Arm auf sein Knie; sein Blick lag auf seinen glänzenden Stiefeln. «Alles wegen deines Bruders», sagte er. «Die Schulden.»

Sie nickte. «Ja, Mama hat mir vieles gesagt, was ich noch nicht wußte. Es ist schlimmer, als ich dachte. Alles ist verpfändet, und da sind noch

Charlotte und Horatia, die versorgt werden müssen. Pelham hat in Paris fünftausend Guineen auf einen Sitz verloren.»

«Gewinnt er denn niemals?» fragte Mr. Heron verzweifelt.

«Ich weiß nicht. Er sagt, er hat immer Unglück.»

Er blickte auf. «Ich möchte dich nicht verletzen, Elisabeth, aber daß du das Opfer sein sollst, weil Pelham selbstsüchtig und kopflos...»

«Sei still, Edward, du kennst ja die verhängnisvolle Neigung der Winwoods. Er kann nichts dafür. Auch unser Vater... Als Pelham das Erbe antrat, fand er es schon verausgabt. Die Mama hat mir das alles erklärt. Sie kränkt sich so sehr für mich, Edward; wir haben unsere Tränen vermengt. Aber sie findet — und wie könnte ich mich dem verschließen —, daß es meine Pflicht der Familie gegenüber ist, Lord Rules Antrag anzunehmen.»

«Rule!» sagte er bitter. «Rule, der fünfzehn Jahre älter ist als du. Und was hat der Mann für einen Ruf! Jetzt braucht er dir nur seinen Handschuh zu Füßen zu werfen und schon... Ach Gott, ich kann gar nicht daran denken!» Seine wühlenden Finger richteten großen Schaden in den pomadisierten Locken an. «Warum mußte seine Wahl auf dich fallen?» ächzte er. «Gibt es nicht genug andere?»

«Ich glaube», sagte sie zaghaft, «daß er sich mit unserer Familie verbinden will. Er soll sehr stolz sein, und unser Geschlecht ist — nun, auch ein stolzes Geschlecht.» Sie zögerte, errötete leicht und sagte: «Es soll eine Vernunftehe werden, wie es in Frankreich Sitte ist. Lord Rule behauptete nicht — das könnte er ja auch gar nicht —, mich zu lieben, ebensowenig wie ich ihn.» Sie blickte auf, da die vergoldete Standuhr auf dem Kamin die Stunde schlug. «Ich muß dir nun Adieu sagen», sagte sie mit der Ruhe der Verzweiflung. «Ich habe es der Mama erst vor einer halben Stunde versprochen. Edward» — plötzlich sank sie in seine Arme — «ach, Geliebter», schluchzte sie, «vergiß mich nicht!»

Drei Minuten später schlug die Türe zu, und Mr. Heron schritt durch die Halle auf das Haustor zu; sein Haar war zerzaust, Handschuhe und verbogenen Hut hielt er in der verkrampften Hand.

«Edward!» Das bebende Flüstern erreichte ihn vom oberen Stockwerk. Er blickte auf, ohne an sein verwüstetes Gesicht und den unordentlichen Aufzug zu denken.

Die jüngste Miss Winwood lehnte sich über das Geländer und legte einen Finger an die Lippen. «Edward, komm herauf. Ich muß mit dir sprechen.»

Er zögerte, aber eine herrische Bewegung Horatias brachte ihn bis zum Fuß der Treppe.

«Was willst du?» fragte er kurz.

«Komm herauf!» wiederholte sie ungeduldig.

Er stieg langsam die Stufen hinauf. Oben wurde er an der Hand gefaßt und in den großen Frontsalon gezogen.

Horatia schloß die Türe. «Spr-sprich nicht so laut, Mamas Schlaf-zimmer ist nebenan. Was hat sie gesagt?»

«Ich habe Lady Winwood nicht gesehen», antwortete er schwerfällig.

«Unsinn. Ich meine doch L-Lizzie.»

Ein beklommener Seufzer: «Nur: Adieu.»

«Das darf nicht sein», sagte Horatia mit großer Entschiedenheit. «H-höre, Edward, ich weiß einen Ausweg.»

Mit einem Hoffnungsschimmer im Auge blickte er auf sie herab. «Ich würde alles tun», versicherte er. «Sag ihn mir.»

«Du hast dabei gar nichts zu tun. Nur ich.»

«Du?» sagte er zweifelnd. «Was kannst du tun?»

«Ich w-weiß nicht, aber ve-versuchen will ich es. N-natürlich kann ich nicht versprechen, daß es mir gelingt, aber v-vielleicht doch.»

«Was denn nur?» fragte er nochmals.

«Ich sag' es dir nicht. Jetzt habe ich dich nur gerufen, weil du so unglücklich aussahst. Du mußt mir vertrauen, Edward.»

«Das tue ich», versicherte er. «Aber...»

Horatia zog ihn zum Spiegel, der über dem Kamin hing. «Dann rich-te dir dein Haar», sagte sie streng. «Sieh dir das nur an. Und dein Hut ist ganz verbeult. So! Und nun geh, bevor dich die Mama hört.»

Damit wurde Mr. Heron zur Türe gedrängt. Er drehte sich nochmals um und ergriff Horatias Hand. «Horry, ich weiß nicht, was du tun willst, aber wenn du Elisabeth vor dieser Ehe bewahren kannst...»

Zwei Grübchen erschienen in ihren Wangen, und die grauen Augen blitzten. «Ich weiß. Dann willst du mein g-gehorsamster Diener sein. Gut, ich werde es tun.»

«Ich verspreche dir mehr als das!» sagte er ernsthaft.

«Pst», flüsterte sie und stieß ihn aus dem Raum, «gleich wird uns die Mama hören.»

2

Als Mr. Arnold Gisborne nach Erledigung seines Studiums im Queen's College, Cambridge, vom Earl of Rule als Sekretär aufgenommen wurde, fand ihn der Kreis seiner Verwandten vom Glück bevorzugt. Auch er selbst war damit recht zufrieden; die Anstellung in einem vornehmen Haus war ein gutes Sprungbrett für eine Karriere im öffentlichen Le-ben; allerdings hätte er, als ein sehr junger Mensch, lieber im Dienste eines an Staatsgeschäften stärker interessierten Mannes gearbeitet. Lord Rule ließ sich gelegentlich dazu herbei, seinen Sitz im Oberhaus einzu-nehmen, und hatte wohl auch schon bisweilen seine angenehme, träge Stimme zur Unterstützung eines Antrages erhoben, aber er besaß keine Funktion im Ministerium und zeigte nicht das geringste Verlangen, sich mit Politik zu befassen. Wenn er sprechen sollte, wurde Mr. Gisborne ersucht, die Rede zu verfassen, was er stets mit großer Kraft und Begeisterung tat, wobei er im Geiste hörte, wie seine eigene klare Stimme seine Worte vortrug. Dann sah sich Mylord flüchtig die mit sorgfältiger Handschrift bedeckten Blätter an und sagte: «Prächtig, liebster Arnold, ganz prächtig. Aber nicht ganz in meiner Linie, glauben Sie nicht auch?» Und schon mußte Mr. Gisborne mitansehen, wie die wohlgepflegte Hand Mylords den Federkiel durch seine schönsten Satzperioden führte. Mylord merkte seinen Kummer, blickte auf und sagte mit seinem charmanten Lächeln: «Ich verstehe Ihren Schmerz, Gisborne, glauben Sie mir. Aber Sie wissen ja, was ich für ein leichtfertiger Geselle bin. Es würde die Lords erschrecken, so kraftvolle Ansichten aus meinem Mund zu hören. Nein, nein, das ginge wirklich nicht.»

«Mylord, darf ich wohl sagen, daß es Ihnen offenbar behagt, als ein leichtfertiger Geselle zu gelten?» fragte Gisborne mit durch Respekt gedämpfter Strenge.

«Gewiß, Arnold, alles dürfen Sie sagen», antwortete Lord Rule liebenswürdig.

Aber Gisborne sagte trotz der freundlichen Aufforderung nichts mehr. Es wäre ja auch nur eine Zeitverschwendung gewesen. Mylord verstand es, Menschen zurechtzuweisen, wenn auch immer in unverletzender Weise und mit jenem leicht belustigten Blick in den gelangweilten grauen Augen. Also tröstete sich Mr. Gisborne mit seinen eigenen Zukunftsträumen und verwaltete inzwischen die Angelegenheiten seines Brotherrn gründlich und gewissenhaft. Dessen Lebensweise konnte er nicht gutheißen, denn er war der Sohn eines Dekans, der ihn streng erzogen hatte. Insbesondere die Zeit und Gedanken, die Mylord solch losen Exemplaren gefälliger Weiblichkeit wie der Opernsängerin La Fanciola oder einer gewissen Lady Massey widmete, stießen bei ihm auf heftigen Widerwillen, der ihn zu Beginn mit Verachtung füllte. Später, nachdem er zwölf Monate lang Lord Rules Sekretär gewesen war, schien es ihm nur noch von ganzem Herzen bedauerlich.

Daß er den trägen, spöttischen Lebemann jemals vertragen und sogar liebgewinnen könnte, hätte er beim ersten Blick nicht für möglich gehalten, und doch war es dann so gekommen. Schon nach einem Monat entdeckte er, daß ebenso, wie die spitzengeschmückten und parfümierten Kleider Lord Rules einen äußerst kräftigen Körperbau verbargen, auch die müden Lider sich über Augen senkten, die so lebhaft waren wie dahinter das Gehirn. Vom Zauber Mylords erobert, nahm er seither dessen Schrullen, wenn auch nicht gerne, so doch duldsam mit in Kauf.

Dessen Absicht, in den Ehestand zu treten, kam für ihn überraschend; er hatte keine Ahnung gehabt, daß ein derartiger Plan bestand. Zwei Tage nach dem Besuch bei Lady Winwood trat jedoch Seine Lordschaft nach einem späten Frühstück in die Bibliothek, wo Gisborne beim Schreibtisch saß, und klagte, da er ihn mit der Feder in der Hand antraf: «Sie sind immer so höllisch fleißig, Arnold! Gebe ich Ihnen so viel zu tun?»

Mr. Gisborne erhob sich. «Nein, Sir, nicht genug.»

«Sie sind unersättlich, mein Lieber.» Er sah, daß Gisborne ein paar Blätter in die Hand nahm, und fragte schicksalergeben: «Nun, was soll es jetzt sein?»

«Ich dachte, daß Sie vielleicht die Rechnungen aus Meering durchsehen wollten, Sir.»

Rule stand mit den breiten Schultern an den Kamin gelehnt. «Keineswegs», erwiderte er.

«Sehr wohl, Sir.» Mr. Gisborne legte die Papiere wieder hin und wagte einen neuen Vorstoß: «Sie haben wohl nicht vergessen, Sir, daß heute im Herrenhaus eine Debatte stattfindet, an der Sie gerne teilnehmen werden?»

Aber die Aufmerksamkeit des Grafen war abgelenkt worden. Er betrachtete seinen Stiefel — denn er war in Reitkleidung — durch ein langstieliges Monokel. Jetzt sagte er leicht verwundert:

«Was werde ich, Arnold?»

«Ich war überzeugt, Sie würden zugegen sein wollen, Mylord», verteidigte sich Gisborne.

«Da müssen Sie eins über den Durst getrunken haben, mein Lieber. Jetzt aber sagen Sie mir: täuschen mich meine Augen oder ist da tatsächlich eine Spur, ein Hauch von einer — fast möchte ich sagen — Ausbauschung um den Knöchel?»

Mr. Gisborne blickte flüchtig auf den blitzenden Stiefel. «Ich nehme es nicht wahr, Sir.»

«Ach bitte, Arnold», sagte der Graf sanft, «schenken Sie mir doch ein wenig Aufmerksamkeit!»

Mr. Gisborne sah das lustige Blinzeln in Mylords Augen und mußte nun selbst lächeln. «Ich meine wirklich, daß Sie hingehen sollten, Sir. Es ist eine wichtige Sache. Im Unterhaus ...»

Lord Rule grübelte weiter. «Es war mir gleich nicht wohl dabei», sagte er, in die Betrachtung seiner Beine versunken. «Ich werde mir wieder einen neuen Schuhmacher suchen müssen.» Er ließ das Monokel am Ende des langen Bandes baumeln und drehte sich um, um sich vor dem Spiegel die Krawatte zu richten. «Ach richtig, Arnold, erinnern Sie mich doch, bitte, daß ich um drei Uhr Lady Winwood meine Aufwartung machen muß. Es ist wirklich ziemlich wichtig.»

Mr. Gisborne starrte ihn an. «Wichtig, Sir?»

«Ja. Ich denke, ich nehme den neuen Anzug mit dem *dos-de-puce*-Rock — oder ist der wohl eine Spur zu dunkel für die Gelegenheit? Ja, vielleicht ist der blaue Samtrock geeigneter? Und die *perruque à bourse?*

Ihnen gefällt, glaube ich, die Catogan-Perücke besser, aber da täuschen Sie sich, mein Junge, ja, gewiß. Das Stirnlockenarrangement wirkt schwerfällig. Sie wollen mich doch sicherlich nicht schwerfällig aussehen lassen?» Mit einem Ruck befreite er seine Hand von der darüber geglittenen Spitzenmanschette. «Ach, ich habe es, scheint mir, noch nicht erwähnt: Sie müssen wissen, Arnold, daß ich erwäge, einen Ehebund zu schließen.»

Mr. Gisbornes Verwunderung war offenkundig. «Sie, Sir?» sagte er wie vom Donner gerührt.

«Ja, warum denn nicht? Haben Sie etwas dagegen einzuwenden?»

«Einzuwenden, Sir? Ich? Ich bin nur überrascht.»

«Meine Schwester», erklärte der Graf, «ist der Meinung, daß es für mich an der Zeit wäre, eine Frau zu wählen.»

Mr. Gisborne hegte die größte Achtung für die Schwester Lord Rules, doch hatte er noch nie bemerkt, daß ihre Ansicht bei ihm viel Geltung hatte. «Tatsächlich, Sir ...» Er fragte schüchtern: «Ist es Miss Winwood?»

«Miss Winwood, jawohl. Sie begreifen demnach, wie wichtig es ist, daß ich nicht versäume, in South Street vorzusprechen — wie sagte ich soeben — um drei Uhr?»

«Ich werde Sie erinnern, Sir», sagte Mr. Gisborne kurz.

Die Türe ging auf und herein trat ein Lakai in blauer Livree. «Mylord», meldete er zögernd, «eine Dame möchte Sie sprechen.»

Mr. Gisborne drehte sich mit großen Augen um, denn was auch Lord Rule außer Haus treiben mochte, für gewöhnlich besuchten ihn seine Herzensdamen nicht am Grosvenor Square.

Der Earl zog die Augenbrauen hoch. «Ich fürchte, ich fürchte sehr, mein Freund, daß Sie ein wenig — wollen wir sagen — töricht sind. Oder haben Sie der Dame vielleicht schon bedeutet, daß ich nicht zu sprechen bin?»

Der Mann antwortete ein wenig verwirrt: «Die Dame trug mir auf, Euer Gnaden mitzuteilen, daß Miss Winwood die Ehre einer Unterredung erbittet.»

Einen Augenblick lang herrschte Stille. Mr. Gisborne hatte mit einiger Mühe den Ausruf, der sich ihm auf die Lippen drängte, unterdrückt; nun schien er vertieft seine Papiere auf dem Schreibtisch zu ordnen. Die zum Mißbehagen des Dieners zusammengekniffenen Augen seines Herrn blickten wieder freundlich neutral.

«Schön», sagte er. «Wo ist Miss Winwood?»

«Im kleinen Salon, Mylord.»

«Danke. Sie brauchen nicht zu warten.»

Der Lakai verbeugte sich und ging. Mylords versonnener Blick ruhte auf Gisbornes Profil. «Arnold», sagte er leise. Der sah auf. «Sie sind gewiß ein sehr diskreter Mann?»

Mr. Gisborne schaute ihm ins Auge. «Ja, Sir. Selbstverständlich.»

«Ich bin davon überzeugt. Vielleicht sogar — ein wenig taub?»

Mr. Gisbornes Lippen zuckten. «Gegebenenfalls, Sir — ganz erstaunlich taub!»

«Ich hätte Sie nicht zu fragen gebraucht. Sie sind, mein Lieber, der König aller Sekretäre.»

«Sehr liebenswürdig, Sir... Aber ich glaube selbst, daß Sie mich gar nicht zu fragen gebraucht hätten.»

«Meine Ungeschicklichkeit...», murmelte Lord Rule und ging aus dem Zimmer.

Er durchschritt die breite Marmorhalle und bemerkte im Vorbeigehen ein junges Mädchen, offensichtlich eine Zofe, die mit ihrem Retikül in den verkrampften Händen ängstlich auf dem Rand eines Stühlchens saß. Miss Winwood war also nicht unbegleitet erschienen.

Ein Lakai sprang auf, um die schwere Mahagonitüre, die in den kleinen Salon führte, zu öffnen, und Mylord trat ein.

Eine Dame — kleiner als erwartet — stand mit dem Rücken zur Türe, anscheinend in die Betrachtung eines an der gegenüberliegenden Wand hängenden Gemäldes vertieft. Bei seinem Eintritt drehte sie sich rasch um und zeigte ihm ein Antlitz, das bestimmt nicht Miss Winwood gehörte. Er stutzte einen Augenblick und sah verwundert auf sie herab. Auch das Gesicht unter dem schlichten Strohhut verriet Überraschung. «Sind Sie L-lord Rule?» fragte die Dame.

«Ich habe es bis jetzt immer angenommen», antwortete er erheitert.

«Ach — und ich d-dachte, Sie wären schon ziemlich alt», verriet sie ihm treuherzig.

«Das war nicht schön von Ihnen», sagte Mylord ernsthaft. «Und besuchen Sie mich nur, um... um sich über meine äußere Erscheinung ein Bild zu machen?»

Sie wurde puterrot. «B-bitte, verzeihen Sie m-mir», bat sie arg stotternd. «Das war sehr unge-gezogen, aber w-wissen Sie, es überraschte mich eben m-momentan.»

«Ihre Verwunderung schmeichelt mir, Madam», sagte der Graf. «Wenn Sie aber nicht gekommen sind, um mein Äußeres zu prüfen — könnten Sie mir dann vielleicht verraten, womit ich die Ehre haben dürfte, Ihnen zu dienen?»

Die lebhaften Augen blickten unerschrocken in die seinen. «N-natürlich wissen Sie nicht, wer ich bin», sagte der Gast. «L-leider mußte ich Sie ein wenig täuschen. Ich hatte Angst, daß Sie mich nicht empfangen würden, wenn Sie wüßten, daß es nicht L-lizzie ist. Aber es war keine L-lüge, als ich mich M-missWinwood nannte», fügte sie ängstlich hinzu. «Denn das bin ich, wissen Sie. Ich bin Horry Winwood.»

«Horry?»

«Horatia», erklärte sie. «Ein abscheulicher Name, nicht wahr? Er wurde mir nach Mr. W-walpole gegeben. Der ist nämlich mein Tauf-pate, verstehen Sie?»

«Ganz und gar», sagte Lord Rule mit einer Verbeugung. «Verzeihen Sie mir doch, bitte, daß ich so begriffsstutzig bin. Sie möchten es nicht für möglich halten, aber ich tappe noch immer im Dunklen.»

Horatias Blick wurde unsicher. «Es ist . . . es ist schwer zu erklären», sagte sie. «Und wahrscheinlich habe ich Sie furchtbar schockiert . . . Aber ich habe immerhin meine Zofe mitgenommen, Sir!»

«Das macht es weit weniger schockierend», sagte der Graf beruhigend. «Aber wäre die Erklärung dieser so schwierigen Sache nicht vielleicht leichter, wenn Sie sich setzten? Darf ich Ihnen den Mantel abneh-men?»

«D-danke», sagte Horatia und legte ab. Jetzt lächelte sie ihrem Gast-herrn freundlich zu. «Es ist eigentlich d-doch nicht so sch-schwer, wie ich dachte. Bevor Sie hereinkamen, wurde mir ganz schwach. Weil näm-lich meine M-mama keine Ahnung hat, d-daß ich hier bin. Aber mir fiel kein anderer Ausweg ein. Es ist wegen L-lizzie, meiner Schwester. Sie haben um sie angehalten, nicht wahr?»

Der Graf nickte, einigermaßen befremdet. Jetzt sagte Horatia sehr schnell: «Könnten Sie — würde es Ihnen etwas ausmachen, statt ihrer mich zu nehmen?»

Der Graf saß ihr gegenüber. Während er zerstreut sein Monokel bau-meln ließ, war sein höflich aufmerksamer Blick auf ihrem Gesicht ge-legen. Plötzlich hing das Glas still an der Schnur. Horatia warf ihm einen raschen Blick zu, sah sein leicht bestürztes Stirnrunzeln und sprach hastig weiter: «Nun ja, ich weiß, es sollte eigentlich Charlotte sein, denn sie ist die ältere, aber sie sagte, n-nichts in der Welt könnte sie dazu bestimmen, Sie z-zu heiraten.»

Seine Lippen zuckten. «Ist dem so», sagte er, «dann muß ich mich wohl glücklich schätzen, weil ich mich nicht um diese Ehre beworben habe.»

Dem stimmte Horatia bei. «Ja, ich sage es ungern, aber ich glaube, Charlotte würde ein solches Opfer nicht auf sich nehmen, nicht einmal für Lizzie.» Rules Schultern bewegten sich leicht. «Habe ich etwas Un-rechtes gesagt?» fragte Horatia unsicher.

«Im Gegenteil», erwiderte er. «Eine Unterredung mit Ihnen ist höchst heilsam, Miss Winwood.»

«Sie machen sich über mich lustig», sagte sie vorwurfsvoll. «Ich sehe, daß Sie mich für recht dumm halten, Sir, aber die Sache ist wirklich sehr ernst.»

«Ich finde Sie entzückend. Aber da scheint doch ein Mißverständnis vorzuliegen. Ich war der Meinung, daß Miss Winwood willens ist, meine Werbung anzunehmen.»

«Ja», gab Horatia zu, «natürlich ist sie willens, aber es macht sie fürchterlich unglücklich. D-darum bin ich gekommen. Ich hoffe, Sie nehmen es mir nicht übel.»

«Gar nicht. Aber darf ich fragen, ob ich allen Mitgliedern Ihrer Familie in so ungünstigem Licht erscheine?»

«O nein», antwortete Horatia ernsthaft. «Der M-mama gefallen Sie sehr, und auch ich finde Sie nicht im mindesten unangenehm. Und wenn Sie nur so freundlich sein wollten, sich um m-mich zu bewerben, statt um Lizzie, dann würde ich Sie richtig gern haben.»

«Ja, warum wollen Sie denn unbedingt, daß ich um Sie anhalte?»

Horatias Brauen schlossen sich über dem Nasenrücken. «Es klingt wahrscheinlich etwas merkwürdig», gab sie zu. «Nämlich, Lizzie m-muß Edward Heron heiraten. Vielleicht kennen Sie ihn gar nicht?»

«Ich glaube, ich habe nicht das Vergnügen.»

«N-nun, er ist einer unserer besten Freunde, und er liebt L-lizzie. Aber Sie wissen ja, wie das mit jüngeren Söhnen ist, und der arme Edward ist jetzt noch nicht einmal Captain.»

«Verstehe ich richtig, daß Mr. Heron im Heeresdienst ist?» erkundigte sich der Graf.

«Ja, im zehnten Infanterie-Regiment. Und wenn Sie nicht um L-lizzie angehalten hätten, hätte M-mama sicher ihre Einwilligung zur Verlobung gegeben.»

«Welch ein bedauerlicher Schritt!» urteilte Rule ernsthaft. «Aber ich kann den Fehler wenigstens gutmachen.»

Horatia fragte lebhaft: «Ja? Wollen Sie mich statt ihrer nehmen?»

«Nein», antwortete Rule leicht lächelnd, «das werde ich nicht tun. Aber ich will mich verpflichten, Ihre Schwester nicht zu heiraten. Sie brauchen mir deshalb keinen Austausch anzubieten, mein armes Kind.»

«O ja- d-doch», rief Horatia mit allem Nachdruck. «Eine von uns m-muß Sie heiraten!»

Der Graf betrachtete sie einen Augenblick. Dann erhob er sich in seiner gemächlichen Art und blieb an den Rücken eines Stuhles gelehnt stehen.

«Ich glaube, Sie müssen mir das alles erklären», sagte er. «Ich scheine heute ganz besonders schwer von Begriff zu sein.»

Horatia runzelte die Stirne. «Also g-gut. Sie müssen nämlich wissen, daß wir ganz fürchterlich arm sind. Charlotte sagt, es ist P-pelhams Schuld, und das kann auch sein, aber es hat keinen Sinn, ihm Vorwürfe zu machen, denn er kann nicht dagegen an. Sp-spielleidenschaft, verstehen Sie? Spielen Sie auch?»

«Manchmal.»

Die grauen Augen blitzten. «Ich auch», erklärte sie überraschend. «N-nicht ernst natürlich, nur mit Pelham. Er hat es mich gelehrt. Charlotte sagt, es ist unrecht — sie ist so, wissen Sie — und dadurch wird sie auch immer auf den armen P-pel böse. Nun ja, auch ich ärgere m-mich über ihn, wenn ich sehe, daß jetzt L-lizzie geopfert werden soll. Mama tut es auch leid, aber sie sagt, wir müssen alle dem Sch-schicksal danken.» Jetzt errötete sie und sagte mit etwas rauher Stimme: «Es ist unfein, von Gelddingen zu sprechen, aber — nicht wahr, Sie sind sehr reich?»

«Sehr», antwortete Rule, ohne sich aus der Ruhe bringen zu lassen.

Horatia nickte. «Nun ja — sehen Sie, das ist es eben.»

«Gewiß. Und so wollen jetzt Sie das Opfer sein?»

Sie blickte ein wenig scheu zu ihm auf. «Es k-kann Ihnen ja nichts ausmachen, nicht wahr? Natürlich — ich bin keine Schönheit wie Lizzie. Aber ich habe doch die Nase, Sir.»

Rule besah sich die Nase. «Zweifellos — die Nase haben Sie.»

Anscheinend war Horatia entschlossen, alle ihre Makel auf einmal bloßzulegen. «Und v-vielleicht könnten Sie sich an meine Augenbrauen gewöhnen?»

Jetzt lag wieder ein unterdrücktes Lächeln in seinen Augen. «Ich denke, das könnte ich.»

Sie sagte traurig: «Die wollen nämlich keinen Bogen annehmen, wissen Sie? Und ich muß Ihnen auch s-sagen, daß wir alle Hoffnung aufgegeben haben, ich k-könnte noch etwas wachsen.»

«Es wäre auch zu schade!» bemerkte der Lord.

«F-finden Sie?» fragte sie überrascht. «Für mich ist das eine schwere Sorge, glauben Sie mir!» Sie atmete tief und sagte unter Schwierigkeiten: «Sie haben vielleicht b-bemerkt, daß ich st-stottere.»

«Ja, das habe ich bemerkt», antwortete er behutsam.

«Wenn Sie g-glauben, daß Sie das nicht aushalten würden, Sir... ich könnte es verstehen.» Das war jetzt eine kleine ängstliche Stimme.

«Mir gefällt es», sagte der Graf.

Horatia wunderte sich. «Wie eigenartig! Aber vielleicht sagen Sie das nur, um mir angenehm zu sein.»

«Nein. Ich sagte es, weil es wahr ist. Wollen Sie mir verraten, wie alt Sie sind?»

«Sp-spielt es eine Rolle?» fragte Horatia voll banger Vorahnung.

«Ja.»

«Davor hatte ich auch Angst. Ich bin siebzehn vorbei.»

«Siebzehn vorbei!» wiederholte der Lord. «Meine Liebe, das geht dann nicht!»

«Ich bin zu jung?»

«Viel zu jung, mein Kind.»

Horatia schluckte tapfer. «Ich werde ja doch älter», plädierte sie. «Ich m-möchte Sie nicht b-bedrängen, aber ich gelte wirklich als ganz vernünftig.»

«Wissen Sie, wie alt ich bin?» fragte der Graf.

«N-nein, aber meine Kusine, Mrs. M-maulfrey, sagte, b-bestimmt nicht älter als fünfunddreißig.»

«Und kommt Ihnen das nicht ein bißchen alt vor?»

«Nun ja, es ist vielleicht ein bißchen alt, aber m-man sieht es Ihnen nicht an», sagte sie großzügig.

Darüber entfuhr ihm ein Lachen. Er verneigte sich. «Danke, aber ich finde, daß fünfunddreißig schlecht zu siebzehn paßt.»

«O bitte, Sir, denken Sie nicht daran», sagte sie ernsthaft. «S-seien Sie versichert, daß ich selbst es gar nicht beachte. Eigentlich würde ich Sie sogar sehr gerne heiraten.»

«Wirklich? Sie tun mir eine große Ehre an, Madam.» Er ging auf sie zu, und sie erhob sich. Er nahm ihre Hand, hielt sie einen Augenblick an seine Lippen. «Also, was möchten Sie von mir haben?»

Sie vertraute es ihm an: «Eine ganz bestimmte Sache. Ich spreche nicht gern davon, aber da wir ja doch ein Geschäft miteinander machen...»

«Tun wir das?»

«Das wissen Sie doch. Sie wollen sich mit unserer Familie verbinden, nicht wahr?»

«Ich beginne zu glauben, daß dem so ist...»

Horatia runzelte die Stirne. «Ich hatte verstanden, daß Sie deshalb um Lizzie angehalten hatten.»

Er beruhigte sie: «Ja, ja, das stimmt.»

Sie schien befriedigt. «Aber Sie wollen keine Frau haben, die Ihnen in die Quere kommt. Nun, das verspreche ich Ihnen.»

Lord Rule sah mit undurchdringlichem Ausdruck auf sie herab. «Und meine Gegenleistung?»

Sie trat näher. «K-könnten Sie etwas für Edward tun?» bat sie. «Ich weiß jetzt, daß ihm nur eines helfen könnte — wenn er einen P-protektor hätte.»

«Und das... das soll ich sein?»

«F-fiele es Ihnen sehr schwer?»

Ein Muskel zuckte in seinem Mundwinkel, aber der Ton seiner Antwort verriet ihn nicht. «Es wird mir eine Freude sein, Ihnen im Rahmen meiner bescheidenen Fähigkeiten zu dienen.»

«Danke v-vielmals», sagte sie ernsthaft. «Dann können Lizzie und er nämlich heiraten, verstehen Sie? Und Sie werden der Mama sagen, daß Sie ebensogern mich nehmen, ja?»

«Vielleicht werde ich es ein wenig anders ausdrücken, aber ich will mich jedenfalls bemühen, ihr die Sache klarzumachen. Ich sehe nur nicht recht, wie ich den Tausch vorschlagen kann, ohne von Ihrem Besuch bei mir zu erzählen.»

«Ach, das braucht Ihnen keine Sorge zu m-machen», antwortete Horatia fröhlich. «Ich werde es ihr selbst sagen. Und jetzt m-muß ich gehen. Niemand weiß, wo ich bin, vielleicht sorgt man sich um mich.»

«Aber erst wollen wir ein Glas auf das Gedeihen unseres Geschäftes trinken, was meinen Sie?» Er griff nach einem Goldglöckchen und klingelte.

Dem eintretenden Lakai sagte er: «Bringen Sie mir» — mit einem Blick auf Horatia — «eine Flasche Ratafia und zwei Gläser. Und mein Wagen soll in zehn Minuten beim Tor sein.»

«Wenn der W-wagen für mich sein soll, Sir — nach der South Street ist es nur ein paar Schritte.»

«Wenn Sie gestatten, würde ich Ihnen doch lieber das Geleite geben lassen.»

Der Butler brachte das Getränk selbst und stellte das schwere Tablett auf den Tisch. Er wurde mit einem Nicken entlassen und entfernte sich mit Bedauern. Gerne hätte er mit eigenen Augen zugesehen, wie Lord Rule ein Glas Ratafia trank.

Der Graf füllte zwei Gläser und reichte eines dem Mädchen. «Auf das Wohl unseres Handels!» sagte er und trank heldenhaft.

Horatias Augen blitzten übermütig. «Wir werden sicher w-wunderbar miteinander auskommen», erklärte sie und hob das Glas an die Lippen.

Fünf Minuten später betrat der Graf neuerdings den Bibliotheksraum.

«Ach richtig, Arnold», sagte er, «ich habe eine Arbeit für Sie.»

Mr. Gisborne erhob sich. «Ja, Sir?»

«Sie sollen mir einen Captain-Rang verschaffen. Und zwar, glaube ich, im zehnten Infanterie-Regiment. Nun, das werden Sie schon herausfinden.»

«Ein Captain-Rang im zehnten Infanterie-Regiment», wiederholte Mr. Gisborne. «Und für wen soll das sein, Sir?»

«Ach Gott — wie war nur der Name? Hawk — Hernshaw — Heron. Ja, Heron. Für einen Mr. Edward Heron. Kennen Sie einen Mr. Edward Heron?»

«Nein, Sir.»

«Nein», seufzte Rule. «Ich auch nicht. Das macht unsere Aufgabe recht schwierig, aber ich habe großes Vertrauen zu Ihnen, Arnold. Sie werden über diesen Mr. Heron alles ausfindig machen.»

«Ich werde es versuchen, Sir.»

Im Begriff hinauszugehen, entschuldigte sich Lord Rule. «Ich fürchte, ich mache Ihnen sehr viel Mühe.» Bei der Türe blickte er sich nochmals um. «Ach ja, richtig, Arnold, Sie sind da vielleicht ein wenig im Irrtum. Es ist die jüngste Miss Winwood, die mir die Ehre erweist, meine Hand anzunehmen.»

Mr. Gisborne staunte. «Miss Charlotte Winwood, meinen Sie wohl, Sir? Die jüngste Miss Winwood ist noch kaum dem Schulzimmer entwachsen.»

«Nein, ganz bestimmt nicht Miss Charlotte Winwood. Ich höre aus sicherster Quelle, daß nichts auf der Welt Miss Charlotte verleiten könnte, mich zu heiraten.»

«Großer Gott, Mylord...!»

«Danke, Arnold, Ihr Wort ist mir ein Trost.» Er ging aus dem Raum.

3

DIE RÜCKKEHR DER JÜNGSTEN MISS WINWOOD nach der South Street wurde von ihren beiden Schwestern aus dem Salonfenster beobachtet. Ihre Abwesenheit war natürlich nicht unbemerkt geblieben, aber da der Portier in der Lage war, der etwas aufgeregten Gouvernante mitzuteilen, Miss Horatia sei von ihrer Zofe begleitet ausgegangen, herrschte keine Sorge. Es war merkwürdig von Horatia, aber sie hatte sich vermutlich nur weggeschlichen, um die mohnroten Bänder, die sie schon lange in der Auslage einer Putzmacherin bewunderte, zu erwerben oder auch einen Chintzaufputz für ein Kleid. Das war Elisabeths Erklärung; sie brachte sie in ihrer weichen, ruhigen Stimme vor, und Lady Winwood, die mit ihrem Riechfläschchen bei der Hand auf dem Diwan lag, gab sich damit zufrieden.

Das Erscheinen einer von zwei tadellos zusammenpassenden Füchsen mit glitzerndem Geschirr gezogenen Stadtkutsche erregte nur ein flüchtiges Interesse, bis es sich zeigte, daß der luxuriöse Wagen vor Nummer 20 hielt.

«Wer kann das nur sein?» staunte Charlotte. «Mama, wir bekommen Besuch!» Sie preßte ihr Gesicht an die Scheibe und sagte: «Auf dem Sattelkissen ist eine Krone, aber ich kann sie nicht genau unterscheiden — ach, Lizzie, ich glaube, es ist Lord Rule!»

«O Gott, nein!» flüsterte Elisabeth in großer Verwirrung und preßte die Hand ans Herz.

Jetzt war der Lakai abgesprungen und öffnete den Schlag. Charlotte sprangen die Augen aus dem Kopf. «Horry!» hauchte sie fassungslos.

Lady Winwood griff nach dem Riechfläschchen. «Charlotte, schone meine Nerven!...» sagte sie mit ersterbender Stimme.

«Aber doch, Mama, sie ist es wirklich!»

«O Gott!» klagte Elisabeth, von einer bangen Ahnung erfaßt. «Was hat sie wohl getan? Ich hoffe, nichts... nichts Furchtbares!»

Stürmische Schritte waren auf der Treppe zu hören; die Tür wurde unsanft geöffnet, und vor ihnen stand erhitzt und mit glänzenden Augen, ihren Hut am langen Band schwingend, Horatia.

Lady Winwoods Hände tasteten nach ihrem Medici-Halstuch. «Die Zugluft, mein Kind», stöhnte sie. «Mein armer Kopf!»

«Bitte, Horry, schließ die Türe», sagte Charlotte. «Wie kannst du nur so ins Zimmer stürzen, wo du doch weißt, wie angegriffen Mamas Nerven sind!»

«V-verzeihung!» Horatia machte behutsam die Tür zu. «Das hatte ich vergessen. L-lizzie, es ist alles in Ordnung, und du wirst Edward h-heiraten.»

Lady Winwood setzte sich jählings auf. «Großer Gott, das Kind phantasiert! Horatia, was hast du nur um Gottes willen angestellt?»

Horatia warf ihren Mantel ab und ließ sich auf einen Hocker neben dem Diwan fallen. «Ich habe Lord Rule aufgesucht!» verkündete sie.

«Ich ahnte es!» sagte Elisabeth mit dem Tonfall einer Kassandra.

Lady Winwood sank mit geschlossenen Augen in die Kissen zurück. Charlotte nahm ihre beängstigende Starre wahr und kreischte: «Entartetes Mädchen! Nimmst du gar keine Rücksicht auf unsere teure Mama? Lizzie, wo ist das Hirschhornsalz?»

Hirschhornsalz, Riechfläschchen und etwas auf die Schläfen geträufeltes Rosmarinwasser gaben die schwergeprüfte Lady Winwood dem Leben wieder. Sie schlug die Augen auf und brachte gerade noch die Kraft zu der gemurmelten Frage auf: «Was sagte das Kind soeben?»

Charlotte liebkoste der Mutter zartes Händchen: «Mama, ich bitte dich, errege dich nicht.»

«Du brauchst dich wirklich nicht zu erregen, Mama», mahnte Horatia zerknirscht. «Es stimmt schon, daß ich bei Lord Rule gewesen bin, aber...»

«Dann ist alles zu Ende!» sagte Lady Winwood fatalistisch. «Jetzt kommen wir wegen der Schulden ins Gefängnis. Nicht um mich will ich klagen, denn meine Tage sind gezählt, aber meine schöne Lizzie, meine liebliche Charlotte...»

«Aber, Mama, wenn du mir bloß zuhören wolltest!» unterbrach Horatia. «Ich habe Lord Rule alles erklärt und...»

«Barmherziger Himmel!» sagte Elisabeth. «Doch nicht über... über Edward?»

«Doch. Natürlich habe ich ihm von Edward erzählt. Und er wird dich nicht heiraten, Lizzie, und statt dessen hat er v-versprochen, Edwards P-protektor zu werden.»

Lady Windwood mußte wieder nach ihrem Fläschchen greifen und begehrte mit schwacher Stimme zu wissen, was sie denn getan hätte, um ein solches Verhängnis zu verdienen.

«Und ich erklärte ihm auch, daß Charlotte ihn unter keinen Umständen heiraten wollte, und das schien ihm nichts auszumachen.»

«Ich werde vor Kränkung sterben», erklärte Charlotte mit aller Entschiedenheit.

«Aber Horry!» seufzte Elisabeth zwischen Tränen und Lachen.

«Und ich fragte ihn», schloß Horatia triumphierend, «ob er m-mich statt dessen nehmen wollte. Und das wird er tun.»

Der Familie fehlten die Worte. Lady Winwood mußte wohl fühlen, daß dieser Situation kein Riechfläschchen mehr gewachsen war, denn sie ließ es achtlos zu Boden fallen, während sie gedankenverloren ihre Jüngste betrachtete.

Charlotte fand als erste ihre Stimme wieder. «Horatia, willst du damit sagen, daß du so unzart, so ungehörig, so vorlaut gewesen bist und tatsächlich Lord Rule ersucht hast, dich zu heiraten?»

Horatia nickte.

«Er hat wohl dein Stottern nicht bemerkt», sagte Charlotte.

Horatia trumpfte auf. «Von dem St-tottern habe ich ihm selbst gesagt — und er meinte, das gefiele ihm!»

Elisabeth erhob sich und schloß Horatia in die Arme.

«Warum auch nicht? Aber du liebes, liebes Kind, ich darf es doch nicht zulassen, daß du dich für mich opferst!»

Horatia ließ sich umarmen. «Nun, weißt du, Lizzie, ich w-würde ihn ganz gerne heiraten. Ich frage mich nur noch, ob du ihn nicht d-doch haben willst.» Sie prüfte das Gesicht der Schwester. «Gefällt dir wirklich Edward besser?»

«Ach, Kind!»

«Ich verstehe es eigentlich gar nicht», sagte Horatia.

«Es kann nicht angenommen werden», sagte Charlotte rund heraus, «daß Lord Rule im Ernst sprach. Verlaßt euch darauf, daß er in Horatia nur ein Kind sah.»

«Durchaus nicht!» rief Horatia in flammender Entrüstung. «Er sprach ganz im Ernst, und er kommt heute um drei Uhr, um es Mama zu sagen.»

«Es möge niemand von mir erwarten, daß ich Lord Rule unter die Augen trete», sagte Lady Winwood. «Ich könnte vor Scham in die Erde versinken.»

«Wird er denn kommen?» fragte Charlotte. «Welch unheilbaren Schaden kann Horrys Ungehörigkeit angestellt haben! Wir müssen uns wohl die Frage stellen: wird Lord Rule den Wunsch hegen, sich mit einer Familie zu verbinden, von der sich ein Mitglied aller weiblichen Scham und Zurückhaltung bar erwiesen hat?»

«So etwas darfst du nicht sagen, Charlotte!» rief Elisabeth mit ungewohnter Strenge. «Er wird nichts anderes denken, als daß unser Liebling eine impulsive Natur hat.»

«Das müssen wir hoffen», sagte Charlotte kummervoll. «Aber wenn sie ihm dein Gefühl für Edward Heron anvertraut hat, ist, fürchte ich, alles zu Ende. Wir, die wir unsere liebe Horry kennen und würdigen, sehen über ihre Mängel hinweg, aber welcher junge Mann würde sie, statt die Schönheit der Familie, zu heiraten bereit sein?»

«Daran dachte ich auch selbst», gab Horatia zu. «Er s-sagte aber, daß er sich ganz leicht an meine abscheulichen Augenbrauen gewöhnen könnte. Und ich w-will dir noch eines verraten, Charlotte: er sagte, es wäre zu schade, wenn ich noch wachsen sollte!»

«Wie demütigend ist der Gedanke, daß sich Lord Rule vielleicht auf Kosten einer Winwood amüsiert hat», bemerkte Charlotte.

Doch war das offenbar nicht der Fall. Denn um drei Uhr stieg Lord Rule die Treppe von South Street Nummer 20 hinauf und verlangte Lady Winwood zu sprechen.

Gestärkt durch Riechsalz und in einer neuen gestreiften Pekesche, die die Schneiderin gerade rechtzeitig lieferte, um einen nervösen Zusammenbruch hintanzuhalten, hatte sich Lady Winwood trotz ihrer früheren dramatischen Weigerung dazu bewegen lassen, den Grafen im Salon zu erwarten.

Ihre Unterredung mit Seiner Lordschaft währte eine halbe Stunde, wonach ein Lakai abgeschickt wurde, um Miss Horatia bekanntzugeben, daß ihre Gegenwart erwünscht sei.

«Aha!» rief sie mit einem boshaften Triumphblick auf Charlotte und sprang auf.

Elisabeth ergriff ihre Hände. «Es ist noch nicht zu spät, Horry. Wenn es dir widerstrebt, sprich um Gottes willen! Dann will ich mich Lord Rule auf Gnade und Ungnade ergeben.»

«Widerstrebt? Ach, Unsinn!» Damit hüpfte sie hinaus.

«Horry, Horry! Laß dir wenigstens die Schleife richten!» rief ihr Charlotte kreischend nach.

«Zu spät», sagte Elisabeth. Sie legte die gefalteten Hände an die Brust. «Wenn ich nur überzeugt sein dürfte, daß dies kein Opfer ist auf dem Altar der Schwesternliebe!»

«Wenn du mich fragst», sagte Charlotte, «ist Horry recht zufrieden mit sich!»

Als Horatia die Salontüre öffnete, fand sie ihre Mutter geradezu aufgeblüht; ihr Riechsalz lag vergessen auf dem vergoldeten Tischchen beim Kamin. Mitten im Raum stand Rule mit dem Blick auf die Türe; eine seiner Hände, an der ein großer, viereckiger Saphir strahlte, ruhte auf einer Stuhllehne.

Im blauen Samt mit goldenen Tressen sah er weit großartiger und unnahbarer aus als im Reitanzug, und Horatia betrachtete ihn einen Moment mit etwas zweifelnden Augen. Aber dann lächelte er, und sie war beruhigt.

Lady Winwood wogte auf sie zu und schloß sie in die Arme. «Teures Kind!» sagte sie, offenbar von Rührung übermannt. «Mylord, gestatten Sie, daß meine geliebte Tochter Ihnen mit eigenen Lippen antworte. Horatia, Lord Rule erweist dir die Ehre, um deine Hand anzuhalten.»

«Ich habe es dir doch gesagt, Mama!» sagte die unverbesserliche Horatia.

«Horatia — ich bitte dich!» flehte die schwergeprüfte Dame. «Mach deine Reverenz, mein Kind.»

Horatia gehorchte. Der Graf ergriff, da sie wieder hochkam, ihre Hand und beugte sich tief darüber. Mit lachenden Augen blickte er auf sie herab und fragte:

«Madam, darf ich wohl dieses Händchen behalten?»

Lady Winwood gab einen schwachen Seufzer von sich und wischte mit ihrem Taschentuch eine Rührungsträne fort.

«H-hübsch», sagte Horatia beifällig. «Ja, Sir, Sie dürfen. Es ist sehr schön von Ihnen, daß Sie mir die Freude machen, um mich anzuhalten.»

Lady Winwood sah sich voll banger Vorahnung nach ihrem Riechsalz um, überlegte es sich aber anders, da sie den Grafen lachen sah. «Du, Baby du . . .» Und nachsichtig: «Sie sehen, Mylord, wie unverdorben das Kind ist.»

Sie ließ das neuverlobte Paar nicht allein und — ebenso korrekt — nahm der Graf nach kurzer Frist Abschied. Kaum hatte sich das Haustor hinter ihm geschlossen, schloß Lady Winwood Horatia in die Arme. «Geliebtes Kind, dir ist ein großes, sehr großes Glück zuteil geworden! Ein so angenehmer Mensch. Und so zartfühlend!»

Jetzt steckte Charlotte den Kopf in die Türe. «Dürfen wir hereinkommen, Mama? Hat er wirklich um Horry angehalten?»

Lady Winwood mußte wieder ihre Augen betupfen. «Er entspricht all meinen Wünschen! Ein so vornehmes Benehmen! Dieser *bon ton!*»

Elisabeth hatte Horatias Hand ergriffen, aber Charlotte blieb praktisch. «Nun, was mich betrifft, so glaube ich, er ist verrückt. Und — wenn auch der Gedanke daran mir widerstrebt — ich nehme an, daß die Schulden . . .»

«Er ist unendlich generös», seufzte Lady Winwood.

«Nun, dann wünsche ich dir alles Gute, Horry. Obzwar du meiner Meinung nach noch viel zu jung und leichtsinnig bist, um irgend jemandes Frau zu sein. Und jetzt bete ich nur zu Gott, daß Theresa Maulfrey so viel Anstandsgefühl besitzt, über die peinliche Geschichte den Mund zu halten.»

Letzteres schien zuerst nicht der Fall zu sein. Kaum war die Verlobung angekündigt, kam Mrs. Maulfrey, wie es ihre Kusinen angenommen hatten, in die South Street und konnte es nicht erwarten, die ganze Geschichte zu erfahren. Elisabeths vorsichtige Mitteilung über «einen Irrtum» erregte ihre unverhohlene Unzufriedenheit, und sie verlangte die Wahrheit zu hören. Ausnahmsweise war Lady Winwood diesmal der Gelegenheit gewachsen und erklärte, die Angelegenheit sei zwischen ihr und dem Grafen, der Horatia kennengelernt und sich augenblicklich in sie verliebt hatte, abgemacht worden.

Damit mußte sich Mrs. Maulfrey begnügen. Nachdem sie Elisabeth, die einen Grafen einbüßte und nur einen Leutnant bekam, und Charlotte, die ledig blieb, während ein Fratz aus dem Schulzimmer die Partie des Jahres machte, ihr Beileid ausgedrückt hatte, verließ sie die Damen; zurück blieb ein Gefühl der Erleichterung und ein starker Duft von Veilchenparfüm.

Charlotte gab düster der Meinung Ausdruck, daß Horatias auf skandalöse Weise zustande kommende Ehe kein gutes Ende nehmen würde.

Aber sie stand mit ihrem Pessimismus allein. Ein strahlender Mr. Heron faßte nach Horatias Händen, beglückwünschte sie und dankte ihr aus ganzem Herzen. Mr. Heron hatte die Ehre gehabt, Lord Rule in einer sehr selekten Gesellschaft in der South Street vorgestellt zu werden, und dieser hatte sich dazu aufgerafft, den jungen Mann beiseitezuziehen, um mit ihm über seine Zukunft zu sprechen. Mr. Heron bezeichnete den Grafen später als einen wahrhaft sehr schätzenswerten Mann, und man hörte von ihm nie mehr ein Wort über dessen vorgeschrittenes Alter oder bösen Ruf. Auch Elisabeth, die sich ermannen und dem gewesenen Bewerber unter die Augen treten mußte, fand die Begegnung aller Schrecken bar. Mylord küßte ihr die Hand und sagte mit seinem leicht und nicht unangenehm gedehnten Akzent: «Darf ich hoffen, Miss Winwood, nun kein Menschenfresser mehr in Ihren Augen zu sein?»

Elisabeth errötete und senkte den Kopf. «Ach — Horry!» seufzte sie. Aber dann huschte ein Lächeln über ihre Lippen. «Wahrlich, Mylord, das sind Sie nie gewesen!»

«Ich muß mich doch bei Ihnen entschuldigen», sagte er feierlich, «denn ich habe Sie ‹furchtbar unglücklich› gemacht.»

«Wie kann da von Entschuldigungen die Rede sein, Sir ... Sie sind die Güte selbst gewesen!» Sie blickte zu ihm auf und hätte ihm gerne für alles, was er zugunsten Mr. Herons zu tun gedachte, gedankt.

Aber bedankt wollte Rule offenbar nicht werden; er lachte in seiner nonchalanten Art und lenkte ab, so daß sie irgendwie nicht weiterkonnte. Dann blieb er noch ein paar Minuten bei ihr stehen. Sie hatte Gelegenheit, ihn zu beobachten, und vertraute später Mr. Heron an, daß Horry ihrer Meinung nach sehr glücklich werden könnte.

«Horatia ist schon jetzt glücklich», erwiderte Mr. Heron schmunzelnd.

«Nun ja, aber du weißt ja, Liebster, was für ein Kind sie vorläufig noch ist. Und deshalb ist mir — ich will es dir nicht verhehlen — ein wenig ängstlich zumute. Lord Rule ist kein Kind.» Sie runzelte die Brauen. «Horry stellt die unmöglichsten Dinge an. Hoffentlich wird er sanft und geduldig mit ihr sein!»

Mr. Heron ging liebevoll darauf ein. «Du brauchst dich nicht zu sorgen, mein Schatz. Lord Rule ist die Sanftmut selbst und wird gewiß alle nötige Geduld aufbringen.»

«Die Sanftmut selbst», wiederholte sie. «Ja, das ist er — und doch, möchtest du's glauben, Edward, ich stelle mir vor, daß ich mich vor ihm fürchten könnte. Hast du bemerkt, wie er bisweilen in einer Art die Lippen zusammenpreßt, die dem ganzen Gesicht etwas — ich möchte sagen — Unbeugsames gibt; es paßt gar nicht zu dem, was man von ihm weiß. Wenn er bloß Horry liebgewinnen könnte!»

Aber außer Miss Winwood unterhielt niemand derlei Sorgen, am wenigsten Lady Winwood, die sich im Neid ihrer Bekannten sonnte. Jeder wollte ihr gratulieren, jeder verstand, welchen Triumph sie erlebte. Sogar Mr. Walpole, der zur Zeit in der Arlington Street wohnte, kam zu Besuch und wollte um einige Einzelheiten bereichert werden. Sein Gesicht zeigte ein beifälliges Lächeln, obzwar er bedauerte, daß sein Taufkind einen Tory heiraten sollte. Aber das war nur, weil er selbst ein so überzeugter Whig war; offenbar fand er es trotzdem richtig, daß sich Lady Winwood über Lord Rules politische Einstellung hinwegsetzte. Er nahm Platz, schlug die mit taubengrauen Seidenstrümpfen bekleideten Beine übereinander, brachte die Fingerspitzen beider Hände zusammen und hörte sich in seiner artigen Weise an, was Lady Winwood zu erzählen hatte. Sie hegte sehr große Achtung für Mr. Walpole, den sie seit vielen Jahren kannte, überlegte sich aber doch sorgfältig, was er erfahren sollte. Der hagere, feinhörige Mann hatte das gütigste Herz, aber er besaß auch eine scharfe Nase für jedes Stückchen Skandal und eine satirische Feder. Erführe er von Horatias Eskapade, dann hätten Lady Ossory und Lady Aylesbury die Geschichte mit der nächsten Post.

Zum Glück war das Gerücht über Lord Rules Bewerbung um Elisabeth nicht bis Twickenham gedrungen, und so äußerte er nur etwas Verwunderung, weil Lady Winwood geschehen ließ, daß Horatia vor seinem Liebling, der göttlichen Elisabeth, heirate, sagte aber sonst nichts, was einer ängstlichen Mutter Sorge bereiten könnte. Nun teilte ihm Lady Winwood im Vertrauen mit, daß, wenn auch noch nichts offiziell bekannt wäre, doch auch Elisabeth im Begriff stünde, das Nest zu verlassen. Mr. Walpole zeigte lebhaftes Interesse, schürzte aber ein wenig die Lippen bei der Erwähnung von Mr. Edward Heron. Aus guter Familie, gewiß (und bei derlei wußte Mr. Walpole Bescheid!), aber einen etwas gewichtigeren Mann hätte er sich doch gewünscht für seine kleine Lizzie. Er sehe es so gerne, wenn seine jungen Freundinnen gute Partien machten. Immerhin freute er sich so sehr über Horatias Verheiratung, daß er sogar jenen üblen Tag in Twickenham vergessen konnte, an dem sie sich einmal der Ehre, sein gotisches Schlößchen besuchen zu dürfen, völlig unwürdig gezeigt hatte. Er tätschelte ihre Hand und sagte, nun müsse sie ihn unbedingt einmal in Strawberry besuchen und einen *Sillabub* mit ihm trinken. Horatia, die unter Eid versprochen hatte, sich nicht *farouche* zu benehmen («denn, merk dir, mein Kind, wenn er auch schon sechzig ist und zurückgezogen lebt — auf seine Meinung gibt jeder viel!»), dankte ihm gesittet und hoffte nur, sie müßte Rosette, sein abscheuliches, verzärteltes Hündchen, das jedem um die Knöchel kläffte, nicht bewundern und liebkosen.

Mr. Walpole sagte, sie wäre sehr jung für eine Ehe, und Lady Winwood stimmte ihm seufzend zu. Ja, sie verlor ihren Liebling, bevor er noch bei Hof vorgestellt war.

Das war eine unvorsichtige Bemerkung, denn sie gab Mr. Walpole Gelegenheit, eine allzugern erzählte Geschichte zum besten zu geben: wie ihn sein Vater einst als Kind mitgenommen hatte und er Georg I. die Hand küssen durfte. Horatia schlüpfte mitten in der Anekdote hinaus und überließ es der Mama, eine Miene vorgetäuschten Interesses aufzusetzen.

In einem ganz anderen Bezirk — obzwar geographisch in nächster Nähe gelegen — erregte die Nachricht von Rules Verlobung durchaus andersartige Gefühle. Es gab ein schmales Haus in der Hertford Street, in dem eine schöne Witwe Hof hielt, doch war das keineswegs die Art Wohnstätte, die von Lady Winwood aufgesucht wurde. Caroline Massey, Witwe nach einem vermögenden Kaufmann, hatte sich ihre Stellung in der vornehmen Gesellschaft erobert, indem sie des verewigten Sir Thomas Beziehung zur City unauffällig in Vergessenheit geraten ließ und sich auf die eigene ehrenwerte Geburt und nicht unbeträchtliche Schönheit stützte. Das auf so wenig rühmliche Weise erworbene Vermögen Sir Thomas' kam ihr dabei zugute. Es ermöglichte seiner Witwe, in einem sehr hübschen Haus im besten Viertel der Stadt zu wohnen, in welchem sie eine großzügige und angenehme Geselligkeit unterhielt, und sich mit einer Gönnerin zu verbinden, die willens war, ein Auge zuzudrücken und sie in die Gesellschaft einzuführen. In irgendeiner Weise, die sie (wie es verschiedene entrüstete Damen behaupteten) aus guten Gründen für sich behielt, hatte sie sich allmählich zur Geltung zu bringen gewußt. Man sah sie überall, und blieben ihr auch vereinzelte Türen verschlossen, so hatte sie doch genügend Gefolgschaft, um sich darüber zu trösten. Daß diese Gefolgschaft hauptsächlich aus Herren bestand, bekümmerte sie wenig. Wenn auch eine verblühte und schicksalergebene Dame, die als ihre Base galt, ständig bei ihr wohnte, gehörte sie entschieden nicht zu den Frauen, die es nach weiblicher Gesellschaft verlangt. Miss Janets Gegenwart bedeutete ein Zugeständnis an die Konvention. Übrigens muß gerechterweise festgestellt werden, daß es nicht die Sitten Lady Masseys waren, die manche Aristokratinnen nicht schlucken konnten. Jeder Mensch hat schließlich seine *affaires*, und flüsterte der Klatsch auch so manches über die schöne Massey und Lord Rule — behandelte die Dame ihre Liebesabenteuer diskret, dann rangen nur so strenge Moralistinnen wie Lady Winwood die Hände darüber. Nein, was Lady Massey stets aus den vornehmsten

Kreisen verbannen würde, war der verhängnisvolle Geruch der City. Sie war nicht *bon ton*. Und wurde das auch ohne Groll und sogar mit einem mitleidsvollen Zucken der wohlerzogenen Schultern festgestellt, so war es doch ein Todesurteil. Lady Massey wußte davon, verriet aber nie durch Wort oder Gebärde, daß sie der beinahe undefinierbaren Schranke gewahr war, und nicht einmal die resignierte Base ahnte, daß das Verlangen, dem Kreis der Auserwählten anzugehören, bei Lady Massey fast zur fixen Idee geworden war.

Nur einen gab es, der sie durchschaute, und dem schien es einen boshaften Spaß zu bereiten. Baron Robert Lethbridge fand häufig die Quelle seiner Unterhaltung in den Schwächen seiner Mitmenschen.

Drei Abende nach Rules zweitem Besuch bei den Winwood-Damen gab Lady Massey eine Karten-Gesellschaft. Diese Gesellschaften waren immer stark besucht, denn man durfte auf gutes Spiel rechnen und wurde von einer reizenden Wirtin empfangen, die dank dem unvornehmen aber sachverständigen Sir Thomas über einen gut versorgten Keller verfügte.

Der Salon im ersten Stock war ein entzückender Raum, der seiner Besitzerin den besten Rahmen verlieh. Sie hatte vor kurzem in Paris einige vergoldete Möbelstücke erworben und die alten Gardinen durch neue strohgelbe Vorhänge ersetzt, so daß das früher rosafarbene Zimmer jetzt in blassem Gold leuchtete. Sie selbst trug ein Seidenbrokatgehänge über dem mit Girlanden bestickten weiten Reifrock. Sie hatte eine hohe *pouf au sentiment*-Frisur mit Pleureusen, für welche sie bei Bertin fünfzig Louis das Stück gezahlt hatte, und parfümierten Rosen, die zwanglos da und dort in dem gepuderten Bau steckten. Diese Frisur war vielen aufstrebenden Damen ein Gegenstand des Neides und brachte namentlich Mrs. Montague-Damer ganz aus der Fassung. Auch sie war einer französischen Mode gefolgt und hatte auf große Bewunderung gerechnet. Und nun erschien ihr *chien couchant* neben dem köstlichen *pouf au sentiment* einigermaßen lächerlich und verdarb ihr den ganzen Abend.

Es war eine brillante Gesellschaft, die sich da im Salon versammelt hatte. Lady Massey empfing keine uneleganten Leute, wohl aber gegebenenfalls groteske Exemplare wie Lady Amelia Pridham, die unmöglich fettleibige und in ihrer Ausdrucksweise ungehemmte Dame in gelbem Satinkleid, die im Augenblick ihre Geldrollen vor sich ordnete. Manche Leute wunderten sich, Lady Amelia im Hause verkehren zu sehen, doch war die Dame äußerst gutmütig und überdies keinem Kreis abhold, wo eine gute Bassetpartie zu gewärtigen war.

Basset war auch das heutige Spiel, und etwa zehn Personen saßen bereits um den großen runden Tisch. Und diesen Augenblick wählte Lord Lethbridge, der die Kasse hielt, für seine sensationelle Eröffnung. Während er in die Kasse einzahlte, sagte er mit leicht boshaftem Unterton: «Ich sehe, Rule ist heute nicht unter uns. Nun ja, der erwählte Bräutigam hofiert wahrscheinlich in der South Street.»

Lady Massey, die ihm gegenübersaß, blickte flüchtig auf, sagte aber nichts.

«Was höre ich?» rief ein dünner Macaroni* mit kränklich-gelblichem Teint und einem riesigen, blau gepuderten Toupet.

Lord Lethbridges harte Haselnußaugen ruhten eine Weile auf dem Gesicht Lady Masseys. Dann wandte er sich lächelnd an den überraschten Macaroni: «Sie wollen doch nicht etwa sagen, daß Sie die Nachricht erst durch mich erfahren, Crosby? Gerade Sie, dachte ich, wüßten es sicher schon.» Sein satinbekleideter Arm lag auf dem Tisch, die weiße Hand schloß sich um das Kartenpaket. Das Kerzenlicht des über dem Tisch hängenden Kandelabers fing sich in den Juwelen, die das Spitzenjabot schmückten, wodurch seine Augen seltsam zu glitzern schienen.

«Was erzählen Sie da eigentlich?» fragte der Macaroni, indem er sich halb erhob.

«Von Rule doch, mein lieber Crosby!» sagte Lethbridge. «Von Ihrem Vetter Rule — Sie wissen doch?»

«Was gibt es über Rule?» erkundigte sich Lady Amelia, wobei sie nicht ohne Bedauern eine ihrer Geldrollen über den Tisch schob.

Lethbridges Blick streifte nochmals Lady Masseys Gesicht. «Nun, daß er im Begriff ist, in den Ehestand zu treten.»

Durch die Gesellschaft lief ein interessiertes Raunen. Jemand sagte: «Wahrhaftig, den hielt ich für einen eingefleischten Junggesellen. So etwas! Und wer ist die glückliche Schöne, Lethbridge?»

«Die glückliche Schöne ist die jüngste Miss Winwood. Eine wahre Liebesgeschichte, wie Sie sehen. Ich glaube, sie ist noch gar nicht aus dem Schulzimmer entlassen.»

Der Macaroni, Mr. Crosby Drelincourt, glättete zerstreut die phantastische Schleife, die er statt einer Krawatte trug. «Ach was, Märchen!» sagte er unbehaglich. «Woher haben Sie das?»

Lethbridge hob die dünnen, ein wenig schrägen Brauen. «Von der kleinen Maulfrey. Es wird übermorgen in der Gazette stehen.»

«Sehr interessant», sagte ein stattlicher Herr in Purpursamt-Anzug. «Aber das Spiel, Lethbridge, das Spiel!»

«Richtig» — Lethbridge verbeugte sich und warf einen Blick auf die Karten, die auf dem Tisch lagen.

Lady Massey, die den Einsatz gewonnen hatte, streckte plötzlich die Hand aus und wies auf die Königin, die vor ihr lag. «Paroli!» sagte sie mit veränderter, unsteter Stimme.

Lethbridge drehte zwei Karten um und warf ihr einen spöttischen

---

* Junge Stutzer im XVIII. Jahrhundert, die sich kontinentaler Sitten und Benehmens befleißigten.

Blick zu. «As gewinnt, Königin verliert», sagte er. «Mit Ihrem Glück ist es vorbei, Mylady.»

Sie gab ein kleines Lachen von sich. «Glauben Sie mir, ich beachte das gar nicht. Heute verloren, morgen gewonnen. Einmal hinauf und das andere Mal hinunter.»

Das Spiel ging weiter. Erst später, als die Gesellschaft in kleinen plaudernden Gruppen köstliche Erfrischungen genoß, wurde wieder an Rules Verlobung gedacht. Lady Amelia war es, die mit einem Glas heißen Negus in einer Hand und einem süßen Plätzchen in der anderen auf Lethbridge zusegelte und in ihrer abrupten Art sagte: «Sie sind ein Scheusal, Lethbridge. Was ist Ihnen nur eingefallen, mit Ihrer Nachricht so herauszuplatzen?»

«Warum nicht?» erwiderte der Lord kühl. «Ich dachte, es würde alle interessieren.»

Lady Amelia trank ihren Negus aus und blickte quer durch den Raum auf die Hausfrau. «Amüsant», bemerkte sie. «Hatte sie sich Hoffnungen gemacht?»

Lethbridge zuckte die Achseln. «Warum fragen Sie mich? Ich bin nicht der Dame Vertrauter.»

«Hm — Sie haben doch die Gabe, immer alles zu wissen. Dummes Geschöpf — Rule ist kein solcher Narr.» Ihre zynischen Augen wanderten auf der Suche nach Mr. Drelincourt. Schließlich fanden sie ihn; er stand abseits und zupfte an seiner Unterlippe. Sie kicherte. «Der kann es nicht verkiefen, was?»

Lord Lethbridge folgte ihrem Blick. «Geben Sie zu, daß ich Sie damit unterhalten habe, Mylady?»

«Sie sticheln wie eine Mücke, Verehrter.» Jetzt bemerkte sie den kleinen Mr. Paget, der neugierig neben ihr stand, und puffte ihn mit ihrem Fächer in die Rippen. «Was geben *Sie* jetzt für Crosbys Chancen?»

«Oder für die unserer schönen Wirtin, Madam!»

Sie zuckte die breiten weißen Achseln. «Wen kümmern die Angelegenheiten der törichten Frau?» Damit entfernte sie sich.

Mr. Paget übertrug nun seine Aufmerksamkeit auf Lord Lethbridge. «Meiner Treu, Mylord, ich wollte schwören, daß sie unter ihrem Rouge erblaßt ist...» Lethbridge nahm eine Prise und schnupfte. «Das war von Ihnen grausam, Mylord — ja, wahrhaftig!»

«Finden Sie wirklich?» fragte der Lord liebenswürdig.

«Ach ja, bestimmt, ganz bestimmt. Sie hatte sich zweifellos Hoffnungen auf Rule gemacht. Aber das war ja ganz ausgeschlossen — ich halte Lord Rule für übermäßig stolz.»

«Übermäßig — gewiß», sagte Lethbridge mit so scharfem Tonfall, daß Mr. Paget das peinliche Gefühl beschlich, soeben etwas Unangebrachtes gesagt zu haben.

Und dieser Eindruck verfolgte ihn so sehr, daß er den Wortwechsel später Sir Marmaduke Hoban anvertraute. Der lachte höhnisch, bestätigte: «Allerdings, recht unangebracht» und entfernte sich, um sein Glas frisch füllen zu lassen.

Mr. Crosby Drelincourt, Lord Rules Vetter und mutmaßlicher Erbe, zeigte kein Verlangen, sich über die Neuigkeit auszulassen. Er verließ die Gesellschaft zeitig und begab sich, von düsteren Vorahnungen gequält, zu seiner Behausung in der Jermyn Street.

Er schlief schlecht, erwachte schließlich zu ungewohnter Stunde und verlangte die *London Gazette*. Der Diener brachte sie ihm zugleich mit der Tasse Schokolade, deren Genuß gewöhnlich Mr. Drelincourts Tag einleitete. Dieser griff nach der Zeitung und entfaltete sie mit erregten Fingern. Und schon flammte ihm die Anzeige in unbezweifelbarer Druckschrift entgegen. Er glotzte gleichsam betäubt darauf; seine Nachtmütze war verrutscht und saß schräg über einem Auge.

«Ihre Schokolade, Sir», meldete der Lakai unbeteiligt.

Das riß seinen Herrn aus der Erstarrung. «Nimm das verdammte Zeug weg», brüllte er und schleuderte die Gazette von sich. «Ich stehe jetzt auf!»

«Sehr wohl, Sir. Werden Sie den blauen Vormittagsanzug tragen?»

Mr. Drelincourt schimpfte wüst. Den Mann, der an seinen Jähzorn gewöhnt war, beeindruckte das wenig, doch nahm er die Gelegenheit wahr, da sein Herr seine Strümpfe anzog, um einen raschen Blick in die Gazette zu werfen. Was er darin sah, brachte ein dünnes, ungutes Lächeln auf seine Lippen. Er entfernte sich, um das Rasiermesser zu holen.

Die Nachricht hatte Mr. Drelincourt zwar tief getroffen, aber die Macht der Gewohnheit half ihm: nach dem Rasieren hatte er bereits genügend Selbstbeherrschung wiedergefunden, um sich für die wichtige Frage seiner Aufmachung zu interessieren. Das Ergebnis der Sorgfalt, die er der eigenen Erscheinung widmete, war gewiß bemerkenswert. Als er endlich für den Vorstoß auf die Straße bereit war, trug er über einer sehr kurzen Weste einen blauen Rock mit langen Schößen und riesigen Silberknöpfen und ein Paar gestreifte Kniehosen, die unterhalb der Knie mit rosettenförmigen Schnallen zusammengehalten waren. Eine Schleife diente ihm als Krawatte, seine Strümpfe waren aus Seide und die Schuhe hatten silberne Schnallen und so hohe Absätze, daß er darin nur trippeln konnte. Die Perücke, genannt *en hérisson*, war hinaufgebürstet, mit einer in die Stirne hängenden Haarlocke, wellte sich zu Taubenflügeln über den Ohren und bildete hinten ein Schwänzchen, das in einem schwarzen Seidenbeutel eingefangen war. Ein kleiner runder Hut krönte das Gebäude, und zur Vollendung der Toilette trug er einen langen, geäderten, mit Quasten geschmückten Spazierstock.

Obzwar schönes Wetter war, winkte Mr. Drelincourt eine Sänfte heran und gab die Adresse seines Vetters in Grosvenor Square. Er bestieg den Stuhl behutsam, indem er den Kopf beugte, um sein Toupet nicht an die Decke streifen zu lassen. Die Männer faßten die Tragstangen und machten sich mit ihrer kostbaren Last auf den Weg.

Am Grosvenor Square angelangt, fertigte Mr. Drelincourt die Leute ab und trippelte über die Stufen zum großen Tor von Rules Haus. Er wurde vom Portier eingelassen, wobei in dessen Blick zu lesen war, daß er ihm am liebsten die Türe vor dem bemalten Gesicht zugeschlagen hätte. Mr. Drelincourt war in Rules Haushalt kein gern gesehener Gast, durfte aber doch als Verwandter nach Gutdünken ein- und ausgehen. Mylord säße noch beim Frühstück, sagte ihm der Portier, doch quittierte Mr. Drelincourt die Meldung nur mit einer flüchtigen Geste der lilienweißen Hand. Der Mann übergab ihn einem Lakai und dachte dabei mit einer gewissen Befriedigung, daß da einer recht kläglich die Nase hängen ließ.

Anläßlich der Besuche bei seinem Vetter versäumte Mister Drelincourt selten, seinen Blick bewundernd auf den schönen Maßen der Räume und der eleganten Einrichtung ruhen zu lassen. Er hatte sich allmählich angewöhnt, Rules Besitz als den eigenen anzusehen, und konnte niemals das Haus betreten, ohne an den Tag zu denken, da ihm all dies gehören sollte. Heute jedoch vermochte er unschwer, den Traum von sich zu weisen; während er dem Diener in ein kleines Frühstückszimmer folgte, hatte er nichts anderes im Herzen als das bittere Gefühl erlittenen Unrechts.

Mylord saß in einem Morgenrock aus Seidenbrokat vor einem Deckelkrug und einer Bratenschüssel bei Tisch. Sein Sekretär stand bei ihm und beschäftigte sich offenbar mit einer Reihe von Einladungsschreiben, denn in dem Augenblick, als Mr. Drelincourt hereinstolzierte, sagte er gerade verzweifelnd: «Aber, Sir, Sie müssen sich doch erinnern, daß Sie für heute abend Ihrer Gnaden Lady Bedford zugesagt haben!»

«Ach, mein lieber Arnold», sagte Rule kläglich, «ich wollte, Sie könnten sich derlei Ideen abgewöhnen, ich weiß wirklich nicht, woher Sie sie nehmen. Ich erinnere mich niemals an unangenehme Dinge. — Guten Morgen, Crosby.» Er stellte sein Glas nieder, um die Briefe in Mr. Gisbornes Hand zu betrachten. «Den hier, Arnold, auf dem rosa Papier. Ich habe eine Schwäche für rosa Briefe. Was steht darin?»

«Einladung zu einer Kartenpartie bei Mrs. Wallchester, Sir», antwortete Mrs. Gisborne mißbilligend.

«Mein Instinkt täuscht mich niemals», stellte der Lord fest, «gut, das rosa Kärtchen soll es sein. Warum stehst du, Crosby? Willst du mit mir frühstücken? Nein, nein, Arnold, gehen Sie nicht weg!»

«Ich möchte dich bitten, Rule — ich habe privat mit dir zu sprechen», sagte Mr. Drelincourt, nachdem er den Sekretär aufs flüchtigste gegrüßt hatte.

«Sei nicht schüchtern, Crosby», mahnte der Lord freundlich. «Wenn sich's um Geld handelt, muß es Arnold ja doch erfahren.»

«Das ist es nicht», antwortete Drelincourt unangenehm berührt.

«Gestatten Sie, Sir», sagte Gisborne und ging hinaus.

Mr. Drelincourt legte Hut und Stock nieder und schob sich einen Stuhl zum Tisch. «Mit dir frühstücken? Nein!» sagte er etwas mürrisch. Der Graf musterte ihn ungeduldig. «Also was soll es jetzt sein, Crosby?» fragte er.

«Ich bin gekommen, um ... um mit dir über diese ... diese Vermählung zu sprechen.»

«Daran ist nichts Privates», bemerkte Rule und widmete sich dem kalten Braten.

«Allerdings!» sagte Crosby mit einem leicht entrüsteten Unterton. «Ich nehme an, daß es wahr ist?»

«Oh, durchaus! Du kannst mir ruhig gratulieren, Crosby!»

«Das ... nun ja, gewiß! Gewiß wünsche ich dir alles Gute», sagte Crosby ein wenig aus der Fassung gebracht. «Aber du hast mir ja nie ein Wort gesagt. Ich bin ganz überrascht. Ich muß sagen, Vetter, es berührt mich als außerordentlich seltsam, in Anbetracht der einzigartigen Beziehung, die zwischen uns herrscht.»

«Der — was?» Mylord schien verblüfft.

«Ich bitte dich, Rule, als dein Erbe habe ich doch ein gewisses Recht darauf, über deine Absichten unterrichtet zu werden.»

«Ach, dann muß ich mich wohl entschuldigen. Willst du auch bestimmt kein Frühstück? Du siehst mir heute gar nicht gut aus. Ich wäre sogar fast geneigt, dir von diesem blauen Haarpuder abzuraten. Eine reizende Farbe, Crosby, glaub ja nicht, daß ich sie nicht zu würdigen weiß, aber der blasse Widerschein auf deinem Antlitz ...»

«Wenn ich dir blaß vorkomme, Vetter, dann führe es auf die unerwartete Anzeige in der heutigen Gazette zurück. Sie hat mich getroffen, ja, das kann ich nicht leugnen.»

«Aber, Crosby», klagte der Lord, «weißt du denn so sicher, daß du mich überleben wirst?»

«Dem Lauf der Natur gemäß darf ich es erwarten», antwortete Drelincourt, der zu sehr in seiner Enttäuschung vertieft war, um seine Worte richtig zu bedenken. «Vergiß nicht, daß du mir um zehn Jahre voraus bist.»

Rule schüttelte den Kopf. «Darauf solltest du, scheint mir, nicht bauen», sagte er. «Ich gehöre nämlich einem bedauerlich gesunden Stamm an.»

«Sehr wahr», bestätigte Drelincourt. «Zur Freude aller Verwandten.»

«Das sehe ich», sagte der Lord ernsthaft.

«Bitte, mißversteh mich nicht, Marcus! Glaub ja nicht, daß dein Hinscheiden anderes in mir auslösen könnte als ein Gefühl tiefster Trauer, aber du wirst zugeben, daß der Mensch auch an die Zukunft denken muß.»

«Eine so ferne Zukunft, mein lieber Crosby! Der Gedanke daran macht mich geradezu melancholisch.»

«Ja, wir wollen alle hoffen, daß sie weit entfernt liegt», bemerkte Crosby, «aber dir entgeht wohl auch nicht, wie unsicher das menschliche Dasein ist. Man denke nur zum Beispiel an den jungen Frittenham, der soeben in der Blüte seiner Jahre durch einen Sturz seines Kabrioletts verunglückt ist. Genickbruch, weißt du, und das Ganze wegen einer Wette.»

Der Graf legte Messer und Gabel nieder und blickte belustigt auf seinen Verwandten.

«Ja, man denke nur», wiederholte er. «Ich gestehe, Crosby, daß deine Worte meinem nächsten Rennen einen ... nun, einen Reiz mehr verleihen werden. Ich beginne zu sehen, daß, wenn du erst in meine Schuhe trittst ... ach, übrigens, liebster Vetter, du bist ja in derlei Fragen Fachmann: sag mir, ich bitte dich, wie dir diese Stiefel gefallen?» Damit streckte er ein Bein vor Drelincourt aus.

Der sagte treffend: «*A la d'Artois*, von Joubert. Mir persönlich sagen sie nicht besonders zu, aber sie sind sehr ... sehr nett.»

«Schade, daß sie dir nicht gefallen, da ich jetzt begreife, daß sie jeden Augenblick dein werden könnten ...»

«Nein, nein, Rule, das doch gewiß nicht ...», war Drelincourts edler Protest.

«Ja, bedenke nur, wie unsicher das menschliche Dasein ist, Crosby. Du sagtest es soeben selbst. Ich könnte jederzeit aus einem Wagen stürzen.»

«Ich habe doch nicht im geringsten sagen wollen ...»

«Oder», fuhr Rule nachdenklich fort, «einem der Raubmörder, die, wie ich höre, die Stadt unsicher machen, zum Opfer fallen.»

«Gewiß», sagte Drelincourt steif. «Aber es ist nicht anzunehmen, daß ...»

«Wegelagerer gibt es auch. Denk an den armen Layton; es ist noch nicht einen Monat her, daß er auf der Hounslower Heide mit einer Kugel in der Schulter aufgefunden wurde. Wie leicht hätte ich das sein können. Und es kann mir noch immer passieren, Crosby.»

Drelincourt erhob sich pikiert. «Ich sehe, daß du fest entschlossen bist, die Sache spaßhaft zu behandeln. Du meine Güte, ich wünsche mir doch nicht deinen Tod! Ich wäre über die Nachricht äußerst betrübt. Aber dieser plötzliche Entschluß, dich zu verheiraten, wo doch kein Mensch mehr daran dachte, hat mich verwundert — ja, tatsächlich. Und dabei soll es eine ziemlich junge Dame sein.»

«Warum, mein lieber Crosby, sagst du nicht gleich: eine sehr junge Dame? Sicher weißt du ihr Alter genau.»

Drelincourt blies verächtlich durch die Nase. «Ich gebe zu, lieber Vetter, daß ich es kaum glauben konnte. Ein Fräulein, eben aus dem Schulzimmer – und du bist weit über dreißig! Hoffentlich mußt du es nicht eines Tages bereuen.»

«Willst du nicht vielleicht doch von diesem vorzüglichen Ochsenfleisch kosten?» fragte der Lord.

Hier lief ein Schaudern durch seinen ästhetisch empfindsamen Vetter. «Nie, nie im Leben esse ich Fleisch zu dieser Morgenstunde», sagte er mit feierlicher Überzeugung. «Nichts könnte mir heftiger widerstreben... Du weißt wohl, wie die Menschen über diese merkwürdige Ehe lachen werden! Siebzehn und fünfunddreißig! Meiner Treu, *ich* wollte mich nicht so lächerlich machen!» Er gab ein kleines, zorniges Lachen von sich und fügte boshaft hinzu: «Über die junge Dame braucht man sich allerdings nicht zu wundern. Jeder weiß, wie es um die Winwoods steht. Sie kommt ganz schön dabei heraus, sehr schön, könnte man sogar sagen.»

Der Graf lehnte sich in seinen Stuhl zurück; die eine Hand hatte er in der Hosentasche, mit der anderen spielte er zerstreut mit seinem Monokel. «Crosby», sagte er sanft, «solltest du diese Bemerkung noch einmal machen, so fürchte ich – fürchte ich sehr –, daß du höchstwahrscheinlich vor mir das Zeitliche segnen wirst.»

Es folgte eine unbehagliche Stille. Drelincourt warf einen Blick auf seinen Vetter und sah, daß aus den blasierten Augen unter den schweren Lidern das Lächeln verschwunden war. Momentan lag ein recht unangenehmer Schimmer darin. Drelincourt räusperte sich und antwortete mit ein wenig unsteter Stimme: «Aber, mein lieber Marcus, ich habe doch weiter gar nichts sagen wollen. Wie kannst du nur jedes Wort so auf die Waagschale legen?»

«Das wirst du mir verzeihen müssen.» Dem Lord saß noch immer der einschüchternde Grimm um die Mundwinkel.

«Ach gewiß, ich denke schon nicht mehr daran. Laß es vergessen sein. Und was nun die Sache betrifft, da hast du mich wirklich ganz und gar mißverstanden.»

Der Graf fixierte ihn noch eine Weile, dann verließ der Grimm sein Gesicht, und plötzlich mußte er lachen.

Drelincourt griff nach Hut und Stock und war im Begriff, sich zu verabschieden, als die Türe aufgestoßen wurde und eine Dame eintrat. Sie war mittelgroß, trug ein apfelgrünes Kambrikkleid mit weißen Streifen in dem als *vive bergère* bekannten Stil und einen Strohhut mit Bändern, der ihr ausnehmend gut stand. Ein Schultertuch über dem Arm und ein Sonnenschirm mit langem Griff vollendeten ihren Aufzug, und in der Hand trug sie, wie Drelincourt sofort wahrnahm, eine *London Gazette*.

Sie war eine sehr schöne Frau, mit zugleich messerscharfen und warm

39

lächelnden, höchst ausdrucksvollen Augen. Sie sah dem Grafen auffallend ähnlich.

Beim Anblick Drelincourts blieb sie einen Augenblick auf der Schwelle stehen. «Ach, Crosby», sagte sie mit unverschleiertem Mißvergnügen.

Rule erhob sich und gab ihr die Hand. «Kommst auch du zum Frühstück, meine liebste Louisa?»

Sie küßte ihn schwesterlich. «Gefrühstückt habe ich vor zwei Stunden», sagte sie energisch. «Aber du kannst mir eine Tasse Kaffee geben. Du warst gerade im Begriff zu gehen, Crosby, nicht wahr — laß dich, bitte, nicht aufhalten. O Gott, warum trägst du nur so unmögliche Kleider? Und glaub mir: diese lächerliche Perücke steht dir gar nicht!»

Drelincourt, der sich seiner Kusine nicht gewachsen fühlte, verbeugte sich lediglich und wünschte einen guten Morgen. Kaum war er aus dem Zimmer getänzelt, als Lady Louisa Quain ihre Gazette vor Rule auf den Tisch warf. «Ich brauche dich nicht zu fragen, was jenes abscheuliche Krötchen hier wollte», bemerkte sie. «Aber was sagst du, mein lieber Marcus, wie ärgerlich! Es ist ein ganz blödsinniger Fehler unterlaufen. Hast du es schon gesehen?»

Rule goß Kaffee in seine noch ungebrauchte Tasse. «Liebe Louisa, ist dir bewußt, daß es kaum erst elf Uhr ist und ich bereits Crosby hier gehabt habe? Wann, glaubst du, hätte ich die Gazette lesen sollen?»

Sie nahm ihm ihre Kaffeetasse aus der Hand, wobei sie ihrem Staunen Ausdruck gab, daß es ihm behagte, beim Frühstück Bier zu trinken. «Du wirst eine zweite Anzeige einsenden müssen», sagte sie. «Ich kann mir gar nicht erklären, wie es zu einem so dummen Irrtum kam. Denk dir, sie haben die Namen der Schwestern verwechselt! Hier, lies selbst: ‹The Honourable Horatia Winwood, jüngste Tochter der...› Wahrhaftig, man müßte lachen, wenn es nicht so ärgerlich wäre. Wie hat es nur passieren können, daß sie ‹Horatia› statt ‹Elisabeth› gedruckt haben?»

«Ja, weißt du», sagte Rule zerknirscht, «Arnold hat die Anzeige an die Gazette gesandt.»

«Ich hätte nie gedacht, daß er so ein Esel ist!»

Rules Zerknirschung nahm zu. «Ich müßte dir eigentlich erklären, meine liebe Louisa, daß er in meinem Auftrag handelte.»

Lady Louisa, die mit empörtem Interesse die Anzeige studierte, ließ das Blatt fallen und drehte sich auf ihrem Stuhl, um dem Bruder verblüfft ins Gesicht zu starren. «Um Gottes willen, Rule, was meinst du damit? Du willst doch nicht Horatia Winwood heiraten?»

«Das will ich sehr wohl», erwiderte er in aller Ruhe.

«Rule, bist du wahnsinnig? Du hast mir doch ausdrücklich gesagt, daß du dich um Elisabeth beworben hast.»

«Mein furchtbar schlechtes Namensgedächtnis...», klagte der Lord.

Lady Louisa schlug mit der flachen Hand auf den Tisch. «Unsinn! Dein Gedächtnis ist nicht schlechter als meines.»

«Das würde ich nicht so ohne weiteres behaupten, meine Liebe. Dein Gedächtnis ist manchmal viel zu gut.»

«Ach so!» sagte sie und sah ihn prüfend an. «Schön, dann ist es wohl am besten, du beichtest mir gleich die ganze Geschichte. Hast du wirklich die Absicht, das Kind zu heiraten?»

«Gewiß hat sie die Absicht, mich zu heiraten.»

«Was?» Lady Louisa stockte der Atem.

«Ja, weißt du», sagte der Lord, indem er seinen Sitz wieder einnahm, «es sollte zwar eigentlich Charlotte sein, aber der steht der Sinn nicht nach diesem Opfer, nicht einmal um Elisabeths willen.»

«Entweder du hast den Verstand verloren», erklärte Lady Louisa und gab den Kampf auf, «oder ich. Ich verstehe davon kein Wort und besonders nicht, warum du Horatia, die wohl noch im Schulzimmer sitzt, denn ich bin ihr nirgends begegnet, statt der göttlich schönen Elisabeth...»

«Ja, ja», unterbrach Rule, «aber an die Augenbrauen werde ich mich schon gewöhnen. Auch hat sie *die* Nase.»

«Rule», mahnte Mylady mit gefährlicher Ruhe, «treib den Scherz nicht zu weit! Wo hast du das Kind gesehen?»

Ein verschmitztes Lächeln zuckte um seine Mundwinkel. «Wenn ich es dir sagte, Louisa, würdest du mir nicht glauben wollen.»

Sie blickte auf. «Wann ist es dir eingefallen?»

«Mir? Gar nicht.»

«Wem denn?»

«Horatia. Ich dachte, ich hätte das schon erklärt.»

«Willst du mir erzählen», fragte Lady Louisa sarkastisch, «daß dich das Mädchen gebeten hat, sie zu heiraten?»

«Statt Elisabeth, ja.» Der Lord nickte. «Elisabeth wird nämlich Mr. Heron heiraten.»

«Wer ist jetzt wieder Mr. Heron? Ich habe im Leben kein solches Durcheinander erlebt! Gib es zu, Rule, du hältst mich zum besten.»

«Gar nicht, Louisa. Du verstehst eben die Situation nicht. Eine von den jungen Damen muß mich heiraten.»

«Das glaube ich gerne», bemerkte sie kurz. «Aber der Unsinn mit Horatia? Was ist daran wahr?»

«Horatia hat sich mir statt ihrer Schwester angeboten. Und das ist — aber ich brauche es dir nicht zu sagen — nur für deine Ohren gemeint.»

Es lag nicht in Lady Louisas Art, sich ihrer Verwunderung hinzugeben, und sie äußerte sie auch jetzt nicht durch zwecklose Ausrufe. «Marcus», fragte sie nur, «ist das Mädchen unverschämt?»

«Nein», antwortete er, «das ist es nicht. Eher wäre ich geneigt, sie für eine Heldin zu halten.»

«Möchte sie dich denn lieber nicht heiraten?»

Seine Augen blitzten. «Ja, also weißt du, ich bin ein wenig alt — wenn man es mir auch nicht ansieht. Aber sie versicherte mir, daß sie mich ganz gerne heiraten wollte. Wenn ich mich recht erinnere, war ihre Voraussage, daß wir fein miteinander auskommen würden.»

Lady Louisa, die ihn beobachtete, fragte unvermittelt: «Rule, ist dies eine Liebesheirat?»

Seine Brauen hoben sich, er sah leicht belustigt aus. «Ich bitte dich, Louisa — in meinem Alter?»

«Dann heirate die Schönheit. Die würde das besser verstehen.»

«Du täuschst dich, meine Liebe. Horatia versteht es sehr wohl. Sie verpflichtet sich, mir nicht im Weg zu stehen.»

«Mit siebzehn Jahren! Marcus — das ist Wahnsinn!» Sie erhob sich und schlug den Schal um sich. «Ich will mir das selbst ansehen.»

«Tue das!» sagte er herzlich. «Ich glaube — allerdings bin ich vielleicht parteiisch —, daß du sie ganz entzückend finden wirst.»

«Wenn du sie entzückend findest», sagte sie, und ihr Blick verlor seine Strenge — «dann will ich sie liebhaben. Sogar wenn sie schielt!»

«Sie schielt nicht», sagte der Lord, «sie stottert.»

4

DIE FRAGE, die Lady Louisa Quain gerne gestellt hätte, dann aber doch lieber unterdrückte, lautete: «Und Caroline Massey?» Das Verhältnis ihres Bruders zur schönen Massey war ihr bekannt, auch schreckte sie sonst selten vor einem geraden Wort zurück; daß sie sein jetziges Verhalten beeinflussen könnte, hielt sie jedoch für unwahrscheinlich, vor allem aber mußte sie zugeben, daß ihr der Mut fehlte, den Gegenstand zu berühren. Wohl wußte sie, daß Rules Vertrauen in ziemlich hohem Maße besaß, doch hatte er seine Liebesangelegenheiten niemals mit ihr besprochen, und es war ihm durchaus zuzumuten, sie in unangenehmster Weise zu brüskieren, falls sie sich auf verbotenen Boden wagte.

Sie schmeichelte sich nicht, letzten Endes seinen Entschluß herbeigeführt zu haben, immerhin war sie es gewesen, die ihm zum Heiraten riet. Sie hatte ihm öfter gesagt, wie unerträglich ihr der Gedanke war, Crosby eines Tages als seinen Nachfolger zu sehen. Und sie war es auch, die auf Miss Winwood als passende Braut hingewiesen hatte. Sie mochte Elisabeth gerne und würdigte sehr bald nicht nur ihre göttliche Schönheit, sondern vor allem ihr liebliches Gemüt. Der Besitz einer so bezaubernden Frau müßte zweifellos zur Lösung der abscheulichen Liaison mit der Massey führen. Nun aber hatte es den Anschein, als kümmerte es Rule wenig, wen er heiratete — ein übles Vorzeichen, was den Einfluß seiner zukünftigen Frau betraf. Noch dazu, wenn die ein siebzehnjähriges Frätzchen wäre! Nein, die Sache war entschieden nicht vielversprechend.

Sie machte Lady Winwood ihre Aufwartung und konnte, nachdem sie Horatia kennengelernt hatte, das Haus in der South Street in veränderter Stimmung verlassen. Das schwarzbrauige Mädchen war kein zimperlicher Backfisch und würde Rule ganz gehörig durchrütteln! Das war besser, viel besser noch, dachte sie, als das von ihr Geplante. Elisabeths Fügsamkeit hätte dem Zweck nicht annähernd so gut gedient wie Horatias Ungestüm. Jetzt würde er keinen ruhigen Augenblick mehr haben und überhaupt keine Zeit für die greuliche Massey.

Rule schien von seiner stürmischen Zukunft, auf die sich seine Schwester so freute, nichts zu ahnen. Er setzte seine Besuche in der Herdford Street fort, und es kam kein Wort über seine Lippen, das auf einen bevorstehenden Bruch hingewiesen hätte.

Lady Massey empfing ihn in ihrem rosa und silbernen Boudoir zwei Tage nach der Ankündigung der Verlobung. In einem Negligé aus Spitzen und Satin ruhte sie halb zurückgelehnt auf ihrem Brokatsofa. Rule wurde nicht angemeldet, sondern betrat den Raum wie einer, der das Recht dazu hat. Als er die Türen schloß, bemerkte er scherzhaft: «Du hast einen neuen Portier, meine teure Caroline. Hast du dem Mann aufgetragen, mir die Türe vor der Nase zuzuschlagen?»

Sie streckte ihm die Hand entgegen. «Hat er das denn getan, Marcus?»

«Nein. Solch ein beschämendes Los ist mir noch nicht zuteil geworden.» Er führte ihre Hand an die Lippen. Ihre Finger schlossen sich um die seinen, und sie zog ihn zu sich herab. «Wie förmlich wir uns heute benehmen!» sagte er lächelnd und küßte sie.

Sie ließ seine Hand nicht los, erwiderte aber halb spöttisch, halb betrübt: «Vielleicht müßten wir jetzt förmlich sein — Mylord.»

Er seufzte. «Du hast dem Portier also doch gesagt, er solle mir den Eintritt verwehren?»

«Nein. Aber du willst doch heiraten, nicht wahr, Marcus?»

«Ja», gab er zu. «Aber nicht jetzt gleich, weißt du.»

Sie lächelte flüchtig. «Du hättest mir das mitteilen können.»

Er öffnete seine Schnupftabakdose und nahm eine Prise zwischen Zeigefinger und Daumen. «Gewiß hätte ich das tun können», sagte er, indem er nach ihrer Hand griff. «Ein neuer Tabak, meine Liebe.» Er ließ seine Prise auf ihr weißes Handgelenk fallen und schnupperte.

Sie entzog ihm ihre Hand. «Hättest du es mir nicht sagen können?» wiederholte sie.

Er klappte die Dose zu und blickte auf sie herab, noch immer wohlgelaunt, aber doch mit einem Schimmer im Auge, der ihr einzuhalten

43

riet. Eine leichte Zornwelle durchflutete sie, denn sie verstand ihn nur zu gut: er wollte seine künftige Ehe nicht mit ihr besprechen. Sie bemerkte, um einen tändelnden Ton bemüht: «Wahrscheinlich wirst du sagen, es geht mich nichts an.»

«Ich bin niemals unhöflich, Caroline!»

Sie spürte die Abfuhr, bewahrte aber ihr Lächeln. «Allerdings. Ich habe dich öfters als den Mann mit der gefälligsten Zunge bezeichnen gehört.» Sie bewegte die Hand, um das Licht in ihren Ringen glitzern zu lassen, und schien in deren Anblick vertieft.

«Aber ich wußte nicht einmal, daß du eine Heirat in Betracht zogst.» Ihr Blick blitzte ihn an. «Weil ich nämlich dachte», sagte sie mit sarkastischer Feierlichkeit, «daß du mich — und nur mich allein — liebtest!»

«Was hat das mit meiner Heirat zu tun, meine Teure? Ich liege dir zu Füßen, das weißt du, zu den weitaus hübschesten Füßen, die ich jemals gekannt habe.»

«Und dabei darf ich annehmen, daß das nicht wenige sind», sagte sie brüsk.

«Dutzende», bestätigte er vergnügt.

Jetzt entfuhr ihr, was sie eigentlich gar nicht sagen wollte: «Du liegst mir zwar zu Füßen, Rule, aber du bewirbst dich um eine andere Frau.»

Der Graf hatte seine Lorgnette ans Auge gesetzt und schenkte einem Dresdner Harlekin, der auf dem Kamin stand, seine ganze Aufmerksamkeit. «Solltest du den als einen Kändler gekauft haben, meine Liebe, dann hast du dich, fürchte ich, betrügen lassen.»

«Es ist ein Geschenk», sagte sie ungeduldig.

«Wie ärgerlich! Ich werde dir ein hübsches Tanzpaar schicken, durch das du es ersetzen kannst.»

«Das ist äußerst freundlich von dir, Marcus», sagte sie gereizt, «aber wir sprachen soeben von deiner Heirat.»

«*Du* sprachst davon», verbesserte er. «Ich wollte — hm — den Gegenstand wechseln.»

Sie erhob sich und machte einen unbeherrschten Schritt auf ihn zu.

«Ich nehme an», sagte sie ein wenig kurzatmig, «daß dir die schöne Massey einer so hohen Ehre nicht würdig erschien.»

«Aufrichtig gesagt, meine Liebe, ließ meine Bescheidenheit die Vermutung nicht aufkommen, daß die schöne Massey eine Ehe mit mir in Betracht ziehen könnte.»

«Vielleicht tat ich das auch nicht», erwiderte sie, «aber das wird wohl nicht der Grund deines Entschlusses sein.»

«Eine Ehe», sagte der Lord nachdenklich, «ist eine recht langweilige Sache.»

«Ja? Sogar eine Ehe mit dem vornehmen Grafen von Rule?»

«Sogar mit mir, ja.» Er betrachtete sie mit einem eigenartigen Ausdruck, in dem kein richtiges Lächeln saß. «Weißt du, meine Liebe, du müßtest nämlich — um deine eigenen Worte zu gebrauchen — mich und nur mich lieben.»

Sie erschrak; eine leichte Röte stieg unter dem Puder in ihre Wangen. Sie wandte sich mit einem flüchtigen Lachen ab und befaßte sich mit den Rosen in einer ihrer Vasen. «Ja, das wäre gewiß sehr langweilig», sagte sie. Und mit einem raschen Seitenblick auf ihn: «Sollten Sie eifersüchtig sein, Mylord?»

«Nicht im geringsten», antwortete er ruhig.

«Aber du fürchtest, das könnte kommen, wenn ich deine Frau wäre?»

«Du bist so bezaubernd, meine Liebe», sagte der Graf mit einer Verbeugung, «daß es wohl kaum ausbleiben würde.»

Sie war zu klug, um sich nicht damit zu begnügen. Schon jetzt fürchtete sie, zu weit gegangen zu sein, denn erzürnte sie auch seine Verlobung, so wollte sie sich's doch nicht mit ihm verderben. Es gab eine Zeit, da sie die Hoffnung hegte, Gräfin von Rule zu werden, obzwar sie recht genau erkannte, welch eine starke Empörung eine derartige Verbindung in den vornehmen Kreisen ausgelöst hätte. Jetzt wußte sie, daß Rule sie durchschaute; sie hatte einen stahlharten Blick aufgefangen und erkannt, daß da etwas hinter seinem leichtfertigen Wesen lag, etwas, das ebenso unberechenbar wie unvorhergesehen war. Früher meinte sie, ihn um die Finger wickeln zu können; zum erstenmal befiel sie ein Zweifel, und sie verstand, daß es nun behutsam auftreten hieß, wenn sie ihn nicht verlieren wollte.

Und das wollte sie entschieden nicht. Ihr Mann, der verewigte Sir Thomas, hatte in seiner unangenehmen Art sein Vermögen unter Verfügungsbeschränkung hinterlassen, so daß seine Witwe immer wieder in die peinlichsten Schwierigkeiten geriet. Er hatte für Frauenzimmer, die dem Pharao und Basset frönten, wenig Sympathie aufgebracht. Glücklicherweise belasteten den Grafen Rule keine derartigen Skrupel, so daß er nichts dagegen hatte, einer pekuniär bedrängten Dame unter die Arme zu greifen. Er stellte nie lästige Fragen über ihr Spiellaster und führte stets eine wohlgefüllte Börse mit sich.

Heute hatte er sie erschreckt. Sie ahnte bis dahin nicht, daß er von einem Nebenbuhler wußte. Nun erwies es sich, und vielleicht hatte er es von Anfang an gewußt. Ja, sie würde vorsichtig sein müssen, denn nur zu wohlbekannt war ihr, was sich seinerzeit zwischen ihm und Robert Lethbridge abgespielt hatte. Niemand sprach davon, und es hätte keiner sagen können, wieso sich die Geschichte verbreitete, aber eine ganze Menge Leute wußte, daß Robert Lethbridge sich einst um die Hand von Lady Louisa Drelincourt beworben hatte. Louisa war jetzt die Gattin Sir Humphrey Quains, und es haftete kein Hauch von Skandal an ihrem Namen; und doch hatte es in ihrer übermütigen Jungmädchenzeit einen Tag gegeben, da der Klatsch über sie durch die ganze

Stadt schwirrte. Niemand kannte die ganze Geschichte, aber jeder wußte, daß Lethbridge damals bis über die Ohren verliebt war, sich um die junge Dame bewarb und abgewiesen wurde, und zwar nicht von ihr, sondern von ihrem Bruder. Das hatte die Umwelt überrascht, denn genoß Lethbridge auch einen recht üblen Ruf («der tollste Wüstling im ganzen Land, meine Liebe!»), so hätte man doch nie gedacht, daß Rule der Mann sei, eine so entschiedene Ablehnung auszusprechen. Und doch — das war allgemein bekannt — hatte er es getan. Was dann geschah, wußte niemand genau, wenn auch jeder und jede eine Version davon verbreitete. Es war alles sorgfältig vertuscht worden, immerhin kursierte in den vornehmen Kreisen eine Entführungsgeschichte. Manche behaupteten, es wäre keine Entführung gewesen, sondern eine freiwillige Flucht nach Gretna jenseits der Grenze. Das mag sich auch so verhalten haben, doch wurde Gretna Green von den Flüchtlingen nie erreicht, dazu waren die Pferde des Grafen Rule zu gute Renner.

Manche wollten wissen, daß die beiden Männer in der Great North Road ein Duell ausgefochten hatten, andere wieder verbreiteten eine Märe, wonach Rule nicht einen Degen, sondern eine Reitpeitsche mit sich führte — was aber allgemein als unwahrscheinlich galt, denn war auch Lethbridges Lebenswandel berüchtigt, so war er doch kein Lakai. Daß niemand die Wahrheit wußte, war bedauerlich, denn die Geschichte war ein ergötzlicher Skandal. Von den drei Mitwirkenden wurde nie ein Wort darüber verloren, und erfuhr man auch damals, daß Lady Louisa eines Abends mit Lethbridge durchgebrannt war, so wußte man ebenfalls von ihrem vierundzwanzig Stunden später erfolgten Besuch bei Verwandten in der Nähe von Grantham. Auch stimmte es wohl, daß Robert Lethbridge mehrere Wochen lang aus dem Gesellschaftsleben verschwunden war, doch erschien er danach wieder, und zwar ohne irgendeines jener Kennzeichen, die den enttäuschten Liebhaber verraten. Die ganze Stadt war gespannt auf das Benehmen der beiden, wenn Rule und er, wie es ja unzweifelhaft geschehen mußte, zusammentrafen, doch ergab auch das wieder nur eine Enttäuschung für die skandallüsternen Klatschmäuler.

Keiner der beiden verhielt sich feindselig. Sie wechselten ein paar Bemerkungen über verschiedene Gegenstände, und hätte nicht Mr. Harry Crewe mit eigenen Augen gesehen, wie Rule in der kritischen Nacht zu höchst ungewohnter Stunde, nämlich um zehn Uhr abends, in seinem Rennwagen aus der Stadt fuhr, so wären auch die eingefleischtesten Klatschmäuler geneigt gewesen, die ganze Geschichte als eine Erfindung anzusehen.

Lady Massey jedoch wußte da besser Bescheid. Sie kannte Lord Lethbridge gut und hätte um ihre sehr schönen Juwelen wetten mögen, daß in dessen Gefühlen für den Grafen Rule Schlimmeres lag als bloße Bosheit.

Was Rule betraf, so verriet er ihr zwar nichts, aber sie wollte doch nicht riskieren, ihn durch allzu offene Ermutigung der Bemühungen Robert Lethbridges zu verlieren.

Sie war nun mit den Blumen fertig, drehte sich um und verlieh ihren schönen Augen einen Ausdruck schelmischer Kläglichkeit.

«Etwas viel Wichtigeres, lieber Marcus», sagte sie scheinbar hilflos, «fünfhundert Guineen Verlust beim Loo! Dazu diese abscheuliche Celestine, die mich bedrängt. Was fange ich nur an?»

«Es soll dich nicht beunruhigen, liebste Caroline. Eine kleine Anleihe, und alles ist wieder in Ordnung.»

Das entriß ihr einen Ausruf: «Wie gütig du bist! Ich wollte... ich wollte, du ließest diese Heirat sein! Wir beide sind so gut miteinander ausgekommen, und ich habe das Gefühl, daß alles nun anders wird.»

Bezogen sich diese Worte auf die finanziellen Beziehungen, so mochte ihre Befürchtung wohlbegründet sein. An Lord Rules Börse sollten sehr bald neue Anforderungen gestellt werden, denn der Vicomte Winwood befand sich auf der Heimfahrt nach England.

Die Mitteilung von der bevorstehenden Vermählung seiner jüngsten Schwester hatte ihn in Rom erreicht, und er hatte dem mütterlichen Wunsch entsprechend sofort und mit möglichster Eile die Heimreise angetreten. Er hielt sich nur ein paar Tage in Florenz auf, wo ihm zwei Freunde begegneten, sodann eine Woche in Paris — in geschäftlichen Angelegenheiten, die nicht ohne Beziehung zu den Spieltischen standen — und er wäre gewiß nicht mehr als drei Tage später, als ihn die liebende Mutter erwartete, in London eingetroffen, wenn er nicht in Breteuil Sir Jasper Middleton getroffen hätte. Auf dem Weg in die Hauptstadt wollte Sir Jasper im Hotel Saint Nicolas übernachten und saß gerade bei einem einsamen Abendessen, als Winwood eintrat. Das war eine gütige Schicksalsfügung, denn Sir Jasper langweilte sich schon fürchterlich in der eigenen Gesellschaft und hegte überdies längst die Sehnsucht, eine Revanche-Partie mit Pelham zu spielen, der ihn vor einigen Monaten beim Pikett in London geschlagen hatte.

Der Vicomte war mit Freuden bereit; sie saßen die ganze Nacht bei den Karten, und am Morgen stieg Winwood, wahrscheinlich vor Übermüdung zerstreut, in Sir Jaspers Postwagen und wurde so nach Paris zurückgeführt. Da man im Wagen weiterspielte, bemerkte er den Irrtum erst in Clermont; dann waren es ja nur mehr sieben oder acht Stationen bis Paris, und so bedurfte es keines langen Überredens, um ihn zur Weiterfahrt zu bestimmen.

Zu guter Letzt traf er aber doch in London ein und fand die Vorbereitungen zu Horatias Hochzeit in vollem Gang. Er gab seiner Befriedigung Ausdruck, warf einen voll würdigenden Blick auf den Heiratsvertrag, gratulierte Horatia zu ihrem Glück und begab sich zu einer Anstandsvisite zum Grafen Rule.

Die beiden waren einander natürlich nicht fremd, nur bewegten sie sich infolge des Altersunterschiedes — Pelham war um zehn Jahre jünger — in verschiedenen Kreisen, so daß ihre Bekanntschaft nur oberflächlich war. Dieser Umstand spielte jedoch für den temperamentvollen Vicomte keinerlei Rolle; er begrüßte Rule mit der gleichen kameradschaftlichen Herzlichkeit, wie sie zwischen ihm und seinen Kumpanen herrschte, und nahm Rule in den Familienkreis auf, indem er sich von ihm Geld lieh.

«Ich muß dir nämlich eines gestehen, lieber Freund», sagte er unumwunden, «falls ich bei dieser Hochzeit anständig auftreten soll, werde ich meinem Schneider unbedingt etwas anzahlen müssen. Ich kann doch nicht zerlumpt erscheinen, den Mädchen wäre das nicht recht!»

In Wahrheit war der Vicomte vielleicht kein richtiger Dandy, doch hätte das Wort «zerlumpt» schwerlich irgendwo schlechter gepaßt als auf seine schlanke Erscheinung. Bei ihm brauchtes sich nicht zwei Männer anzustrengen, um ihn in den Rock zu zwängen, und seinen Schlips band er gerne schief, aber seine Kleider waren immer aus kostbarstem Material, reichlich mit Goldtressen geschmückt und vom ersten Schneider der Stadt angefertigt. Im Augenblick saß er mit lang ausgestreckten Beinen und tief in die Taschen seiner rehfarbenen Kniehosen vergrabenen Händen in einem von Rules Lehnstühlen. Sein offener Samtrock zeigte eine Weste mit gesticktem Motiv: exotische Blumen und Kolibris. Eine kostbare Saphirnadel steckte in der Spitzenkaskade, die von seinem Hals niederfiel, und seine Strümpfe, die für den Verkäufer einen glatten Verlust von fünfundzwanzig Guineen bedeuteten, waren aus Seide mit großen Zwickeln.

Auch im Vicomte verkörperte sich auf vornehmste Weise die Schönheitstradition der Winwoods. Er war von normaler Größe, zart gebaut und seiner Schwester Elisabeth ähnlich. Beide hatten welliges Goldhaar, tiefblaue Augen, gerade, schöne Nasen und zart geschwungene Lippen. Hier jedoch war die Ähnlichkeit zu Ende. Von Elisabeths vornehmer Gelassenheit war bei ihrem Bruder keine Spur. Sein bewegliches Gesicht zeigte bereits Runzeln, und sein Auge war unstet. Er sah sehr gutmütig aus — und war es auch — und betrachtete die Welt mit einer jugendlich zynischen Attitüde.

Rule empfing den Vorschlag, daß er für die Hochzeitstoilette seines zukünftigen Schwagers aufkommen sollte, mit Fassung. Er warf auf den Gast einen leicht belustigten Blick und sagte in seiner blasierten Art: «Aber gewiß, Pelham.»

Der Vicomte musterte ihn beifällig. «Ich ahnte schon, daß wir großartig miteinander auskommen würden», bemerkte er. «Nicht, daß ich mir für gewöhnlich von meinen Freunden Geld ausleihe, aber dich betrachte ich jetzt als Familienangehörigen.»

«Und gönnst mir deren Vorrechte», sagte der Graf ernsthaft. «Schön,

48

dann gönn sie mir auch noch weiter und stell für mich eine Liste deiner Schulden auf.»

Winwood war einen Augenblick verblüfft. «Was? Von allen?» Er schüttelte den Kopf. «Verflucht anständig von dir, Rule, aber das ist ganz unmöglich.»

«Du beunruhigst mich, Pelham. Überschreitet es denn meine Mittel?»

«Die Schwierigkeit liegt darin», vertraute ihm der Vicomte an, «daß ich selbst nicht weiß, wie hoch sie sind.»

«Meine Mittel oder deine Schulden?»

«Aber, Menschenskind — die Schulden natürlich! Ich weiß nicht einmal mehr die Hälfte. Nein, nein, da nützt kein Diskutieren. Ich habe etliche Male versucht, sie zusammenzurechnen. Du glaubst, du bist damit fertig, und dann erscheint plötzlich irgendeine verfluchte Rechnung, die du schon seit Jahren vergessen hattest... Man kommt zu keinem Ende. Am besten, man fängt sich gar nichts an. Zahlen, wie es an einen herantritt — das ist mein Motto.»

«Wirklich?» sagte Rule ein wenig überrascht. «Das hätte ich nicht gedacht.»

«Ich meine, wenn so ein Kerl einem sozusagen den Büttel ins Haus schickt, dann ist der Moment gekommen, mit ihm abzurechnen. Aber alle Schulden auf einmal bezahlen — wer hätte das je gehört? Nein, nein, kommt gar nicht in Frage!»

«Nichtsdestoweniger», sagte Rule und trat an den Schreibtisch, «wirst du mir diesen Gefallen tun müssen. Deine Verhaftung der Schulden wegen, vielleicht sogar in dem Augenblick, da du deiner Schwester Hand in die meine legst, wäre mir höchst fatal.»

Der Vicomte grinste. «Tatsächlich? Aber weißt du, noch kann man einen Peer nicht mir nichts, dir nichts einkasteln... Wie du willst, natürlich, aber ich mache dich aufmerksam, ich stecke ziemlich tief drin.»

Rule tauchte einen Federkiel in das Tintenfaß. «Wie wär's mit einer Tratte auf meine Bank? Fünftausend? Oder sollen wir zehntausend sagen, weil das eine rundere Summe ist?»

Hier mußte sich der Vicomte aufsetzen. «Fünf!» sagte er sehr bestimmt. «Da es dir wichtig ist, sollen sie fünftausend bekommen, aber zehntausend Pfund an eine Bande von Kaufleuten abgeben — das kann und will ich nicht tun. Nein — verflucht! — das läßt mein Fleisch und Blut nicht zu!»

Er sah zu, wie Rules Feder über das Papier fuhr. «Kommt mir verrucht vor», sagte er kopfschüttelnd. «Gegen Geldausgeben habe ich nichts einzuwenden, aber ich sehe nicht gerne, wenn es hinausgeworfen wird!» Er seufzte. «Weißt du, Rule», gab er zu bedenken, «ich könnte es besser verwenden.»

Rule schüttelte den Sand vom Papier und reichte es ihm. «Aber ich weiß bestimmt, Pelham, daß du es nicht tun wirst.»

Der Vicomte erfaßte klug die Sachlage. «So meinst du's?» sagte er. «Also gut! Aber es gefällt mir nicht, nein, gar nicht.»

Auch seinen Schwestern gefiel es nicht, als sie davon hörten. «Fünftausend Pfund, um deine Schulden zu bezahlen?» rief Charlotte entsetzt. «Hat man schon so etwas gehört?»

«Ich bestimmt nicht! Erst dachte ich, der Mann ist nicht ganz richtig im Kopf, aber das scheint es doch nicht zu sein.»

«Aber wirklich, Pel, du hättest, glaube ich, noch eine Weile warten sollen», sagte Elisabeth ein wenig vorwurfsvoll. «Es ist fast... fast unanständig.»

«Und jetzt wird alles verspielt», sagte Charlotte.

«Nicht ein Penny, mein Fräulein, wenn du's wissen willst», antwortete der Vicomte ohne Groll.

«Wieso n-nicht?» fragte Horatia geradeheraus. «Es ist doch sonst immer so.»

Der Bruder warf ihr einen geringschätzigen Blick zu. «Herrgott, Horry, wenn einem ein Mann anstandslos fünftausend Pfund gibt, um Schulden zu zahlen, dann ist da wohl nicht mehr darüber zu reden.»

«Wahrscheinlich läßt sich der Graf die Rechnungen vorlegen», sagte Charlotte bissig.

«Jetzt will ich dir einmal etwas sagen, Charlotte», belehrte sie der Vicomte, «wenn du deine Zunge nicht zu zähmen lernst, wirst du niemals einen Mann bekommen.»

Elisabeth mengte sich hastig ein. «Wird dann alles bezahlt sein, Pel?»

«Es hält mir eine Weile die Blutsauger vom Leib», antwortete Seine Lordschaft. Er nickte Horatia zu: «Er wird dir ein famoser Mann sein, Horry, aber du wirst im Umgang mit ihm aufpassen müssen.»

«Ach nein, Pel», sagte sie, «du hast es nicht richtig verstanden. Wir werden uns gegenseitig nichts dreinreden, es soll wie eine französische Vernunftehe werden.»

«Vernünftig ist sie, das ist wahr», sagte der Vicomte mit einem Blick auf die Tratte. «Aber laß dir von mir raten und spiel Rule keine Streiche. Ich habe das deutliche Gefühl, daß du es bereuen würdest.»

«Den Eindruck habe ich auch», sagte Elisabeth mit ein wenig ängstlicher Stimme.

«Qu-quatsch!» urteilte Horatia unbeeindruckt.

5

DIE HOCHZEIT DES GRAFEN RULE mit Miss Horatia Winwood ging ohne jeden Skandal vor sich; weder wurde der Bruder der Braut wegen Schulden verhaftet noch verursachte die Mätresse des Bräutigams einen Auftritt (wie sich ihn manche erhofften), der den guten Verlauf der Zeremonie gestört hätte. Der Graf erschien pünktlich — zu jedermanns und nicht zuletzt seines vielgeplagten Sekretärs Überraschung. Die Braut war glänzend aufgelegt, ja manchen erschien sie sogar zu gut aufgelegt für einen so feierlichen Anlaß: man sah sie nicht eine einzige Träne vergießen. Allerdings wurde diese mangelnde Empfindsamkeit reichlich ausgeglichen durch das Verhalten Lady Winwoods. Nichts hätte formvollendeter sein können. Auf ihren Bruder gestützt, weinte sie lautlos während der ganzen Zeremonie. Miss Winwood und Miss Charlotte sahen als Brautjungfern bildhübsch aus und benahmen sich geziemend. Mr. Walpoles scharfes Auge nahm alles genauest zur Kenntnis, Lady Louisa Quain hielt sich ebenfalls gut, wenn sie auch zu ihrem Taschentuch greifen mußte, als Mylord Horatias Hand in die seine nahm. Mr. Drelincourt hatte eine neue Perücke und einen schicksalsergebenen Blick, und der Vicomte spielte seine Rolle mit zwangloser Anmut.

Es wurde beschlossen, daß das junge Paar einige Tage aufs Land und dann nach Paris fahren sollte. Die Bestimmung des Reiseziels war der Braut überlassen worden. Elisabeth fand Paris eine seltsame Wahl für eine Hochzeitsreise, aber Horatia bemerkte dazu: «Ach was, wir sind ja keine T-turteltäubchen wie Edward und du, die den ganzen Tag nur daran denken. Ich will mir etwas ansehen, und nach V-versailles fahren und sch-schöne Kleider kaufen, noch schöner als die der Theresa!»

Dieser Teil ihres Programms wurde jedenfalls voll ausgeführt. Als das vornehme Paar nach sechs Wochen wieder in London eintraf, erzählte man sich, daß das Gepäck der jungen Frau einen ganzen Wagen füllte.

Die Heirat ihrer Jüngsten hatte die zarte Konstitution Lady Winwoods erschöpft. Die verschiedenen Erregungen, die sie dabei zu erdulden hatte, verursachten einen hysterischen Anfall, und die Mitteilung, daß ihr Sohn den Hochzeitstag seiner Schwester mit einem Wettrennen zwischen zwei Gänsen im Hyde Park feierte, womit er eine Fünfzigpfundwette verband, gab ihr den Rest. Sie zog sich mit den zwei ihr verbleibenden Töchtern (von denen die eine ihr betrüblicherweise schon so bald entrissen werden sollte) in die Festung derer von Winwood zurück und kräftigte dort das erschütterte Nervensystem mit einer Diät von Eiern und Sahne, mit Linderungsmitteln und dem Studium des Ehevertrages.

Charlotte, die schon früh im Leben die Eitelkeit weltlicher Freuden wahrgenommen hatte, erklärte sich mit dieser Entwicklung recht zufrieden, wogegen Elisabeth, wenn sie auch selbstverständlich um nichts in der Welt die arme Mama bedrängt hätte, sehr gerne Horrys Heimkehr in London abgewartet hätte. Dabei spielte keine andere Erwägung eine Rolle, denn Mr. Heron vermochte seine leichten Pflichten ohne viel Mühe so einzuteilen, daß er einen Großteil seiner Zeit im väterlichen Haus, keine drei Kilometer von Winwood entfernt, verbringen konnte.

Horry kam natürlich zu Besuch, aber sie kam ohne den Grafen — ein Umstand, der Elisabeth beunruhigte. Sie fuhr in der eigenen Chaise, einem hochgefederten Gefährt auf riesigen Rädern mit luxuriöser, mit blauem Samt überzogener Polsterung, und wurde von einer Jungfer, zwei Postillions und zwei Lakaien, die hinter dem Wagen ritten, betreut. Beim ersten Anblick schien sie den Schwestern bis zur Unkenntlichkeit verändert.

Offensichtlich war die Zeit der braven Musselinkleider und Basthüte vorbei, denn die Traumgestalt in der Kutsche trug eine Seidentoilette mit einem breiten Reifrock, und der Hut, der hoch auf ihren *à la capricieuse* frisierten Locken saß, war mit mehreren wehenden Federn geschmückt.

«Gerechter Himmel, das kann doch nicht Horry sein!» sagte Charlotte mit stockendem Atem und wich einen Schritt zurück.

Aber es zeigte sich sehr bald, daß die Veränderung ihrer Schwester nur bis zu den Kleidern ging. Sie konnte kaum warten, bis die Stufen der Kutsche heruntergelassen waren, und sprang in Elisabeths Arme, ohne die geringste Rücksicht auf das steife Seidenkleid, das sie zerdrückte, und auf das Verrutschen ihres phantastischen Hutes. Von Elisabeth flog sie zu Charlotte, und die ganze Zeit sprudelte eine Flut von Worten über ihre Lippen. Ach ja, das war schon zweifellos die gleiche Horry!

Sie blieb nur eine Nacht in Winwood, und das, meinte Charlotte, war gerade genug, denn der Gesundheitszustand der Mama war dem vielen erregten Schwatzen noch nicht gewachsen.

War es ein schöner Honigmond gewesen? Ach ja, eine herrliche Zeit! Denkt nur, sie war in Versailles und sprach mit der Königin. Und es war ganz richtig, daß die das entzückendste, schönste Geschöpf der Welt war und so elegant, daß sie alle Moden bestimmte. «Seht nur, auch ich trage Schuhe *cheveux à la Reine!*» Wen hatte sie noch kennengelernt? Nun, alle Leute! Routs und Soupers und oh! das Feuerwerk beim *Bal des Tuileries!*

Erst als man sich zu Bett begab, bot sich für Elisabeth eine Gelegenheit zum Tête-à-tête. Kaum sah Horatia ihre Schwester eintreten, als sie schon ihre Jungfer verabschiedete und sich auf dem Sofa zusammenkauerte, indem sie Elisabeth zu sich heranzog. «Ich bin so f-froh, daß du n-noch hereingekommen bist, L-lizzie», sagte sie zärtlich. «Charlotte findet mich fürchterlich, nicht wahr?»

Elisabeth lächelte. «Ich bin überzeugt, daß dir das völlig gleichgültig ist, Horry!»

«N-natürlich ... O Lizzie, ich hoffe, du heiratest recht bald! Du hast keine Ahnung, wie angenehm es ist, verheiratet zu sein!»

«Es dauert nicht mehr lange. Aber da sich die Mama so gar nicht wohl fühlt, denke ich jetzt nicht so viel daran. Bist du . . . bist du sehr glücklich, mein Liebes?»

Horatia nickte kräftig. «O ja! Nur f-fällt mir manchmal ein, daß ich M-marcus eigentlich dir weggestohlen habe, Lizzie. Ist dir Edward bestimmt noch immer lieber?»

«Ja, noch immer», antwortete Elisabeth lachend. «Habe ich einen sehr schlechten Geschmack?»

«Nun, ich m-muß sagen, ich kann es nicht verstehen», bemerkte Horatia treuherzig. «Aber vielleicht ist es so, w-weil du nicht so widerlich w-weltlich bist wie ich. Weißt du, Lizzie, sogar wenn du es häßlich findest, m-muß ich gestehen, daß es wunderbar ist, alles, was m-man sich wünscht, zu bekommen, und alles zu tun, worauf man L-lust hat.»

«Ja» — Miss Winwood stimmte ein wenig zögernd zu —, «wahrscheinlich hast du recht.» Sie warf der Schwester einen Seitenblick zu. «Lord Rule . . . konnte dich heute wohl nicht herbegleiten?»

«Nun, eigentlich w-wäre er gerne gekommen», gab Horatia zu, «nur wollte ich euch für mich allein haben, also ließ er es sein.»

«Ach so. Aber glaubst du nicht, Schwesterchen, daß es besser gewesen wäre, wenn ihr beide zusammen gekommen wäret?»

«O nein», versicherte Horatia. «Er hat das durchaus verstanden. Ich habe auch bemerkt, daß moderne P-paare sehr selten miteinander ausgehen.»

«Horry», sagte Miss Winwood zögernd, «ich möchte dir nicht, wie Charlotte, predigen, aber ich habe mir sagen lassen, daß, wenn die Frauen so furchtbar modern sein wollen, ihre Männer bisweilen ihr Vergnügen an anderer Stelle suchen.»

«Ich weiß», antwortete Horatia weise, «aber du mußt bedenken, daß ich versprochen habe, Rule nicht im Wege zu sein.»

Elisabeth fand das alles recht beunruhigend, sagte aber nichts mehr. Horatia fuhr am nächsten Tag in die Stadt zurück, und danach hörten die Winwoods von ihr nur brieflich oder durch die Gazette. Ihre Mitteilungen waren nicht sehr aufschlußreich; immerhin war daraus zu ersehen, daß sie sich eines lebhaften Gesellschaftslebens erfreute.

Unmittelbare Nachrichten erhielt Elisabeth bei Mr. Herons nächstem Besuch.

«Horry? Ja, ich habe sie gesehen, wenn auch nicht in allerletzter Zeit. Sie sandte mir eine Einladung zu einer ihrer großen Abendgesellschaften. Es ging hochelegant zu, aber du weißt ja, daß ich kein Freund solcher Dinge bin. Immerhin bin ich hingegangen», fügte er hinzu, «und Horry war in munterster Laune.»

«Glücklich?» fragte Elisabeth besorgt.

«Oh, sicherlich. Und auch Mylord war die Liebenswürdigkeit selbst.»

«Schien er — konntest du erkennen, ob er sie richtig lieb hat?» fragte Elisabeth.

«Nun», antwortete Mr. Heron vernünftig, «man kann ja wohl nicht erwarten, daß er seine Gefühle in aller Öffentlichkeit zeigt. Er war genauso wie immer. Ein wenig belustigt, glaube ich. Horry scheint nämlich der Liebling der Saison geworden zu sein.»

«Ach Gott!» sagte Miss Winwood, von schweren Vorahnungen erfaßt, «wenn sie nur nicht irgend etwas Furchtbares anstellt!» Ein rascher Blick auf Mr. Heron vermehrte ihre Sorge: «Edward, du hast etwas gehört! Sag es mir sofort, ich flehe dich an!»

Mr. Heron beeilte sich, sie zu beruhigen. «Nein, nein, gar nichts, meine Liebe. Nur hat Horry offenbar die verhängnisvolle Spielleidenschaft der Familie mitbekommen. Nun ja», sagte er noch zum Trost, «heutzutage spielt ja fast jeder.»

Aber Miss Winwood war damit nicht getröstet, und auch Mrs. Maulfreys unangesagter Besuch, der eine Woche später stattfand, trug nicht dazu bei, ihre Besorgnis zu dämpfen.

Mrs. Maulfrey, die derzeit bei ihrer Schwiegermutter in Basingstoke wohnte, kam zu einer Morgenvisite nach Winwood, und ihre Reden waren weit weniger zurückhaltend als die Andeutung Mr. Herons. Sie setzte sich im Salon in eine Bergere gegenüber von Lady Winwoods Diwan, und daß die kränkliche Dame nicht sofort einen Rückfall erlitt, war nur, wie Charlotte später bemerkte, auf Mamas Tapferkeit zurückzuführen und gewiß nicht auf irgendwelche vom Gast geübte Rücksicht.

Offensichtlich diente deren Besuch keinem menschenfreundlichen Zweck. Charlotte urteilte demnach auch gleich mit gewohnter Unparteilichkeit: «Glaubt mir, Theresa wird versucht haben, Horry zu gängeln, ihr wißt ja, wie sie sich einem aufdrängt. Und ich kann Horry wirklich keinen Vorwurf machen, weil sie sie abgewiesen hat. Aber natürlich billige ich ihren Übermut keineswegs.»

Tatsächlich schien es, als sollte Horry zum Stadtgespräch werden. Als Lady Winwood darüber informiert wurde, gedachte sie mit Genugtuung der fernen Tage, da sie selbst ein gefeierter Mittelpunkt der Gesellschaft war.

«Gefeiert», sagte Mrs. Maulfrey, «ja gewiß, Frau Tante, und das kann niemand wundernehmen. Aber Horry ist keine Schönheit, und wenn sie gefeiert wird, wovon mir allerdings noch nichts zu Ohren gekommen ist, dann kann das nur aus anderen Gründen sein.»

«Wir finden unsere liebe Horry sehr hübsch, Theresa», wendete Miss Winwood sanft ein.

«Ja, meine Liebe, aber ihr seid eben voreingenommen. Ich ja übrigens auch — wer hätte Horry lieber als ich? Sei, bitte, überzeugt, daß ich ihr Benehmen nur auf Unreife zurückführe.»

«Wir wissen», sagte Charlotte, die gerade und sehr steif auf ihrem Stuhl saß, «daß Horry beinahe noch ein Kind ist, aber es fiele uns schwer, anzunehmen, daß das Benehmen einer Winwood dieser oder auch irgendeiner anderen Entschuldigung bedürfen könnte.»

Etwas gezähmt durch Charlottes strengen Blick, gab Mrs. Maulfrey ein kleines Lachen von sich und sagte, mit den Bändern ihres Retiküls tändelnd: «Ach ja, gewiß, meine Liebe! Aber ich sah Horry mit eigenen Augen bei Lady Dollabeys Kartenabend ein Armband von ihrem Handgelenk lösen — Perlen und Diamantensplitter, meine Teure, ein entzückendes Dingelchen — und es auf den Tisch werfen, weil sie bereits ihr ganzes Geld verspielt hatte. Du kannst dir den Auftritt vorstellen. Die Männer sind ja so hirnlos — natürlich haben gleich einige mitgetan, Ringe und Haarspangen gegen ihr Armband eingesetzt und allerlei Unfug getrieben.»

«Vielleicht war es von Horry nicht sehr weise», sagte Elisabeth. «Aber es ist doch, finde ich, keine sehr große Angelegenheit.»

«Ich muß sagen», bemerkte Charlotte, «daß ich persönlich jede Art Spiel aufs äußerste verabscheue.»

Hier trat Lady Winwood unerwarteterweise in die Schranken. «Alle Winwoods waren leidenschaftliche Spieler», sagte sie. «Euer Papa huldigte jeder Art von Spiel. Ich selbst liebe die Karten, wenn ich mich wohl genug fühle. Ich erinnere mich an so manchen angenehmen Abend in Gunnersbury, da ich mit unserer lieben Prinzessin spielte. Mr. Walpole war auch dabei. Ich wundere mich über deine Worte, Charlotte, und will dir nicht verhehlen, daß sie Papas Andenken verletzen. Spielen ist heutzutage elegant; ich mißbillige es nicht. Was mir aber nicht gefallen kann, ist das Unglück der Winwoods dabei. Sag mir nicht, Theresa, daß meine kleine Horatia auch das mitbekommen hat. Verlor sie ihr Armband?»

«Nun, was das betrifft», mußte Mrs. Maulfrey zu ihrem Bedauern zugeben, «so kam es schließlich nicht dazu. Rule betrat den Raum.»

Elisabeth warf einen raschen Blick auf sie. «Ja?» sagte sie. «Und ließ das Spiel unterbrechen?»

«Leider nicht», stellte Mrs. Maulfrey richtig. «Er sagte nur in seiner lässigen Art, daß es vielleicht schwerfiele, den genauen Wert eines Schmuckstückes zu ermessen, nahm das Armband, befestigte es wieder an Horrys Handgelenk und legte statt dessen eine Guineenrolle auf den Tisch. Mehr habe ich nicht abgewartet.»

«Wie vornehm das gehandelt war!» rief Elisabeth mit glühenden Wangen.

«Allerdings muß man seine Würde und seinen Anstand loben», gab Charlotte zu. «Und sollte das alles sein, was du, Theresa, von Horrys Missetaten zu künden weißt, dann hast du hier deine Zeit vergeudet.»

«Ich bitte dich sehr, Charlotte, mich nicht wie eine Unheilstifterin zu behandeln! Das ist nämlich noch lange nicht alles. Ich höre aus sicherster Quelle, daß sie so — ja, ich muß schon sagen —, so dreist war, den

55

offenen Jagdwagen des jungen Dashwood im St. James Park im Wettrennen zu kutschieren. An den Fenstern von White's vorbei, meine
Liebe! Nun sollst du mich nicht mißverstehen: ich bin ja überzeugt,
daß niemand Schlimmeres darin sieht als einen übermütigen Kinder-
streich; ich möchte sogar sagen, daß sie großen Anklang findet und man
sich über ihre Glanztaten köstlich amüsiert, und nur die eine Frage stelle
ich euch: schickt sich ein derartiges Verhalten für eine Gräfin Rule?»

«Wenn es sich für eine Winwood schickt — was ich allerdings nicht
behaupten möchte», sagte Charlotte würdevoll, «dann wird es sich gewiß auch noch für eine Drelincourt schicken.»

Diese vernichtende Erwiderung brachte Mrs. Maulfrey so sehr aus
der Fassung, daß sie nicht mehr viel zu sagen fand und sich sehr bald
von den Winwood-Damen empfahl. Sie hinterließ eine unbehagliche
Empfindung, die sich alsbald so weit steigerte, daß Elisabeth die Anregung wagte, man täte vielleicht besser, nach der South Street zurückzukehren. Worauf Lady Winwood mit versagender Stimme bemerkte,
es nähme niemand auch nur die geringste Rücksicht auf ihre angegriffenen Nerven; überdies hätte sie noch nie gehört, daß Gutes heraus-
käme, wenn sich Dritte zwischen Mann und Frau stellten.

Schließlich fand die Frage durch einen Brief Mr. Herons ihre Erledigung. Diesem war der Captain-Rang verliehen worden, und nun sollte
er seinen weiteren Pflichten im Westen des Landes nachkommen. Er
wünschte, Elisabeth ohne Verzug zu seiner Frau zu machen, und schlug
die sofortige Vermählung vor.

Elisabeth hätte gerne in aller Stille in Winwood geheiratet, doch
war die Mama durchaus nicht geneigt, den Triumph, innerhalb von
drei Monaten zwei Töchter ehrenhaft unter die Haube gebracht zu
haben, unbemerkt zu lassen. Sie erhob sich also schwankend von ihrem Lager und verkündete, daß es nie und nimmer heißen sollte, sie
hätte bei der Pflichterfüllung ihren Lieben gegenüber versagt.

Die Hochzeit wurde naturgemäß kein so brillantes Fest wie die der
Schwester, verlief aber doch recht hübsch, und war die Braut auch etwas blaß, so wurde doch ihre hervorragende Schönheit voll gewürdigt.
Der Bräutigam sah in seiner Uniform äußerst schmuck aus, und die
Zeremonie wurde durch die Gegenwart des Grafen und der Gräfin Rule
geehrt, wobei die junge Gräfin ein Kleid trug, das alle anderen Damen
vor Neid erblassen ließ.

Im Wirrwarr eiliger Vorbereitungen fand sich für Elisabeth wenig
Gelegenheit zu einer Aussprache mit Horatia, und als sie dann endlich
einmal mit ihr allein war, erkannte sie traurigen Herzens, daß die
Schwester auf der Hut vor einem allzu intimen Gespräch war. So blieb
ihr nur die Hoffnung auf eine spätere, bessere Gelegenheit, denn Horatia versprach ihren Besuch in Bath, dem Schauplatz von Captain Herons künftiger Tätigkeit.

6

«WENN DU MEINE MEINUNG HÖREN WILLST», sagte Lady Louisa streng, «was ich allerdings bezweifle — nun, meiner Meinung nach bist du ein Narr.»

Graf Rule war noch mit der Durchsicht einiger Papiere, die ihm Mr. Gisborne kurz vor dem Eintritt seiner Schwester übergeben hatte, beschäftigt. «Ich weiß», antwortete er zerstreut. «Aber laß es dir nicht nahegehen, meine Liebe.»

«Was sind das für Papiere?» fragte Mylady, ohne auf seinen bagatellisierenden Ton einzugehen. «Übrigens kannst du dir die Antwort ersparen: ich werde wohl noch wissen, wie Rechnungen aussehen!»

Der Graf steckte sie ein. «Wenn mich nur mehr Leute so gut verstünden», sagte er mit einem Seufzer, «und geneigt wären, meine angeborene Abneigung gegen Fragen zu berücksichtigen.»

«Das Geschöpfchen wird dich zugrunde richten. Und du rührst keinen Finger, um das Verhängnis hintanzuhalten.»

«Glaub mir», sagte Rule, «ich trau mir die Energie zu, diese Art Verhängnis zu verhüten.»

«Gott gebe es!» erwiderte sie. «Ich mag Horry gern. Ja, sie gefiel mir von Anfang an, aber wenn du eine Spur Verstand hättest, Marcus, würdest du dir einen Stock holen und sie verprügeln.»

«Aber bedenk doch, wie ermüdend das wäre!»

Sie warf ihm einen verachtungsvollen Blick zu. «Ich hatte ja gehofft, daß sie dir ein paar Tänzchen aufführen würde», gestand sie treuherzig. «Ich meinte, das würde dir guttun. Aber ich hätte mir nicht träumen lassen, daß du einfach danebenstehen und zusehen würdest, wenn sie sich zum Stadtgespräch macht.»

Rule entschuldigte sich: «Du weißt doch, daß ich kaum jemals tanze.»

Lady Louisa hätte jetzt vielleicht etwas schroff geantwortet, wenn nicht im selben Augenblick leichte Schritte in der Halle zu hören gewesen wären. Gleich darauf öffnete sich die Türe, und Horatia trat ins Zimmer.

Sie war in Straßenkleidung und trug ihren Hut, den sie offenbar soeben abgelegt hatte, in der Hand. Sie warf ihn auf einen Stuhl und umarmte pflichtschuldigst die Schwägerin. «Ich b-bedaure, daß ich nicht zu Hause war, L-louisa. Ich habe die M-mama besucht. Sie ist bedrückt, weil L-lizzie fort ist... Und Sir Peter Mason, von dem sie glaubte, er würde um Charlotte anhalten, weil er L-leichtsinn bei einem Frauenzimmer nicht m-mag, hat sich jetzt mit Miss Lupton verlobt... M-marcus, glaubst du vielleicht, daß Arnold Charlotte heiraten m-möchte?»

«Um Himmels willen», rief Lady Louisa voll banger Vorahnung, «frag ihn nicht!»

Horatias gerade Brauen schlossen sich zusammen. «Nein, nein, natürlich nicht. Ich dachte nur, ich könnte sie zusammenbringen.»

«Aber nicht in meinem Hause, wenn ich bitten darf», sagte der Graf.

Ihre grauen Augen musterten ihn fragend. «W-wenn du nicht willst, tue ich es nicht», sagte sie entgegenkommend. «Du mußt wissen, daß mir gar nicht so viel daran liegt.»

«Das freut mich außerordentlich. Bedenke, bitte, welchen Schlag es für mein Selbstbewußtsein bedeuten müßte, wenn Charlotte Arnolds Hand annähme.»

Horatia zwinkerte. «Da brauchen Sie sich nicht zu sorgen, Mylord, denn Charlotte sagt, sie will ihr Leben der Mama widmen . . . Ach, gehst du schon, Louisa?»

Lady Louisa war aufgestanden und schwang den Schal um die Schultern. «Meine Teure, ich bin schon seit einer Ewigkeit hier! Und dabei wollte ich doch nur ein paar Worte mit Marcus sprechen.»

Horatia wurde ein wenig steif. «Ach so», sagte sie. «Ich störe vielleicht?»

«Du bist ein törichtes Kind, Horry», sagte Lady Louisa und gab ihr einen leichten Klaps auf die Wange. «Ich habe eben Rule gesagt, daß er dich prügeln sollte. Aber er ist wahrscheinlich zu faul.»

Horatia sank mit zusammengepreßten Lippen in eine höfliche Reverenz.

Der Graf begleitete seine Schwester hinaus und durch die Halle. «Du bist nicht immer sehr weise, Louisa, was meinst du?» sagte er.

«Bin es nie gewesen», antwortete sie zerknirscht.

Er brachte sie zum Wagen und kam nachdenklich in die Bibliothek zurück. Horatia ging bereits durch die Halle, wobei sie herausfordernd ihren Hut schwang. Aber sie blieb doch stehen, als Rule sie ansprach. «Hast du einen Augenblick für mich übrig, Horry?» fragte er.

Ihre Stirn blieb gerunzelt. «Ich bin zum L-lunch bei Lady M-mallory eingeladen», gab sie ihm bekannt.

«Es ist noch lange nicht Lunchzeit», erwiderte er.

«Aber ich muß mich noch umziehen.»

«Das ist allerdings sehr wichtig», gab er zu.

«Nun ja, es ist wichtig!»

Der Graf hielt die Bibliothekstüre für sie offen. Sie hob trotzig den Kopf: «Ich will Ihnen b-bedeuten, Mylord, daß ich erzürnt bin, und wenn ich erzürnt bin, spreche ich mit n-niemandem.»

Durch die weite Halle traf sein Blick den ihren und hielt ihn fest. «Horry», sagte er freundlich, «du weißt, wie sehr ich jeder Anstrengung abhold bin. Mach mir doch nicht die Mühe, dich holen zu müssen.»

Ihr Kinn senkte sich ein wenig, und in den glimmenden Augen erschien ein forschender Ausdruck. «Mich zu tragen, meinst du? Ich frage mich, ob du das wohl tun würdest?»

Über Rules ernste Miene huschte ein Lächeln. «Und ich frage mich, ob du wirklich glaubst, ich würde es nicht tun?»

Am Ende der Halle öffnete sich eine Türe, und ein Lakai kam aus den Gesindestuben. Horatia warf einen triumphierenden Blick auf ihren Gatten und setzte den Fuß auf die erste Stufe; dann blieb sie zögernd stehen, wirbelte herum und kam in die Bibliothek zurück.

Der Graf schloß die Türe. «Du betreibst das Spiel jedenfalls ehrlich, Horry!»

«N-natürlich», sagte Horatia, indem sie sich auf die Armlehne eines Stuhles setzte und nochmals den mißhandelten Hut beiseiteschob. «Ich w-wollte nicht unfreundlich sein, aber wenn du mit deiner Schwester über mich redest, m-macht mich das w-wütend.»

«Ziehst du nicht etwas voreilige Schlüsse?» gab er zu bedenken.

«Nun, jedenfalls hat sie dir empfohlen, mich zu prügeln, das hat sie ja selbst gesagt.» Sie schlug mit der Ferse gegen das Sesselbein.

«Sie weiß mir immer einen guten Rat», gab der Lord zu. «Aber ich habe dich bisher noch nicht geprügelt, Horry.»

Etwas besänftigt bemerkte seine Frau: «Nein. Aber ich f-finde, du könntest mich verteidigen, wenn sie etwas gegen mich sagt.»

«Ja, weißt du, Horry», antwortete der Graf bedachtsam, «das machst du mir leider etwas schwer.»

Es folgte eine unbehagliche Pause. Horatia war bis in die Haarwurzeln errötet; sie sagte unter argem Stottern:

«V-verzeih. Ich w-will mich ja gar nicht sch-schlecht aufführen. W-was habe ich nun wieder angestellt?»

«Nun, nichts so ganz Schreckliches, meine Liebe», sagte Rule gleichmütig. «Aber glaubst du nicht, du könntest es unterlassen, ein wildes Tier in die guten Gesellschaftskreise einzuführen?»

Ein hastig unterdrücktes Kichern entfuhr ihr.

«Ich hatte gleich Angst, du würdest es erfahren», beichtete sie. «Aber es war wirklich nur ein Versehen und ... und sehr lustig.»

«Das bezweifle ich nicht.»

«Nun ja, wirklich, M-marcus. Er sprang auf Crosbys Schulter und r-riß ihm die Perücke herunter. Aber das st-störte niemanden, außer Crosby. Es scheint leider kein sehr artiger Affe zu sein.»

«Das fürchte ich auch. Der Verdacht drängte sich mir auf, als ich kürzlich fand, daß er mir beim Frühstückstisch zuvorgekommen war.»

«Ach Gott», sagte Horatia betrübt, «das tut mir herzlich leid. Es war nur, weil Sophia Colehampton einen hat, der sie überallhin begleitet, und so d-dachte ich, ich hätte auch gerne einen. Aber eigentlich m-mag ich ihn nicht sehr und werde ihn nicht behalten. Ist das alles?»

Er lächelte. «Leider, leider, Horry, ist das erst der Beginn. Ich glaube, ja, ich bin sogar überzeugt, daß ich mir einige dieser Dinge von dir erklären lassen muß.» Damit zog er das Bündel Rechnungen aus der Tasche und überreichte es ihr.

Obenauf lag ein Blatt, das mit Gisbornes zierlichen Ziffern bedeckt war. Horatia blickte entsetzt auf die erschreckende Endsumme. «Ist das — alles von mir?» fragte sie fassungslos.

«Alles von dir», antwortete er ruhig.

Horatia schluckte. «Ich w-wollte nicht so viel ausgeben. W-wirklich wahr — ich kann mir nicht vorstellen, wie das z-zustande gekommen ist.»

Der Graf nahm ihr die Rechnungen ab und blätterte darin. «Ja», sagte er, «ich habe mir schon öfters gedacht, wie erstaunlich Rechnungen anwachsen. Und schließlich muß sich der Mensch ja kleiden.»

«Ja», nickte Horatia schon etwas getröstet, «du hast dafür Verstännis, nicht wahr, Marcus?»

«Durchaus. Aber jetzt verzeih mir die Neugierde, Horry: gibst du stets hundertzwanzig Guineen für ein paar Schuhe aus?»

«Was?» schrie Horatia. Der Graf zeigte ihr die Rechnung. Sie starrte darauf mit wachsender Bestürzung. «Ach ja. Ich — ich erinnere mich. Die Absätze sind nämlich mit Smaragden verziert, weißt du.»

«So wird mir die Sache verständlich», bemerkte der Lord.

«Ja. Ich habe sie bei Almacks Jahresball getragen. Sie heißen *venez-y-voir*.»

«Das erklärt dann zweifellos», bemerkte Rule, «die Anwesenheit der drei jungen Herren, die ich an jenem Abend bei deiner Toilette . . . hm . . . Hilfsdienste leisten sah.»

«Aber da ist doch nichts dabei, Rule!» protestierte Horatia und hob den gebeugten Kopf. «Es gehört sich vollkommen, daß die Herren eingelassen werden, sobald man das Unterzeug anhat. Ich weiß es, weil Lady Stoke es immer so macht. Sie beraten einen, wo die Schönheitspflästerchen und die Blumen angebracht werden sollen und welches P-parfüm man am besten wählt.»

Wenn Graf Rule es vielleicht unterhaltsam fand, von seiner jungen Frau in der Kunst der Tändelei unterrichtet zu werden, ließ höchstens ein leichtes Zucken seiner Lippen darauf schließen.

«Ach ja», sagte er und blickte lächelnd auf sie herab. «Und dabei hätte ich doch gemeint, daß ich dich mindestens so gut beraten könnte.»

«Aber d-du bist mein Mann», erläuterte Horatia.

Er befaßte sich wieder mit den Rechnungen.

«Das ist allerdings ein Handikap», gab er zu.

Horatia schien nun den Gegenstand für abgeschlossen zu halten. Sie guckte über seinen Arm. «Hast du noch etwas F-furchtbares gefunden?» fragte sie.

«Meine Liebe, wir haben uns ja darüber geeinigt, daß man sich kleiden muß. Ich habe zu deinen Ausgaben nichts zu bemerken — obzwar mich soeben bei den Schuhen die Neugierde überwältigte. Was mich aber ein wenig, wollen wir sagen, perplex macht, ist . . .»

«Ich weiß», unterbrach sie und betrachtete wieder emsig ihre Füße, «du willst hören, weshalb ich sie nicht selbst bezahlt habe.»

«Diese bedauerliche Wißbegier», murmelte der Graf.

«Ich k-konnte es nicht», sagte sie kurz. «Das war der Grund.»

«Und gewiß ein sehr triftiger», bestätigte die ruhige Stimme. «Aber ich dachte doch, ich hätte da Vorsorge getroffen. Mein jämmerliches Gedächtnis muß mich wohl wieder einmal in Stich lassen.»

Horatia preßte die Zähne zusammen. «Vielleicht verdiene ich es, Sir, aber bitte, sprechen Sie nicht häßlich zu mir . . . Du weißt ganz gut, daß du vorgesorgt hattest!»

Er legte die Rechnungen nieder. «Pharao, Horry?»

«O nein, wirklich nicht!» versicherte sie eifrig, froh des mildernden Umstandes. «B-basset.»

«Ach so.» Jetzt war die launige Note aus seinem Ton gewichen. Sie wagte aufzublicken, sah etwas wie Mißfallen in seinen Augen und platzte mit ihrer Frage heraus. «Bist du jetzt f-furchtbar böse, Marcus?»

Seine Stirne glättete sich. «Zorn ist mir eine zu ermüdende Erregung, meine Liebe. Ich dachte nur nach, wie ich dich heilen könnte.»

«Heilen? Das kann man nicht. Wir haben es im B-blut», bekannte Horatia freimütig. «Und sogar die Mama hat nichts dagegen. Erst hatte ich das Sp-spiel nicht ganz verstanden; wahrscheinlich habe ich auch d-deshalb verloren.»

«Das ist schon möglich», gab Rule zu. «Aber ich, als empörter Gemahl, muß Euch sagen, Frau Gemahlin, daß ich übermäßiges Spielen nicht dulden will.»

«O bitte, bitte», flehte Horatia, «v-verlang von mir kein Versprechen, nur mehr Whist und Silber-Pharao zu spielen. Ich k-könnte nicht Wort halten. Ich will auch nächstens vorsichtiger sein! Und die sch-schrecklichen Rechnungen verzeih mir, bitte, auch . . . Großer Gott, sieh mal, wie spät es ist! Ich muß gehen — w-wirklich!»

«Reg dich nicht auf, Horry», empfahl ihr noch der Graf, «es ist immer sehr wirkungsvoll, als letzte zu erscheinen.» Aber er sprach ins Leere: Horatia war fort.

Doch wurden die Streiche der jungen Frau, die Lady Louisa so viel Sorge verursachten, von manchen Leuten mit ganz anderen Gefühlen beobachtet. Mr. Crosby Drelincourt, dessen Welt seit der Verlobung seines Vetters eine gleichmäßig trübe Färbung angenommen hatte, sah allmählich einen Sonnenstrahl durch den Nebel schimmern, und Lady Massey führte genaue Rechnung über alle Ruhmestaten und tollen

Ausgaben der jungen Gräfin und wartete geduldig ihre Zeit ab. Rules Besuche in der Herdford Street waren seltener geworden, aber sie war viel zu klug, um ihm Vorwürfe zu machen, und nur bestrebt, sich ihm, sooft er kam, von der reizendsten Seite zu zeigen. Sie war bereits mit Horatia bekannt — das verdankte sie den freundlichen Diensten Drelincourts, der es übernahm, sie auf einem Ball der jungen Gräfin vorzustellen —, aber sie hatte nicht versucht, die Beziehung über Verbeugungen und höfliche Begrüßungsworte bei gelegentlichen Begegnungen hinaus fortzuspinnen. Rule hatte eine eigene Art, mehr zu sehen, als es den Anschein hatte, und es war kaum anzunehmen, daß er widerspruchslos dem Anwachsen einer Freundschaft zwischen seiner Frau und seiner Mätresse zusehen würde.

Mr. Drelincourt hatte sich offenbar die Aufgabe gestellt, die neuen Bekanntschaften seiner Kusine zu vermitteln. Bei einer großen Abendgesellschaft in Richmond stellte er ihr unter anderen auch Robert Lethbridge vor. Lord Lethbridge war bei der Rückkehr des Ehepaares Rule nach der Hochzeitsreise nicht in London, und als er der jungen Frau zum erstenmal begegnete, hatte sie schon — wie es ein gewisser Mr. Dashwood treffend ausdrückte — die Stadt im Sturm erobert.

Als Lord Lethbridge sie erblickte, trug sie ein Kleid aus Satin *soupir étouffé* und eine Frisur *en diadème*. Ein Schönheitspflästerchen, genannt *le galant*, saß ihr in der Mitte der Wange, und Bänder *à l'attention* wehten um sie herum. Sie bot zweifellos ein Bild, das das Auge festhielt, und damit erklärte sich wohl auch Lord Lethbridges Versunkenheit.

Er stand an eine Wand des länglichen Salons gelehnt, und sein Blick ruhte mit einem sonderbaren, nicht leicht zu deutenden Ausdruck auf Horatia. Drelincourt, der ihn aus der Entfernung beobachtet hatte, kam auf ihn zu und fragte kichernd: «Bewundern Sie meine neue Kusine, Mylord?»

«Aufs tiefste.»

Drelincourt zuckte die Achseln. «Was mich betrifft», sagte er, der aus seinem Herzen keine Mördergrube machte, «finde ich diese Augenbrauen geradezu grotesk. Ich würde die Frau nicht als eine Schönheit bezeichnen. Nein, wirklich nicht.»

Lethbridges Blick streifte ihn einen Moment und seine Lippen kräuselten sich leicht. «Sie müßten entzückt über sie sein, Crosby», sagte er.

«Gestatten Sie also, daß ich Sie dem vollendeten Geschöpf vorstelle», sagte Drelincourt erbost. «Aber ich muß Sie warnen: sie stottert abscheulich.»

«Ja, und spielt und fährt Rennwagen im St. James Park. Sie übertrifft meine kühnsten Träume.»

Drelincourt drehte sich scharf nach ihm um: «Wie — was bedeutet . . .»

«Was sind Sie doch für ein Dummkopf, Crosby!» sagte Lethbridge. «Schön, stellen Sie mich vor!»

«Jetzt weiß ich wirklich nicht, Mylord, wie ich das auffassen soll.»

«Ich hatte nicht die leiseste Absicht, geheimnisvoll zu erscheinen, glauben Sie mir!» erwiderte Lethbridge verdrießlich. «Stellen Sie mich der musterhaften Gattin vor!»

«Sie sind heute in teuflischer Laune, Mylord, das darf ich wohl sagen», klagte Crosby. Aber er ging doch auf die Gruppe zu, die Horatia umgab. «Gestatte, teure Kusine. Darf ich dir einen Herrn vorstellen, der auf diese Ehre brennt?»

Horatia hatte keine große Lust, einen Kumpanen Drelincourts, den sie herzhaft verachtete, kennenzulernen, und wandte sich mit offenkundigem Widerwillen um. Aber der Mann, der vor ihr stand, war den üblichen Freunden Crosbys gar nicht ähnlich. Seine Eleganz wurde durch keine der Lächerlichkeiten, wie sie der Macaroni liebte, beeinträchtigt. Er war prächtig gekleidet und schien beträchtlich älter als Drelincourt.

«Lord Lethbridge, Mylady Rule!» sagte Crosby. «Du merkst ihm sein Verlangen an, die Dame, von der die ganze Stadt spricht, kennenzulernen, teure Kusine!»

Horatia versank mit ausgebreiteten Röcken in ihre Reverenz. Zugleich errötete sie ein wenig, denn Drelincourts Worte waren nicht ohne Stachel. Dann richtete sie sich wieder auf und streckte die Hand aus. Lord Lethbridge empfing sie auf seinem Handgelenk und beugte sich mit unvergleichbarer Anmut zum Kuß darüber. Ein plötzliches Interesse zeigte sich in ihrem Blick: der Lord hatte ein ganz eigenes Auftreten.

«Unser guter Crosby wählt seine Ausdrücke immer so glücklich», murmelte er, wodurch er sich die Spur eines Grübchens verdiente. «Ah ja, Sie verstehen mich. Darf ich Sie zu diesem Sofa führen, Mylady?»

Sie nahm seinen Arm und ging mit ihm durch den Salon. «C-crosby haßt mich», vertraute sie ihm dabei an.

«Selbstredend.»

Sie stutzte. «Das finde ich nicht sehr h-höflich, Sir», sagte sie mit gerunzelter Stirne. «Warum sollte er mich denn hassen?»

Einen Augenblick hob er überrascht die Brauen; er sah sie kritisch an, dann lachte er. «Ach, Madam, weil er eben einen so abscheulichen Geschmack hat!»

Sie hatte den Eindruck, daß das nicht der Grund war, an den er zuerst gedacht hatte, und wollte ihn schon eingehender befragen, als er das Gespräch ablenkte. «Ich brauche Sie kaum zu fragen, Madam, ob Sie nicht fast bis zum Erlöschen *ennuyée* sind bei derlei gesellschaftlichen Veranstaltungen?» sagte er und wies mit der Hand nach den anderen Gästen.

«N-nein, gar nicht», antwortete sie. «Es g-gefällt mir sehr gut.»

«Entzückend!» lächelte der Lord. «Sogar ermüdete Lebensgeister wie die meinen regen Sie zu neuer Begeisterung an.»

Sie sah ihn ein wenig zweifelnd an. Seine Worte waren zwar tadellos höflich, doch lag in seinem Ton die Spur eines leichten Spottes, der sie zugleich reizte und verwirrte. «Ermüdete Lebensgeister flüchten gewöhnlich in den Spielsaal, Sir», bemerkte sie.

Er hatte ihr den Fächer aus der Hand genommen und sie sanft damit gefächelt. Nun ließ er das sein und sagte neckend: «Ach ja — und das tun manchmal auch die angeregten, nicht wahr?»

«M-manchmal, ja», gab sie zu. «M-man hat Ihnen alles mögliche von mir erzählt.»

«Durchaus nicht, Madam. Wenn ich aber von einer Dame höre, die keinen Einsatz scheut, dann reizt das natürlich meine Neugier.»

«Ich muß zugeben, daß ich die G-glücksspiele sehr liebe», sagte Horatia sehnsüchtig.

«Sie sollen einmal Ihre Karten gegen mich ausspielen», sagte Lethbridge, «wenn Sie Lust dazu verspüren.»

Dicht hinter ihnen erhob sich eine Stimme.

«Wenn Sie weise sind, Madam, werden Sie das nicht tun!»

Sie drehte sich um. Durch einen gardinenverhangenen Eingang hatte sich ihnen Lady Massey genähert; ihre Hand lag gewichtslos auf der Diwanlehne. «Ach?» sagte Horatia und sah Lethbridge mit neu erwachtem Interesse an. «Würde er mich rupfen?»

«Muß ich Sie erst aufklären, Madam? Sie sprechen im Augenblick mit dem schärfsten Spieler unserer Zeit. Ich bitte Sie dringendst: lassen Sie sich von mir warnen!»

«Tatsächlich?» fragte Horatia und blickte nach Lethbridge hin, der sich bei Lady Masseys Herantreten erhoben hatte und sie nun mit einem undefinierbaren Lächeln musterte. «Um so lieber m-möchte ich mit Ihnen spielen!» versicherte sie.

«Dazu werden Sie eiserne Nerven brauchen», neckte sie Lady Massey. «Wenn er nicht dabeistünde, könnte ich Ihnen einige abschreckende Geschichten über ihn erzählen.»

In diesem Augenblick bemerkte Lord Winwood, der gerade zum Ausgang schlenderte, die Gruppe beim Diwan und schoß blitzschnell auf seine Schwester zu. Er verbeugte sich in die Richtung Lady Masseys und nickte Lethbridge zu. «Gehorsamst, Madam, Ihr Diener, Lethbridge! Horry, ich suche dich überall. Hatte einem Jungen versprochen, ihn dir vorzustellen . . .»

Der Vicomte zog ihre Hand unter seinen Arm und drückte dabei ihre Finger bedeutungsvoll. Sie verstand den brüderlichen Wink — offenbar hatte ihr Pelham etwas Wichtiges zu sagen —, machte Lady Massey einen leichten Knicks und schickte sich an, mit dem Vicomte fortzugehen. Vorher jedoch schlug sie noch ernsthaft vor: «Vielleicht versuchen wir es einmal gegeneinander, Mylord?»

«Vielleicht.» Er verneigte sich.

Der Vicomte führte Horatia mit fester Hand außer Hörweite. «Horry, um Gottes willen, was soll das?» fragte er mit mehr guter Absicht als Takt. «Geh dem Lethbridge aus dem Weg, der ist gefährlich! Verdammt nochmal, niemand versteht es wie du, in unrichtige Gesellschaft zu geraten!»

«Ich w-werde ihm nicht aus dem Weg gehen», erklärte Horatia. «Lady Massey sagt, er ist ein scharfer Kartenspieler.»

«Das ist er auch», sagte der Vicomte unbesonnen. «Und du sollst nicht das Täubchen sein, das er rupft, hörst du!»

Horatia zog mit blitzenden Augen ihre Hand aus seinem Arm. «Hör du lieber jetzt, P-pel! Ich bin nun eine verheiratete D-dame, und lasse mir von d-dir nichts befehlen!»

«Verheiratet, ja, allerdings — und laß nur erst Rule einmal davon erfahren, dann wirst du etwas erleben! Und die Massey! Meiner Treu, so eine wie dich gibt es nicht zweimal!»

«Was hast du gegen Lady M-massey?» fragte Horatia.

«Was ich gegen sie habe? Ach, du lieber Himmel!» Er spielte verlegen mit seinem Solitär. «Ich nehme an, daß du nicht — nun ja, eben . . . Also jetzt sei brav und plag mich nicht mit dummen Fragen. Komm, wir trinken ein Glas Negus miteinander.»

Lord Lethbridge stand noch beim Diwan und sah den Geschwistern nach. Dann drehte er den Kopf und musterte Lady Massey. «Schönen Dank, meine teure Caroline», sagte er liebenswürdig. «Das war überaus freundlich von Ihnen. War es Ihnen auch bewußt?»

«Halten Sie mich für eine Närrin?» erwiderte sie. «Wenn Ihnen dann diese Pflaume in die Hand fällt, vergessen Sie nicht, mir Dank zu sagen!»

«Ihnen und dem vortrefflichen Winwood, nehme ich an», sagte der Lord, indem er eine Prise nahm. «Ist es denn Ihr Wunsch, daß diese Pflaume in meine Hände fällt, meine Teure?»

Der Blick, den die beiden wechselten, war beredt. «Wir brauchen zwischen uns keine Spiegelfechterei», sagte Lady Massey scharf. «Sie verfolgen Ihre Ziele, die ich vielleicht errate. Die meinen, denke ich, sind Ihnen bekannt.»

«Das kann man wohl sagen», antwortete er grinsend. «Verzeihen Sie mir die Bemerkung, meine Liebe: vielleicht darf ich vernünftigerweise hoffen, die meinen zu erreichen, doch würde ich jede Wette eingehen, daß es für Sie nicht so kommen wird. Nun, war das offen gesprochen? Sie meinten doch soeben, daß wir beide keine Scheinmanöver brauchen.»

Sie erstarrte. «Wie soll ich das auffassen?»

«Folgendermaßen», sagte Lethbridge, indem er seine Emailtabatiere zuklappte. «Ich brauche Ihre Hilfe nicht, verehrte Dame. Ich spiele meine Karten zu meinen Zwecken aus — und nicht Ihnen oder Crosby zu Gefallen.»

«Ich stelle mir vor», sagte sie trocken. «daß wir alle denselben Wunsch haben.»

«Aber meine Beweggründe», erwiderte der Lord, «sind bei weitem die lautersten.»

7

LADY MASSEY nahm die Zurechtweisung durch Lethbridge mit ziemlichem Gleichmut entgegen und verstand auch seinen letzten geheimnisvollen Ausspruch ohne viel Schwierigkeit. Sehr schnell verdrängte eine zynische Erheiterung ihre rasche Zornwallung. Sie selbst war nicht die Art Mensch, eine junge Frau ins Verderben stürzen zu wollen, bloß um sich an deren Gatten zu rächen, aber sie wußte das Künstlerische an einem solchen Plan zu schätzen; überdies fand sie die dabei bewiesene Kaltblütigkeit Lethbridges zwar einigermaßen empörend, aber doch unterhaltsam. Es lag darin etwas ein wenig Teuflisches, und gerade das Teuflische in Lethbridge war es ja, das für sie seit jeher einen Zauber hatte. Nichtsdestoweniger hätte sie sich geschämt, sich für ein so übles Unternehmen auch nur passiv gebrauchen zu lassen, wenn es sich um die Frau irgendeines anderen Mannes gehandelt hätte. Aber sie, die, bevor sie Horatia kannte, schon bereit war, das Unvermeidliche in Kauf zu nehmen, war dann anderen Sinnes geworden. Sie schmeichelte sich, Rule zu kennen — wer aber, der ihn kannte, wäre nicht überzeugt gewesen, daß diese Verbindung so schlecht zueinander passender Menschen nur verhängnisvoll enden könnte? Er wollte einen Erben und eine anmutige Herrin seiner Güter — und gewiß nicht die Aufregungen und Störungen, die überall, wo Horatia auftauchte, zu gewärtigen waren.

Eine Bemerkung Rules haftete bedeutsam in ihrem Gedächtnis. Sein Weib, hatte er einmal gesagt, müsse ihn — und ihn allein — lieben. Und dabei hatte sie seinen stahlharten Blick erhascht — so unerbittlich wie überraschend.

Trotz allen Leichtsinns würde Rule kein bequemer Gatte sein. Ging diese lieblose Vernunftehe aber einmal schief — nun, eine Scheidung war ja heutzutage nichts so Außergewöhnliches! Mußte sie eine Herzogin erleiden, so könnte das auch einer Gräfin passieren. Und wäre Rule einmal seine stürmische Frau mit ihren phantastischen Rangenstreichen und Spielausschweifungen los, dann würde er sich befreit einer Gefährtin zuwenden, die keine Szenen machte und bis ins kleinste wußte, wie man einen Mann erfreut.

Es paßte Lady Massey sehr wohl, Lethbridge seinen Unfug ausführen zu lassen. Sie selbst wollte sich daran nicht beteiligen — es war schließlich eine häßliche Angelegenheit —, und ihre herausfordernden Worte an Horatia entstammten eher einem boshaften Augenblickseinfall als einem gemeinsamen Plan, um sie in Lethbridges Arme zu treiben. Und doch konnte sie sich eine Woche später, als sie neben Horatia in den Vauxhall-Gärten saß und beobachtete, wie Lethbridge das Nikken einer schönen Dame in einer Loge nur mit einer flüchtigen Handbewegung beantwortete, nicht der Bemerkung enthalten: «Ach, ärmste Maria! Welch ein fruchtloses Bemühen, Robert Lethbridges Herz in Fesseln zu schlagen! Als hätten wir es nicht schon alle vergeblich versucht!»

Horatia sagte nichts, aber in dem Blick, den sie Lethbridge nachsandte, lag etwas Versonnenes. Dabei hätte es der Worte Lady Masseys gar nicht erst bedurft, um ihre Aufmerksamkeit zu erwecken; Lethbridge mit seinem Geierblick und dem selbstsichern Auftreten schien ihr, die der Anhimmelung der jungen Stutzer schon müde wurde, von allem Anfang an interessant. Er war ganz und gar Weltmann, und sein Ruf, gefährlich zu sein, machte ihn nur noch faszinierender. Bei ihrer ersten Begegnung schien er sie zu bewundern; hätte er ihr bei der zweiten seine Bewunderung noch deutlicher gezeigt, so wäre sein Zauber vielleicht dadurch geringer geworden. Dies aber unterließ er. Er wartete, bis der Abend fast vorbei war; erst dann näherte er sich, wechselte mit ihr ein paar belanglose Worte und ging weiter. Das nächste Mal trafen sie einander beim Kartentisch in Mrs. Delaneys Haus. Er hielt die Bank beim Pharao, und sie gewann gegen die Bank. Dazu beglückwünschte er sie, behielt jedoch auch dabei seinen spöttischen Ton, als weigere er sich, sie ernst zu nehmen. Als sie aber zwei Tage später mit Mrs. Maulfrey im Park spazierenging und er vorbeigeritten kam, zog er die Zügel an, sprang vom Sattel und kam auf sie zu; eine ganze Weile führte er sein Pferd neben ihr her und schien sich der Begegnung zu freuen.

«Wehe, mein Kind», rief Mrs. Maulfrey, nachdem er sich verabschiedet hatte. «Sei auf der Hut, der ist ein böser Wüstling! Ich beschwöre dich, verlieb dich nicht in ihn!»

«Verlieben!» wiederholte Horatia geringschätzig «K-kartenspielen will ich mit ihm!»

Er war dann beim Ball der Duchess of Queensberry und kam ihr nicht ein einziges Mal in die Nähe. Es war verletzend. Daß Rules Anwesenheit der Grund dieser Abtrünnigkeit sein mochte, fiel ihr nicht ein. Als sie jedoch in der von Lady Amelia Pridham geführten Gästegruppe das Pantheon besuchte, gesellte sich Lethbridge mitten am Abend zu ihnen kam auf sie zu und widmete ihr eine so ungeteilte Aufmerksamkeit, daß sie annehmen mußte, sie wären endlich auf dem Wege zu einer engen Freundschaft. Dann allerdings räumte er mit tadellosem Anstand das Feld, weil ein junger Mann herantrat und von Horatia bemerkt sein wollte, und zog sich bald darauf in das Spielzimmer zurück. Es war wirklich höchst aufreizend und geeignet, eine junge Dame in ihrem Eroberungsvorsatz zu bekräftigen. Für Horatia wurde die Freude des Abends dadurch stark beeinträchtigt.

Im übrigen war es keine gelungene Feier. Das im neuen Glanz prangende Pantheon war mit seinen Säulen und stuckverzierten Decken und der hohen verglasten Kuppel gewiß sehr prächtig, aber Lady Amelia wollte ärgerlicherweise nicht Karten spielen, ferner stieg Mr. Laxby, der Tölpel, bei einem der Reihentänze auf den Rand ihres soeben erst aus Paris eingetroffenen Kleides aus durchsichtigem Jouy-Batist und riß den Saum so unglücklich, daß an ein Ausbessern nicht mehr zu denken war. Zu allem anderen mußte Horatia auch noch eine Einladung zu einem Picknick für den folgenden Tag ablehnen, weil sie versprochen hatte, nach Kensington (dem stickigen Nest!) zu fahren, um ihre alte Gouvernante, die dort mit einer verwitweten Schwester wohnte, zu besuchen. Sie hatte das Gefühl, daß Lethbridge bei dem Picknick erscheinen würde, und war versucht, Miss Lane in Verlegenheit geraten zu lassen. Dann bedachte sie jedoch, wie enttäuscht die arme Laney wäre, und widerstand heroisch dem Zuspruch ihrer Freunde.

Der pflichtschuldig in Kensington verbrachte Nachmittag gestaltete sich tatsächlich so langweilig wie befürchtet, und dabei war die gute Laney so neugierig auf alles, was ihr Zögling unternommen hatte, und so überströmend von ödem Klatsch, daß Horatia nicht so früh wegkam, wie sie es beabsichtigt hatte. Es war schon halb fünf, als sie ihren Wagen bestieg. Glücklicherweise sollte sie an dem Abend zu Hause speisen, bevor sie mit Rule in die Oper fuhr; so hatte die unvermeidliche Verspätung nicht viel zu bedeuten.

Horatia empfand, daß sie einen greulichen Tag verbracht hatte. Der einzige Trost — und den fand sie selbst abscheulich egoistisch — war, daß das am Morgen vielversprechende Wetter sich höchst ungnädig und für Picknicke ungeeignet gestaltet hatte. Schon zu Mittag war der Himmel bedeckt, und dann verdichteten sich die Gewitterwolken dermaßen, daß es schon um vier Uhr ziemlich dunkel wurde. Als sie in den Wagen einstieg, ließ sich ein drohendes Donnerrollen vernehmen, und Miss Lane bedrängte sie daraufhin, doch lieber bei ihr zu bleiben, bis das Gewitter vorbei wäre. Zum Glück war der Kutscher der Meinung, daß das Gewitter noch fern wäre, so daß sie die Einladung nicht anzunehmen brauchte. Der Mann war einigermaßen befremdet, als er den Befehl erhielt, die Pferde möglichst anzutreiben, da Mylady sich fürchterlich verspätet hätte. Gegen seine Überzeugung berührte er zum

Zeichen des Willfahrens seinen Hut, wobei er sich fragte, was der Graf dazu sagen würde, wenn es ihm zu Ohren käme, daß seine Gemahlin im Galopp in die Stadt einfuhr.

Die Kutsche fuhr also im Eiltempo ostwärts, mußte jedoch sehr bald bremsen, da eines der Vorderpferde, durch den Blitz erschreckt, scheu wurde. Das Eiltempo hätte man übrigens nur schwer beibehalten können, denn beide Stangenpferde waren ruhige, an eine ungestüme Fortbewegung nicht gewöhnte Tiere.

Es hatte noch nicht zu regnen begonnen, aber schon blitzte es häufig und der ferne Donner grollte beinahe andauernd; schweres Gewölk verdunkelte das Tageslicht beträchtlich, so daß der Kutscher schon gerne die Zollschranke von Knightsbridge hinter sich gebracht hätte.

Kurz vor dem Halfway-House, einer Herberge zwischen Knightsbridge und Kensington, erschreckte die beiden Männer auf dem Bock der höchst unerfreuliche Anblick von drei oder vier von den Bäumen am Straßenrand halb versteckten Reitern. Sie waren noch in einiger Entfernung, und im trüben Licht war es schwer, Einzelheiten in ihrer Erscheinung auszunehmen. Die ersten schweren Regentropfen hatten zu fallen begonnen, und es wäre denkbar gewesen, daß sich die Reiter einfach vor dem drohenden Guß schützen wollten. Aber die Gegend war berüchtigt, und obzwar der Kutscher zu dieser frühen Abendstunde einen Überfall durch Straßenräuber für unwahrscheinlich hielt, trieb er seine Pferde zum Galopp an und ermahnte den Groom, der neben ihm saß, seine Donnerbüchse bereit zu halten.

Dieser ehrbare Mann jedoch mußte, während sein Blick unruhig die Ferne streifte, die Tatsache enthüllen, daß er es verabsäumt hatte, seine Waffe mitzunehmen, da die Expedition ihm eine solche als unnötig erscheinen ließ. Der Kutscher fuhr vorsichtig in der Mitte der Straße und versuchte sich durch die Überlegung zu trösten, daß kein Straßenräuber in hellem Tageslicht einen Angriff wagen würde. «Die suchen einfach Schutz vor dem Regen», brummte er vor sich hin und dann, nicht sehr folgerichtig: «Ich habe einmal in Tyburn zwei aufknüpfen gesehen. Sie hatten den Postwagen ausgeraubt. Verwegene Schurken waren das!»

Sie waren jetzt in Rufnähe der geheimnisvollen Reiter gelangt, und die beiden Männer sahen zu ihrer Bestürzung, daß sich die Gruppe teilte; die Art, wie sie nun die Straße sperrten, ließ kein Verkennen ihrer Absichten mehr zu.

Der Kutscher fluchte leise, da er aber ein unerschrockener Mann war, trieb er seine Rosse zu noch wilderer Jagd an, in der Hoffnung, die Kette auf diese Weise zu durchbrechen. Eine Kugel, die unheimlich nahe an seinem Ohr vorbeipfiff, ließ ihn unwillkürlich schaudern, und im gleichen Augenblick griff der vor Angst bleiche Groom nach den Zügeln und zog sie straff an. Beim zweiten Schuß bäumten sich die

Pferde und schlugen aus, und während der Kutscher und der Groom um die Zügel kämpften, ritten zwei der friesbekleideten Gauner heran, fielen dem Vordergespann in die Zügel und brachten das Gefährt zum Stehen.

Der dritte, ein mächtiger Geselle, dem eine Maske das ganze Gesicht verdeckte, drängte sich an die Karosse, schrie «Stehenbleiben! Alles ausfolgen!» lehnte sich aus dem Sattel und riß den Schlag auf.

Aufschreckend, aber noch ohne Angst, sah Horatia die große Pistole, die eine schmutzige Hand auf sie gerichtet hielt. Ihr verblüffter Blick wanderte bis zur Gesichtsmaske des Mannes, und sie rief: «S-so etwas! Str-straßenräuber zu Fuß!»

Der Ausruf wurde mit einem Lachen quittiert, und der Mann, der die Waffe hielt, verbesserte mit versoffener Stimme: «Nein, Liebchen, Berittene, wir sind keine Fuß-Pfuscher! Her mit dem Tand, und ein bißchen flott!»

«Denke nicht daran!» sagte Horatia und schloß kräftig die Hand um ihr Retikül.

Der Räuber schien etwas betroffen. Während er zögerte, drängte ihn ein zweiter maskierter Mann beiseite und entriß ihr den Beutel. «Hoho, da hätten wir einen guten Fang!» rief er erfreut. «Und am Finger steckt ihr auch noch ein famoses Stück! Sachte nun, sachte!»

Der Verlust ihrer Börse erregte bei Horatia mehr Zorn als Angst. Jetzt bemühte sie sich, dem Angreifer ihre Hand zu entziehen, und da ihr das mißlang, versetzte sie ihm einen klatschenden Schlag. «Was unterstehen Sie sich, Sie f-frecher M-mensch?» schrie sie wütend.

Neuerlich derbes Gelächter — und jetzt wurde ihr doch etwas bange, als plötzlich eine Stimme erscholl: «Rette sich, wer kann, wir sind geschnappt, Leute auf der Straße!» Unmittelbar darauf krachte ein Schuß, und man hörte donnerndes Pferdegetrappel. Der Räuber ließ augenblicklich von Horatia ab. Ein zweiter Schuß, viel Geschrei und Gestampfe, und dann ritten die Räuber in der Dämmerung davon. Im nächsten Augenblick tauchte ein Reiter auf einem schönen Fuchs beim Kutschenfenster auf, zog die Zügel des sich bäumenden Pferdes an und verbeugte sich. «Madam!» sagte er erst scharf, und dann im Tone höchster Überraschung: «Mylady Rule! Gerechter Himmel! Sind Sie verletzt?»

«Ach, S-sie sind es!» rief Horatia. «N-nein, es ist m-mir gar nichts geschehen.»

Lord Lethbridge schwang sich aus dem Sattel, sprang auf das Trittbrett und faßte nach Horatias Hand. «Gott sei Dank, daß ich gerade vorbeikam», sagte er. «Fürchten Sie nichts mehr, Madam. Die Elenden sind fort.»

Horatia fehlte viel zur Rolle der geretteten Heldin. Sie sagte fröhlich: «Ach, ich hatte gar keine F-furcht, Sir. Ich habe noch nie etwas so

Sp-spannendes erlebt! Aber ich muß sagen, das waren recht feige Räuber, daß sie vor *einem* M-mann davonliefen.»

Ein geräuschloses Lachen schüttelte Seine Lordschaft. «Vielleicht liefen sie vor meinen Pistolen davon», sagte er. «Nun, wenn sie Ihnen nur nichts getan haben...»

«Ach n-nein! Aber wie kamen Sie auf diese Straße, Mylord?»

«Ich hatte Freunde in Brentford besucht», erklärte er.

«Ich dachte, Sie wollten zum Picknick nach Ewell?»

Er sah ihr tief ins Auge. «Ich bin dort gewesen», antwortete er. «Aber Mylady Rule kam nicht hin.»

Jetzt bemerkte sie, daß ihre Hand noch in der seinen lag, und entzog sie ihm. «Ich hätte nicht gedacht, daß Ihnen etwas daran liegt», sagte sie.

«Nein? Und doch liegt mir sehr viel daran.»

Sie sah ihm einen Augenblick ins Gesicht, dann fragte sie scheu: «Bitte, wollen Sie mit mir zurückf-fahren?»

Er schien zu zögern, wieder einmal zeigte sich flüchtig jenes seltsam verkniffene Lächeln auf seinen Lippen.

«Warum n-nicht?» fragte Horatia.

«Ich wüßte keinen Grund dagegen, Madam. Natürlich will ich mit Ihnen zurückfahren, wenn Sie es wünschen.» Er stieg vom Sattel, rief den Groom und wies ihn an, seinen Fuchs zu reiten. Der Mann, der sich offenbar seines Betragens schämte, beeilte sich, dem Auftrag nachzukommen. Lord Lethbridge stieg wieder in die Kutsche, die Portieren wurden geschlossen und wenige Minuten später bewegte sich der Wagen in die Richtung nach London.

Im Innern sagte Horatia mit der Offenheit, die ihre Familie immer so verhängnisvoll fand: «W-wissen Sie, ich dachte, daß Sie mich nicht b-besonders leiden mögen.»

«Aber nein? Das gäbe doch meinem Geschmack ein recht schlechtes Zeugnis.»

«Weil Sie mir immer geradezu ausweichen, wenn wir einander begegnen. Das stimmt, nicht wahr?»

«Ach», sagte Seine Lordschaft, «das ist doch nicht, weil ich Sie nicht leiden mag, Madam.»

«W-warum denn sonst?» fragte Horatia geradeheraus.

Er drehte sich ihr zu. «Hat Sie noch niemand gewarnt, daß Robert Lethbridge für Sie eine gefährliche Bekanntschaft ist?»

Ihre Augen zwinkerten. «Doch — eine ganze Menge Leute. Haben Sie das erraten?»

«Natürlich. Ich glaube, alle Mamas warnen ihre Töchter vor meinen bösen Schlichen. Ich habe einen sehr üblen Charakter, wissen Sie das noch nicht?»

Sie lachte. «N-nun, wenn es mir nichts ausmacht, kann es Ihnen doch g-gewiß einerlei sein.»

«Nein, das ist etwas anderes», erwiderte Lethbridge. «Sie sind nämlich, wenn ich so sagen darf, ziemlich jung.»

«M-meinen Sie damit, daß ich zu jung bin, um mit Ihnen befreundet zu sein?»

«Nein, das meinte ich nicht. Zu jung sind Sie, mein liebes Kind, als daß man Ihnen erlauben dürfte, unkluge Dinge zu tun.»

«Ist es unklug, mit Ihnen zu verkehren?»

«In den Augen der Welt bestimmt.»

«Mir liegt an den Augen der Welt gar nichts», erklärte Horatia schlankweg.

Er ergriff ihre Hand und küßte ihre Finger. «Sie sind eine entzückende Dame», sagte er. «Wenn aber Sie und ich Freundschaft schließen, wird die Welt reden. Und die Welt soll nicht über Mylady Rule reden.»

«Warum dürfen aber die Menschen schlecht von Ihnen denken?» fragte Horatia entrüstet.

Ein Seufzer entfuhr ihm. «Leider habe ich mir einen furchtbaren Ruf gemacht, und ist das einmal geschehen, dann kommt man nicht mehr los davon. Ich bin zum Beispiel ganz überzeugt, daß Ihr vortrefflicher Bruder Sie ermahnt hat, nichts mit Lethbridge zu tun zu haben. Habe ich recht?»

Sie wurde rot. «Ach, kein Mensch hört auf P-pel!» versicherte sie. «Und wenn Sie sich mit mir b-befreunden wollen — ich bin dabei, was auch immer gesprochen wird!»

Wieder schien er zu zögern. Und wieder faßte eine warme Hand nach der seinen: «Ach b-bitte, sagen Sie ja!»

Seine Finger schlossen sich um die ihren. «Warum?» fragte er. «Weil Sie mit mir Karten spielen wollen? Bieten Sie mir darum Ihre Freundschaft an?»

«N-nein. D-das war wohl zuerst der Grund», gab Horatia zu. «Aber da Sie mir jetzt alles erklärt haben, d-denke ich anders. Ich w-will nicht zu den greulichen L-leuten gehören, die vom anderen immer das Schlechteste annehmen.»

«Nun ja, meine Liebe, ich fürchte sehr, Rule wird da ein Wörtchen mitsprechen wollen. Ich muß Ihnen gestehen, daß er mir nicht gerade gut gesinnt ist. Und einem Gemahl muß gehorcht werden, das wissen Sie ja selbst.»

Es lag ihr auf der Zunge, ihm zu erwidern, auch Rules Meinung sei ihr einerlei, doch fiel ihr noch rechtzeitig ein, daß eine solche Äußerung nicht sehr schicklich wäre. So sagte sie nur: «Ich versicherte Ihnen, Sir, daß Rule sich nicht in meine Freundschaften einmengt.»

Inzwischen waren sie bei der Hercules-Pillars-Gaststätte in der Nähe des Hyde Parks angelangt, und bis zum Grosvenor Square war es nur noch eine kurze Strecke Der Regen, der jetzt richtig eingesetzt hatte, schlug gegen die Kutschenfenster, und das Tageslicht war fast geschwunden. Horatia konnte Seine Lordschaft nicht mehr deutlich sehen, aber sie drückte ihm die Hand und sagte: «Das ist also jetzt fest beschlossen, nicht wahr?»

«Fest beschlossen, jawohl.»

«Und nun w-will ich die Güte haben, Sie nach Hause zu fahren, Sir, denn in diesem Regen können Sie nicht heimreiten. B-bitte, geben Sie meinem Kutscher die Richtung an.»

Zehn Minuten später hielt der Wagen in der Half Moon Street. Horatia bedeutete ihrem Groom, das Pferd Seiner Lordschaft in seinen Stall zu reiten. «Und ich habe Ihnen noch gar nicht für meine Rettung gedankt, Mylord», sagte sie. «Ich bin Ihnen wahrlich sehr verpflichtet.»

«Und ich, Madam, bin dankbar für die mir gebotene Gelegenheit.» Er beugte sich über ihre Hand. «Auf ein baldiges Wiedersehen!» sagte er und trat auf die triefende Straße.

Die Kutsche fuhr weiter. Lethbridge blieb einen Augenblick im Regen stehen und sah ihr nach, wie sie gegen die Curzon Street einbog. Dann wandte er sich um, zuckte ganz leicht die Achseln und stieg die Stufen des Hauses hinan.

Der Portier hielt die Türe für ihn offen. Er bemerkte ehrerbietig: «Schlechtes Wetter, Mylord.»

«Sehr», antwortete Lethbridge kurz.

«Ich muß Euer Gnaden melden, daß ein — ein Mann hier ist. Er ist kurz vor Euer Gnaden gekommen, und ich habe ihn hinunter genommen und im Auge behalten.»

«Schicken Sie ihn herauf!» sagte Lethbridge und ging in das Zimmer, das auf die Straße sah.

Nach einigen Augenblicken kam ihm sein Gast nach; der Portier hatte ihn mit einem mißbilligenden Blick hineingeschoben. Es war ein stämmiger Geselle in einem Friesmantel, der den Schlapphut in der schmutzigen Hand hielt. Er grinste beim Anblick Lethbridges und führte die Finger an das Stirnhaar. «Hoffentlich alles in Ordnung, Euer Gnaden, und die Dame wohlauf.»

Lethbridge antwortete nicht, sondern nahm einen Schlüssel aus der Tasche, öffnete die erste Schreibtischlade und zog eine Geldbörse heraus. Die warf er seinem Gast hin und sagte schroff: «Hier, und hinaus mit Ihm! Und vergeß Er nicht, den Mund zu halten!»

«Du meine Güte! Verrecken soll ich auf der Stelle, wenn ich jemals ein Plauscher war!!» sagte der friesbekleidete Gentleman entrüstet. Er schüttelte den Inhalt der Börse auf den Tisch und begann nachzuzählen.

Lethbridge schürzte die Lippen. «Diese Mühe kann Er sich sparen. Ich zahle, was ausgemacht ist.»

Der Mann grinste noch verständnisvoller. «Ihr seid mir ein verdrießlicher Kunde, fürwahr! Aber wenn ich mit noblen Leuten arbeite, dann bin ich vorsichtig, versteht Ihr mich?» Er zählte den Rest des Geldes, schüttelte das Ganze in seine geräumige Pfote und ließ es in die Tasche gleiten. «Stimmt», bemerkte er erfreut, «und leicht verdient war es auch ... Ich gehe bei der Hintertüre hinaus.»

Lethbridge folgte ihm in den schmalen Korridor. «Gewiß», sagte er. «Aber mir ist es eine Freude, Ihn selbst aus meinem Hause zu entlassen.»

«Barmherziger Herr! Haltet Ihr mich für einen Dieb?» schrie er entrüstet. «Hoch zu Roß treib ich mein Handwerk, nicht in stickigen Stuben!» Und nach diesem stolzen Ausspruch ging er die Treppe hinunter und schlenderte in der Richtung Piccadilly davon.

Lord Lethbridge schloß die Türe und blieb einen Augenblick schweigend und stirnrunzelnd stehen. Aus seiner Versunkenheit riß ihn der Diener, der aus dem Souterrain kam, um ihm beim Umziehen zu helfen, und teilnahmsvoll bemerkte, der Regen hätte Seiner Lordschaft Mantel durchnäßt.

Dessen Stirne glättete sich. «Das nehme auch ich wahr», sagte er. «Aber es hat sich zweifellos gelohnt.»

8

HORATIA KAM ERST NACH FÜNF UHR nach Hause. Als ihr die späte Stunde vom Portier mitgeteilt wurde, stieß sie einen kleinen Schreckensschrei aus und stürzte die Treppe hinan. Auf dem oberen Flur wäre sie beinahe mit Rule zusammengestoßen, der bereits für die Oper angezogen war. «O Mylord, welch ein Abenteuer!» sagte sie mit fliegendem Atem. «Wenn es nicht schon so spät wäre, wollte ich es Ihnen sofort erzählen. B-bitte, vergeben Sie mir, ich komme sofort wieder.»

Rule sah ihr noch nach, wie sie in ihrem Zimmer verschwand, und begab sich dann ins Erdgeschoß. Offenbar fehlte ihm das Vertrauen zum Zeitbegriff seiner Frau, denn er ließ in der Küche Befehl geben, daß das Abendessen um eine halbe Stunde zu verschieben sei, und schlenderte in einen der Salons zurück, um dort Horatias Wiederauftauchen abzuwarten. Daß die Oper um sieben Uhr begann, schien ihn weiter nicht zu bekümmern, und auch als auf der goldenen Kaminuhr bereits dreiviertel sechs zu lesen war, gab er kein Zeichen von Ungeduld. Im Souterrain umkreiste der erregte Koch abwechselnd ein paar Truthühner am Spieß und eine Schüssel Krabben auf Butter und verwünschte in kräftigen Ausdrücken das ganze weibliche Geschlecht.

Aber um fünf Minuten vor sechs nahm die Gräfin — eine Traumgestalt aus Gaze, Spitzen und Federn — beim Speisetisch den Sitz gegenüber ihrem Gatten ein und stellte mit sieghaftem Lächeln fest, daß sie eigentlich gar nicht so sehr verspätet war. «Und bei einer Oper von G-gluck m-macht es m-mir nichts aus, einen Teil zu versäumen», bemerkte sie. «Aber jetzt muß ich dir mein Abenteuer erzählen, Marcus. D-denk dir nur, ich bin von Straßenräubern angehalten worden.»

«Von Straßenräubern angehalten?» wiederholte er einigermaßen verwundert.

Horatia, die den Mund voll hatte, nickte kräftig.

«Aber wo denn nur, liebes Kind, und wann?»

«Beim Halfway-House, auf meinem Heimweg, n-nachdem ich bei Laney gewesen war. N-noch dazu im vollen T-tageslicht! Und sie nahmen meine Börse mit, aber da war nicht viel drinnen.»

«Ein günstiger Umstand», sagte der Graf. «Aber ich verstehe es doch noch nicht ganz. Begegnete dieser kühne Raubangriff keinem Widerstand von seiten meiner heldenmütigen Diener?»

«N-nun, Jeffries hatte seine P-pistolen nicht mit, verstehst du? Der K-kutscher hat es mir später erklärt.»

«Ach! Dann wird er gewiß die Güte haben, es auch mir zu erklären.»

Horatia sah besorgt von der Schüssel Artischocken, aus der sie sich gerade bediente, auf. «Ach b-bitte, Rule, s-sei nicht b-böse auf ihn! Es war m-meine Schuld, weil ich so lange bei L-laney geblieben bin. Übrigens hätte Jeffries mit seiner D-donnerbüchse doch nichts ausgerichtet, denn es waren ja m-mehrere und sie hatten Pistolen.»

«Nein?» Rules Augen kniffen sich zusammen. «Wie viele waren es denn?»

«D-drei.»

Der Lord zog die Brauen hoch. «Jetzt interessiert mich das aber wirklich schon sehr, Horry. Drei Männer haben dich angehalten . . .»

«Ja, und sie waren maskiert . . .»

«Dachte ich mir's doch . . . Aber sagtest du nicht eben, daß jene Desperados dir nichts anderes als die Börse entrangen?»

«Ja. Aber einer wollte mir einen Ring vom Finger ziehen, und s-sicher hätten sie mir alles geraubt, wenn ich n-nicht so schnell gerettet worden wäre. W-war das nicht romantisch, Sir?»

«Es war gewiß ein Glücksfall. Und darf ich fragen, wer diese tapfere Tat vollbrachte?»

«Es war Lord L-lethbridge!» antwortete Horatia; ein ganz klein wenig Herausforderung lag in ihrem Ton.

Der Graf schwieg einen Augenblick. Er griff nach der Rotweinkaraffe und füllte sein Glas frisch an. «Ach so», sagte er, «er war also auch in Knigthsbridge? Welch ein seltsames Zusammentreffen!»

«Ja, nicht wahr?» bekräftigte Horatia, erfreut, weil ihre Mitteilung keine heftige Mißbilligung ausgelöst hatte.

«Geradezu wie . . . hm, wie eine Schicksalsfügung . . . Und alle bewaffneten Männer schlug er ganz allein in die Flucht?»

«Ja. Er kam herangaloppiert, und die Räuber liefen davon.»

Der Graf neigte den Kopf mit dem Ausdruck höflicher Aufmerksamkeit. «Und dann?» erkundigte er sich freundlich.

«Ach, d-dann fragte ich ihn, ob er mit mir heimfahren w-wollte, und ich muß dir sagen, Rule, das er z-zuerst gar nicht dazu geneigt war, aber ich habe so lange in ihn gedrungen, bis er nachgab.» Sie tat einen tiefen Atemzug. «Und vielleicht sollte ich dir auch gleich mitteilen, daß er und ich Freundschaft geschlossen haben.»

Die ruhigen Augen des Grafen trafen die ihren. «Dein Vertrauen ehrt mich natürlich, liebes Kind. Erwartest du dazu irgendeine Bemerkung von mir?»

Jetzt platzte Horatia damit heraus: «N-nun, Lord Lethbridge sagte mir nämlich, daß es dir nicht recht sein würde.»

«Ach wirklich?» murmelte der Lord. «Und gab er auch einen Grund für diese vermeintliche Abneigung an?»

«Nein, aber er sagte mir, er w-wäre kein geeigneter Umgang für mich, und da tat er mir so leid, und ich sagte, m-mir läge nichts an dem G-gerede der Leute und daß ich t-trotzdem mit ihm befreundet sein wollte.»

Der Graf führte das Mundtuch an die Lippen.

«Ich verstehe. Und wenn ich nun — nehmen wir den Fall an — etwas gegen diese Freundschaft einzuwenden hätte?»

Horatia bereitete sich zum Kampf vor. «Warum sollten Sie das, Sir?»

«Ich nehme an, daß Seiner Lordschaft bemerkenswerte Voraussicht ihn dazu trieb, dir meine Gründe mitzuteilen», sagte Rule ein wenig unverbindlich.

«Die schienen mir aber recht albern und — nun ja, herzlos», erklärte Horatia.

«Das hatte ich befürchtet», sagte Rule.

«Und es hat auch gar keinen Sinn, mir zu sagen, daß ich mit ihm nicht verkehren soll», stellte sie energisch fest, «denn ich tue es trotzdem.»

«Ich frage mich, ob es einen Sinn hätte, wenn ich dich — in aller Milde, wohlverstanden — bäte, dich nicht mit Lethbridge anzufreunden?»

«Nein», sagte Horatia. «Er gefällt mir, und ich lasse mich nicht von abscheulichen Vorurteilen leiten.»

«Ist dem so, und hast du fertiggegessen, mein Schatz», sagte Rule gelassen, «dann wollen wir jetzt zur Oper fahren.»

Horatia erhob sich mit dem deutlichen Gefühl, daß ihr hier der Wind aus den Segeln genommen war.

In der italienischen Oper, zu deren Gönnern Seine Lordschaft gehörte, wurde *Iphigénie en Aulide* gegeben, das vor kurzem bei der Pariser Uraufführung einen großen Erfolg errungen hatte. Das Ehepaar

Rule traf in der Mitte des ersten Aktes ein und nahm in einer der grünen Logen Platz. Im festlich beleuchteten Hoftheater drängte sich ein elegantes Publikum, zumeist Leute ohne besondere Neigung zu Musik. Die einen kamen, weil es die Mode verlangte, andere, um ihre kostspieligen Toiletten zur Schau zu stellen, und einige wenige, wie der Graf March, der unaufhörlich sein Opernglas auf die Bühne gerichtet hielt, in der Hoffnung, eine neue Tänzerin von unerreichtem Zauber zu entdecken. Inmitten der gewöhnlichen Sterblichen sah man auch einige prominente Persönlichkeiten, darunter den bemerkenswerten Mr. Walpole, der behaglich geborgen in Lady Herveys Loge saß. Im Parterre hatte sich eine Anzahl junger Herren versammelt, deren Hauptinteresse den in den Logen sitzenden Damen galt. Die Macaronis waren mehrfach vertreten: da war Mr. Fox, der mit vollem Recht müde Augen hatte, da er bis drei Uhr nachmittags bei Almack beim Hasardspiel gesessen hatte; ferner Lord Carlisle, dessen jugendlich rundes Gesicht ganz erstaunlich durch ein Schönheitspflästerchen in Form eines Einspänners verschönt wurde, und, selbstverständlich, Mr. Crosby Drelincourt mit riesiger Knopflochblume und einer Lorgnette am Griff seines langen Spazierstockes. Im auffallenden Gegensatz zu den gezierten, gekünstelt lächelnden, an ihrem Parfümfläschchen schnuppernden Macaronis standen die jungen *Bucks*, die sich aus Protest gegen ihre affektierten Altersgenossen im anderen Extrem gefielen. Sie zeichneten sich durch keine absonderliche Kleidung aus, es wäre denn durch eine gewollte Nachlässigkeit, und ihre Vergnügungen waren gewaltsamer Natur, also ganz anders geartet als die der Macaronis. Diesen Hitzköpfen begegnete man bei jedem Wett- oder Hahnenkampf, und wurden sie dieser Zerstreuungen müde, so wußten sie sich einen langweiligen Abend mitunter auch solcherart zu vertreiben, daß sie, als Banditen verkleidet, außerhalb der Stadttore die braven Bürger verängstigten. Lord Winwood, der während des ganzen ersten Aktes an einer hitzigen Diskussion teilnahm — es handelte sich um die Chancen seines eigenen Lieblings-Preisfechters «Fairy» gegenüber denen des «Bloomsbury Tiger», Mr. Farnabys Schützling beim morgigen Kampf in Brightons Amphitheater —, gehörte selbst bis zu einem gewissen Grad den *Bucks* an und hatte, da er sich einer Bande leichtsinniger junger Herren zum sportlichen Zweck der Postenverprügelung anschloß, die vorige Nacht im Wachthaus versessen. Das Ergebnis dieser anstrengenden Tätigkeit war eine interessante Beule über dem linken Auge, die Mr. Drelincourt ein entsetztes Aufkreischen entlockte.

Als der Vorhang nach dem ersten Akt niederging, begann, was man recht eigentlich als die Hauptangelegenheit des Abends ansehen durfte In den Logen winkten die Damen, die Herren kamen aus dem Parterre, um ihnen ihre Aufwartung zu machen, und schon surrte angeregteste Konversation.

Rules Loge füllte sich sehr rasch mit Horatias Bewunderern; der Graf, durch den leidenschaftlichen Mr. Dashwood von der Seite seiner Gattin verdrängt, unterdrückte ein Gähnen und wanderte, auf der Suche nach ihm besser zusagender Gesellschaft, davon. Bald sah man ihn im Parterre über etwas schmunzeln, das ihm der blasierte Mr. Selwyn ins Ohr flüsterte, und dann war er wohl im Begriff, sich einer Gruppe von Herren, die ihn riefen, zuzugesellen, als er zufällig zu den Logen emporsah und etwas erblickte, das ihn offenbar umstimmte. Drei Minuten später betrat er Lady Masseys Loge.

Seit seiner Heirat hatte er sie niemals mehr öffentlich aufgesucht, weshalb sich Triumph in ihre Überraschung mengte, als sie ihm die Hand entgegenstreckte. «Ach, Mylord!... Sie kennen Sir Willoughby, nehme ich an? Und auch, natürlich, Miss Cloke?» fragte sie, indem sie auf zwei ihrer Gefährten wies. «Wie gefällt Ihnen die Iphigenie, Sir? Lord Lethbridge und auch ich finden sie heute in betrüblich schlechter Form. Was sagen Sie?»

«Ehrlich gestanden», antwortete er, «kam ich erst ins Haus, als sie abtrat.» Er drehte sich um. «Ach, Lethbridge», sagte er in seiner weichen, lässigen Art, «welch ein glückliches *rencontre*. Ich stehe, höre ich, in Ihrer Schuld.»

Lady Massey wandte sich blitzschnell um, aber der Graf hatte sich zu Lethbridge in den Hintergrund der Loge begeben und stand verborgen hinter Sir Willoughbys breiter Gestalt.

Lethbridge verbeugte sich tief. «Ich wäre überglücklich, Mylord, dürfte ich dies annehmen», sagte er mit erlesener Artigkeit.

«Aber gewiß doch», beteuerte Lord Rule, indem er seine Lorgnette am langen Band baumeln ließ. «Ich bin noch ganz benommen vom Bericht Ihrer heutigen — wie soll ich es nennen — Fahrender-Ritter-Tat.»

Lethbridge lächelte mit blitzenden Zähnen. «Ach das, Mylord? Die reinste Lappalie, glauben Sie mir.»

«Wieso denn? Ich versichere Ihnen, daß meine Bewunderung grenzenlos ist! Sich drei — es waren ja wohl drei? — drei erbitterten Bösewichten allein entgegenzustellen, beweist einen Mut — oder sollte ich sagen eine Verwegenheit — Sie waren ja immer schon verwegen, nicht wahr, mein teurer Lethbridge? —, ja, eine Verwegenheit, die einem geradezu den Atem raubt.»

«Ihrer Lordschaft den Atem geraubt zu haben», sagte der unverändert lächelnde Lethbridge, «ist schon an und für sich ein Triumph.»

«Ja, ja», seufzte der Graf. «Aber Sie reizen meinen Ehrgeiz, lieber Lethbridge! Sollte es zu weiteren tollkühnen Taten Ihrerseits kommen, dann müßte ich wohl zusehen, ob nicht einmal ich Sie um den Atem bringen könnte.»

Lethbridge regte die Hand, wie um nach dem Degenheft zu greifen.

Es hing keine Waffe an seiner Seite, aber der Graf sah die Bewegung durch sein Glas und sagte überaus liebenswürdig: «Ganz richtig, Lethbridge. Wie gut wir einander doch verstehen!»

«Nichtsdestoweniger, Mylord», erwiderte Lethbridge, «werden Sie mir die Bemerkung erlauben, daß Sie die Aufgabe vielleicht ein wenig schwierig finden werden.»

«Mag sein — aber doch habe ich das Gefühl, nicht so ganz über meinen Kräften.» Damit wandte sich Rule ab und begab sich nach vorne, um Lady Massey seine Aufwartung zu machen.

In der gegenüberliegenden Loge wurde es stiller; da waren jetzt nur mehr Lady Amelia Pridham, Mr. Dashwood und der Vicomte Winwood. Mr. Dashwood hatte bei Winwoods nächtlichem Abenteuer mitgehalten, und Lady Amelia rügte sie beide wegen ihrer Narrheiten, als Mr. Drelincourt die Loge betrat.

Drelincourt wollte mit seinem Vetter sprechen und ärgerte sich, ihn nicht anzutreffen. Wobei Mylady Rules unartiges Benehmen verschärfend wirkte, denn sie empfand das Bedürfnis nach einer Revanche und begann leise vor sich hin zu singen:

> «*The Muse in prancing up and down,*
> *Has found out something pretty,*
> *With little hat, and hair dressed high...*»*

Unter seiner Schminke errötend, unterbrach Mr. Drelincourt das Volkslied. «Ich kam, um meinen Vetter aufzusuchen, Madam.»

«Er ist nicht hier», sagte Horatia. «Crosby, Ihre Perücke ist wie aus dem Lied, Sie kennen ja die letzte Zeile: ‹*Five pounds of hair they wear behind, the ladies to delight, O!*›** Nur daß es uns Damen gar nicht freut!»

«Äußerst unterhaltsam, Madam», sagte Mr. Drelincourt ein wenig schrill. «Aber ich dachte doch, Rule neben Ihnen in der Loge gesehen zu haben.»

«Er ist nur auf eine W-weile hinausgegangen», antwortete Horatia. «Ach, und einen Fächer tragen Sie auch! Lady Amelia, sehen Sie doch: Mr. Drelincourt hat einen w-weitaus hübscheren Fächer als ich!»

Mr. Drelincourt klappte seinen Fächer zu. «Hinausgegangen, ja? Wahrlich, Kusine, Ihnen geschieht bitteres Unrecht. Wie handelt er an seiner jungen Frau!?» Durch das Glas, das im Griff seines Spazierstockes eingefaßt war, musterte er die gegenüberliegenden Logen und gab ein leichtes Kichern von sich: «Welche schöne Verführerin mag ihn wohl gelockt haben? Himmel — die Massey!... Verzeihung, Kusine,

---

* Die Muse stolzierte auf und ab und fand dabei etwas Hübsches: mit kleinem Hut und hoher Frisur...

** Fünf Pfund Haar tragen sie hinter sich, der Damenwelt zur Freude.

das hätte ich nicht sagen sollen! Es war ein Spaß, nichts als Spaß, glauben Sie mir! Ich hatte keinerlei Absicht ... Ach, sehen Sie sich einmal die Person da drüben im dunkelbraunen Seidenkleid an!»

Vicomte Winwood, der einen Teil des Gesprächs erhascht hatte, sprang mit finsterem Blick vom Stuhl, wurde aber durch Lady Amelia, die ihn ohne viel Umstände am Rock faßte und zurückzog, im Zaum gehalten. Sie erhob sich gewichtig und wogte nach vorne. «Ach, Sie sind's, Crosby? Sie dürfen mir Ihren Arm reichen, falls er kräftig genug ist, mir eine Stütze zu sein, und mich in meine Loge geleiten.»

«Mit dem allergrößten Vergnügen, Madam!» Drelincourt verbeugte sich und trippelte zierlich mit ihr hinaus.

Mr. Dashwood, der den neugierig verwirrten Ausdruck im Gesicht der jungen Frau wahrnahm, verabschiedete sich, nachdem er mit dem Vicomte einen etwas kläglichen Blick gewechselt hatte.

Horatia wandte sich mit gerunzelter Stirne an ihren Bruder: «Was m-meinte er, P-pel?» fragte sie.

«Wer?»

«Crosby natürlich. Du hast ihn doch gehört.»

«Die Kröte? Mein Gott, gar nichts! Was soll er denn gemeint haben?»

Horatia warf einen Blick in die gegenüberliegende Loge. «Er sagte, er hätte nicht sprechen sollen. Und du sagtest kürzlich von Lady Massey ...»

«Gar nichts sagte ich!» unterbrach der Vicomte hastig. «Jetzt fang nur nicht mit einer Menge dummer Fragen an, Horry!»

In Horatias Augen blitzte es auf. «Sag es mir, P-pelham!»

«Da gibt es nichts zu sagen», erwiderte der Vicomte, der sich in edlen Seelenkämpfen wand. «Höchstens, daß der Ruf der Massey besser nicht untersucht wird. Aber was liegt daran?»

«Sch-schön», sagte Horatia mit einem eigenartig störrischen Zug um den Mund. «Dann frage ich Rule.»

Die Drohung beunruhigte Pelham ernsthaft, und er sagte unüberlegt: «Nein, nein, das tue nicht! Zum Teufel nochmal, ich sagte dir doch, daß da nichts zu fragen ist!»

«V-vielleicht erklärt es mir Crosby. Ich werde ihn fragen.»

«Das böse Maul fragst du gar nichts», befahl der Vicomte. «Von ihm würdest du nichts als Lügen und Klatsch erfahren. Laß das alles ruhen, rate ich dir.»

Ihre treuherzigen Augen blickten zu ihm auf. «Ist R-rule in diese Lady M-massey verliebt?» fragte sie unumwunden.

«Ach, keineswegs!» versicherte der Vicomte. «Derartige Lappalien haben doch nichts mit Liebe zu tun! Herrgott, Horry, Rule ist ein Mann von Welt. Es hat gar nichts zu bedeuten, meine Liebe, sowas hat jeder!»

Horatia warf noch einen Blick in Lady Masseys Loge, aber der Graf war verschwunden. Sie schluckte und antwortete: «Ich w-weiß. B-bitte, glaub ja nicht, daß ich m-mir etwas daraus mache. Durchaus nicht. Nur, meine ich, m-man hätte es mir sagen können.»

«Nun, ehrlich gestanden — ich dachte, du müßtest es wissen. Es ist ja allgemein bekannt. Und schließlich hast du doch Rule nicht aus Liebe geheiratet!»

«Nein», sagte Horatia ein wenig hilflos.

9

DIE AUFRECHTERHALTUNG ihrer neu gegründeten Freundschaft wurde Lord Lethbridge und Lady Rule nicht schwer gemacht. Da sie beide der *beau monde* angehörten, verkehrten sie in den gleichen Häusern, trafen einander ganz zufällig in Vauxhall, Marylebone und einmal sogar in Ashleys Amphitheater, wohin Horatia die widerstrebende Miss Charlotte Winwood geschleppt hatte, um ihr die neue Belustigungsform, den Zirkus, zu zeigen.

«Ich muß dir sagen», bemerkte Charlotte, «daß mir der Anblick von edlen Pferden, die Menuettschritte ausführen müssen, nichts Unterhaltsames oder Erhebendes bietet, und ich will dir auch nicht verhehlen, daß die Vorstellung, wie ein unvernünftiges Geschöpf zur Nachahmung menschlicher Tätigkeit gezwungen wird, für mich etwas Widerwärtiges hat.»

Dem als Begleitung erwählten Mr. Arnold Gisborne schienen diese Ausführungen höchst bemerkenswert, und er beglückwünschte Miss Winwood ob ihrer vernünftigen Denkungsweise.

In diesem Augenblick erschien Lord Lethbridge in der Loge, dem es ganz zufällig gerade an diesem Abend eingefallen war, das Amphitheater zu besuchen. Nach einem kurzen Höflichkeitsaustausch mit Miss Winwood und Mr. Gisborne nahm er auf dem Sitz neben Horatia Platz und begann mit ihr zu plaudern.

Unter der Deckung der Trompeten, mit denen das Auftreten eines Künstlers begleitet wurde, der, laut Programm, eine in fünf Meter Höhe gespannte Schnur überspringen und gleichzeitig zwei Pistolen abfeuern sollte, sagte Horatia vorwurfsvoll: «Ich sandte Ihnen eine Einladung zu meiner Wirbelsturm-Gesellschaft, Sir, und Sie sind nicht gekommen. Das war nicht sehr freundlich von Ihnen — meinen Sie nicht auch?»

Er lächelte. «Ich glaube, Madam, daß Mylord Rule mein Besuch in seinem Haus nicht gerade angenehm wäre.»

Ihr Gesicht verhärtete sich, aber sie antwortete doch ganz harmlos: «Ach, darüber brauchen Sie sich keine Gedanken zu machen, Sir, Mylord mengt sich nicht in meine Angelegenheiten und ... und ich mich nicht in die seinen. Werden Sie am Freitag zum Almack-Ball kommen? Ich habe Mama versprochen, Charlotte hinzuführen.»

«Glückliche Charlotte!» sagte Seine Lordschaft.

Jede normal empfindende junge Dame hätte sich wohl in der Tat glücklich geschätzt; Miss Winwood hingegen vertraute im gleichen Augenblick Mr. Gisborne ihre Abneigung gegen Vergnügungen so frivoler Art an.

«Es ist schon richtig», sagte Mr. Gisborne, «daß die gegenwärtige Tanzwut über das Ziel schießt. Doch bin ich der Meinung, daß Almack ein sehr anständiger Klub ist; gegen die dortigen Bälle ist, anders als im Ranelagh oder in den Vauxhall Gardens, nichts einzuwenden. Ja, ich möchte sagen, daß, seit im Carlisle House der Betrieb aufgelassen wurde, der allgemeine Ton solcher Unterhaltungen mir beträchtlich gehoben erscheint.»

«Ich habe von Maskeraden und Redouten gehört», sagte Charlotte errötend, «aus denen alle Distinktion und Manierlichkeit ... nein, mehr will ich nicht sagen.»

Zum Glück für Miss Winwood hatte es niemals einen Ball bei Almack gegeben, bei dem es nicht nach allen Regeln des Anstands zugegangen wäre. Der in der King Street gelegene Klub war gewissermaßen eine Nebenstelle des Pall Mall Lokals. Er war so exklusiv, daß keiner der vielen Trabanten, die optimistisch die vornehme Gesellschaft umschwirrten, hoffen durfte, jemals darin aufgenommen zu werden. Durch eine Damen-*Coterie*, mit Mrs. Fitzroy und Lady Pembroke an der Spitze, gegründet, bot er für den, der den recht bescheidenen Mitgliedsbeitrag von zehn Guineen erlegte, drei Monate hindurch jede Woche einen Ball und ein Souper. Almack selbst mit seinem schottischen Akzent und seiner Perücke bediente bei Tisch, während Mrs. Almack in ihrem besten *Saque* für die vornehme Gesellschaft Tee kochte. Der Klub hatte allmählich einen Ruf als Heiratsmarkt erworben, und dies war auch Lady Winwoods Überlegung gewesen, als sie Charlotte überredete, die Einladung ihrer Schwester anzunehmen. Ihr selbst war es infolge ihrer schwankenden Gesundheit nicht möglich, ihre Tochter zu allen Veranstaltungen, wo eine junge Dame bei ihrem Debut gesehen werden sollte, zu begleiten, und so war sie wieder einmal froh und dankbar, daß Horatia bereits passend verheiratet war.

Lord Winwood und dessen Freund, ein stattlicher junger *Buck* namens Sir Roland Pommeroy, wurden von Horatia als Begleitung erkoren. Sir Roland erklärte sich entzückt, wogegen der Vicomte weniger höflich war. «Hol dich der Teufel, Horry, Tanzen ist mir doch verhaßt!» protestierte er. «Ein Dutzend Verehrer balgt sich um die Gunst, dich ausführen zu dürfen. Warum, zum Kuckuck, muß dann ich es sein?»

Aber offenbar hatte Horatia dafür ihre Gründe. Der Vicomte gab schließlich nach, fügte jedoch warnend hinzu, er hätte keinerlei Verlangen, die Nacht durchzutanzen, und würde vermutlich im Spielsaal landen. Horatia erwiderte wahrheitsgemäß, daß sie gegen sein Kartenspiel nichts einzuwenden hätte, denn sie fände zweifellos auch ohne ihn genug Kavaliere. Hätte der Vicomte geahnt, welchen Kavalier sie dabei im Auge hatte, so hätte er sich vielleicht nicht so leicht umstimmen lassen.

Wie die Dinge lagen, begleitete er beide Schwestern in die King Street und entledigte sich seiner Pflichten zur eigenen Befriedigung, indem er Horatia zum ersten Menuett aufforderte und einen der Ländler mit Charlotte tanzte. Als das erledigt war, sah er die Schwestern bald behaglich inmitten des gewohnten, Horatia umschwärmenden Kreises untergebracht und entfernte sich auf der Suche nach flüssiger Erfrischung und passenderer Unterhaltung. Im Spielsaal war allerdings kaum viel Vergnügen zu erwarten, denn der Klub galt dem Tanz und nicht den Karten, und so würden die Einsätze wahrscheinlich niedrig und die Spieler ungeübt sein. Immerhin hatte er beim Eintreten seinen Freund Geoffrey Kingston erblickt — der ließe sich zweifellos gerne zu einer ruhigen Pikettpartie nieder.

Es dauerte eine Weile, bevor Lord Lethbridge im Ballsaal auftauchte, aber schließlich kam er doch und sah sehr prächtig aus in seinem blauen Satinanzug. Miss Winwood, die ihn als erste erblickte, erkannte sofort den schwermütigen Herrn, der sich ihnen auch bei Ashley angeschlossen hatte. Als er dann auf Horatia zukam und sie den freundlichen, um nicht zu sagen intimen Ton, der zwischen den beiden herrschte, wahrnahm, wurde ihr etwas bang zumute, und sie begann zu fürchten, daß Horatias Leichtsinn nicht nur in ihrer verschwenderischen Toilette zum Ausdruck kam; den weiten Reifrock und die Fülle von Bändern und Spitzen hatte sie schon auf den ersten Blick beklagt. Es gelang ihr, Horatias Auge zu fangen, als diese schon zum zweitenmal von Lethbridge zum Tanz geholt wurde, und sie warf ihr einen mißbilligenden Blick zu. Dieser wurde von Horatia ignoriert, entging jedoch nicht Lethbridges Aufmerksamkeit. Er fragte mit hochgezogenen Brauen: «Habe ich Ihre Schwester beleidigt? Soeben sah ich einen recht feindseligen Ausdruck in ihrem Auge.»

«N-nun», antwortete Horatia sachlich, «es war wohl nicht sehr höflich, daß Sie diesmal nicht sie aufgefordert haben.»

«Aber ich tanze doch niemals», sagte Lethbridge, indem er sie unter die Paare brachte.

«Unsinn! S-sie tanzen doch gerade jetzt!»

«Ach ja, mit Ihnen, das ist etwas anderes.»

Jetzt wurden sie durch den Figurenwechsel des Tanzes getrennt, aber schon hatte Lethbridge mit Genugtuung wahrgenommen, daß Horatia das Blut in die Wangen schoß.

Auch sie war gewiß nicht unzufrieden. Daß Lethbridge nur selten tanzte, stimmte, und sie wußte es. Sie hatte gesehen, wie ihr neidische Blicke folgten, als sie mit ihm auf das Tanzparkett ging, und war noch jung genug, um daraus einen Triumph zu schöpfen. Marcus mochte vielleicht den reiferen Reiz Caroline Masseys vorziehen, aber Mylady Rule würde ihm und dem übrigen vornehmen Kreis zeigen, daß auch sie einen besonderen, kostbaren Preis zu ergattern verstand. Abgesehen davon, daß ihr Lethbridge gefiel — das tat er zweifellos —, war er genau der richtige Mann für ihr gegenwärtiges Beginnen. So leichte Eroberungen wie Mr. Dashwood oder der junge Pommeroy hätten dem Zweck nicht entsprochen; Lethbridge jedoch mit seinem ein wenig angetasteten Ruf, seiner leichten Überheblichkeit und dem angeblich marmorharten Herzen war eine Beute, die zur Schau zu stellen sich wohl lohnte. Und sollte das Rule mißfallen — nun, um so besser!

Lethbridge, der diese dunklen Pläne durchschaute, spielte seine Karten sehr geschickt aus. Er war viel zu klug, um ihr eine Leidenschaft zu zeigen, die sie erschrecken müßte, und bekundete ihr nur seine durch leichte Ironie gewürzte Bewunderung, die — das wußte er — aufreizend auf sie wirkte. Seine Art war stets die des viele Jahre älteren Mannes; er ärgerte sie durch seine dauernde Weigerung, mit ihr Karten zu spielen, oder verletzte sie, indem er sie eine Weile hindurch ignorierte und sich irgendeiner anderen, hoch geschmeichelten Dame widmete.

Als sie jetzt wieder zusammentrafen, sagte er unvermittelt: «Mylady, das Pflästerchen!»

Ihr Finger strich zum kleinen schwarzen Fleck bei ihrem Augenwinkel. «Wieso, Sir? Was denn?»

«Nein», sagte er kopfschüttelnd, «nicht das ‹Grausame›, ich flehe Sie an! Das geht nicht!»

Ihre Augen blitzten schelmisch. Da sie sich umwandte, um zum Tanz zurückzukehren, sagte sie über die Schulter: «Welches denn, wenn ich fragen darf?»

«Das ‹Verruchte›!» antwortete Lethbridge.

Als der Tanz endete und sie sich Charlotte und Sir Roland zugesellen wollte, zog er ihre Hand unter seinen Arm und geleitete sie in den Raum, wo die Erfrischungen auf die Gäste warteten.

«Finden Sie denn Pommeroy so amüsant? Ich nicht!»

«N-nein, aber da ist auch Charlotte, und vielleicht...»

«Sie verübeln es mir hoffentlich nicht», sagte Lethbridge spitz, «aber auch Charlotte finde ich nicht amüsant. Gestatten Sie mir, Ihnen ein Glas Ratafia zu bringen.»

Er war gleich wieder bei ihr und reichte ihr ein Gläschen. Dann stand er neben ihrem Stuhl, trank seinen Rotwein und starrte vor sich hin, wie er das immer in seinen Anfällen von Zerstreutheit machte.

Horatia schaute zu ihm auf und fragte sich wieder einmal, warum er plötzlich das Interesse an ihr verlor.

«Weshalb das ‹Verruchte›, Mylord?»

Er senkte den Blick auf sie. «Das ‹Verruchte›?»

«Sie sagten, ich sollte das ‹verruchte› Pflästerchen tragen.»

«Ach ja, richtig. Ich dachte an etwas anderes.»

«Oh!» entfuhr es ihr. Sie war verletzt.

Sein jähes Lächeln blitzte auf. «Ja, ich dachte daran, wann Sie wohl aufhören würden, mich so steif ‹Mylord› zu betiteln.»

«Ach» — schon war sie getröstet —, «aber wahrlich, Sir...»

«Aber wahrlich, Madam...»

«W-wie sollte ich Sie denn ansprechen?» fragte sie etwas unsicher.

«Ich habe einen Namen, meine Liebe... Und auch Sie haben einen, einen netten kleinen Namen, den ich von nun an, mit Ihrer gnädigen Erlaubnis, benützen werde.»

«Ich g-glaube, es kümmert Sie wenig, ob Sie meine Erlaubnis dazu haben oder n-nicht.»

«Allerdings», gab Seine Lordschaft zu. «Kommen Sie, Horry, lassen Sie uns das Übereinkommen mit einem Händedruck besiegeln.»

Sie zögerte, sah ihn lachen und schmunzelte nun auch ihrerseits. «Also gut, R-robert!»

Lethbridge beugte sich vor und küßte ihre dargereichte Hand. «Bis zum heutigen Tag wußte ich nicht, wie hübsch mein armseliger Name klingen kann», sagte er.

«Pah! Ich bin überzeugt, daß eine ganze Anzahl D-damen mir da zuvorgekommen sind.»

«Aber noch keine nannte mich R-robert», erklärte Seine Lordschaft.

Inzwischen war der Vicomte vorübergehend aus dem Spielzimmer aufgetaucht und mußte wohl oder übel einem Wink seiner älteren Schwester nachkommen. Er schlenderte durch den Saal auf sie zu und fragte flüchtig: «Nun, Charlotte, was gibt's?»

Sie nahm seinen Arm und zog ihn in eine Fensternische. «Pelham, ich bitte dich, geh nicht wieder in den Spielsaal. Ich mache mir Sorgen um Horry.»

«Warum? Was stellt die Range jetzt wieder an?» fragte der Vicomte unbeeindruckt.

«Ich behaupte ja nicht, daß es etwas Ärgeres ist als die Kopflosigkeit, die wir leider nur allzuwohl bei ihr kennen», sagte Charlotte ernsthaft. «Aber zweimal hintereinander mit demselben Herrn tanzen und an seinem Arm den Saal verlassen — ein so auffallendes Benehmen würde unsere liebe Mama, und sicherlich auch Lord Rule, bemängeln.»

«Rule ist nicht so sittenstreng. Mit wem ist denn Horry abgezogen?»

«Mit dem Herrn, dem wir, glaube ich, kürzlich bei Ashley begegneten. Er heißt Lord Lethbridge.»

85

«Was?» rief der Vicomte. «Der Kerl ist hier? Der Teufel soll ihn holen!»

Miss Winwood faßte mit beiden Händen nach seinem Arm.

«So war meine Furcht nicht unbegründet? Fern liegt es mir, von einem Menschen, der mir noch kaum bekannt ist, üble Rede führen zu wollen, und doch — vom ersten Moment, da mein Auge auf ihn fiel, flößte er mir ein Mißtrauen ein, das sein heutiges Benehmen wahrlich nicht verringert.»

Der Vicomte warf ihr einen düsteren Blick zu.

«Tatsächlich? Nun, mich geht's nichts an, und übrigens habe ich Horry schon einmal gewarnt. Aber wenn jetzt Rule nicht bald dreinfährt, ist er kein Mann, wie ich ihn mir dachte — das kannst du Horry auch von mir ausrichten.»

Miss Winwood blinzelte. «Und ist das schon alles, was du zu tun gedenkst, Pelham?»

«Nun, was kann ich sonst noch tun? Soll ich jetzt hingehen und mit gezücktem Degen Lord Lethbridge die Schwester entreißen?»

«Aber...»

«Ich tue es nicht», sagte der Vicomte endgültig. «Dazu ist er mir ein zu guter Fechter.» Und mit diesem unbefriedigenden Ausspruch entfernte er sich und ließ Miss Winwood besorgt und entrüstet zurück.

Ihr mochte er in der Behandlung der Angelegenheit leichtfertig vorgekommen sein, nichtsdestoweniger fühlte er sich bemüßigt, das Thema in, wie er meinte, zartfühlender Weise mit seinem Schwager anzuschneiden.

Als er einmal bei White aus dem Spielsaal trat, stieß er beinahe mit Rule zusammen und sagte hocherfreut:

«Bei Gott, ein glücklicher Zufall! Dich suchte ich gerade!»

«Wieviel, Pelham?» fragte Seine Lordschaft müde.

«Tatsächlich bin ich auf der Suche nach jemandem, der mir Geld leihen wollte», sagte der Vicomte. «Aber wie du das erraten hast, ist mir schleierhaft.»

«Intuition, Pelham, nichts weiter.»

«Nun, leih mir fünfzig Pfund, und du sollst sie morgen zurückbekommen! Mein Pech schlägt jetzt um.»

«Was bringt dich auf den seltsamen Gedanken?» fragte Rule, indem er ihm eine Banknote überreichte.

Der Vicomte steckte sie ein. «Äußerst verbunden! Du bist ein guter Kerl — meiner Treu!... Nun ja, weil ich schon seit einer Stunde verliere — das kann doch nicht ewig so weitergehen! Wobei mir einfällt, Rule, daß ich dir noch etwas sagen wollte. Nichts Wichtiges, versteh mich richtig... Du weißt ja, wie die Frauen sind, die verflixten!»

«Ob ich das weiß!» sagte Seine Lordschaft. «Also kannst du die Sache ruhig mir überlassen, Pelham!»

«Bei Gott, du scheinst ja schon erraten zu haben, was ich dir sagen wolltе», bedauerte der Vicomte. «Du mußt wissen, daß ich Horry gleich zu Beginn gewarnt hatte; ich sagte ihr, daß der Mann gefährlich ist, aber die Frauen sind ja so dumm...»

«Nicht nur die Frauen», murmelte Rule. «Würdest du mir etwas zulieb tun, Pelham?»

«Was du nur willst!» antwortete der Vicomte sofort. «Mit Vergnügen!»

«Es ist nur eine Kleinigkeit. Aber ich wäre dir sehr verbunden, wenn du in Zukunft davon ablassen wolltest, Horry zu warnen.»

Der Vicomte starrte ihn an. «Wie du willst, natürlich, aber ich muß dir sagen, es behagt mir gar nicht, den Kerl hinter meiner Schwester her zu sehen.»

«Wirklich, Pelham?» Der Vicomte hatte bereits kehrtgemacht, um in den Spielsaal zu gehen. Jetzt blieb er stehen und blickte über die Schulter zurück. «Mir auch nicht», sagte Rule versonnen.

«Ach so» — dem Vicomte war die Erleuchtung gekommen —, «ich soll mich wohl nicht einmengen, was?»

«Ja, weißt du, lieber Schwager», brachte Seine Lordschaft gleichsam wie eine Entschuldigung hervor, «ich bin nämlich nicht ganz so ein Narr, wie du es dir vorstellst.»

Der andere grinste, gelobte, sich nicht mehr einmengen zu wollen, und ging in den Spielsaal zurück mit dem löblichen Vorsatz, sich für die verlorene Zeit schadlos zu halten. Seinem Versprechen gemäß erschien er denn auch am nächsten Morgen bei Lord Rule und warf in eindrucksvollster Weise fünfzig Pfundnoten vor ihn auf den Tisch. Offenbar hatte das Glück wirklich umgeschlagen.

Er war nicht der Mann, Gelegenheiten ungenützt zu lassen, und so verbrachte er eine schwelgerische Woche in der Verfolgung seiner seltenen Chance. Nicht weniger als fünf Wetten wurden auf sein Konto im Spielbuch bei White eingetragen; er gewann viertausend Pfund in einer Nacht beim Pharao, verlor sechstausend beim Fünfzehner-Spiel am Mittwoch, erholte sich und gewann am Donnerstag; am Freitag betrat er den Spielsaal bei Almack und nahm am Fünfzig-Guineen-Tisch Platz.

«Pel! Ich dachte, mit dir wär's aus!» rief Sir Roland Pommeroy, der den katastrophalen Mittwoch miterlebt hatte.

«Aus? Potztausend! Jetzt ist das Glück auf meiner Seite», erwiderte der Vicomte, indem er zwei Lederstücke um die Handgelenke befestigte, um seine Krausen zu schützen. «Dienstag habe ich mit Finch um fünfundzwanzig Pfund gewettet, daß Sally Denvers am Montag um einen Jungen leichter wäre.»

«Du bist verrückt, Pel», warf Mr. Fox ein, «Die hat schon vier Mädchen hintereinander bekommen.»

«Verrückt, ja? Soeben habe ich's gehört: ich habe gewonnen!»

«Was? Hat sie zuletzt Denvers doch endlich einen Erben geschenkt?» fragte Mr. Boulby.

«Einen Erben?» antwortete der Vicomte geringschätzig. «Zwei! Zwillinge hat sie bekommen!»

Nach dieser verblüffenden Mitteilung konnte kein Zweifel mehr bestehen, daß die Sterne dem Vicomte derzeit günstig waren. Ein vorsichtiger Herr entfernte sich sogar daraufhin und begab sich in den Fünfzehner-Saal, wo die Spieler schweigend, mit Masken vor dem Gesicht, damit ja nur kein Erregungszeichen sie verrate, und mit ihren Guineenrollen vor sich um runde Tische saßen.

Im Laufe der Nacht nahm das zuerst schwankende Glück des Vicomte allmählich ab. Er begann die Sitzung, indem er zweimal in drei Folgen auflegte, was bei Mr. Fox die Bemerkung auslöste, die Narrenfänger oder Geldverleiher, die in dem von ihm «Jerusalem-Kammer» getauften Zimmer auf ihn warteten, würden statt seiner in Seiner Lordschaft eine Kundschaft finden. Doch bekämpfte der Vicomte sehr bald sein Mißgeschick, indem er den Rock ablegte und ihn mit der Innenseite nach außen wieder anzog, und diese Maßregel wirkte so vortrefflich, daß er alsbald drei Geldrollen in die Tischmitte schob, eine Fünferreihe ansagte und gewann. Um Mitternacht war das Schälchen neben seinem Ellbogen schon prächtig mit den Früchten seiner Gewinne — Geldrollen, Wechseln und mehreren Schuldscheinen — gefüllt. Mr. Fox erlitt schwere Verluste und bestellte bereits die dritte Flasche.

Es gab im Spielsaal zwei Tische; beide waren rund und so groß, daß zwanzig Personen bequem darum sitzen konnten. Bei dem einen verlangte die Regel, daß jeder Spieler mindestens fünfzig Guineen vor sich liegen ließe, beim anderen war der Betrag etwas bescheidener auf zwanzig festgelegt. Neben jedem Platz fand sich ein Gestell mit einem Reifen für das Trinkglas oder die Teetasse des Spielers und eine hölzerne Schale für sein Geld. Der Raum wurde von den Kerzen der Kronleuchter erhellt, und das Licht war so grell, daß viele, darunter auch der Vicomte, zum Schutz der Augen lederne Schilder um die Stirne gebunden hatten. Andere, zum Beispiel Mr. Drelincourt, der am Zwanzig-Guineen-Tisch fieberhaft setzte und wettete, trugen Strohhüte mit sehr breiten Krempen; die dienten einem doppelten Zweck: sie beschatteten die Augen und verhüteten das Herabfallen der Perücken. Mr. Drelincourts Hut war mit Blumen und Bändern geschmückt und wurde von vielen anderen Macaronis als ein besonders gelungenes Stück bewundert. Heute kleidete ihn ein Gehrock aus Fries statt des selbst entworfenen blauen Anzugs, und wie er da abwechselnd an seiner Teetasse nippte und die Würfel rollen ließ, bot er ein bemerkenswertes Bild. Da es jedoch durchaus Sitte war, beim Spieltisch in Friesmänteln und Strohhüten zu erscheinen, fanden sogar seine strengsten Kritiker an seinem Aufzug nichts einzuwenden.

Meistens herrschte ein nur durch das Klappern der Würfel und das eintönige Summen der ansagenden Dienerstimmen unterbrochenes Schweigen; dann und wann jedoch wurden unzusammenhängende Satzbrocken vernehmbar. Kurz nach ein Uhr brach ein allgemeines Schwatzen beim Zwanzig-Guineen-Tisch aus, weil einer der Spieler, in der Hoffnung, damit das Glück zu wenden, den Einfall hatte, die Würfel wechseln zu lassen. Während nun auf einen neuen Satz gewartet wurde, brachte jemand einen interessanten Skandal aufs Tapet, ein dröhnendes Gelächter schlug am anderen Tisch in unangenehmster Weise an das Ohr Lord Chestons, eines etwas nervösen Spielers, so daß er beim Würfeln zuckte und dadurch verspielte.

«Fünf zu sieben, und drei zu zwei dagegen!» sang der Saaldiener gleichgültig.

Das Ansagen und Aufnehmen der Wetten übertönte den Lärm des anderen Tisches. Als jedoch die Stille wieder einfiel und Lord Cheston die Kasse übernahm, kam Mr. Drelincourts Stimme mit verhängnisvoller Klarheit zum Fünfzig-Guineen-Tisch herübergesegelt.

«O Mylord, da protestiére ich! Was mich betrifft, würde ich lieber eine Wette auf die Erfolge Lord Lethbridges bei meines Vetters stotternder Gattin eingehen.»

Der vom Wein schon leicht erhitzte Vicomte war im Begriff gewesen, das Glas an die Lippen zu heben, als die unselige Bemerkung an sein Ohr geweht wurde. Vor seinen schon leicht getrübten, aber noch immer hervorragend intelligenten himmelblauen Augen flammte rote Mordlust auf; mit einem wütend gefauchten «Tod und Teufel!» sprang er, bevor ihn noch jemand aufhalten konnte, vom Stuhl.

Sir Roland Pommeroy faßte nach seinem Arm. «Pel! Pel, hör mich doch an! Beherrsch dich!»

«O Gott, er ist dreiviertel betrunken», sagte Mr. Boulby, «das wird ein ganz gehöriger Skandal! Um Himmels willen, Pelham, bedenk, was du tust!»

Aber schon hatte der Vicomte Pommeroy abgeschüttelt und ging zielsicher auf den anderen Tisch zu; was er zu tun gedachte, schien er sehr genau zu wissen. Mr. Drelincourt, der sich umgewandt hatte, erschrak, als er erkannte, wer sich ihm näherte; vor Bestürzung sackte er in drolligster Weise in sich zusammen, und der Inhalt von Seiner Lordschaft Glas traf ihn mitten ins Gesicht. «Da hast du es, du elende Laus!» brüllte der Vicomte.

Einen Augenblick lang herrschte entsetztes Schweigen, während Drelincourt, dem der Wein von der Nasenspitze troff, entgeistert den wutschäumenden Vicomte anstarrte.

Jetzt kam Mr. Fox vom anderen Tisch herüber, faßte Lord Winwood

beim Ellbogen und wandte sich streng an Mr. Drelincourt: «Ich emp-
fehle Ihnen, sich zu entschuldigen, Crosby», sagte er. «Pelham, besinn
dich doch! Das geht so nicht! Wirklich nicht!»

«Besinnen?» schrie der Vicomte außer sich. «Hast du ihn denn nicht
verstanden, Charles? Glaubst du, ich höre mir in aller Ruhe an, was so
ein dreckiges Maul . . .»

«Mylord!» unterbrach ihn Mr. Drelincourt, der aufgestanden war
und sein Gesicht mit etwas unsicherer Hand betupfte. «Ich . . . ich ah-
ne die Ursache Ihres Unwillens. Eure Lordschaft möge versichert sein,
daß hier ein Mißverständnis vorliegt . . . Wenn ich etwas gesagt habe,
das Sie . . .»

«Laß ab, Pel!» flüsterte Mr. Fox eindringlich. «Du kannst dich nicht
wegen deiner Schwester schlagen, ohne Skandal zu erregen.»

«Scher dich zum Teufel, Charles! Ich mache es schon richtig. Der Hut
von dem Kerl ist mir zuwider!»

Mr. Drelincourt wich zurück, jemand lachte schnaufend, und Sir Roland sagte weise:

«Nun ja, das nenne ich vernünftig. Du magst seinen Hut nicht. Verflucht richtig, meiner Treu! Bedenk ich's recht: mir gefällt er auch
nicht.»

«Nein, ganz entschieden, ich mag ihn nicht», beteuerte der Vicomte
und musterte erzürnt das beanstandete Kunstwerk. «Rosen — rote Rosen — bei Gott! Zu diesem Teint! Wirklich und wahrhaftig, es ist mir
ein Graus!»

Mr. Drelincourt faßte neuen Mut. «Ihr Herren könnt es alle bezeu-
gen — Seine Lordschaft ist betrunken.»

«Willst dich wohl drücken, was?» schrie der Vicomte, indem er Mr.
Fox beiseiteschob. «Schön, aber diesen Hut führst du uns nicht noch
einmal vor!» Und damit riß er Mr. Drelincourt das Strohgebäude vom
Kopf, warf es auf den Boden und bohrte den Schuhabsatz hinein.

Mr. Drelincourt, der die Schmähung, ein Glas Wein ins Gesicht geworfen zu bekommen, halbwegs gefaßt erduldet hatte, schlug jetzt mit
einem Wutschrei die Hände an den entblößten Kopf. «Meine Perücke!
Mein Hut! Gütiger Himmel, dies überschreitet alle Grenzen! Dafür
werden Sie sich mit mir schlagen, Mylord! Wahrhaftig, dazu kommt
es!»

«Das will ich meinen!» versicherte der Vicomte, der auf den Fußbal-
len federnd und mit den Händen in den Taschen vor ihm stand. «Wann
Sie wollen, wo Sie wollen — Säbel oder Pistole!»

Blaß und zitternd vor Zorn ersuchte Mr. Drelincourt Seine Lordschaft, ihm seine Freunde zu nennen. Der Vicomte winkte Sir Roland
Pommeroy zu. «Pommeroy? Cheston?»

Die beiden erwählten Herren sprachen ihm ihre Bereitwilligkeit aus.
Mr. Drelincourt teilte ihnen mit, daß seine Sekundanten sie am

nächsten Morgen besuchen würden, und verließ mit einer etwas krampf-
haften Verbeugung den Raum. Der Vicomte, dessen Zorn über die Be-
leidigung seiner Schwester mit der befriedigenden Lösung des Zwi-
schenfalls verraucht war, ging zu seinem Tisch zurück und spielte bis
acht Uhr morgens in ungetrübter Stimmung weiter.

Gegen zwölf Uhr mittags lag er noch schlafend zu Bett, als Sir Roland Pommeroy ihn in Pall Mall besuchte, sich über den Protest des Dieners hinwegsetzte, ins Schlafzimmer eindrang und den Vicomte unsanft aus dem Schlummer riß. Der setzte sich gähnend auf, rollte die
Augen und erkundigte sich unwirsch, was denn los sei.

«Nichts ist los», antwortete Sir Roland, indem er sich an den Bettrand setzte. «Wir haben alles geordnet, so gemütlich, wie man's nur
wünschen kann.»

Der Vicomte schob sich die Nachtmütze aus der Stirne und bemühte
sich um Sammlung des zerfahrenen Geistes. «Was habt ihr geordnet?»
fragte er schwerzüngig.

«Aber, Menschenskind», sagte Sir Roland verblüfft, «hast du dein
Duell vergessen?»

«Duell?» Pelhams Gesicht hellte sich auf. «Habe ich einen gefordert? Das ist ja erstklassig!»

Nach einem fachmännisch wägenden Blick auf seinen Duellanten
stand Sir Roland auf, ging zum Waschtisch und tauchte ein Handtuch
ins kalte Wasser. Er rang es aus und reichte es wortlos dem Vicomte,
der es dankbar annahm und um die schmerzende Stirn band. Das schien
nun zur Lichtung seines Gehirns beizutragen, denn er sagte: «Habe
ich mit jemandem gestritten, ja? Verflucht nochmal, mir birst der Kopf.
Ein teuflischer Trank ist dieser Rotwein.»

«Sag lieber der Kognak», bemerkte Sir Roland düster. «Du hast
hübsch viel getrunken.»

«Ja? . . . Ach richtig, da war doch irgendeine Geschichte mit einem
Hut — ein scheußliches Zeug mit rosa Blumen. Jetzt fällt es mir wieder
ein.» Er faßte den Kopf in beide Hände. Sir Roland saß neben ihm und
bohrte geduldig und versonnen in seinen Zähnen. «Ich hab's», rief
plötzlich der Vicomte. «Ich habe Crosby gefordert!»

«Nein», stellte Sir Roland richtig, «er hat dich gefordert. Du bist auf
seinem Hut herumgetrampelt.»

«Stimmt, aber das war es nicht», sagte der Vicomte stirnrunzelnd.

Sir Roland nahm den goldenen Zahnstocher aus dem Mund und riet
kurz und bündig: «Ich sag' dir was, Pel, am besten — es ist der Hut!»

Der Vicomte nickte. «Eine verteufelte Geschichte», sagte er zerknirscht. «Ihr hättet mich zurückhalten sollen.»

«Zurückhalten!» wiederholte Sir Roland. «Bevor man noch wußte,
was du wolltest, hatte er schon dein Glas Wein im Gesicht.»

Der Vicomte brütete einen Augenblick, dann setzte er sich mit einem

91

Ruck zurück. «Ganz recht habe ich getan! Hast du denn nicht gehört, was er sagte, Pom?»

Sir Roland bot eine gefällige Deutung: «Betrunken wahrscheinlich . . .»

«Es ist kein wahres Wort daran», sagte der Vicomte mit grimmiger Eindringlichkeit. «Hörst du, Pom, verstehst du mich?»

«Aber, Pel, das hat ja auch keiner geglaubt! Und ist dir ein Duell nicht genug?»

Der Vicomte lehnte sich ein wenig albern lächelnd an die Bettwand. «Was soll es sein — Säbel oder Pistolen?»

«Säbel», antwortete Sir Roland. «Es geht doch nicht um Leben und Tod. Alles bereits arrangiert: Montag um sechs, in Barn Elms.»

Der Vicomte nickte, doch schien er ein wenig zerstreut. Er nahm den Umschlag vom Kopf und warf seinem Freund einen weisen Blick zu. «Ich war betrunken, Pom — so wird es heißen müssen.»

Sir Roland, der sich wieder mit seinem Zahnstocher befaßt hatte, ließ ihn vor Staunen fallen und sagte verblüfft: «Du willst doch nicht etwa zurücktreten, Pel?»

«Zurücktreten? Vom einem Duell? Wahrhaftig, Pom, wenn ich nicht wüßte, was du für ein Esel bist, würdest du jetzt etwas erleben!»

Dies nahm Sir Roland beschämt entgegen und entschuldigte sich entsprechend.

«Ich war betrunken», sagte der Vicomte, «und Crosbys Hut hat mir mißfallen . . . Nun ja, zum Kuckuck — wozu trägt der Mann auch Rosen auf seinem Hut? Willst du mir das nicht erklären?»

«Genau das dachte ich mir auch. Man kann zur Not einen Hut bei Almack tragen — das tue ich manchmal selbst. Aber Rosen darauf — nein, das nicht.»

«Schön, dann wäre das in Ordnung», beschloß der Vicomte endgültig. «Du verbreitest die Geschichte, daß ich besoffen war.»

Sir Roland stimmte zu — ja, so war es richtig — und griff nach Hut und Stock. Der Vicomte schickte sich an, seinen unterbrochenen Schlummer fortzusetzen, schlug aber, während Sir Roland die Türe öffnete, noch einmal die Augen auf und flehte ihn an, nur um Himmels willen nicht die Frühstücksbestellung in Barn Elms zu vergessen.

Am Montagmorgen war es schön; ein kühler, aufsteigender Nebel versprach einen herrlichen Tag. Drelincourt langte in Begleitung seiner Sekundanten, Mr. Francis Puckleton und Captain Forde, kurz vor sechs Uhr in seiner Kutsche ein; die hervorragende Pünktlichkeit war darauf zurückzuführen, daß des Captains Uhr nicht ganz verläßlich ging. «Das macht nichts», sagte der Captain. «Dann trinken wir eben einen Kognak und sehen uns inzwischen das Gelände an; recht, Crosby?»

Das wurde von Mr. Drelincourt mit einem etwas matten Lächeln gebilligt.

Dies war sein erstes Duell, denn gab er auch gerne beißende Aussprüche von sich, so hatte er es sich bis zu jenem unglücklichen Freitag nie einfallen lassen, mit jemandem die Klingen zu kreuzen. Als der Vicomte bei Almack auf ihn losgestürzt war, hätte er, vor Schrecken starr, die voreiligen Worte, die an allem schuld waren, am liebsten widerrufen — wenn nicht der Vicomte den empörenden Angriff auf seinen Hut und seine Perücke gewagt hätte. Drelincourt war so sehr gewohnt, die äußere Erscheinung über alles andere zu werten, daß die brutale Tat eine heldische Wut in ihm entfachte. In jenem Augenblick war er vom aufrichtigen Wunsch beseelt, den Vicomte auf seinem Schwert aufzuspießen, und hätte der Kampf auf der Stelle stattfinden können, so hätte er sich zweifellos bewährt. Unglücklicherweise ließ die Etikette jedoch solch ein stilloses Vorgehen nicht zu, und so war er gezwungen, sich zwei endlose Tage lang in Geduld zu fassen. Es muß zugegeben werden, daß er dann, als die Wut verraucht war, an den bevorstehenden Montag nicht ohne ein gewisses Bangen dachte. Einen Großteil des Wochenendes verbrachte er bei der Lektüre von Angelos *Ecole d'Armes*, wobei ihm das Blut in den Adern erstarrte. Er war des Fechtens natürlich kundig, aber nun dämmerte ihm die unangenehme Erkenntnis auf, daß ein gesichertes Florett etwas ganz anderes ist als eine nackte Duellklinge. Der Captain beglückwünschte ihn, weil er in dem Vicomte einen würdigen Gegner finden würde, der — wie er sagte — vielleicht ein wenig wild, aber gewiß ein ernstzunehmender Fechter wäre. Er hätte bereits zwei Duelle hinter sich, eines davon mit Pistolen, bei denen er sich als ein recht gefährlicher Gegner erwies. Mr. Drelincourt sollte froh sein, daß sich Sir Roland für den Degen ausgesprochen hatte.

Der Captain, dem die Angelegenheit offenbar ein gruseliges Vergnügen bereitete, empfahl er dem Duellanten, am Sonntagabend zeitig zu Bett zu gehen und vor allem nicht viel zu trinken. Mr. Drelincourt befolgte seine Ratschläge genau, hatte aber eine unruhige Nacht. Während er sich auf den Kissen hin und her warf, durchfuhr sein Hirn das hemmungslose Gelüst, seine Sekundanten mit einem Versöhnungsvorschlag zu betrauen. Er fragte sich, wie wohl der Vicomte die Nacht verbrachte, und hegte einen Augenblick die Hoffnung, er könnte, bis zur Bewußtlosigkeit berauscht, unter einem Tisch liegen. Ach! mochte ihm doch nur irgendein Unfall oder eine Krankheit begegnen! Oder wie wär's, wenn ihn selbst ein unvorhergesehenes Unwohlsein befiele? Aber im kalten Dämmerlicht mußte er jeden derartigen Plan aufgeben; er war zwar kein sehr tapferer Mann, hatte aber doch auch seinen Stolz: von einem Duell durfte man nicht zurücktreten.

Von seinen Sekundanten traf als erster Mr. Puckleton bei ihm ein. Während Crosby sich anzog, saß er rittlings auf einem Stuhl, sog am

Knauf seines langen Spazierstockes und maß seinen Freund mit einem traurigen Blick, der nicht ohne Bewunderung war.

«Forde bringt die Waffen», sagte er. «Wie fühlst du dich, Crosby?»

Mr. Drelincourt hatte ein seltsames Gefühl in der Magengrube, nichtsdestoweniger erwiderte er: «Ach, ausgezeichnet! Tadellos beisammen, glaub mir.»

«Was mich betrifft», sagte Puckleton, «so will ich die ganze Sache Forde überlassen. Ehrlich gestanden, Crosby, habe ich noch nie sekundiert. Ich tue das auch nur für dich. Kann nämlich kein Blut sehen, weißt du? Aber ich habe mein Riechfläschchen mit.»

Dann kam Captain Forde mit einem langen, flachen Kasten unter dem Arm. Lord Cheston, sagte er, hätte sich verpflichtet, einen Arzt mitzubringen, und Crosby möge sich beeilen, denn es wäre Zeit, aufzubrechen.

Die kalte Morgenluft drang Mr. Drelincourt in die Knochen; in seinen Mantel eingewickelt, saß er in einer Ecke der Karosse und horchte auf die düsteren Gespräche seiner Gefährten. Nicht, daß sie etwa vom Duell gesprochen hätten; vielmehr unterhielten sie sich über friedliche Gegenstände wie den schönen Tag, die ruhigen Straßen, oder die *al fresco*-Soirée der Herzogin von Devonshire. Erst grollte ihnen Drelincourt wegen der an den Tag gelegten Gefühllosigkeit, als aber der Captain dann doch auf das Duell zurückkam und ihn ermahnte, einem so wilden Kämpfer wie Winwood ruhig und vorsichtig zu begegnen, wurde er leichenblaß und antwortete nicht.

In Barn Elms angelangt, hielten sie vor einem Gasthof neben dem Kampfplatz, und dort erst entdeckte der Captain, daß seine Uhr beträchtlich vorging. Nach einem Blick auf die Duellanten schlug er vor, man möge einen Kognak trinken, denn — flüsterte er Mr. Puckleton ins Ohr — «wir kriegen unseren Mann sonst nicht zur Stelle, sehen Sie sich ihn nur an!»

Der Branntwein vermochte Mr. Drelincourts trübe Stimmung nicht aufzuheitern; immerhin trank er ihn und brachte dann doch einen Anschein von Nonchalance auf, als er seinen Sekundanten bei der hinteren Gasthaustür hinaus und quer durch eine Wiese zum Kampfplatz folgte, in eine Art Gehölz, das recht hübsch gelegen war. Der Captain versicherte ihm, man könne sich keinen geeigneteren Ort für ein Duell wünschen. «Mein Ehrenwort, Crosby, ich beneide Sie!» sagte er herzhaft.

Dann gingen sie zum Gasthof zurück, wo inzwischen eine zweite Kutsche angelangt war. Darin saßen Lord Cheston und ein netter, schwarz gekleideter kleiner Mann, der eine Instrumententasche trug und jeden einzelnen mit einer tiefen Verbeugung begrüßte. Zuerst hielt er den Captain Forde für Mr. Drelincourt, doch wurde das alsbald richtiggestellt, und er entschuldigte sich bei Crosby mit einer neuerlichen Verbeugung.

«Eines darf ich Ihnen versichern, mein Herr: sollte es das Unglück wollen, daß Sie mein Patient werden, können Sie ganz ohne Sorge sein — ja, ganz und gar. Eine saubere Degenwunde ist etwas ganz anderes als eine Kugel.»

Lord Cheston bot Mr. Puckleton seine Schnupftabakdose. «Sie waren wohl schon bei vielen solchen Dingen anwesend, was, Parvey?»

«O Gott ja, Mylord», antwortete der Arzt händereibend. «Ich war doch auch dabei, als damals der junge Mr. Folliot im Hyde Park tödlich verletzt wurde. Das war noch vor Ihrer Zeit, Mylord. Eine traurige Angelegenheit ... nichts zu wollen — auf der Stelle tot! Furchtbar!»

«Auf der Stelle?» wiederholte erbleichend Mr. Puckleton. «O Gott, es wird doch wohl heute ... ich wollte, ich hätte mich nicht bestimmen lassen ...»

Der Captain wandte sich mit einem verachtungsvollen Schnaufen ab. «Wo ist denn Sir Roland, Mylord?» fragte er Cheston.

«Er kommt mit Winwood», antwortete Cheston, indem er einige Tabakfaserchen von seinen Spitzenmanschetten wegknipste. «Sie fahren sicher direkt auf den Kampfplatz. Wir dachten, Pom sollte Winwood abholen, damit er nicht verschläft. Pel ist nämlich verflucht schwer zu wecken.»

Eine letzte schwache Hoffnung durchzuckte Mr. Drelincourts Herz: vielleicht gelänge es Sir Roland nicht, den Duellanten rechtzeitig herauszubringen.

«Nun», sagte der Captain mit einem Blick auf seine Uhr, «ich denke, wir gehen jetzt, was meinen Sie, meine Herren?»

Der kleine Zug setzte sich wieder in Bewegung; voran gingen der Captain und Lord Cheston, gefolgt von Drelincourt und seinem Freund Puckleton; als letzter kam der Doktor.

Dr. Parvey summte beim Überqueren des Rasens vor sich hin; Cheston und der Captain plauderten über die Verbesserungen, die in Ranelagh vorgenommen wurden. Mr. Drelincourt räusperte sich ein paarmal und sagte schließlich: «Wenn sich der Bursche entschuldigt, sollte ich es wohl gut sein lassen, was meinst du, Francis?»

«O ja, bitte!» antwortete Mr. Puckleton schaudernd. «Mir wird bestimmt ganz übel, wenn es viel Blutvergießen gibt.»

«Er war ja betrunken», versicherte Crosby eifrig. «Vielleicht hätte ich ihm keine Beachtung schenken dürfen. Wahrscheinlich tut es ihm bereits leid. Ich ... ich habe nichts dagegen, daß er gefragt wird, ob er sich entschuldigen will.»

Mr. Puckleton schüttelte den Kopf. «Das tut der niemals», meinte er. «Ich höre, daß er sich schon zweimal geschlagen hat.»

Mr. Drelincourt gab ein Lachen von sich, das auf halbem Weg umschlug. «Nun, hoffentlich ist er gestern abend nicht bei der Flasche gesessen.»

Mr. Puckleton war geneigt, anzunehmen, daß sogar einem tollen jungen *Buck* wie Winwood so etwas nicht zuzumuten sei.

Jetzt hatten sie ihr Ziel erreicht, und der Captain öffnete den unheimlichen Kasten; auf ihrem Samtlager ruhten zwei Degen, deren Klingen bösartig im blassen Sonnenlicht blitzten.

«Es ist noch nicht ganz sechs Uhr», bemerkte er. «Ihr Mann wird sich doch wohl nicht verspäten?»

Mr. Drelincourt trat vor. «Verspäten? Sie dürfen mir glauben, daß ich nicht gewillt bin, auf Seiner Lordschaft Laune zu warten! Wenn er um sechs Uhr nicht hier ist, werde ich annehmen, daß er mich nicht treffen will, und in die Stadt zurückfahren.»

Lord Cheston maß ihn ein wenig hochnäsig. «Regen Sie sich nicht auf, Sir, er wird kommen.»

Vom Rand der Lichtung aus konnte man die Straße übersehen. Mr. Drelincourt starrte in schmerzhafter Spannung hinaus; im selben Maß, wie die Sekunden vorbeiflossen, faßte er beinahe wieder Hoffnung. Dann aber, gerade als er Puckleton nach der Zeit fragen wollte (denn er war überzeugt, daß die Stunde bereits überschritten sein mußte), tauchte ein Gig auf und fuhr in elegantem Tempo die Straße herunter. Es bremste beim Gitter, das auf die Wiese hinausführte, und bog ein.

«Ach, da ist nun Ihr Mann!» rief der Captain. «Und es ist Punkt sechs!»

Damit war Drelincourts ganze Hoffnung mit einem Schlag vernichtet. Der Vicomte saß kutschierend neben Sir Roland Pommeroy, und aus der Art, wie er mit einem störrischen Pferd umging, war zu ersehen, daß er durchaus nicht durch Trunkenheit verwirrt war. Er hielt am Rande der Lichtung und sprang vom hohen Bock.

«Ich habe mich doch hoffentlich nicht verspätet?» fragte er. «Ihr Diener, Puckleton, Diener, Forde. Hab' noch nie einen so schönen Morgen gesehen!»

«Nun, sehr viele siehst du ja wohl nicht, Pel», bemerkte Cheston grinsend.

Der Vicomte lachte — für Mr. Drelincourt klang es satanisch.

Sir Roland hatte die Degen aus der Schatulle gehoben und prüfte die Klingen.

«Einer wie der andere», sagte Cheston, indem er auf ihn zukam. Der Captain klopfte Drelincourt auf die Schulter. «Fertig, Sir? Geben Sie mir Ihren Rock und die Perücke.»

Drelincourt wurde sein Rock abgenommen, und er sah, daß sich der Vicomte, bereits in Hemdsärmeln, auf einen Baumstumpf gesetzt hatte und seine Stiefel auszog.

«Ein Tropfen Kognak, Pel?» fragte Sir Roland, indem er ein Fläschchen zum Vorschein brachte. «Hält einen warm.»

Die Antwort des Vicomte kam ganz deutlich an Drelincourts Ohr geweht. «Vor einem Duell darf man keinen Schnaps anrühren, mein Lieber, er trübt das Auge.» Er stand nun in Strümpfen und begann seine Ärmel aufzurollen. Drelincourt staunte im stillen, während er seine Perücke der liebevollen Obhut Mr. Puckletons übergab, daß ihm die muskulösen Arme seines Gegners noch nie aufgefallen waren. Jetzt bot ihm Lord Cheston zwei völlig gleiche Degen an. Er schluckte schwer und nahm den einen zwischen die feuchten Finger.

Der Vicomte erhielt den anderen, erprobte dessen Biegsamkeit durch einen flüchtigen Ausfall und blieb harrend mit leicht auf den Boden gestützter Degenspitze stehen.

Drelincourt wurde an seinen Platz geführt. Es vergingen ein paar Sekunden. Jetzt stand er allein vor dem Vicomte, mit dem eine Art Verwandlung vor sich gegangen war. Das sorglos Gutmütige war aus seinem schönen Gesicht gewichen, der zumeist umherschweifende Blick war jetzt bemerkenswert ruhig und scharf, der Mund erschreckend grimmig.

«Fertig, meine Herren?» rief der Captain. «Auslegen!»

Drelincourt sah den Degen des Gegners zum Gruß aufblitzen, preßte die Zähne aufeinander und führte die gleichen Bewegungen aus.

Der Vicomte eröffnete mit einem gefährlichen Primhieb; den parierte Drelincourt, wußte aber seinen Vorteil nicht auszunützen. Da nun der Kampf im Gang war, ließ seine Nervosität nach; er rief sich die Mahnungen des Captains ins Gedächtnis und hielt sich auf der Hut. Er kam gar nicht dazu, den Gegner anzulocken, so sehr nahm ihn die Sorge um die Wahrung der richtigen Entfernung in Anspruch. Bei günstiger Gelegenheit führte er einen Terzstoß aus, der geeignet gewesen wäre, die Sache zu beenden, doch parierte der Vicomte, indem er mit dem Degenende nachgab, und führte den Gegenstoß so rasch aus, daß Drelincourt das Herz stockte, während er mit knapper Not abwehrte.

Der Schweiß rann ihm von der Stirne, und er keuchte vor Erschöpfung. Plötzlich glaubte er, eine Gelegenheit zu sehen, und stieß wild zu. Etwas eisig Kaltes bohrte sich in seine Schulter, er taumelte, und im gleichen Augenblick schlugen die Degen der Sekundanten seine zitternde Klinge empor. Sie flog ihm aus der Hand, und er sank rücklings in die Arme Mr. Puckletons, der entsetzt ausrief: «O Gott, ist er tot? Crosby . . .! Ach, Blut! Meiner Treu und Glauben, das kann ich nicht sehen!»

«Tot — o Gott, nein!» sagte Cheston geringschätzig. «Da sehen Sie, Parvey, hübsch ordentlich in die Schulter gebohrt. Ich nehme an, daß Ihnen das genügt, Forde?»

«Na ja», brummte der Captain. «So einen zahmen Kampf habe ich im Leben nicht gesehen!» Er blickte mißbilligend auf die am Boden hingestreckte Gestalt seines Duellanten und fragte Dr. Parvey, ob es eine gefährliche Wunde wäre.

«Gefährlich, Sir? Nein, nicht im geringsten. Ein kleiner Blutverlust und sonst kein Schade. Eine schöne, reine Wunde.»

Der Vicomte zog den Rock an und sagte: «Also gut, jetzt geh' ich frühstücken. Pom, hast du Frühstück bestellt?»

Sir Roland, der mit dem Captain sprach, antwortete über die Schulter: «Glaubst du, so etwas vergesse ich, Pel? Ich fragte nur gerade den Captain, ob er mithalten wollte.»

«Gewiß, ist mir sehr recht», sagte der Vicomte, indem er seine Spitzenmanschetten zurechtbeutelte. «Bist du bereit, Pom? Ich bin's. Ich habe einen Wolfshunger!»

Womit er sich in Sir Roland einhängte und davonschlenderte, um seinem Groom den Auftrag zu geben, das Gig zum Gasthof zu bringen.

Mr. Drelincourt war inzwischen die Schulter verbunden und der Arm in eine Schlinge gelegt worden. Nun half ihm der fröhliche Doktor auf die Beine und versicherte ihm, daß es wirklich nur ein Kratzer sei. Die Überraschung, am Leben geblieben zu sein, machte Drelincourt noch einen Augenblick sprachlos; dann aber wurde ihm plötzlich klar, daß die furchtbare Sache zu Ende war und daß da neben den Schuhen seine Perücke auf dem Boden lag.

«Mein *Toupet*», sagte er schwach. «Ach, Francis, was haben Sie damit getan? Geben Sie es mir sofort wieder!»

10

NACH SEINEM ZWEIKAMPF mit dem Vicomte hütete Mr. Drelincourt als blasser und interessanter Kranker einige Tage lang das Bett. Gegen Dr. Parvey hatte er eine Abneigung gefaßt und daher sein Angebot, ihn nach Hause zu bringen, abgelehnt. So fuhr er denn in einziger Begleitung des getreuen, jedoch empfindlich angegriffenen Mr. Puckleton heim. Sie teilten sich in die Vinaigrette, und sobald man angelangt war, wurde Drelincourt mit viel Beihilfe über die Treppe in sein Schlafzimmer gebracht, während Mr. Puckleton einen Diener im Eiltempo ausschickte, um den angesehenen Arzt Dr. Hawkins zu holen. Dr. Hawkins betrachtete die Wunde mit angemessenem Ernst; er ließ nicht nur den Patienten sofort zur Ader, sondern befahl auch einige Tage Bettruhe und schickte den Diener in die Apotheke, um die berühmten Pulver des Dr. James zu besorgen.

Mr. Puckleton hatte die Wucht von Winwoods Degenstößen so sehr erregt, und er war so froh und dankbar, nicht an seines Freundes Stelle gestanden zu haben, daß er nun fast geneigt war, Drelincourt als einen Helden anzusehen. Und jetzt äußerte er so oft seine Verwunderung über die Kaltblütigkeit, mit der Crosby den Vicomte gefordert hatte, daß dieser allmählich selbst die Überzeugung gewann, mit großer Unerschrockenheit gehandelt zu haben. Auch ihm hatte die Geschicklichkeit des Vicomte Eindruck gemacht; gestützt auf sein Wissen um dessen zwei vorangehende Zweikämpfe, gewann er sehr bald die Überzeugung, von einem abgehärteten und kundigen Duellanten verletzt worden zu sein.

Dieser erfreuliche Gedankengang wurde jedoch durch den Grafen Rule, der am nächsten Morgen erschien, um seinem heimgesuchten Verwandten einen Krankenbesuch abzustatten, zerstört.

Mr. Drelincourt hatte im Augenblick nicht die geringste Lust, mit Rule zusammenzutreffen, und ließ hastig durch seinen Portier bestellen, daß er niemanden empfangen könne. Worauf er sich, erfreut über die eigene Geistesgegenwärtigkeit, behaglich in die Kissen zurücklehnte und das Studium der *Morning Chronicle* von neuem aufnahm.

Darein fiel die sympathische Stimme seines Vetters:

«Ich höre zu meinem Bedauern, Crosby, daß du zu unpäßlich bist, um mich zu empfangen», sagte der Graf, da er den Raum betrat.

Mr. Drelincourt schnellte auf und ließ die Zeitung fallen. Seine glotzenden Augen starrten Rule an, und er erwiderte zugleich erschreckt und empört: «Ich habe doch meinem Diener gesagt, daß ich nicht zu sprechen bin.»

«Das weiß ich», erwiderte der Graf, indem er Hut und Stock auf einen Stuhl legte. «Und er hat es auch ganz ordentlich ausgerichtet. Aber ich wäre nur durch Gewalt zurückzuhalten gewesen, mein teurer Crosby, wahrlich nur durch Gewalt.»

«Ich weiß wirklich nicht, weshalb du mich so dringlich sehen mußt», bemerkte Drelincourt und fragte sich dabei, wieviel Seine Lordschaft wohl bereits erfahren hatte.

Erstaunen malte sich auf des Grafen Zügen: «Aber, Crosby, könnte dem anders sein? Mein Erbe liegt schwer verletzt darnieder, und ich sollte nicht zu seinem Lager eilen? Ich bitte dich, lieber Freund, hältst du mich wirklich für so herzlos?»

«Es ist sehr freundlich von dir, Marcus, aber zum Plaudern fühle ich mich noch zu schwach.»

«Das muß ja eine fürchterliche Verwundung gewesen sein, Crosby», sagte Seine Lordschaft teilnahmsvoll.

«Nun, was das betrifft, so hält Dr. Hawkins den Fall wohl nicht für hoffnungslos. Ein tiefer Stich, und ich habe schrecklich viel Blut verloren. Auch Fieber hatte ich, aber die Lunge ist heil.»

«Welche Beruhigung, Crosby! Schon fürchtete ich, mich um deine Bestattung kümmern zu müssen. Ein trauriger Gedanke!»

«Sehr», bestätigte Mr. Drelincourt mit einem grollenden Blick.

Der Graf zog einen Stuhl heran und setzte sich. «Ich hatte nämlich das Vergnügen, deinem Freund Puckleton zu begegnen», erklärte er. «Seine Darstellung deines Zustandes beunruhigte mich tief. Natürlich war das wieder einmal meine dumme Leichtgläubigkeit. Bei näherer Überlegung bin ich mir bewußt, daß ich schon aus seiner Beschreibung von Pelhams Degenspiel erraten haben sollte, daß er zur Übertreibung neigt.»

«Ach», sagte Drelincourt, verlegen lachend, «ich maße mir nicht an, Winwood beim Fechten gewachsen zu sein.»

«Für einen Meister habe ich dich nie gehalten, mein teurer Crosby, aber du darfst die Bescheidenheit nicht zu weit treiben.»

Drelincourt sagte pikiert: «Soviel ich weiß, ist Mylord Winwood bei diesem Sport kein schwacher Gegner.»

«Nein», sagte der Graf und schien die Streitfrage zu überlegen, «schwach würde ich ihn nicht nennen, das wäre wohl zu streng. Sagen wir vielleicht: ‹mittelmäßig›.»

Drelincourt sammelte mit zitternder Hand die Blätter seiner *Morning Chronicle*. «Recht so, Vetter, recht so. Und ist das alles, was du mir zu sagen hast? Ich sollte nämlich ruhen, weißt du.»

«Richtig, jetzt erinnerst du mich, daß da noch etwas war... Ach ja, ich weiß schon. Sag mir, Crosby — natürlich *nur*, wenn dich mein lästiger Besuch nicht erschöpft hat —, warum hast du Pelham eigentlich gefordert? Ich bin von Neugierde verzehrt.»

Mr. Drelincourt warf ihm einen raschen Seitenblick zu. «Ja, da magst du wohl fragen! Ich meine selbst, ich hätte Seiner Lordschaft Zustand berücksichtigen sollen. Er war nämlich betrunken, aber schon ganz erstaunlich betrunken, weißt du!»

«Ich höre es mit Betrübnis. Aber weiter, lieber Vetter, ich bitte darum!»

«Es war lächerlich — ein Zornausbruch im Rausch, nehme ich an. Seine Lordschaft versetzte der Hut, den ich beim Kartenspiel trage, in Erregung. Er benahm sich äußerst gewalttätig. Kurzum, bevor ich noch seine Absicht durchschauen konnte, hatte er mir den Hut vom Kopf gerissen. Du wirst zugeben, daß ich nicht umhin konnte, ihn zu fordern.»

«Gewiß», bekräftigte Rule. «Und somit — hm — hast du Satisfaktion erhalten, Crosby?» Drelincourt starrte ihn an. Seine Lordschaft kreuzte ein Bein über das andere. «Erstaunlich, wie schlecht man informiert wird! Mir wurde — von, wie ich dachte, maßgebender Seite — berichtet, daß Pel dir ein Glas Wein ins Gesicht geschleudert hatte.»

Darauf folgte eine beklommene Stille. «Nun ja, aber dabei war seine Lordschaft ganz von Sinnen, mußt du wissen, eigentlich gar nicht zurechnungsfähig.»

«Also hat er dir tatsächlich den Wein ins Gesicht geschüttet, Crosby?»

«Ah ja! Ich sagte dir doch, daß er heftig wurde, ganz sinnlos heftig.»

«Man hatte vielleicht fast den Eindruck, daß er einen Streit vom Zaun brechen wollte?» deutete Rule an.

«Jawohl, Vetter, den hatte man. Ja, ja, er wollte streiten», murmelte Mr. Drelincourt, indem er mit seiner Armschlinge spielte. «Wenn du dabei gewesen wärest, hättest du auch gesehen, daß nichts mit ihm anzufangen war.»

«Wäre ich dabei gewesen, mein lieber Crosby», sagte Rule liebenswürdig, «dann hätte mein wohlmeinender, aber übelberatener junger Verwandter diesen Angriff auf deine Person unterlassen.»

«J-ja, V-vetter?» stammelte Drelincourt.

«Ja», sagte Rule, indem er aufstand und nach Hut und Stock griff. «Er hätte die Sache mir überlassen. Und ich, Crosby, hätte eine Reitpeitsche verwendet und nicht einen Degen.»

Drelincourt schien in den Kissen versinken zu wollen. «Ich — ich verstehe dich nicht, Marcus!»

«Soll ich mich noch klarer ausdrücken?» erkundigte sich Seine Lordschaft.

«Also wirklich, Marcus... ich... dieser Ton! Meine Verletzung... ich muß dich bitten, mich zu verlassen, ich bin nicht in der Verfassung, dieses Gespräch, das ich fürwahr nicht begreife, weiterzuführen. Und überdies erwarte ich jetzt meinen Arzt.»

«Keine Sorge, Vetter, dies eine Mal will ich Pelham nicht ins Handwerk pfuschen. Aber ich meine, du solltest eigentlich eine Danksagung für diese Verletzung in deine Gebete einschließen.» Mit dieser freundlichen Abschiedsmahnung verließ er den Raum und schloß leise die Türe hinter sich.

Vielleicht hätte es Drelincourt ein wenig getröstet, zu erfahren, daß auch sein gewesener Gegner beim Grafen nicht viel besser fuhr.

Ihn hatte Rule vorher besucht und mühelos den ganzen Sachverhalt aus ihm herausgeholt, wenn auch Pelham vorerst versuchte, ihm dieselbe Geschichte wie Drelincourt aufzutischen. Unter dem festen Blick der grauen Augen, der sich tief in die seinen bohrte, während eine lässige Stimme die Wahrheit forderte, war er jedoch unsicher geworden, und so teilte er Rule schließlich genau mit, was sich abgespielt hatte. Dieser hörte ihm mit einem Schweigen, in dem auffallend wenig Beifall zu lesen war, zu und sagte endlich: «Ach ja, und nun erwartest du vielleicht meinen Dank für deine heroische Tat, Pelham?»

Der Vicomte, der beim Frühstück saß, stärkte sich mit einem großen Schluck Bier und antwortete leichthin: «Nun, ich leugne nicht, daß es etwas vorschnell gehandelt war, aber weißt du, ich hatte ein bißchen getrunken.»

«Mir wird schwach, wenn ich an die Taten denke, zu denen du dich möglicherweise berufen fühlst, wenn du mehr als ‹ein bißchen› getrunken hast», bemerkte der Graf.

«Aber zum Teufel, Marcus, hätte ich es denn einfach hinnehmen sollen?»

«Nein, nein, das nicht. Aber ich wäre dir zu großem Dank verpflichtet gewesen, wenn du es vermieden hättest, die Sache öffentlich zu behandeln.»

Der Vicomte schnitt sich eine Bratenscheibe ab. «Keine Angst», sagte er, «ich habe vorgesorgt. Es wird keiner reden: ich sagte Pom, er solle verbreiten, daß ich besoffen war.»

«Das war wahrlich bedachtsam gehandelt», sagte Rule trocken. «Weißt du, Pelham, daß ich beinahe böse auf dich bin?»

Der Vicomte legte Messer und Gabel nieder und sagte schicksalsergeben: «Keine Ahnung, warum.»

«Ich habe eine angeborene Abneigung dagegen, zu Dingen gezwungen zu werden. Ich dachte, wir beide hätten uns dahin verstanden, daß ich meine Angelegenheiten allein und auf meine Art erledigen sollte.»

«Nun, das kannst du. Ich hindere dich nicht.»

«Aber, liebster Pelham, du hast doch bereits — ich hoffe es zumindest — jeden Blödsinn, dessen du fähig bist, gemacht. Vor diesem bedauernswerten Zwischenfall war deiner Schwester — hm — Voreingenommenheit für Lethbridge nicht danach geartet, unliebsame Aufmerksamkeit zu erregen.»

«Sie hat doch die Aufmerksamkeit dieser gemeinen Kröte erregt», wandte der Vicomte ein.

«Pelham, ich bitte dich eindringlichst: laß doch dein Gehirn ein wenig arbeiten», sagte Seine Lordschaft seufzend. «Du vergißt, daß Crosby mein Erbe ist. Die einzige lebhafte Gemütserregung, die ich jemals an ihm wahrgenommen hatte, ist seine heftige Abneigung gegen meine Heirat gewesen. Er hat die ganze Welt darin eingeweiht. Ich höre, daß sich die gesamte gute Gesellschaft darüber amüsiert. Ohne deine unangebrachte Einmischung, mein lieber Junge, wage ich anzunehmen, daß seine Bemerkung einfach als Bosheit angesehen worden wäre.»

«Oh!» sagte der Vicomte etwas verdutzt. «Jetzt verstehe ich.»

«Siehst du — dacht ich mir's doch!»

«Nun ja, Marcus, es war ja auch Bosheit. Niederträchtige Bosheit!»

«Gewiß», gab Rule zu. «Aber wenn der Bruder der Dame in edlem Zorn aufspringt — zwar sollst du nicht glauben, daß ich es dir nicht nachfühlen kann, mein lieber Pelham, ich sympathisiere durchaus mit deinen Empfindungen — und die Sache so ernst nimmt, daß er wohl oder übel ein Duell herausfordert — ferner eine verschleierte Warnung an die Allgemeinheit erläßt (denn das tatest du auch, nicht wahr, Pel? Ach ja, wußte ich's doch!), falls einer den Skandal ausschwatzt —, dann kann sich schon mancher etwas denken. Gegenwärtig dürfte es kaum ein Augenpaar in der Stadt geben, das nicht auf Horry und Lethbridge gerichtet ist. Und dies, Pelham, verdanke ich zweifellos dir.»

Der Vicomte schüttelte den Kopf. «Ist es wirklich so schlimm, Marcus?» fragte er verzagt. «Nun ja, ich bin eben ein Esel, weißt du, seit jeher. Offen gestanden, brannte ich darauf, mich mit dem Kerl zu schlagen. Ich hätte ihn widerrufen lassen sollen — er hätte es wahrscheinlich getan.»

«Sicher. Nun, jetzt ist es zu spät. Gräm dich nicht, Pelham. Wenigstens genießt du die Auszeichnung, der einzige im Land zu sein, dem es gelang, Crosby zu einem Duell zu bringen. Wo hast du ihn verwundet?»

«An der Schulter», sagte der Vicomte mit vollem Mund. «Hätte ihn ein paarmal töten können!»

«Wirklich? Dann muß er ein recht schlechter Fechter sein.»

«Stimmt!» sagte der Vicomte grinsend.

Nachdem der Graf nun beide Hauptpersonen in dieser Affäre besucht hatte, machte er einen Sprung zu White, um in die Zeitungen zu gucken. Bei seinem Eintritt in einen der Gesellschaftsräume verstummte ein leises Gespräch, das die Aufmerksamkeit einiger in einer Ecke versammelter Personen zu fesseln schien. Es riß wie ein durchgeschnittener Faden ab, um sofort frisch, und diesmal deutlich hörbar, wieder aufzuleben. Aber Graf Rule verriet mit keinem Zeichen seinen Zweifel, daß es sich auch vorhin um Pferdefleisch gehandelt hätte.

Er aß im Klub zu Mittag und ging dann gemächlich nach Hause. Mylady, so wurde ihm gemeldet, war in ihrem Boudoir.

Dieses Gemach, das für Horatia in blauen Farbtönen ausgestattet worden war, befand sich im Hintertrakt, im ersten Stock.

Dem Grafen saß eine winzige Falte in der Stirne, während er sich hinauf begab. Auf halbem Weg hielt ihn die Stimme Gisbornes auf, der ihn von der Halle her rief.

«Gerade hoffte ich, Mylord, daß Sie vielleicht jetzt nach Hause kämen.»

Der Graf blieb stehen und blickte hinunter, während sich seine Hand auf das Treppengeländer stützte. «Ach nein, wie liebenswürdig von Ihnen, Arnold!»

Gisborne, der Seine Lordschaft kannte, stieß einen Verzweiflungsseufzer aus. «Wenn Sie mir nur wenige Augenblicke schenken wollten, Mylord, um ein paar Rechnungen durchzusehen, die ich hier bei mir habe.»

Der Graf lächelte entwaffnend. «Scheren Sie sich zum Teufel, mein lieber Arnold!» sagte er und setzte seinen Weg über die Treppe fort.

«Aber, Sir, ich kann doch nicht ohne Ihren Auftrag handeln! Hier habe ich eine Rechnung vom Wagenbauer für einen Phaeton. Soll die bezahlt werden?»

«Aber natürlich, mein Lieber, warum fragen Sie mich erst?»

«Die Rechnung ist nicht von Ihnen, Sir», sagte Gisborne mit streng zusammengepreßten Lippen.

«Ich verstehe», antwortete Seine Lordschaft leicht erheitert. «Von Lord Winwood vermutlich. Erledigen Sie das, lieber Freund.»

«Bitte sehr, Sir. Und Mr. Drelincourts kleine Angelegenheit?» Hier blickte der Graf, der sich mit dem Glätten einer Falte an seinem Ärmel befaßt hatte, auf. «Wollen Sie sich damit über seinen Gesundheitszustand erkundigen? Oder was sonst?» fragte er.

Gisborne sah etwas verwundert drein. «Nein, Sir, ich meinte seine Geldangelegenheiten. Er schrieb Ihnen vor etwa einer Woche und gab Ihnen seine Schwierigkeiten bekannt. Aber Sie wollten sich nicht darum kümmern.»

«Bin ich für Sie eine schwere Prüfung, Arnold? Das kann ich mir vorstellen. Ich sollte mich endlich bessern.»

«Bedeutet das, daß Sie die Rechnungen durchsehen werden, Sir?» fragte Gisborne erfreut.

«Nein, mein Lieber, das bedeutet es nicht. Wohl aber, daß ich Sie ermächtigte, mit Mr. Drelincourts finanziellen Schwierigkeiten nach Gutdünken umzugehen.»

Gisborne lachte kurz auf. «Gehe ich nach eigenem Gutdünken vor, Sir, dann wandern Mr. Drelincourts unaufhörliche Anforderungen an Ihre Großmut ins Feuer», sagte er unumwunden.

«Ganz richtig», sagte der Graf mit einem Kopfnicken und stieg über die Treppe.

Es duftete im Boudoir nach den roten, rosa und weißen Rosen, die in großen Vasen den Raum schmückten. In der Mitte, auf einem Diwan zusammengerollt und mit auf der Hand ruhender Wange, lag Horatia in tiefem Schlaf.

Der Graf schloß lautlos die Türe, schritt über den weichen Aubusson-Teppich auf den Diwan zu und blieb einen Augenblick in Betrachtung seiner Frau stehen. Sie sah recht hübsch aus. Ihr ungepudertes Haar war in freien Locken nach der Art frisiert, wie sie die Franzosen *Grèque à boucles badines* nannten, und die eine weiße Schulter sah ein klein wenig aus den Spitzen ihres Negligés hervor. Ein Sonnenstrahl, der durch das Fenster drang, fiel auf ihre Wange. Der Graf bemerkte es, ging zum Fenster und zog den Vorhang zu. Als er zurückkam, regte sich Horatia und schlug die schlaftrunkenen Augen auf. «Sind Sie das, M-mylord? Ich war eingeschlafen. B-brauchen Sie mich?»

«Jawohl. Aber ich wollte dich nicht wecken, Horry.»

«Ach, das hat nichts zu bedeuten.» Sie sah etwas ängstlich zu ihm empor. «K-kommst du, um mich zu schelten, weil ich gestern abend Loo spielte? Aber w-weißt du, ich habe gewonnen!»

«Liebste Horry, was muß ich doch für ein unliebenswürdiger Gatte sein! Suche ich dich denn nur auf, um zu schelten?»

«N-nein, nein, gewiß nicht, ich dachte nur, daß es das sein k-könnte. Also nichts Sch-schlimmes?»

«Schlimm würde ich es nicht nennen», sagte Rule. «Vielleicht nur ein wenig ärgerlich.»

«Ach G-gott!» seufzte Horatia. Sie warf ihm einen schelmischen Blick zu. «Jetzt wollen Sie tatsächlich den unangenehmen Gatten herauskehren, Sir, das sehe ich schon.»

«Nein», sagte Rule, «aber ich muß dir leider eine verdrießliche Mitteilung machen. Mein unliebsamer Vetter hat deinen und Lethbridges Namen zusammengebracht.»

«M-meinen Namen?» wiederholte Horatia. «Nun, ich muß sagen, dieser Crosby ist w-wirklich das abscheulichste Krötchen auf der g-ganzen Welt! Was sagte er denn?»

«Etwas höchst Unpassendes, womit ich dich nicht kränken werde.»

«Wahrscheinlich meint er, daß ich Robert l-liebe», sagte Horatia geradeheraus. «Aber das ist n-nicht wahr, und was er sagt, kümmert mich nicht!»

«Natürlich. Was Crosby sagt, kümmert keinen Menschen. Er sprach aber leider in Gegenwart Pelhams, der ihn unklugerweise forderte.»

Horatia schlug die Hände zusammen. «Ein Duell? F-famos!» Jetzt fiel ihr etwas ein. «O Marcus, Pelham ist doch nicht verwundet worden?»

«Nicht im geringsten. Crosby wurde getroffen.»

«Das freut mich, er verdient es... Du hast doch wohl nicht g-gedacht, daß mich das ärgern würde?»

Er lächelte. «Nein, erst was daraus folgt, wird dir vielleicht nicht recht sein. Es ist nämlich nun erforderlich geworden, daß du dir Lethbridge vom Leibe hältst. Verstehst du das überhaupt, Horry?»

«Nein», sagte sie kurz, «g-gar nicht!»

«Dann muß ich es zu erklären versuchen. Du hast dir Lethbridge zum Freund gewählt — oder heißt es besser, daß du ihm eine Freundin sein willst?»

«Das kommt aufs gleiche heraus, Sir.»

«Im Gegenteil, liebes Kind, das ist ein riesiger Unterschied. Aber wie dem auch sei, du bist, glaube ich, recht oft in seiner Gesellschaft.»

«Daran ist aber nichts, Sir», sagte Horatia, deren Miene sich verdüsterte.

«Gar nichts», gab Seine Lordschaft ruhig zu. «Aber — verzeih mir nun ein gerades Wort, Horry —, da Pelham die Sache offenbar für wichtig genug gehalten hat, um sich deshalb zu schlagen, wird es jetzt wohl nur wenige Menschen geben, die unsere Auffassung teilen.»

Horatia errötete, erwiderte aber unbeirrt: «W-was die Leute glauben, ist mir g-ganz einerlei. Du w-weißt, daß nichts daran ist, das sagtest du eben selbst, und wenn du dir nichts daraus m-machst, braucht das auch k-kein anderer zu tun!»

Seine Stirne umwölkte sich leicht. «Liebste Horry, ich dachte, ich hätte von allem Anfang an klar angedeutet, daß ich mir wohl etwas daraus mache.»

Horatia zog die Nase kraus und sah aufrührerischer denn je aus. Einen Augenblick beobachtete er sie schweigend, dann beugte er sich vor, faßte sie an den Händen und zog sie zu sich empor. «Sieh mich nicht so böse an, Horry», sagte er launig. «Willst du mir zuliebe deine Freundschaft mit Lethbridge aufgeben?»

Sie starrte ihn an und wankte zwischen zweierlei Gefühlen. Seine Hände glitten über ihre Arme bis zu den Schultern. Er lächelte halb erheitert, halb zärtlich. «Ich weiß ja, mein Kleines, daß ich schon ganz alt und nur dein Gatte bin, aber du und ich könnten wohl trotzdem etwas besser miteinander auskommen.»

Plötzlich stand das Bild Caroline Masseys deutlich vor ihr. Sie entwand sich ihm und sagte mit einem Schluchzen in der Kehle: «M-mylord, es war d-doch ausgemacht, daß wir einander nicht stören wollten! Sie werden zugeben, daß ich mich daran halte, ich habe auch gar kein V-verlangen, Ihnen im Wege zu stehen, glauben Sie mir... Aber ich werde R-robert nicht fallenlassen, bloß weil Sie sich vor dem Klatsch unfeiner Menschen fürchten!»

Das Lächeln war aus seinen Augen entschwunden. «Ach so. Nun, Horry, darf ein Gatte vielleicht befehlen, wenn ihm das Bitten verwehrt ist?»

«Daß die L-leute klatschen, ist deine Schuld», sagte Horatia, ohne seine Worte zu berücksichtigen. «Wenn du nur auch artig und... f-freundlich zu Robert sein wolltest, würde niemand etwas s-sagen.»

«Das ist aber leider unmöglich», antwortete der Graf kurz.

«Weshalb?»

Er schien nachzudenken. «Aus einem Grund, der jetzt — hm — bereits in der Vergangenheit ruht.»

«Schön, Sir, und was war dieser Grund? Beabsichtigen Sie, ihn mir mitzuteilen?»

Seine Lippen zuckten anerkennend: «Jetzt hast du mich ertappt, Horry! Du hast recht: ich beabsichtige nicht, ihn dir mitzuteilen.»

Sie sagte stürmisch: «Tatsächlich, Mylord? Sie wollen mir nicht sagen, warum, und doch erwarten Sie von mir, daß ich R-robert aufgebe!»

«Nun ja, es klingt vielleicht ein wenig wie Willkür», gab Seine Lordschaft reuig zu. «Aber weißt du, es handelt sich in jener Geschichte nicht nur um mich. Und wenn ich dir den Grund auch nicht enthüllen kann, so ist es doch ein triftiger Grund.»

«Wie interessant!» sagte Horatia. «Sch-schade, daß ich das nicht selbst beurteilen darf, denn ich muß Ihnen sagen, Sir, daß es mir nicht p-paßt, meine Freunde im Stich zu lassen, bloß weil das g-garstige Geschöpf, Ihr Vetter, abscheuliche Dinge über mich sagt.»

«Dann, fürchte ich sehr, werde ich wohl Schritte unternehmen müssen, um dieses eine Gebot durchgeführt zu sehen», sagte der Graf unerbittlich.

Sie erwiderte leidenschaftlich: «Sie können mich nicht zum Gehorsam zwingen, Mylord!»

«Welch ein häßliches Wort, meine Liebe», bemerkte der Graf. «Ich habe bestimmt noch nie im Leben jemanden zu etwas gezwungen!»

Das verwirrte sie ein wenig. «Was w-wollen Sie also tun, Mylord?»

«Aber, liebste Horry, sagte ich es dir nicht soeben? Den vertrauten Umgang zwischen dir und Lethbridge verhindern.»

«D-das k-kannst du nicht!» erklärte Horatia.

Der Graf öffnete seine Schnupftabakdose und nahm in seiner gelassenen Art eine Prise.

«Nein?» fragte er mit höflichem Interesse.

«Nein!»

Der Graf klappte die Tabatiere zu und staubte seinen Ärmel mit einem spitzenbesetzten Taschentuch ab.

«N-nun, hast du mir n-nichts mehr zu sagen?» fragte Horatia gespannt.

«Gar nichts mehr, liebes Kind», antwortete Seine Lordschaft unverändert gutmütig.

Mit einem Laut, der wie das Fauchen eines wütenden Kätzchens klang, stürzte Horatia aus dem Zimmer.

11

DABEI KONNTE ES NATÜRLICH keine temperamentvolle Dame belassen, und Horatia war eine sehr temperamentvolle junge Dame. Das Bewußtsein, daß die vornehme Welt den Blick auf sie gerichtet hielt, gab ihrem Benehmen etwas Herausforderndes. Daß irgendwer die Kühnheit haben sollte, zu behaupten, sie, Horry Winwood, wäre in Lethbridge verliebt, erschien ihr so lächerlich, daß sie dafür nur Verachtung hatte. Daß ihr Lethbridge gefiel, war schon möglich, aber es gab einen sehr zwingenden Grund, weshalb Liebe hier ausgeschlossen war. Diesem Grund (der eine hohe, stattliche Gestalt besaß) sollte nun gezeigt werden, daß — wie man so sagt — was dem einen recht ist, auch dem anderen billig sein muß. Und konnte der Graf von Rule auf diese Art aufgerüttelt werden — nun, um so besser! Nachdem der erste Ärger verraucht war, wurde Horatia begierig, zu erfahren, was er nun zu tun gedachte. Jedenfalls aber sollte ihm vor Augen geführt werden, daß seine Frau nicht gewillt war, sich in seine Gunst mit einer Mätresse zu teilen.

Demnach suchte Horatia, mit dem lobenswerten Ziel, Seiner Lordschaft Eifersucht zu erregen, nach irgendeiner schandbaren Handlung, die sie unternehmen könnte.

Und sie brauchte auch gar nicht lange, um genau das Richtige zu finden. Im Ranelagh sollte ein Maskenball stattfinden, den zu besuchen sie allerdings längst aufgegeben hatte, da Rule mit aller Entschiedenheit abgelehnt hatte, sie zu begleiten. Es hatte eine kleine Diskussion darüber gegeben, der Rule jedoch mit einer freundlich hingeworfenen Bemerkung ein Ende setzte: «Es würde dir nicht gefallen, Horry. Es ist nämlich, weißt du, keine sehr distinguierte Veranstaltung.»

Ihr war ja auch bekannt, daß öffentliche Redouten vom vornehmen Publikum als vulgär abgelehnt wurden, und so ließ sie sich des Grafen Entscheidung mit Anstand gefallen. Sie hatte von allerhand Ausschweifungen gehört, die dort stattgefunden haben sollten, und war sie auch ein wenig neugierig, so hatte sie doch kein richtiges Verlangen, derlei mit anzusehen.

Da aber nun der Kampf mit dem Grafen im Gang war, sah die Sache anders aus, und es erschien ihr plötzlich außerordentlich wünschenswert, den Maskenball von Ranelagh mitzumachen, und zwar in Begleitung Lethbridges. Ein Skandal war nicht zu befürchten, da sie beide maskiert wären, und der einzige, der von dem Streich erfahren sollte, war Mylord of Rule. Und rüttelte ihn auch das nicht auf, dann wäre er überhaupt nicht aufzurütteln.

Der nächste Schritt war nun, Lord Lethbridge für den Plan zu gewinnen. Sie hatte befürchtet, daß sich das ein wenig schwierig erweisen könnte (da er so ängstlich um ihren guten Ruf besorgt war), dann aber ging es ganz leicht.

«Ich soll Sie zu dem Maskenball im Ranelagh führen, Horry», sagte er. «Ja, warum denn nur?»

«Weil ich hingehen möchte und Rule mich nicht hinbringen will... kann», verbesserte sie hastig.

In seinen sonderbar glimmenden Augen saß ein Lachen. «Ach nein, wie häßlich von ihm!»

«Das l-lassen Sie sein», sagte Horry. «Wollen Sie mich hinführen?»

«Selbstverständlich», antwortete er, indem er sich über ihre Hand beugte.

Fünf Tage später hielt Lord Lethbridges Kutsche vor dem Haus im Grosvenor Square, und Mylady Rule trat in voller Balltoilette mit einem grauen Domino über dem Arm und einer an langem Band geschwenkten Maske aus dem Tor, trippelte über die Stufen und bestieg den Wagen. Rücksichtsvollerweise hatte sie eine Botschaft beim Pförtner hinterlassen. «Sollte Seine Lordschaft nach mir fragen, so melden Sie ihm, daß ich zum Ranelagh gefahren bin», sagte sie flüchtig.

Schon beim ersten Blick freute sie sich, gekommen zu sein — ganz abgesehen vom Hauptzweck der Ruhmestat. Tausende von goldenen, in geschmackvollen Mustern angeordneten Lampen beleuchteten die Gärten, abgerissene Klänge schwebten durch die Luft, und auf den bekiesten Alleen tummelte sich eine bunte Menschenmenge in farbigen Dominos. In den Rotunden und Lauben, die in der Anlage verstreut waren, wurden Erfrischungen serviert, und im Pavillon selbst war der Tanz schon im Gang.

Horatia, die die Szene durch die Spalten ihrer Maske beobachtete, wandte sich mit einem impulsiven Freudenschrei an Lethbridge, der in einem über die Schultern hängenden scharlachfarbenen Domino neben ihr stand: «Wie gut, daß wir gekommen sind! Sehen Sie nur, wie hübsch! Sind Sie nicht auch davon entzückt, R-robert?»

«In Ihrer Gesellschaft schon, meine Liebe», antwortete er. «Möchten Sie tanzen?»

«Natürlich!» sagte Horatia begeistert.

Auch der Zimperlichste hätte an dem Benehmen derer, die sich im Tanzsaal vergnügten, nichts einzuwenden gehabt. Später machte Horatia allerdings ein wenig große Augen beim Anblick einer Balgerei um den Besitz der Maske einer Dame, die beim Lilienteich unter der Terrasse stattfand. Die Dame flüchtete unter äußerst undamenhaftem Gekreisch, verfolgt von ihrem hitzigen Kavalier. Horatia sagte nichts, dachte aber, daß Rule vielleicht nicht ganz unrecht hatte, wenn er es ablehnte, seine Frau zu einer öffentlichen Redoute zu führen.

Es muß Lethbridge zugestanden werden, daß er seine hübsche Last sorgfältig von allem gemeinen Gedränge fernhielt, so daß ihr die Unterhaltung auch weiterhin vortrefflich gefiel. Es war tatsächlich — wie sie später beim Souper in einer der Logen sagte — das köstlichste Abenteuer, das sich denken ließ, und nur eines fehlte noch, um es vollkommen zu machen.

«O Gott, Horry, habe ich etwas unterlassen?» fragte er mit gespieltem Entsetzen.

Grübchen erschienen in ihren Wangen. «Nun, R-robert ich glaube, dies w-wäre wohl die hübscheste Unterhaltung meines Lebens, wenn wir nur noch z-zusammen Karten spielen könnten.»

«Ach, Sie Sündengeschöpf!» flüsterte Lethbridge. «Gleich werden Sie den einsamen Herrn in der Nachbarloge schockieren!»

Diesem Vorwurf schenkte Horatia keine Beachtung, sondern bemerkte nur flüchtig, daß der Nachbar höchstwahrscheinlich ein Fremder war.

«Sie tanzen nicht gerne, R-robert, das wissen wir doch beide! Und ich wünsche mir so sehr, m-meine Spielkunst an der Ihren zu messen.»

«Zu ehrgeizig, Horry», neckte er. «Ich spielte schon Karten, als Sie noch Musterfleckchen nähten. Und wetten möchte ich, daß ich besser spielte, als Sie nähten.»

«L-lizzie pflegte meine Nähtücher fertigzumachen», gestand sie. «Aber ich kann Ihnen versichern, daß ich besser K-karten spiele als nähe. Ach, Robert, bitte, warum nicht?»

«Glauben Sie, ich will ein so junges Lämmchen scheren?» fragte er. «Dazu hätte ich nicht das Herz.»

Sie warf den Kopf zurück. «Vielleicht schere ich Sie, Sir!»

«Ja, wenn ich das zulasse.» Er lächelte. «Und das würde ich zweifellos tun.»

«Mich gewinnen lassen?» sagte Horatia entrüstet. «Ich bin kein kleines Kind, Sir! Wenn ich spiele, spiele ich ernst!»

«Schön», sagte Lethbridge. «Ich werde also mit Ihnen spielen — im Ernst.»

Sie schlug die Hände zusammen — was den Herrn in der Nachbarloge aufblicken ließ. «Wirklich?»

«Pikett», sagte er, «und mit einem bestimmten Einsatz.»

«N-nun ja, gewiß. Mir macht es nichts aus, hoch zu spielen.»

«Um Guineen spielen wir nicht, meine Liebe», sagte Lethbridge und leerte sein Champagnerglas.

Sie runzelte die Stirne. «Rule sieht nicht gern, daß ich meinen Schmuck einsetze.»

«O Gott behüte! Wir wollen viel höher spielen!»

«Ja, um Gottes willen — worum denn nur?»

«Um eine Locke, eine kostbare Locke aus Ihrem Haar, Horry.»

Sie wich unwillkürlich zurück. «Das ist ein Unsinn», sagte sie. «Auch k-könnte ich das gar nicht tun.»

«Dachte ich mir's doch», sagte er. «Verzeihen Sie, meine Liebe, aber eine wahre Spielerin sind Sie eben nicht.»

Sie wurde rot. «Doch!» erklärte sie. «Das bin ich! N-nur kann ich nicht um eine Haarlocke spielen. Es ist d-dumm, und ich soll so etwas auch nicht tun. Was würden Sie übrigens dagegen setzen?»

Er hob die Hand zur Mechlin-Krawatte an seinem Hals und zog die merkwürdige Nadel heraus, die er fast immer trug. Es war eine Gemme, die Göttin Athene mit ihrem Schild und der Eule darstellend, ein antikes Stück. Er legte sie auf die flache Hand und hielt sie Horatia hin. «Sie gehört seit vielen Jahren unserer Familie», sagte er. «Ich spiele sie gegen Ihre Haarlocke aus.»

«Ist es ein Erbstück?» fragte sie und berührte das Schmuckstück mit der Fingerspitze.

«Beinahe. Eine hübsche Sage ist damit verknüpft, und kein Lethbridge würde sich jemals dessen entledigen.»

«Und das w-wollen Sie wirklich einsetzen?» fragte Horatia verwundert.

Er steckte die Nadel in die Krawatte zurück. «Gegen eine Haarlocke von Ihnen, gewiß! Ich bin nämlich ein Spieler.»

«Sie sollen nicht behaupten dürfen, daß ich keine Spielerin bin», sagte Horatia. «Gut, ich spiele um das Haar! Und d-damit Sie sehen, daß es mir ernst ist...» Sie griff nach ihrem Retikül und stöberte darin.

«Hier!» Damit schwenkte sie eine kleine Schere.

Er lachte. «Was für ein glücklicher Zufall, Horry!»

Aber sie legte die Schere wieder weg. «Noch haben Sie nicht g-gewonnen, Sir!»

«Das ist wahr. Wollen wir sagen: wer zweimal siegt in drei Spielen?»

«Abgemacht!» sagte Horatia. «Und jetzt habe ich genug gegessen und möchte anfangen.»

«Von Herzen gerne!» Er nickte, stand auf und bot ihr den Arm.

Horatia legte die Hand darauf, und sie entfernten sich und bahnten sich ihren Weg durch den Raum zwischen den Logen und dem Hauptpavillon. Horatia umging eine lustig plaudernde Gruppe. «Wo sollen wir sp-spielen, R-robert?» fragte sie stark stotternd. «N-nicht in dem überfüllten Saal — d-das wäre zu auffallend.»

Eine hochgewachsene Frau in apfelgrünem Domino drehte sich jählings um und starrte Horatia mit vor Überraschung offenem Mund nach.

«Nein, nein», antwortete Lethbridge. «Wir gehen in den kleinen Raum neben der Terrasse, der Ihnen so gut gefiel.»

Die Dame im grünen Domino stand reglos, offenbar in Staunen oder Nachdenken versunken, und wurde erst durch ein leises Wort in die gegenwärtige Umgebung zurückgebracht. «Gestatten Sie, Madam.»

Sie drehte sich um, sah, daß sie einem hochgewachsenen Mann in schwarzem Domino den Weg versperrte und trat mit einem Entschuldigungswort zur Seite.

Es drang zwar noch reichlich viel Musik aus den verschiedenen Winkeln des Gartens, aber im Ballsaal machten die Geiger gerade eine Pause. Der Pavillon stand beinahe verlassen, denn die Unterbrechung für das Souper war noch nicht vorbei. Horatia ging an Lethbridges Arm durch den leeren Ballsaal und war im Begriff, die mondbeleuchtete

Terrasse zu betreten, als jemand beinahe mit ihr zusammenstieß. Es war der Mann im schwarzen Domino, der offenbar aus den Gärten über die Terrassenstufen stieg. Beide wichen zurück, wobei auf irgendeine unverständliche Weise der Rand von Horatias Spitzenunterrock unter des Fremden Fuß geriet. Man hörte einen Riß, gefolgt von einem Ausruf Horatias und der Entschuldigung des beschämten Sünders.

«Oh, ich bitte tausendmal um Verzeihung, Madam! Wollen Sie mir dies doch gütigst nachsehen! Daß mir das passieren mußte! Wie konnte ich nur so ungeschickt sein!»

«Es hat nichts zu bedeuten, Sir», sagte Horatia kühl. Sie faßte die Falten ihres Rockes in einer Hand zusammen und schritt durch die Glastüre auf die Terrasse.

Der schwarze Domino trat zur Seite, um Lethbridge nachfolgen zu lassen, und zog sich mit einer neuerlichen Bitte um Verzeihung in den Ballsaal zurück.

«F-furchtbar ärgerlich!» sagte Horatia mit einem Blick auf den arg zerrissenen Besatz. «Nun muß ich hinausgehen und mir das anstecken. N-natürlich ist der Rock ganz ruiniert.»

«Soll ich den Mann fordern?» fragte Lethbridge. «Er verdient es, meiner Treu! Wie kam es denn, daß er auf Ihren Rock trat?»

«W-weiß der Himmel!» sagte Horatia. Jetzt kicherte sie ein wenig. «Er war aber auch ganz fassungslos, nicht? Wo finde ich Sie nachher, Robert?»

«Ich werde Sie hier erwarten.»

«Und dann spielen wir?»

Er stimmte zu: «Dann spielen wir.»

«Ich bin gleich wieder hier», versprach Horatia zuversichtlich und verschwand nochmals im Tanzsaal.

Lord Lethbridge schlenderte zum niedrigen Geländer, das am Terrassenrand entlanglief. Dort stand er mit aufgestützten Händen und blickte müßig in den lilienbesäten Teich, der, einen Meter tiefer, vor seinen Augen lag. Rundherum waren kleine, farbige Lichter angebracht, und überdies hatte sich irgendein findiger Künstler ein unwahrscheinliches Ornament ausgedacht: winzige Lämpchen, zu einem Blumenmuster angeordnet, schwammen auf dem ruhigen Wasser und hatten zu Beginn des Abends viel Heiterkeit und Bewunderung erregt. Lord Lethbridge betrachtete sie, wobei ein etwas geringschätziges Lächeln seine Lippen schürzte, als zwei Hände sich von hinten her um seinen Hals schlossen und die Schnüre lösten, die nur locker seinen Domino festhielten.

Er erschrak und wollte sich umdrehen, aber die Hände, die blitzschnell seinen Domino abgerissen hatten, schlossen sich sofort um seine Kehle und beengten ihn fast bis zum Ersticken. Er riß daran und kämpfte wild. Eine lässige Stimme sprach in sein Ohr: «Diesmal, Lethbridge, erwürge ich Sie noch nicht. Aber ich fürchte, ja, ich fürchte sehr, daß es heute der Teich sein muß. Die zwingende Notwendigkeit sehen Sie sicherlich selbst ein.»

Die Hände lösten sich von Lord Lethbridges Hals; bevor er sich jedoch umwenden konnte, traf ihn ein Stoß zwischen den Schulterblättern und er verlor das Gleichgewicht. Die Brüstung war zu niedrig, um ihm Halt zu bieten; er fiel darüber und in den Lilienteich, und das aufspritzende Wasser verlöschte die Lichter in dem kunstvollen Blumenmotiv, das er noch vor einer Minute spöttisch gemustert hatte.

Eine Viertelstunde später füllte sich der Tanzsaal wieder, und die Geigen setzten von neuem ein. Als Horatia auf die Terrasse zurückkam, fand sie da mehrere plaudernde Gruppen. Sie zögerte, sah sich nach dem roten Domino um und erblickte ihn, wie er halb abgewandt auf der Brüstung saß und nachdenklich den Teich betrachtete. Sie ging auf ihn zu. «Ich habe n-nicht sehr lange gebraucht, nicht wahr?»

Er drehte sich um und erhob sich sofort. «Gar nicht», sagte er artig. «Und jetzt — auf in das kleine Zimmer!»

Sie hatte schon die Hand ausgestreckt, um sie auf seinen Arm zu legen; bei seinen Worten zog sie sie zurück. Er griff darnach und hielt sie fest. «Was ist denn?» fragte er leise.

Sie schien unentschlossen. «Ihre Stimme klingt so merkwürdig. Sie ... Sie sind es doch wohl?»

«Natürlich bin ich es! Ich glaube, ich habe beim Essen einen Knochen geschluckt, und der hat mir die Kehle geritzt. — Wollen wir jetzt gehen?»

Sie überließ ihm ihre Hand, die er unter seinen Arm schob. «Ja, aber sind Sie auch sicher, daß niemand hereinkommt? Es wird ja merkwürdig aussehen, wenn ich mir eine Haarlocke abschneide, f-falls ich tatsächlich verlieren sollte.»

«Wer sollte Sie erkennen?» fragte er, indem er sich an der schweren Gardine vor einem Fenster am Ende der Terrasse zu schaffen machte. «Aber seien Sie unbesorgt: sobald wir die Vorhänge zugezogen haben — so! —, wird niemand hereinkommen.»

Horatia stand beim Tisch in der Mitte des kleinen Salons und sah zu, wie der rote Domino die Gardinen zuzog. Und da tat es ihr plötzlich leid — obzwar es doch ihr Wunsch gewesen war, irgend etwas Schmähliches anzustellen —, daß sie sich zu diesem Spiel verpflichtet hatte. Mit Lethbridge zu tanzen und in aller Öffentlichkeit zu soupieren, schien ja recht unschuldig; etwas anderes war es, mit ihm allein in einem Raum zu sitzen. Plötzlich kam er ihr verändert vor. Sie warf einen Blick auf sein maskiertes Gesicht, aber die auf dem Tisch stehenden Kerzen ließen es im Dunkel. Jetzt sah sie nach der Türe, die die Geigenmusik nicht ganz abhielt. «Die T-türe, R-robert?»

«Geschlossen», sagte er. «Sie führt in den Tanzsaal. Sind Sie noch immer nervös, Horry? Sagte ich nicht schon vorhin, daß Sie keine richtige Spielerin sind?»

«N-nervös? O Gott, nein!» sagte sie angespornt. «Sie werden keine so armselige Spielerin vor sich haben, wie Sie glauben, Sir!» Sie setzte sich an den Tisch und nahm eines der Pikettspiele, die darauf lagen, zur Hand. «Hatten Sie denn schon alles vorbereitet?»

«Gewiß», sagte er, indem er auf einen anderen, an die Wand gelehnten Tisch zuging. «Ein Glas Wein, Horry?»

«N-nein, danke.» Sie saß etwas steif auf ihrem Stuhl und warf noch einen Blick auf das verhängte Fenster.

Er kam zum Spieltisch zurück, rückte die Kerzen ein wenig zur Seite und setzte sich. Jetzt begann er eines der Kartenpäckchen zu mischen. «Sagen Sie, Horry», fragte er, «sind Sie heute wegen des Spieles mit mir hergekommen oder um Rule zu ärgern?»

Sie fuhr auf, dann lachte sie. «Ach, R-robert, das sieht Ihnen ähnlich. Immer erraten Sie alles.»

Er mischte weiter. «Darf ich erfahren, weshalb er geködert werden muß?»

«Nein», antwortete sie. «Ich k-klatsche nicht über meinen Mann, nicht einmal mit Ihnen, R-robert.»

Er verbeugte sich — wie sie meinte — ironisch. «Bitte tausendmal um Verzeihung, meine Liebe. Wie ich sehe, steht er hoch in Ihrer Achtung.»

«Sehr hoch», sagte Horatia. «Heben wir ab?»

Beim Abheben gewann sie, wählte das Austeilen, nahm das Kartenpäckchen und schüttelte mit fachmännischer Gebärde den Arm, um die schweren Spitzen ihres Ärmels zurückzuwerfen. Sie war eine viel zu eifrige Spielerin, um während der Partie zu plaudern. Sobald sie eine Karte berührte, hatte sie für nichts anderes mehr Sinn, sondern versank in ernste und tiefe Konzentration und hob kaum mehr den Blick von ihrem Blatt.

Ihr Partner sammelte seine Karten, sah sie flüchtig durch und entschied, offenbar ohne das geringste Zögern, was auszuspielen war. Horatia, die wußte, daß sie es mit einem sehr guten Spieler zu tun hatte, ließ sich nicht drängen und nahm sich alle nötige Zeit, bevor sie ihre Karte ausspielte. Daß sie einen Buben zurückbehielt, erwies sich als günstig und ermöglichte ihr, einen Stich des Partners zu vereiteln.

Sie verlor zwar das erste Spiel, aber nur um wenige Punkte, so daß es sie nicht beunruhigte. Einmal war sie sich bewußt, einen Trumpf abgegeben zu haben, den sie hätte behalten sollen, aber im allgemeinen fand sie, daß sie gut gespielt hatte.

«Gewonnen», sagte der rote Domino, «ich hatte aber auch die bessere Hand.»

«Vielleicht, ja. Bitte, heben Sie wieder um das Geben ab.»

Das zweite Spiel gewann sie in sechs raschen Partien. Sie hegte den Verdacht, daß ihr das geschenkt worden war; hatte aber der Gegner absichtlich nachlässig gespielt, so war es jedenfalls nicht auffallend genug gewesen, um ihr eine Bemerkung darüber zu gestatten. Also sagte sie nichts und sah ihm schweigend zu, während er die Karten zum letzten Spiel austeilte.

Nach zwei Partien wußte sie mit Sicherheit, daß seine frühere Niederlage gewollt gewesen war. Die Karten waren gleichmäßig verteilt gewesen, und waren es auch diesmal, aber jetzt war der erfahrene Spieler seiner Gegnerin nach Punkten weit voraus. Horatia bemerkte zum erstenmal, daß sie einem Partner gegenübersaß, der unvergleichlich geübter war als sie. Er machte nie einen Fehler, und die Genauigkeit und Zielsicherheit, mit der er vorging, ließen ihre Irrtümer um so deutlicher hervortreten. Sie selbst spielte ja auch recht scharfsinnig; ihre Schwäche lag, wie ihr nicht unbekannt war, darin, daß sie sich immer wieder darauf verließ, die gewünschte Karte zu kaufen. Da sie jetzt wußte, daß er ihr um etwa vierzig Punkte voraus war, begann sie weniger vorsichtig abzuwerfen und baute auf ihr Glück.

Jetzt war das Spiel für sie ein grimmiger Kampf geworden, und ihr Gegner die Verkörperung der Nemesis. Als sie die Karten zur letzten Partie in die Hand nahm, zitterten ihre Finger ein ganz klein wenig. Nur noch ein Wunder konnte ihr zum Gewinn verhelfen, bestenfalls würde sie einen Rubikon vermeiden.

Es geschah kein Wunder. Da sie nicht um Punkte spielten, bedeutete es ja noch keinen Rubikon. Trotzdem wäre sie — sinnloserweise — beinahe in Tränen ausgebrochen, als sie zusammenzählte und auf achtundneunzig kam.

Sie blickte auf und zwang sich zu einem Lächeln. «Sie haben gewonnen, Sir. L-leider sogar ziemlich beträchtlich. Beim letzten Abschnitt habe ich nicht g-gut gespielt. Und beim vorletzten ließen Sie m-mich absichtlich gewinnen, nicht w-wahr?»

«Vielleicht», sagte er.

«Das hätten Sie nicht tun sollen, Sir. Ich liebe es nicht, wie ein Kind behandelt zu werden.»

«Nichts für ungut, meine Liebe; ich hatte ja nie die Absicht, Sie mehr als ein Spiel gewinnen zu lassen. Denn Ihre Locke wollte ich haben. Jetzt erhebe ich Anspruch darauf, meine Dame.»

«N-natürlich», sagte sie stolz. Dabei fragte sie sich im stillen, was wohl Rule sagen würde, wenn er sie in diesem Augenblick sähe, und erbebte über den eigenen Wagemut. Sie nahm die Schere aus ihrem Retikül. «Was wollen Sie denn damit machen, R-robert?» fragte sie etwas schüchtern.

«Ach, das ist meine Sache», antwortete er.

«Ich w-weiß. Aber wenn es jemand erführe, w-würden schrecklich > Dinge gesagt werden, und R-rule würde davon hören, und das w-will ich nicht, weil ich w-weiß, daß ich es nicht hätte tun dürfen», sprudelte Horatia hervor.

«Geben Sie mir zuerst die Schere, dann sage ich Ihnen vielleicht, was ich mit Ihrer Locke tun werde.»

«Ich kann sie doch selbst abschneiden», antwortete sie mit einer kleinen, bangen Vorahnung.

Er war aufgestanden und um den Tisch gegangen.

«Mein Vorrecht, Horry», sagte er lachend und nahm ihr die Schere aus der Hand.

Sie fühlte errötend seine Finger in ihrem Haar. «Sie wird voll Puder sein», bemerkte sie gekünstelt spielerisch.

«Und köstlich duften», fügte er hinzu.

Sie hörte den Schnitt in ihrem Haar und erhob sich sofort. «Na also! Und jetzt erzählen Sie es nur um Gottes willen niemandem, nicht wahr, nein?» Sie trat zum Fenster. «Ich glaube, es ist Zeit, daß Sie mich nach Hause bringen, es muß schon sch-schrecklich spät sein.»

«Sofort», sagte er und kam auf sie zu. «Sie verstehen zu verlieren, mein Liebchen!»

Bevor sie noch seine Absicht durchschaute, hielt er sie bereits in den Armen und schob ihr die Maske aus dem Gesicht. Erschreckt und blaß vor Wut versuchte sie vergeblich, sich loszumachen. Die Hand, die ihre Maske gelöst hatte, fuhr ihr unter das Kinn und zwang es empor. Und jetzt beugte sich der rote Domino herab und küßte sie mitten auf den empörten Mund.

Als er endlich seine Umarmung lockerte, konnte sie sich frei machen. Atem- und fassungslos, am ganzen Leib zitternd, keuchte sie: «Was unterstehen S-sie sich?» und fuhr mit der Hand über ihren Mund, als müßte sie seinen Kuß fortwischen. «Wie können Sie es wagen, mich zu b-berühren?» Blitzschnell drehte sie sich um, flog zur Balkontüre, zog den Vorhang beiseite und war verschwunden.

Der rote Domino machte keinen Versuch, ihr zu folgen, sondern blieb mitten im Raum stehen und drehte behutsam eine gepuderte Haarlocke um den Finger. Ein sonderbares Lächeln spielte um seine Lippen. Endlich verwahrte er die Locke sorgfältig in seiner Tasche.

Eine Bewegung im Erker ließ ihn aufblicken. Da stand Lady Massey in Abendkleid und apfelgrünem Domino, die Maske über den Arm gehängt.

«Das war nun wirklich nicht sehr geschickt geplant, Robert!» sagte sie boshaft. «Eine auffallend hübsche Szene, ich staune nur, daß ein so kluger Mann, wie Sie es sind, einen so dummen Fehler machen konnte. Mein Gott, sahen Sie denn nicht, daß das Gänschen noch nicht für

Küsse reif ist? Und dabei war ich doch der Meinung, daß Sie mit ihr fertig zu werden verstünden. Sie werden mich noch um meine Hilfe bitten, Mylord!»

Von den Lippen des roten Dominos, die sich jetzt streng zusammenschlossen, war das Lächeln verschwunden. Mit einem Griff löste er die Bänder seiner Maske. «Glauben Sie wirklich?» sagte er, und der Ton war durchaus nicht der Lethbridges. «Und sind Sie auch völlig überzeugt, Madam, daß nicht vielleicht Ihnen ein Mißgriff, ein sehr böser Mißgriff, unterlaufen ist?»

12

ETWA SECHS STUNDEN SPÄTER saß Horatia im Bett und nahm ihr Frühstück zu sich. Sie war zu jung, um durch ihr Abenteuer den Schlaf einzubüßen, aber sie hatte abscheulich geträumt und fühlte sich am Morgen nur wenig erfrischt.

Bei ihrer Flucht aus dem kleinen Spielsalon des Ranelagh hatte sie in ihrem Zorn den Verlust ihrer Maske übersehen. Und dann war sie geradewegs Lady Massey, die auch ohne Maske war, in die Arme gelaufen, und die beiden standen einander einen Augenblick gegenüber. Lady Massey lächelte in einer Weise, die Horatia das Blut in die Wangen trieb. Dabei sagte sie kein Wort. Horatia zog den Domino enger um sich und schlüpfte über die Terrasse und die Stufen hinunter zum Garten.

Eine Droschke brachte sie nach Hause. Als der Kutscher sie vor dem Tor absetzte, kroch schon kalt der Morgen heran. Sie hatte befürchtet, Rule wach und auf sie wartend vorzufinden; zu ihrer Beruhigung war er nirgends zu sehen. Sie schickte ihre Kammerjungfer zu Bett und war froh, allein zu sein, um über die verhängnisvollen Ereignisse der letzten Nacht nachzudenken. Als sie aber dann mühselig ihr Kleid ausgezogen und ihre Bettoilette gemacht hatte, war sie so müde, daß sie an nichts mehr denken konnte; kaum war die Kerze ausgeblasen, überfiel sie der Schlaf.

Sie wachte gegen neun Uhr auf und fragte sich einen Augenblick verwundert, weshalb sie so bedrückt war. Dann fiel es ihr ein, und ein kleiner Schauer durchfuhr sie.

Sie schwenkte ihr silbernes Glöckchen. Als die Zofe das Tablett mit der Schokolade und dem süßen Kuchen brachte, saß sie hoch aufgerichtet in ihren Kissen; die Locken, an denen noch etwas Puder haftete, fielen kunterbunt auf ihre Schultern, und ihre Stirne lag in Falten.

Während das Mädchen die umherliegenden Kleider und Schmuckstücke sammelte, nippte sie an ihrer Schokolade und grübelte über ihr

Problem. Was vor zwölf Stunden wie ein bloßer Streich aussah, hatte jetzt ein riesiges Ausmaß angenommen. Vorerst war da die Episode mit der Haarlocke. Im gesunden Tageslicht schien es unfaßbar, daß sie einwilligen konnte, um einen solchen Einsatz zu spielen. Es war — ja, wozu sollte sie sich etwas vormachen? — es war ordinär, ein anderes Wort gab es dafür nicht. Und wer weiß, was Lethbridge jetzt damit tun wollte? Vor jenem Kuß traute sie seiner Verschwiegenheit, jetzt erschien er ihr wie ein Ungeheuer: vielleicht würde er sich sogar rühmen, sie ihr abgewonnen zu haben. Was den Kuß betraf, hatte sie sich das wohl selbst zuzuschreiben — ein Gedanke, der wenig tröstlich erschien. Das Schlimmste jedoch war die Begegnung mit Caroline Massey. Hatte die etwas gesehen — und Horatia zweifelte nicht daran —, dann wußte morgen die ganze Stadt davon. Und auf die Massey hörte Rule! Eines war sicher: sogar wenn die Massey anderen gegenüber den Mund hielte, ihm würde sie es bestimmt erzählen, nur zu froh über die Gelegenheit, zwischen ihm und seiner Frau Unheil zu stiften.

Plötzlich schob Horatia das Tablett von sich. «Ich w-werde jetzt aufstehen», sagte sie.

«Sehr wohl, Mylady. Welches Kleid wollen Ihre Ladyschaft anziehen?»

«Einerlei», antwortete Horatia kurz.

Eine Stunde später kam sie die Treppe herunter und erkundigte sich mit fester Stimme bei einem Bedienten, ob der Graf zu Hause wäre.

Seine Lordschaft, erfuhr sie, war soeben nach Hause gekommen und hatte sich zu Mr. Gisborne begeben.

Horatia zog den Atem ein wie zu einem Kopfsprung in tiefe Gewässer, ging durch die Halle und betrat Mr. Gisbornes Arbeitsraum.

Der Graf stand mit dem Rücken zur Türe beim Schreibtisch und las eine Rede, die ihm Gisborne aufgesetzt hatte. Er war offenbar geritten, denn er trug hohe Stiefel, die jetzt ein wenig staubig waren, Wildlederbreeches und einen einfachen, aber tadellos geschnittenen Rock aus blauem Tuch mit silbernen Knöpfen. Handschuhe und Reitgerte hielt er noch in der Hand, den Hut hatte er auf einen Stuhl geworfen.

«Ganz ausgezeichnet, mein Lieber, aber viel zu lang! Ich würde die Hälfte vergessen, und dann wären die Lords schockiert, sogar sehr schockiert, glauben Sie mir!» sagte er und gab Gisborne die Blätter zurück. «Und noch etwas, Arnold, ein bißchen... glauben Sie nicht auch? — ein bißchen zu leidenschaftlich. Ja, ja, ich wußte, Sie würden das einsehen. Ich bin niemals leidenschaftlich.»

Jetzt verbeugte sich Gisborne vor Horatia. Mylord drehte sich um und erblickte seine Frau. «Bitte tausendmal um Verzeihung, Liebste», sagte er, «ich hatte dich nicht eintreten gehört.»

Horatia hatte für Gisborne nur ein etwas flüchtiges Lächeln. Gewöhnt, von ihr aufs freundlichste behandelt zu werden, stutzte er und fragte sich, was wohl geschehen sein mochte.

«Sind Sie sehr b-beschäftigt, Sir?» fragte sie und blickte nervös zu Rule empor.

«Arnold wird dir sagen, meine Liebe, daß ich niemals sehr beschäftigt bin.»

«D-dann hast du vielleicht jetzt einen Augenblick Z-zeit für mich?»

«Soviel du willst», sagte er und öffnete ihr die Türe. «Sollen wir in die Bibliothek gehen?»

«Wohin du willst», sagte Horatia mit einem dünnen Stimmchen. «Nur möchte ich mit dir allein sein.»

«Das ist ja schmeichelhaft, meine Liebe.»

«O nein, das ist es nicht», sagte Horatia kummervoll. Sie trat in die Bibliothek ein und wartete, bis er die Türe geschlossen hatte. «Ich möchte mit dir allein sein, weil ich dir etwas zu sagen habe.»

Einen Augenblick lang flackerte eine Spur von Überraschung in seinem Blick. Er sah sie kurz und, wie sie meinte, forschend an. Dann trat er einen Schritt vor. «Willst du dich nicht setzen, Horry?»

Sie blieb, wo sie war; ihre Finger legten sich fest um eine Stuhllehne. «Nein, danke, ich stehe lieber», antwortete sie. «Am besten, ich sage es dir gleich: Marcus, ich habe etwas Furchtbares angestellt.»

Hier zuckte ein Lächeln um seine Mundwinkel.

«Schön, dann muß ich eben auf das Schlimmste gefaßt sein.»

«Nein, nein, es ist kein Sp-spaß», versicherte sie ihm tragisch. «Ich fürchte, du wirst ungeheuer böse sein, und ich m-muß zugeben», fügte sie treuherzig hinzu, «daß ich es v-verdiene. Sogar daß du mich mit deiner Peitsche schlägst, verdiene ich, n-nur hoffe ich doch, d-daß du es nicht tun wirst, Marcus.»

«Das kann ich dir getrost versprechen», sagte der Graf, indem er Handschuhe und Reitgerte auf den Tisch niederlegte. «Also, Horry, was ist geschehen?»

«N-nun», sagte sie, indem sie mit dem Finger über das Schnitzwerk der Stuhllehne fuhr, «nun ja, weißt du ... H-hat man dir gestern abend bestellt, was ich dir sagen ließ?» Sie blickte flüchtig auf und sah, daß er sie ernst beobachtete. «Der P-portier sollte dir m-melden, falls ... falls du fragen solltest, daß ich zum Ranelagh gefahren war.»

«Jawohl, das wurde mir ausgerichtet.»

«N-nun, und ich war auch tatsächlich dort. Auf der Redoute. Und mit Lord L-lethbridge.»

Eine Pause. «Ist das alles?» fragte Rule.

«Nein», gestand sie. «Damit b-beginnt es erst. Es k-kommt viel schlimmer.»

«Dann muß ich mir meinen Zorn noch aufheben», sagte Rule. «Also weiter, Horry!»

«Verstehst du, ich ging mit Lord Lethbridge und ließ dir Bescheid sagen, weil... weil ich...»

«Weil dir natürlich daran lag, mir bekanntzugeben, daß du, sozusagen, den Fehdehandschuh hingeworfen hattest. Das verstehe ich sehr wohl», sagte Rule ermutigend.

Wieder sah sie zu ihm auf. «Ja, das w-war der Grund. Ich hatte gar keine besondere L-lust, mit ihm beisammen zu sein. Und ich dachte, da doch alle maskiert sein sollten, würde es niemand außer dir wissen, und so würde ich dich b-bloß ärgern, aber keinen Skandal verursachen.»

«Das ist mir jetzt völlig klar. Nun weiter, zum Ranelagh.»

«N-nun, zuerst war es s-sehr hübsch und g-gefiel mir ausgezeichnet. Dann... dann soupierten wir in einer der Logen, und ich qu-quälte Robert, ich wollte mit ihm Karten spielen. Du mußt nämlich wissen, M-marcus, daß ich mir das schon längst wünschte und er es immer ablehnte. Schließlich sagte er, ja, er würde spielen, aber nicht um Geld.» Sie zog die Brauen zusammen, dachte nach und sagte plötzlich: «Was meinst du, Rule, ob ich vielleicht z-zuviel Champagner getrunken hatte?»

«Hoffentlich nicht, Horry!»

«Sonst k-kann ich es aber nicht erklären! Er sagte, um eine Haarlocke von mir w-würde er spielen und — du sollst es wissen, Rule — ich s-sagte ja!» Da dieses Geständnis keinen Zornausbruch auslöste, faßte sie noch fester nach der Stuhllehne und fuhr fort: «Und ich ließ mich von ihm in einen der kleinen Salons führen — es war sogar mein Wunsch, mit ihm allein zu sein —, dann spielten wir P-pikett und ich verlor. Und eines muß ich schon sagen: obzwar ich im ganzen L-leben keinem so abscheulichen Mann begegnet bin — er ist ein ausgezeichneter K-kartenspieler!»

«Das habe ich gehört», sagte der Graf. «Ich brauche wohl nicht zu fragen, ob du den Preis bezahlt hast.»

«Das mußte ich, es war d-doch eine Ehrenschuld! Ich ließ mir eine Haarlocke abschneiden und... und n-nun hat er sie.»

«Verzeih, Liebste — erzählst du mir dies, weil du wünschst, daß ich die Haarlocke zurückhole?»

«Aber nein!» antwortete Horatia ungeduldig. «Die k-kannst du nicht zurückbekommen — ich habe sie d-doch im ehrlichen Spiel verloren. Aber dann geschah etwas viel, viel Schlimmeres — und auch das war noch nicht das Schlimmste. Er... er konnte mich f-fassen und riß mir die M-maske ab und... küßte mich! Und jetzt, Rule, das Allerschrecklichste! Die Maske vergaß ich und rannte davon. Und da war Lady M-massey hinter der Balkontüre und sah mich, und gewiß hatte sie mich schon die g-ganze Zeit beobachtet! Nun weißt du es: ich habe einen vulgären Skandal ausgelöst. Da dachte ich, das einzige, was ich tun könnte, sei, es dir g-gleich zu sagen. Vielleicht bist du jetzt wütend, aber du solltest es doch w-wissen, und daß es dir jemand anderer erzählt, könnte ich nicht ertragen.»

Aber der Graf schien nicht wütend zu sein. Er hörte sich die hastige Rede in aller Ruhe an. Als sie fertig war, kam er auf Horatia zu, faßte zu ihrer Verwunderung nach ihrer Hand und zog sie an die Lippen. «Alle Achtung, Horry», sagte er, «du hast mich überrascht.» Er ließ ihre Hand los und ging zum Schreibtisch, der in der Fensternische stand. Er nahm einen Schlüssel aus der Tasche, öffnete eine der Schubladen und zog sie auf. Horatia sah ihm verständnislos zu. Er kam zu ihr zurück und hielt ihr die offene Hand entgegen. Darauf lag eine gepuderte Haarlocke.

Horatia starrte und schnappte nach Luft. Dann blickte sie ihn völlig fassungslos an. «M-meine Locke?» stammelte sie.

«Jawohl, meine Liebe.»

«Aber ich ... Wieso ist sie bei dir?»

Er schmunzelte. «Ich habe sie gewonnen.»

«Gewonnen?» wiederholte sie verständnislos. «Wie kann das sein? Wem hast du sie abgewonnen?»

«Nun, dir natürlich, Horry. Wem sonst?»

Sie umklammerte sein Handgelenk. «Rule — warst ... warst du es?» stieß sie hervor.

«Natürlich, Horry. Glaubst du denn, ich ließe dich von Lethbridge schlagen?»

«Oh!» Sie schluchzte auf. «Bin ich froh!» Sie ließ seine Hand los. «Aber d-das verstehe ich nicht! Wieso wußtest du es? Wo warst du?»

«In der Loge neben euch.»

«Der M-mann im schwarzen D-domino? Dann warst du es, der auf mein K-kleid trat?»

Er entschuldigte sich: «Nun ja, ich mußte mir doch etwas ausdenken, um dich ein paar Minuten lang aus dem Weg zu schaffen.»

«Natürlich.» Sie nickte anerkennend. «Wie klug! Und als ich dann z-zurückkam und die Stimme verändert fand — das war dann eben die deine?»

«Ja. Ich schmeichle mir, Lethbridges Ton ganz gut getroffen zu haben. Allerdings kam mir der Lärm der Geigen zustatten.»

Wieder runzelte sie die Stirne. «Ja, aber ich verstehe es noch immer nicht ganz. Hat R-robert mit dir den D-domino getauscht?»

Seine Augen lachten verschmitzt. «Es war nicht gerade ein Tausch. Ich — ich nahm seinen Domino an mich und verbarg meinen unter einem Stuhl.»

Horatia ließ keinen Blick von ihm. «War ihm denn das recht?»

«Jetzt bringst du mich erst darauf», antwortete er nachdenklich, «ich vergaß tatsächlich, ihn zu fragen.»

Sie trat näher. «Marcus, hast du ihn gezwungen, dir den Domino zu geben?»

«Nein. Ich nahm ihn ihm weg.»

«Nahmst ihn? Aber warum ließ er sich das gefallen?»

«Er hatte wirklich keine Wahl», sagte Seine Lordschaft.

Sie atmete tief. «Dann meinst du wohl, du nahmst ihn gewaltsam fort? Und tat er denn gar nichts? Was ist aus ihm geworden?»

«Er ging wohl nach Hause, nehme ich an», antwortete der Graf gelassen.

«N-nach Hause?» sagte sie empört. «Nie hätte ich ihm ein so feiges Benehmen zugetraut!»

«Er konnte sich schwerlich anders helfen», sagte der Graf. «Vielleicht müßte ich dazu noch erklären, daß der Herr das — hm — Mißgeschick hatte, in den Lilienteich zu stürzen.»

«Rule», fragte Horatia atemlos mit lachbereitem Mund, «hast du ihn hineingestoßen?»

«Nun, irgendwie mußte ich ihn doch wohl entfernen, nicht? Er war entschieden *de trop*, und der Lilienteich kam mir gelegen.»

Horatia gab den Versuch, ihre Heiterkeit zurückzudämmen, auf und brach in lautes Lachen aus. «O Rule, famos! Wäre ich nur dabei gewesen!» Jetzt fiel ihr etwas ein, und sie sagte rasch: «Er wird dich doch wohl nicht fordern?»

«Das ist leider unwahrscheinlich», antwortete er. «Du bist nämlich meine Frau, weißt du, Horry, und dieser Umstand macht Lethbridges Lage ein wenig schwierig.»

Sie war noch nicht befriedigt. «R-rule, g-glaubst du, er denkt sich eine B-bosheit gegen dich aus?» fragte sie ängstlich.

«Ich glaube nicht, daß er damit Glück hätte», sagte Rule unbesorgt.

«N-nun ja, das weiß ich nicht, aber du w-wirst dich in acht nehmen, nicht wahr, Marcus?»

«Ich kann dir versprechen, meine Liebe, daß du keine Angst um mich zu haben brauchst.»

Sie sah ein wenig unsicher drein, ließ aber den Gegenstand fallen und bat nur noch ein wenig mürrisch: «Und vielleicht sagst du auch Lady M-massey, daß das die ganze Z-zeit du warst.»

Sein Mund wurde hart. «Lady Massey», sagte er mit Nachdruck, «soll dich nicht bekümmern, Horry — in keiner Weise.»

Sie brachte mit Schwierigkeit hervor: «Es wäre mir aber doch lieber, wenn Sie es ihr sagten, Sir. Sie sah mich in einer Weise an . . . in einer Weise, die . . .»

«Lady Massey etwas zu sagen, wird unnötig sein. Ich bin überzeugt, daß sie über die gestrigen Vorfälle nicht sprechen wird.»

Sie blickte erstaunt zu ihm auf. «Wußte sie denn, daß du es warst?»

Er lächelte einigermaßen grimmig. «Allerdings wußte sie das.»

«Oh!» — das wollte überlegt sein. «Und hättest du mir das alles gesagt, wenn ich dir nichts erzählt hätte?» fragte sie.

«Ehrlich gestanden, Horry — nein», antwortete er. «Verzeih mir meine Dummheit, aber ich dachte nicht, daß du es mir erzählen würdest.»

«Ich hätte es auch wahrscheinlich nicht getan, wenn mich nicht Lady M-massey gesehen hätte», sagte sie treuherzig. «Und R-robert hätte mir w-wahrscheinlich nichts erklärt, weil er bei der G-geschichte eine zu lächerliche Figur macht. Und ich hätte nie wieder mit ihm gesprochen. Jetzt sehe ich natürlich, daß er sich schließlich nicht gar so schlecht b-benommen hat — wenn ich auch weiter finde, er hätte diesen Einsatz nicht vorschlagen sollen. Was meinst du?»

«Entschieden nicht!»

«Nein. Nun, ich werde ihm die Freundschaft kündigen, Rule», versprach sie großmütig. «Daß ich höflich zu ihm b-bin, dagegen hast du ja wohl nichts?»

«Gar nichts. Das bin ich selbst.»

«Ich nenne es nicht höflich, w-wenn man einen Menschen in den Teich wirft», wandte Horatia ein. Jetzt fiel ihr Blick auf die Uhr. «O Gott, ich hatte doch versprochen, mit Lousia auszufahren. Sieh mal, wie spät es schon ist!» Im Begriff, hinauszugehen, sagte sie noch mit gefurchten Brauen: «Eines ärgert mich aber doch s-sehr. Es war abscheulich von dir, mich das zweite Spiel g-gewinnen zu lassen.»

Er lachte, faßte sie an den Händen und zog sie an sich. «Horry, wollen wir Louisa zum Teufel schicken?» schlug er vor.

«N-nein, ich muß gehen», sagte Horatia, die plötzlich befangen wurde. «Übrigens hat sie m-mein Landaulet noch gar nicht gesehen.»

Das Landaulet, dessen Besitz genügt hätte, jede Dame zum glänzenden Mittelpunkt der Gesellschaft zu machen, war blitzblank und funkelnagelneu; es war soeben erst vom Wagenbauer geliefert worden. Lady Louisa bewunderte es pflichtschuldigst, fand es äußerst behaglich und bemerkte noch liebenswürdig, daß es ihr gar nichts ausgemacht habe, eine halbe Stunde zu warten. Da sie Besorgungen in der Bond Street zu erledigen hatte, wurde der Kutscher angewiesen, dorthin zuerst zu fahren. Die beiden Damen lehnten sich in die Kissen zurück und begannen ein Gespräch über die passenden Bänder für ein Ballkleid aus grünem italienischem Taft, von dem Louisa eben zwei Ellen gekauft hatte. Kaum war man mit der vollen Würdigung der jeweiligen Verdienste von Bändern *à l'instant*, *à l'attention*, *au soupir de Vénus* und vielen anderen fertig geworden, hielt der Wagen vor dem Geschäft einer beliebten Putzmacherin, und die Damen betraten das Lokal, um einen Zweig Kunstblumen auszuwählen; damit hoffte Lady Louisa einen vor zwei Tagen gekauften und bereits verhaßten Hut tragbar zu machen.

Natürlich war es Horatia unmöglich, einen Modistenladen aufzusuchen, ohne auch für sich etwas einzukaufen. Also probierte sie, nachdem die Blumen gewählt waren, eine Anzahl Hüte und erwarb schließlich einen riesigen Bau, der hauptsächlich aus steifem grauem Musselin bestand und nicht ohne Grund *grandes prétentions* hieß. Es gab da noch ein *collet monté*-artiges Schultertuch aus Gaze in derselben köstlichen Tönung; also kaufte sie auch das. Beim Hinausgehen stach ihr eine Kappe *à la glaneuse* ins Auge, die aber beschloß sie sich nicht anzueignen, denn Lady Louisa hatte geistesgegenwärtig bemerkt, sie sähe damit so schön sittsam aus.

Horatia war in Gegenwart ihrer Schwägerin immer ein wenig eingeschüchtert; sie hatte sie im Verdacht, so manches an ihr zu mißbilligen. Heute aber zeigte sich Lady Louisa reizend und verriet mit keinem Blick, daß sie Horatias Huteinkauf als eine Verschwendung ansah. Sie fand den Hut sogar entzückend, so daß Horatia, als beide Damen wieder in den Wagen einstiegen, zu ihrer Schwägerin eine freundlichere Einstellung als je zuvor einnahm.

Das war genau, was Lady Louisa beabsichtigt hatte. Als sich der Wagen in Bewegung setzte, wies sie mit ihrem zusammengerollten Sonnenschirm auf den Kutscher und fragte: «Wieviel hört der Mann von dem hier Gesprochenen, meine Liebe?»

«Ach, g-gar nichts», versicherte Horatia. «Er ist fast t-taub. Hast du n-nicht bemerkt, wie ich immer mit ihm schreien muß?»

«Ich brauchte wohl eine Ewigkeit, um mich an einen offenen Wagen zu gewöhnen», sagte Lady Louisa seufzend. «Aber wenn dein Kutscher wirklich taub ist — da wäre noch etwas, das ich dir mitteilen möchte, meine Liebe. Besser gesagt, nein, ich möchte es nicht, aber ich meine, ich muß es tun, denn Rule — das weiß ich — würde es dir nie sagen.»

Horatias Lächeln verblaßte. «Tatsächlich?» fragte sie.

«Ich selbst finde es abscheulich, sich in anderer Leute Angelegenheiten einzumischen», sagte Ihre Ladyschaft hastig, «aber hier habe ich doch das Gefühl, daß du das Recht hast, zu erfahren, weshalb du Lord Lethbridge nicht unter deine Freunde zählen solltest.»

«Es ist mir bekannt, L-louisa», sagte Horatia steif. «Sein R-ruf...»

«Nicht darum, liebes Kind. Hier wissen nur er, Rule und ich Bescheid, und Rule — der Gute — wird es dir aus Rücksicht auf mich nicht sagen.»

Horatia drehte sich ihr voll zu und wiederholte mit großen Augen: «Aus Rücksicht, Louisa?»

Und jetzt senkte Lady Louisa die Stimme zu einem vertraulichen Geflüster und machte sich tapfer daran, ihrer Schwägerin genau darzustellen, was sich vor sieben Jahren in einer tollen Frühlingswoche ereignet hatte.

13

Im gleichen Augenblick, da Lady Loüisa ihre Geschichte aus der Vergangenheit enthüllte, wurde Lord Lethbridge in ein Haus in der Hertford Street eingelassen. Er lehnte die Begleitung des Lakaien ab und stieg über die Treppe in den vorderen Salon, wo ihn Lady Massey ungeduldig erwartete.

«Nun, meine Liebe?» sagte er, indem er die Türe hinter sich schloß. «Ich bin natürlich höchst geschmeichelt — aber warum wurde ich so dringend herbestellt?»

Lady Massey hatte beim Fenster hinausgestarrt. Jetzt drehte sie sich um. «Haben Sie meine Zeile erhalten?»

Er zog die Brauen hoch. «Wäre es nicht der Fall, Caroline, dann stünde ich jetzt nicht vor Ihnen. Ich mache im allgemeinen keine Vormittagsbesuche.» Er hob die Lorgnette ans Auge und musterte sie kritisch. «Darf ich mir die Bemerkung erlauben, Verehrteste, daß Sie heute nicht gut aussehen? Was mag wohl fehlgegangen sein?»

Sie trat einen Schritt näher und feuerte ihre Frage ab: «Robert, was hat sich vorige Nacht im Ranelagh abgespielt?»

Seine dünnen Finger krampften sich sichtbar um den Griff der Lorgnette, und er starrte sie aus verkniffenen Augen an. «Im Ranelagh?» wiederholte er. «Wieso?»

«Ich war doch dort. Ich hörte Sie mit dem Gänschen sprechen. Sie sind in den Pavillon gegangen. Und was geschah dann?»

Er hatte das Glas fallen lassen und die Tabatiere aus der Tasche genommen. Er klopfte mit dem Finger darauf und öffnete sie. «Wollen Sie mir vielleicht mitteilen, Caroline, inwiefern Sie das angeht?»

«Jemand sagte mir, ein roter Domino wäre in den kleinen Spielsalon gegangen. Ich sah dort niemanden und ging auf die Terrasse hinaus. Dann sah ich einen — und dachte, das wären Sie —, der der Frau eine Locke abschnitt... Ach, es hat jetzt nichts mehr zu bedeuten! Sie lief hinaus, und ich ging hinein...» Sie brach ab und preßte ihr Taschentuch an die Lippen. «Mein Gott, es war Rule!»

Lord Lethbridge nahm eine Prise, beutelte die verbleibenden Tabakfäserchen ab und hob die Prise erst zu dem einen Nasenloch, dann zum anderen. «Welch eine Verlegenheit für Sie, meine Liebe», sagte er verständnisinnig. «Und sicherlich haben Sie sich verraten!»

Sie schauerte. «Ich dachte, Sie wären es. Ich sagte — nun, was ich sagte, ist einerlei. Dann nahm er die Maske ab. Ich wäre fast in Ohnmacht gefallen.»

Lord Lethbridge klappte die Tabatiere zu und schüttelte den Tabakstaub von seinen Krausen. «Höchst unterhaltsam, Caroline! Und ich hoffe, es ist Ihnen eine Lehre, so daß Sie sich nicht wieder in meine Angelegenheiten mengen. Ich wollte, ich hätte Sie dabei gesehen!»

Sie errötete zornig und ging auf einen Stuhl zu. «Sie sind immer ein boshafter Mensch gewesen, Robert. Sie waren aber gestern im Ranelagh und Sie trugen den roten Domino. Ich sagte Ihnen schon, daß ich keinen anderen sah.»

«Es gab auch keinen anderen», erwiderte Lethbridge sachlich. Er lächelte ungut. «Was für ein lehrreicher Abend das für unseren Freund Rule gewesen sein muß! Und was sind Sie doch für eine Närrin, Caroline! Wollen Sie mir gefälligst verraten, was Sie ihm gesagt haben?»

«Einerlei!» antwortete sie schroff. «Vielleicht haben Sie ihm Ihren Domino geliehen? Das sähe Ihnen ähnlich!»

«Nein, nein, hier irren Sie», erwiderte er verbindlich, «es sähe mir nicht im geringsten ähnlich. Der Domino wurde mir entwunden.»

Sie schürzte die Lippen. «Und das ließen Sie sich gefallen? Sie haben ihm gestattet, Ihren Platz bei der Frau einzunehmen? Das klingt mir unwahrscheinlich!»

«Ich hatte keine Wahl. Ich wurde in sauberster Weise beseitigt. Jawohl, Caroline, ich sagte: beseitigt.»

«Sie nehmen es recht gelassen hin», bemerkte sie.

«Natürlich. Dachten Sie, ich würde die Zähne fletschen?»

Sie machte sich an den Falten ihres Kleides zu schaffen. «Und sind Sie jetzt befriedigt? Werden Sie die junge Frau aufgeben? Ist jetzt alles vorbei?»

«Insoferne es Sie angeht, meine Liebe», antwortete er nachdenklich, «würde ich sagen: ja, es ist entschieden vorbei. Nicht, selbstredend, daß ich etwa den Vorteil genossen hätte, Ihrem Gespräch mit Rule beizuwohnen. Aber ich kann es mir vorstellen. Ich bin ziemlich scharfsinnig, wissen Sie das nicht?»

Jetzt gab sie ihre sarkastische Miene auf, streckte ihm die Hand entgegen und sagte: «Ach, Robert, sehen Sie denn nicht, wie verstört ich bin?»

«Gewiß», antwortete er. «Und zerstört sind auch meine Pläne, aber ich gebe mich deshalb noch nicht geschlagen.»

Sie betrachtete ihn verwundert. Er sah munter aus, seine lächelnden Augen blitzten. Nein, er war nicht der Mann, sich unfruchtbaren Emotionen hinzugeben. «Was werden Sie tun?» fragte sie. «Wenn Rule seiner Frau jetzt verbietet...»

Er schnippte mit den Fingern. «Ich sagte, meine Pläne sind zerstört. Und das meine ich auch.»

«Es scheint Ihnen wenig daran zu liegen.»

«Man kann immer neue Pläne schmieden. Das gilt allerdings nicht für Sie», bemerkte er liebenswürdig, «am besten, Sie finden sich drein. Für Sie, meine Teure, bin ich wahrhaftig betrübt; Rule muß Ihnen von großem Nutzen gewesen sein!» Er musterte sie eine Weile grinsend. «Oder liebten Sie ihn gar, Caroline? Das wäre sehr unweise.»

Sie erhob sich. «Sie sind abscheulich, Robert!» sagte sie. «Ich muß ihn sehen. Er muß für mich zu sprechen sein.»

«Nur zu!» pflichtete er ihr herzlich bei. «Sie können ihn zu Tode plagen (mir wäre das nur recht, ihm weniger), aber dadurch gewinnen Sie ihn nicht zurück, Sie Arme! Ich kenne Rule gut... Sähen Sie ihn gerne gedemütigt? Diese Freude kann ich Ihnen versprechen.»

Sie trat zum Fenster. «Nein», sagte sie gleichgültig.

«Merkwürdig! Bei mir, denken Sie nur, ist das zur fixen Idee geworden.» Er ging auf sie zu. «Sie sind heute keine angenehme Gesellschaft, Caroline; ich will mich also lieber empfehlen. Machen Sie Rule eine Szene, dann besuche ich Sie wieder, und Sie erzählen es mir.» Er hob ihre Hände zu seinen Lippen. «*Au revoir*, Verehrte», sagte er liebenswürdig und verließ, ein Liedchen summend, ihr Haus.

Er war auf seinem Weg nach Hause, als Mylady Rules Landaulet um eine Straßenecke bog und in flinkem Tempo auf ihn zukam. Horatia, die allein darin saß, sah ihn sofort und schien unschlüssig. Lethbridge schwenkte den Hut und blieb in der Erwartung, daß der Wagen halten werde, am Straßenrand stehen.

In seiner zuversichtlichen Annahme, daß sie dem Kutscher Halt befehlen würde, lag etwas, das Horatia zu Herzen ging. Sie sprach das nötige Wort, und das Landaulet stand neben Lethbridge still.

Mit einem einzigen Blick auf sie merkte Lethbridge, daß sie von den Geschehnissen im Ranelagh wußte. In ihren grauen Augen blitzte ein wenig Belustigung. Es ärgerte ihn, aber das sollte sie nicht sehen.

«*Hélas*», sagte er, «der eifersüchtige Gatte hat mit allen Ehren gesiegt.»

Dem stimmte sie zu. «Ja, er hat es k-klug gemacht, nicht wahr?»

«Geradezu genial! Mein feuchtes Schicksal besonders war fein erdacht. Ich bitte, ihm meinen Glückwunsch auszurichten. Mich hat er gewiß hübsch ertappt!»

Sie fand, daß er seine demütigende Niederlage mit Grazie hinnahm, und antwortete etwas herzlicher: «Wir wurden b-beide ertappt, und vielleicht ist das nur zum G-guten.»

«Ich mache mir Vorwürfe», sagte er nachdenklich, «und doch wüßte ich nicht, wie ich hätte erraten können, daß... Hätte ich von Caroline Masseys Anwesenheit gewußt, so wäre ich vielleicht vorsichtiger gewesen.»

Der Pfeil traf genau wie beabsichtigt. Horatia setzte sich steif auf. «Lady Massey?»

«Ach, haben Sie sie nicht gesehen? Nein, wahrscheinlich nicht. Anscheinend hatten sie und Rule die Köpfe zusammengesteckt, um unsere Niederlage zu planen. Und nun müssen wir selbst zugeben, daß es ihnen glänzend gelang!»

«Das ist n-nicht w-wahr», stammelte Horatia.

«Aber...» — er brach kunstfertig ab und verbeugte sich. «Nein, nein, Madam, bestimmt nicht!»

Sie starrte ihm grimmig in die Augen. «Warum sagten Sie es dann?»

«Ach, meine Liebe, ich bitte tausendmal um Vergebung. Sie dürfen es schon wieder vergessen. Es war nicht der Fall, glauben Sie mir!»

«Wer hat Ihnen das erzählt?»

«Niemand», sagte er beschwichtigend. «Ich fand nur, daß jene schöne Dame über die nächtlichen Vorgänge sehr genau unterrichtet war. Aber da habe ich mich zweifellos geirrt.»

«Natürlich haben Sie sich geirrt!» sagte sie. «Ich werde R-rule fragen.»

«Ein vortrefflicher Einfall, Madam, wenn Ihr Herz dadurch zur Ruhe kommt.»

Sie fragte ein wenig rührend: «Sie glauben doch sicher auch, daß er sagen wird, es sei Unsinn?»

«Bestimmt!» antwortete Lethbridge lachend und trat zurück, um dem Kutscher die Bahn freizugeben.

Er schmeichelte sich einer besonderen Geschicklichkeit beim Abschießen kleiner Giftpfeile. Nun, dieser eine hatte bestimmt ins Schwarze getroffen. Während Horatia sich vor Augen hielt, daß seine Worte nur erlogen sein konnten, hafteten ihr dennoch Lady Masseys grausames kleines Lächeln sowie auch Rules eigene Worte «allerdings wußte sie das» im Gedächtnis. Und da sie nun durch Lethbridge darauf gebracht worden war, verstand sie sehr wohl, daß — ob wahr oder nicht — Rule verpflichtet wäre, die Geschichte abzuleugnen. Glaubte sie auch nicht daran, so mußte sie doch daran denken. Und auch die Erwägung ließ sich nicht von der Hand weisen, daß sie als Rivalin der schönen Lady Massey auf keinen Sieg hoffen durfte. Crosby Drelincourt hatte ihr als erster in seiner winkelzügigen Art zu verstehen gegeben, daß Lady Massey Rules Mätresse war, und Theresa Maulfrey war es, der sie dann die weitere Information verdankte. Mrs. Maulfrey hatte für ihre junge Kusine nie sehr viel übrig gehabt, machte aber, als diese Gräfin wurde, eine zielbewußte Anstrengung, um die Freundschaft zu pflegen. Unglücklicherweise zeigte sich, daß Horatia Theresa nicht mehr liebte, als sie von ihr geliebt wurde, und daß sie den Grund von deren plötzlicher Freundlichkeit klar durchschaute. Wie es Charlotte schon anfangs erraten hatte, versuchte Mrs. Maulfrey zuerst, sich als Horatias Beschützerin und Leiterin aufzuspielen, und als ihr die lebenslustige Gräfin deutlich zu verstehen gab, daß sich das erübrigte, konnte sie der Versuchung nicht widerstehen, einige scharfe Bosheiten in Umlauf zu bringen. Über Rule und seine Liebesabenteuer wußte sie als Dame der Gesellschaft Bescheid, und was von ihren Lippen kam, hatte Gewicht. Horatia gewann den Eindruck, daß Rule seit Jahren als der Sklave der Massey lebte. Auch hatte Mrs. Maulfrey weise geäußert, daß kein Mann seine Lebensweise um eines kleinen Backfisches willen veränderte. Sie sprach von ihm voller Bewunderung als vom idealen Liebhaber, und Horatia beabsichtigte keineswegs, die Zahl seiner Eroberungen zu vergrößern. Sie konnte sich denken — denn die Männer waren bekanntlich in solchen Dingen eigentümlich —, daß ihm durchaus zuzutrauen wäre, zwischen Liebschaften mit Witwen und Opntänzerinnen auch die eigene Frau mit seinen Aufmerksamkeiten zu beehren; da sie jedoch unter der stillschweigenden Vereinbarung geheiratet hatte, daß er sich ungestört amüsieren durfte, konnte sie jetzt schwerlich Einspruch erheben.

So kam es, daß Graf Rule, wenn er sich um seine junge Frau bemühte, sie höflich, stets heiter, aber ungemein schwer zu fassen fand. Sie behandelte ihn überaus freundlich — ein wenig, dachte er mit gemischten Gefühlen, wie man einem nachsichtigen Vater gegenübersteht.

Lady Louisa, die diesen Stand der Dinge unbefriedigend fand, sagte ihm unumwunden die Meinung. «Erzähl mir nichts!» rief sie. «Du bist im Begriff, dich in dieses Kind zu vernarren. Mein Gott, da könnte man wirklich die Geduld verlieren! Warum siehst du nicht dazu, daß sie dich liebt? Das scheint dir doch sonst bei jedem verblendeten Frauenzimmer zu gelingen — wieso, weiß ich allerdings nicht!»

«Ach ja», sagte der Graf, «aber du bist ja auch nur meine Schwester.»

«Lenk mich jetzt nicht ab!» sagte sie zornig. «Das Kind soll dich lieben! Himmelherrgott, warum ist es nicht bereits soweit?»

«Ich will dir sagen, warum», antwortete er ruhig. «Weil ich für sie zu alt bin.»

«Was für ein erbärmlicher Unsinn!» zankte Ihre Ladyschaft.

Als der Graf eine Woche später nach Meering reiste, schlug er Horatia vor, ihn zu begleiten, und sie hätte sich vielleicht nichts Besseres gewünscht, wenn Lady Massey nicht den vorangegangenen Abend gewählt hätte, um ihm in den Weg zu laufen. Rule und seine Frau waren im gemütlichen Freundeskreis in die Vauxhall-Gärten gefahren und dort mit Lady Massey zusammengetroffen.

Bis nach dem Souper war alles aufs angenehmste verlaufen. Es gab Musik, Tanz und Heiterkeit, das Souper war vorzüglich und der Graf ein idealer Gatte und Hausherr. Erst dann ging es irgendwie schief. Denn als sich Horatia mit Mr. Dashwood, Pelham und Miss Lloyd in der Absicht entfernte, die Kaskade zu besichtigen, verließ auch Rule die Laube, um neue Gäste zu begrüßen. Horatia sah ihn noch in Begleitung Sir Harry Tophams, eines Rennsportlers und alten Freundes, auf einem der Gartenwege wandern. Zwanzig Minuten später erblickte sie ihn wieder, nun aber nicht mehr mit Sir Harry. Jetzt befand er sich im *Lover's Walk*, was die Sache noch verschärfte, und dicht neben ihm, mit auf ihn gerichtetem schmelzendem Blick, stand Lady Massey. Und gerade als Horatias Auge auf die beiden fiel, legte die Massey ihre Hände auf Rules Schulter.

Horatia wirbelte herum und gab ihre Absicht kund, einen anderen Weg zurückzugehen. Miss Lloyd und Pelham waren zurückgeblieben, und Mr. Dashwood hatte den Grafen wahrscheinlich gar nicht bemerkt. Nun zog ihn Horatia im Handumdrehen davon, wodurch es ihr entging, daß ihr Gatte Lady Masseys Hände von seinen Schultern entfernte.

Den Rest des abscheulichen Abends hindurch hätte niemand eine blendendere Laune offenbaren können als Mylady Rule. Einigen Gästen fiel das auf, und namentlich Mr. Dashwood fand sie entzückender denn je.

Als aber Rule am nächsten Morgen in ihr Zimmer kam und sich, während sie ihre Frühstücksschokolade trank, an den Bettrand setzte, fand er sie in höchst kapriziöser Stimmung. Nach Meering mitkommen? O nein, das konnte sie nicht! Sie hatte doch hunderterlei Verabredungen, und auf dem Land wäre es furchtbar öde!

«Sehr schmeichelhaft finde ich das nicht», sagte Rule schmunzelnd.

«Aber, Rule, du fährst doch nur auf eine W-woche hin. D-denk doch nur, wie lästig, für eine so kurze Zeit zu packen! Zum Newmarket-Meeting gehe ich bestimmt mit dir, falls wir dann nicht nach B-bath reisen.»

«Mir wäre viel lieber, Horry, wenn du diesmal mitkämest.»

«Schön», sagte Horatia mit einem Märtyrerton, «wenn du's b-befiehlst, dann m-muß ich mitfahren.»

Er erhob sich. «Gott bewahre, liebes Kind!»

«Rule, wenn du deshalb b-böse bist, sag es mir, b-bitte. Ich will keine schlechte F-frau sein.»

«Seh' ich denn böse aus?»

«N-nein, aber eigentlich weiß ich nie, w-wenn ich dich anblicke, w-was du denkst», bekannte sie treuherzig.

Er lachte. «Arme Horry, du hast es sicher schwer. Bleib du nur ruhig in der Stadt, liebes Kind, wahrscheinlich hast du damit ganz recht; Arnold wird mich in Meering zur Arbeit anhalten.» Er legte einen Finger unter ihr Kinn und hob ihr den Kopf empor. «Aber nicht wahr, du verspielst nicht mein ganzes Vermögen, während ich fort bin?» fragte er neckend.

«Nein, nein, b-bestimmt nicht. Ich werde sehr brav sein. Und du brauchst auch nicht zu fürchten, daß ich Lord Lethbridge ermutige, denn Louisa hat mir alles erzählt, und jetzt sehe ich ein, daß ich nicht mit ihm verkehren soll.»

«Das macht mir keine Sorge», antwortete er, beugte sich vor und küßte sie auf die Wange.

14

ALSO FUHR GRAF RULE, nur von Mr. Gisborne begleitet, nach Meering, während seine Frau in London blieb und sich einzubilden versuchte, daß er nicht abging. Gelang ihr das nicht, so ließ es sich zumindest aus ihrem Benehmen nicht erkennen. Da das große Haus auf dem Grosvenor Square ohne Seine Lordschaft unerträglich leer schien, verbrachte Horatia so viel Zeit wie nur möglich auswärts. Von ihren Bekannten, die ihr bei den zahlreichen Kartenabenden, Empfängen, Gesellschaften und Picknicks begegneten, wäre keiner auf die Idee gekommen, daß sie sich in höchst unmondäner Weise nach dem eigenen Gatten sehnte. Ihre Schwester Charlotte meinte sogar, ihren unpassenden Leichtsinn beanstanden zu müssen.

Lord Lethbridge vermochte Horatia unschwer in gebührender Distanz zu halten. Sie begegneten einander natürlich bei vielen gesellschaftlichen Veranstaltungen, doch fand Seine Lordschaft, daß ihm die junge Frau bei aller Höflichkeit förmlich begegnete, schien daraufhin seine Verweisung unter die flüchtigen Bekannten mit Gleichmut entgegenzunehmen und bemühte sich nicht weiter um eine Wiederherstellung wärmerer Beziehungen. Horatia schloß ihn ohne viel Bedauern von ihrem Leben aus. Der Wüstling, der edle Jungfrauen entführte, hätte seinen Zauber vielleicht behalten — nicht aber der Mann, der in voller Ballkleidung in einen Teich geworfen worden war. Horatia, der es nur leid tat, nie mit ihm Karten gespielt zu haben, ließ ihn ohne Herzweh fallen und war bereits im Begriff, ihn zu vergessen.

Schon gelang ihr das vortrefflich, als sich Lethbridge eines Abends in ebenso unerwarteter wie empörender Weise ihrer Aufmerksamkeit neu aufdrängte.

In Richmond House wurde eine bezaubernde Unterhaltung mit Tanz und Feuerwerk abgehalten. Es war eine Veranstaltung von unerreichter Eleganz. Die Gärten waren glänzend beleuchtet, das Souper wurde in den Gemächern serviert, und die Raketen, von einer Plattform aus im Fluß aneinander geketteten Barken abgefeuert, erregten die Bewunderung der Gäste und aller ungebetenen Zuschauer, die sich in den benachbarten Häusern angesammelt hatten. Um Mitternacht fiel ein Platzregen, aber da zu dieser Zeit das Feuerwerk zu Ende war, hatte das nicht viel zu bedeuten — so tanzte man eben im Ballsaal weiter.

Horatia verließ die Gesellschaft zeitig. Das Feuerwerk war hübsch gewesen, aber der Tanz lockte sie nicht. Schuld daran war unter anderem ein Paar neue, mit Diamanten besetzte Abendschuhe. Es drückte ganz niederträchtig, und nichts, entdeckte seine Trägerin, konnte einem die Unterhaltung so gründlich verleiden wie ein unbequemer Schuh. Kurz nach zwölf ließ sie ihren Wagen vorfahren und verabschiedete sich trotz aller Bitten Mr. Dashwoods.

Sie überlegte, daß sie wohl bereits auf zu vielen Bällen gewesen war, denn den heutigen hatte sie beinahe langweilig gefunden. Es war ja auch tatsächlich recht schwer, lustig zu tanzen und zu plaudern, wenn man sich dabei die ganze Zeit fragte, was wohl ein großer, verträumt lächelnder Herr fern in Berkshire inzwischen unternahm. Man konnte davon *distraite* werden und Kopfschmerzen bekommen. Sie lehnte sich in einer Ecke der Kutsche zurück und schloß die Augen. Rule sollte nicht vor einer Woche zurückkommen. Wie wär's, wenn man ihn überraschte und morgen zu ihm nach Meering führe? Nein, so etwas konnte man natürlich nicht tun ... Sie wollte die Schuhe zurückschicken und nie mehr bei diesem Schuhmacher arbeiten lassen ... Und dieser *Coiffeur* — er hatte sie wirklich furchtbar zugerichtet! Zahllose Nadeln kratzten sie am Kopf, und der Esel hätte doch wissen müssen, daß ihr der *Quésaco*-Stil nicht stand. Die vielen Bündel schwerer Federn — sie sah damit wie eine vierzigjährige Matrone aus! Und was das neue Rouge betraf, welches Miss Lloyd so warm empfahl, das war das abscheulichste Zeug, das ihr je untergekommen war — sie wollte es ihr aber auch bei nächster Gelegenheit mitteilen!

Die Kutsche hielt an, und Horatia schlug jählings die Augen auf. Jetzt regnete es ziemlich stark; der Lakai öffnete einen Schirm über seiner Herrin, um ihre kostbare Toilette zu schützen. Der Regen mußte wohl die Fackeln verlöscht haben, die sonst in eisernen Lampenarmen am Fuß der Vortreppe brannten, denn es war völlig finster; der Mond, der vorhin so schön gestrahlt hatte, verschwand hinter Wolken.

Horatia zog ihren Mantel, ein Prunkstück aus weißem Taft mit einem Kragen aus gerafftem Musselin, enger um sich, hielt mit einer Hand die Röcke hoch und trat auf das nasse Pflaster. Der Diener hielt den Schirm über ihrem Kopf, und sie eilte über die Stufen zum offenen Haustor.

In ihrer Hast war sie schon über die Schwelle getreten, bevor sie ihren Irrtum bemerkte. Sie schnappte nach Luft und blickte starr um sich. Sie stand in einer engen Halle, nicht im eigenen Haus noch in irgendeinem ähnlichen, und der Lakai, der jetzt die Türe schloß, gehörte nicht zu Rules Gesinde.

Sie drehte sich rasch um. «Ein Irrtum», sagte sie, «b-bitte, öffnen Sie die T-türe.»

Schritte wurden hinter ihr hörbar. Sie blickte über die Schulter zurück: da stand Lord Lethbridge.

«Willkommen — tausendmal, Mylady», sagte er und stieß die Salontüre auf. «Erweisen Sie mir die Gunst, einzutreten!»

Sie stand völlig reglos vor ihm; in ihrem Ausdruck kämpften Bestürzung und aufsteigender Zorn. «Ich verstehe das nicht», sagte sie. «Was soll das b-bedeuten, Sir?»

«Nun ja, Madam, ich will es Ihnen gleich erklären. Aber treten Sie doch, bitte, erst näher.»

Jetzt wurde ihr die Anwesenheit des schweigenden Dieners bewußt — vor dem Personal machte man keine Szenen. Sie zögerte nur einen Augenblick, dann trat sie vor und in den Salon.

Den Raum beleuchtete eine große Anzahl von Kerzen, und im Hintergrund war der Tisch zu einem kalten Souper gedeckt. Horatia runzelte die Stirne. «Sollten Sie heute eine G-gesellschaft geben, Sir, so kann ich Ihnen versichern, daß ich nicht eingeladen war und auch nicht zu b-bleiben beabsichtige.»

«Das ist keine Gesellschaft», erwiderte er, indem er die Türe schloß. «Nur für dich und mich, Liebste!»

«Sie sind wohl nicht bei T-trost», sagte Horatia und sah ihn verblüfft an. «Selbstverständlich fiele es mir nicht im T-traum ein, mit Ihnen allein zu soupieren! Falls Sie mich vielleicht eingeladen haben — ich hatte davon keine Ahnung, mein Ehrenwort! Ich kann mir auch gar nicht erklären, weshalb mich mein K-kutscher hier abgesetzt hat.»

«Ich hatte dich nicht eingeladen, Horry, sondern dies als eine kleine Überraschung geplant.»

«Dann war das eine ganz gehörige Unverschämtheit! Sie haben vermutlich meinen K-kutscher bestochen? Schön, Sir, dann führen Sie mich gefälligst zu meinem Wagen zurück — und zwar s-sofort!»

Er lachte. «Dein Wagen, meine Liebe, ist fort, und Kutscher und Groom liegen in einer Schenke hinter Whitehall unter dem Tisch. Das waren meine eigenen Leute, die dich hergebracht haben. Willst du jetzt nicht zugeben, daß es nett geplant war?»

Zorn flammte in Horatias Augen auf. «Ich finde es ungeheuerlich. W-wollen Sie damit sagen, daß Sie die Kühnheit hatten, mein Personal zu überwältigen?»

«O Gott, nein», antwortete er leichthin. «Das wäre eine ganz unnötige Gewaltsamkeit gewesen. War es nicht selbstverständlich, daß sich die wackeren Burschen in der nächsten Schenke ein Gläschen gönnen würden, während du in Richmond House weiltest?»

«Das glaube ich nicht!» schnappte Horatia. «Sie kennen Rule schlecht, wenn Sie m-meinen, er behält einen trinkenden Kutscher in seinem D-dienst! Sie haben den Mann berauscht! Ich werde morgen früh nach der Polizei schicken und es melden. Es wird Ihnen noch leid tun.»

«Wahrscheinlich, wenn dem so wäre», räumte Lethbridge ein. «Aber meinst du, der Schutzmann würde dir glauben, daß ein einziger Krug Bier eine so katastrophale Wirkung auf deine Leute hatte? Nein, sie wurden nicht ganz auf die Weise überwältigt, wie du dir das vorstellst.»

«Betäubt!» schrie Horatia wild.

133

«So ist es!» Er lächelte. «Und nun bitte ich dich sehr, erlaube, daß ich dir den Mantel abnehme!»

«Nein», sagte Horatia. «Das erlaube ich nicht. Sie sind ja ganz von Sinnen, und w-wenn Sie nicht höflich genug sind, m-mir eine Chaise holen zu lassen, dann g-gehe ich eben zu Fuß nach Hause.»

«Versuch doch endlich, die Sache zu verstehen, Horry; du wirst mein Haus heute nacht nicht verlassen.»

«Ihr Haus nicht verlassen! Ach, Sie sind ja verrückt», sagte sie mit tiefer Überzeugung.

«Dann sei verrückt mit mir, Geliebte.»

«N-nennen Sie mich nicht Geliebte und hören Sie auf, mich zu duzen», sagte Horatia mit halb erstickter Stimme. «Sie, der mich ins Verderben stürzen will!»

«Das wird sein, wie du dir's selbst wählst, meine Liebe. Ich bin bereit — ja, ich bin wirklich bereit, mit dir davonzureisen. Oder du kannst auch am Morgen nach Hause gehen und irgendeine Geschichte erzählen.»

«Es gehört wohl zu Ihren Gewohnheiten, mit F-frauenzimmern durchzugehen?»

Seine Brauen zogen sich zusammen, aber das dauerte nur einen Augenblick. «Ach, hat man dir die Geschichte erzählt? Sagen wir vielleicht besser, daß es zu meinen Gewohnheiten gehört, mit Frauenzimmern aus deiner Familie durchzubrennen.»

«Ich aber», sagte Horatia, «bin eine W-winwood, was, wie Sie merken werden, einen ge-gehörigen Unterschied macht. Sie können mich nicht zwingen, mit Ihnen durchzubrennen.»

«Ich werde es nicht versuchen», sagte er kühl. «Obwohl ich glaube, daß wir beide vortrefflich miteinander auskämen. Du hast etwas in dir, Horry, das unendlich aufreizend ist. Und ich wüßte deine Liebe zu gewinnen, glaub mir!»

«Jetzt w-weiß ich es!» rief Horry in plötzlicher Erleuchtung. «Sie sind b-betrunken!»

«Keine Spur!» antwortete Seine Lordschaft. «Komm, gib mir deinen Mantel.» Er entriß ihn ihr und warf ihn beiseite, dann stand er einen Augenblick reglos und blickte sie mit halb zugekniffenen Augen an. «Nein, schön bist du nicht», sagte er leise, «aber verdammt verführerisch, du Hübsches!»

Horatia trat zurück. «K-kommen Sie mir nicht in die Nähe!»

«Nicht in die Nähe!» wiederholte er. «Aber, Horry, du Närrchen!» Sie versuchte ihm auszuweichen, doch fing er sie und schloß sie derb in seine Arme. Es gab ein wildes Ringen; sie konnte eine Hand frei machen und versetzte ihm einen schallenden Schlag. Dann hielt er ihre beiden Arme fest und küßte sie, bis ihr der Atem ausging. Es gelang ihr den Kopf abzuwenden, und sie stieß mit dem scharfen Schuhabsatz gegen seinen Fuß. Sie fühlte, wie er zuckte, und rang sich los; dabei hörte sie, wie der Spitzeneinsatz ihrer Bluse zwischen seinen Fingern zerriß. Im nächsten Augenblick hatten sie den Tisch zwischen sich, und Lethbridge rieb lachend seinen verletzten Fuß. «Nun, du kleiner Hitzkopf», sagte er, «so viel Temperament hätte ich dir gar nicht zugetraut! Bei Gott, ich glaube doch nicht, daß ich dich zu deinem langweiligen Gemahl zurückgehen lasse... Aber, aber, mein Schätzchen, wer wird denn so finster dreinschauen! Und jetzt werde ich dir auch nicht weiter im Zimmer nachjagen. Setz dich!»

Nun hatte sie bereits richtige Angst vor ihm, denn er schien ihr völlig von Sinnen. Sie folgte vorsichtig jeder seiner Bewegungen und überlegte, daß sie sich nur retten könnte, indem sie ihm scheinbar nachgab. Um eine gefestigte Stimme bemüht, sagte sie: «Wenn Sie sich setzen, tue ich es auch.»

«Sieh mich an!» erwiderte Lethbridge und warf sich in einen Lehnstuhl.

Horatia nickte und folgte seinem Beispiel. «W-wollen Sie einen Augenblick vernünftig sein, M-mylord?» bat sie. «Es hat gar keinen Sinn, daß Sie mir von Ihrer L-liebe erzählen, denn ich g-glaube Ihnen doch nicht. Warum haben Sie mich herbringen lassen?»

«Um dir die Tugend zu rauben», sagte er keck. «Wie du siehst, spreche ich offen mit dir.»

«Auch ich kann offen sein», erwiderte Horatia mit blitzenden Augen. «Und wenn Sie g-glauben, daß Sie mich jetzt sch-schänden werden, so täuschen Sie sich g-gewaltig. Ich stehe viel näher bei der Türe als Sie.»

«Stimmt, aber die ist verschlossen; und der Schlüssel» — er beklopfte seine Tasche — «ist hier!»

«Oh!» sagte Horatia. «Also nicht einmal ein ehrlicher K-kampf!»

«Nicht in der Liebe.»

«Wenn Sie nur nicht immer von L-liebe sprechen wollten», forderte Horatia energisch. «Mir wird davon ganz übel.»

«Mein Schatz», versicherte er, «mit jedem Augenblick verliebe ich mich tiefer in dich.»

Sie schürzte die Lippen. «Quatsch!» sagte sie verächtlich. «Wenn Sie mich auch nur ein wenig l-lieb hätten, würden Sie mir das nicht antun. Und wenn Sie m-mich tatsächlich überwältigen, kommen Sie ins Gefängnis, außer R-rule tötet Sie noch vorher, was er wahrscheinlich t-tun würde.»

«Ah ja», sagte Lethbridge, «ich würde zweifellos ins Gefängnis kommen — vorausgesetzt, daß du den Mut hast, der Welt zu verraten, was sich heute nacht hier abspielt. Aber dann hätte es sich gelohnt! O ja, es lohnte sich — wäre es auch nur, um zu wissen, daß Rules verfluchter Stolz im Staub liegt.»

135

Sie kniff die Augen zusammen und lehnte sich mit auf dem Schoß verschränkten Händen vor. «Ach, so ist das also!» sagte sie. «B-bombastisch, Mylord! Hübsch für D-drury Lane, aber nicht im Leben!»

«Es geht nichts über den Versuch», sagte Lethbridge. Nun war es mit dem Scherzen vorbei. Sein Gesicht war hart, böse Falten lagen um den Mund, die Augen starrten gerade vor sich hin.

«Wie k-konnte ich mir Sie jemals zum F-freund wünschen?» sagte Horatia versonnen. «Jetzt sehe ich, wie f-feige Sie sind. Konnten Sie sich keine Rache ausdenken, ohne eine Frau dazu benützen zu müssen?»

«Keine so köstlich vollkommene», antwortete Lethbridge unbeeindruckt. Sein Blick blieb auf ihrem Gesicht haften. «Wenn ich dich aber ansehe, Horry, vergesse ich alle Rachegelüste und begehre dich nur um deiner selbst willen.»

«Sie können sich nicht v-vorstellen, wie ich mich geschmeichelt fühle», sagte Horatia höflich.

Er brach in Lachen aus. «Du entzückender Fratz, du, dich könnte ein Mann zwölf Monate lang behalten, ohne deiner überdrüssig zu werden!»

Er erhob sich. «Komm doch, Horry, schlag dich auf meine Seite! Du bist für Besseres geschaffen, als an einen Mann gebunden zu bleiben, der sich nichts aus dir macht. Komm mit mir fort, und ich will dir zeigen, was die Liebe sein kann.»

«Und dann m-mag sich Rule von mir sch-scheiden lassen, und n-natürlich werden Sie mich heiraten?» regte sie an.

«Sogar das würde ich tun», gab er zu. Er ging zum Tisch und griff nach einer der daraufstehenden Flaschen. «Wir wollen auf die Zukunft trinken», sagte er.

«Also g-gut, Sir», antwortete sie mit täuschend sanfter Stimme. Sie war zugleich mit ihm aufgestanden und hatte einen Schritt zum leeren Kamin getan. Während er ihr nun den Rücken kehrte, bückte sie sich rasch und ergriff den schweren Schürhaken aus Messing, der daneben lag.

Lethbridge füllte das zweite Glas. «Wenn du willst, fahren wir nach Italien», sagte er.

«Nach Italien?» wiederholte sie, indem sie auf den Zehenspitzen näher trat.

«Warum nicht?»

«Weil ich nicht einmal bis zur Straßenecke mit Ihnen ginge», schleuderte sie ihm entgegen und schlug mit aller Kraft zu.

Der Schürhaken fiel mit einem unheimlich dumpfen Geräusch nieder. Zwischen Entsetzen und Triumph sah Horatia, wie Lethbridge einen Augenblick wankte und dann zu Boden stürzte. Die Weinflasche entglitt seinen kraftlosen Fingern, rollte auf den Teppich und ergoß darauf ihre rubinrote Flut.

Horatia biß die Zähne zusammen, kniete neben der reglosen Gestalt nieder und fuhr mit der Hand in die Tasche, auf die Lethbridge vorhin so sieghaft gewiesen hatte. Sie fand den Schlüssel und zog ihn heraus. Lethbridge lag beängstigend still. Sie fragte sich, ob sie ihn getötet hätte, und warf einen erschreckten Blick in die Richtung der Türe. Kein Laut störte die Stille: offenbar war das Personal schon zu Bett gegangen. Sie seufzte erleichtert und erhob sich. Es war kein Blut auf dem Schürhaken, und sie sah auch keines auf Lethbridges Kopf, doch mochte das unter der verrutschten Perücke verborgen sein. Sie legte ihre Waffe zum Kamin zurück, griff hastig nach ihrem Mantel und eilte zur Türe. Ihre Hand zitterte so heftig, daß sie den Schlüssel kaum ins Schloß brachte. Schließlich gelang es ihr, und im nächsten Augenblick war sie bereits in der Halle und riß an den Riegeln des Haustors. Bei ihrem lauten Knarren warf sie einen raschen, ängstlichen Blick hinter sich. Dann ging die Türe auf, sie hüllte sich fester in ihren Mantel und flog über die Stufen auf die Straße.

Draußen lagen große Pfützen auf dem Boden, und schwere Wolken drohten, den Mond zu verfinstern, aber im Augenblick hatte es zu regnen aufgehört. Die Straße war unheimlich ruhig; dunkle Fenster auf beiden Seiten mit vorgelegten Läden und ein leichter Wind, der in kurzen Stößen blies und Horatia die Kleider um die Knöchel fegte.

Sie schlug beinahe im Laufschritt die Richtung nach der Curzon Street ein. Noch nie im Leben war sie zu dieser Nachtstunde allein und zu Fuß auf der Straße gewesen, und nun hoffte sie inbrünstig, niemandem zu begegnen. Sie war beinahe am Ende der Straße angelangt, als sie zu ihrem Entsetzen Stimmen hörte. Sie blieb stehen und versuchte auszunehmen, wer die späten Wanderer sein mochten. Es waren zwei, und ihr Gang schien etwas unsicher. Und jetzt sprach der eine mit einer zwar etwas belegten, aber doch völlig unverkennbaren Stimme: «Ich sag' dir etwas: ich wette um fünfundzwanzig Guineen, daß du dich irrst.»

Horatia gab einen befreiten Aufschrei von sich und warf sich dem verblüfften Nachtschwärmer, der unter dem Stoß taumelte, in die Arme. «P-pel!» schluchzte sie. «O P-pel, führ mich nach Hause!»

Der Vicomte konnte sich an ein Gitter anklammern und stand schließlich wieder auf festen Füßen. Nachdem er seine Schwester eine Weile versonnen angesehen hatte, machte er plötzlich eine Entdeckung. «Donner und Blitz!» rief er, «das ist doch Horry! Nein, so etwas! Kennst du meine Schwester, Pom? Meine Schwester, Lady Rule. — Sir Roland Pommeroy, Horry — einer meiner Freunde.»

Sir Roland brachte einen wunderbaren Kratzfuß zuwege. «Gehorsamster Diener, Mylady.»

«P-pel, bringst du mich nach Hause?» drängte Horatia. indem sie ihn am Handgelenk faßte.

«Gestatten Sie, Madam», sagte Sir Roland und bot ihr galant den Arm. «Ist mir eine Ehre.»

«Einen Augenblick», befahl der Vicomte, der die Stirne unheilverkündend kraus zog. «Wie spät ist es?»

«Ich w-weiß nicht, wahrscheinlich schon furchtbar spät», sagte Horatia.

«Sicherlich nicht mehr als zwei Uhr!» stellte Sir Roland fest. «Unmöglich! Um halb zwei sind wir von Monty fort, nicht wahr? Schön, dann sagen wir eben zwei Uhr.»

«Es ist schon später», beharrte der Vicomte. «Und wenn es später ist, dann will ich euch sagen, was mir Sorgen macht: was in drei Teufels Namen hast du hier zu schaffen, Horry?»

«Pel, Pel», bat sein Freund, «bedenke doch die Anwesenheit von Damen!»

«Sage ich ja gerade.» Er nickte. «Um zwei Uhr nachts wandern keine Damen auf der Straße... Wo sind wir?»

Sir Roland dachte nach. «In der Half-Moon Street», sagte er mit Bestimmtheit.

«Schön. Dann sagt mir bitte: was macht meine Schwester in der Half-Moon Street um zwei Uhr morgens?»

Horatia, die sich das Zwiegespräch ungeduldig angehört hatte, zerrte an seiner Hand. «Ach, P-pel, jetzt stehst du da und redest! Ich kann doch nichts dafür, wirklich nicht!... Und ich habe auch große Angst, daß ich vielleicht Lord Lethbridge getötet habe.»

«Was?»

«Lord L-lethbridge getötet...», wiederholte sie schaudernd.

«Unsinn!» sagte der Vicomte.

«Es ist kein Unsinn. Ich schlug, so fest ich nur konnte, mit dem Schürhaken zu, und er fiel hin und rührte sich nicht mehr.»

«Wohin hast du ihn geschlagen?» fragte der Vicomte.

«Auf den Kopf.»

Der Vicomte wandte sich an Sir Roland. «Glaubst du, daß sie ihn getötet hat, Pom?»

«Mag sein», antwortete der sachlich.

«Fünf gegen eins dagegen?» regte der Vicomte an.

«Abgemacht!»

«Ich sag dir was», regte plötzlich der Vicomte an. «Ich gehe hin und seh nach.»

Horatia packte ihn beim Rockzipfel. «Das t-tust du nicht. Du mußt mich nach Hause bringen.»

«Also gut» — er gab seine Absicht auf. «Aber du sollst nicht um zwei Uhr morgens Leute mit Schürhaken erschlagen. Das tut man nicht.»

Hier erhielt Horatia unerwartete Hilfe «Seh das nicht ein», widersprach Sir Roland. «Warum soll sie Lethbridge nicht mit einem Schürhaken erschlagen? Du magst ihn nicht. Ich mag ihn nicht.»

«Richtig», bestätigte der Vicomte. «Aber ich würde ihn nicht mit einem Schürhaken schlagen. Hab so was im Leben nicht gehört!»

«Ich auch nicht», gab Sir Roland zu. «Aber wenn du meine Meinung hören willst, Pel, es war gut!»

«Das findest du?»

«Jawohl», bekräftigte Sir Roland hartnäckig.

Pelham faßte wieder einmal einen seiner plötzlichen Entschlüsse. «Also wir gehen jetzt am besten nach Hause», bestimmte er.

«Gott sei Dank, es wäre an der Zeit!» sagte Horatia in höchster Ungeduld. Sie faßte ihren Bruder beim Arm und drehte ihn in die geeignete Richtung. «Hier herum doch, du dummes, abscheuliches G-geschöpf!»

Aber im gleichen Augenblick stach Horatias absonderliche Frisur mit dem Wedel winkender Federn Pelham ins Auge, und er blieb wie angenagelt stehen. «Wußte ich doch, daß etwas mächtig Komisches mit dir los ist, Horry! Was hast du nur mit deinem Haar angestellt?»

«N-nichts, es ist nur ein *Quésaco* ... K-komm doch, Pel!»

Jetzt beugte sich Sir Roland interessiert vor. «Verzeihen Sie, Madam, was, sagten Sie, wäre das?»

«Ich sagte, ein *Quésaco*», antwortete sie zwischen Lachen und Weinen. «Und das ist Provenzalisch und bedeutet: ‹Was heißt das?›»

«Nun, und was heißt es?» fragte Pelham folgerichtig.

«Ach, P-pel, ich weiß doch nicht! B-bring mich doch endlich nach Hause! B-bitte!»

Der Vicomte ließ sich wegziehen. Sie kamen ohne Abenteuer durch die Curzon Street, und Sir Roland gab bekannt, daß es eine schöne Nacht sei, was weder der Vicomte noch seine Schwester beachteten. Aus tiefen Gedanken aufwachend bemerkte Pelham: «Dagegen hätte ich ja nichts, daß du Lethbridge getötet hast; was ich mir bloß nicht erklären kann, ist, wieso du zu dieser Nachtstunde auf der Straße stehst.»

Horatia, die wußte, daß ihm in seinem gegenwärtigen Zustand nichts erklärt werden konnte, antwortete:

«Ich war bei der Abendgesellschaft in R-richmond House.»

«Und haben Sie sich gut unterhalten, Madam?» erkundigte sich Sir Roland artig.

«Ja, d-danke.»

«Aber Richmond House ist nicht in der Half-Moon Street», war der Einwand des Vicomte.

«Sie ist eben zu Fuß nach Hause gegangen», erläuterte Sir Roland. «Das haben wir ja auch getan. Nun ja. Also sie ging zu Fuß. Kam an Lethbridges Haus vorbei. Ging hinein. Schlug ihn mit dem Schürhaken auf den Kopf. Ging wieder. Traf uns auf der Straße. Da hast du es. Klar wie Quellwasser.»

«Na, ich weiß nicht», sagte der Vicomte. «Mir kommt es doch merkwürdig vor.»

Sir Roland trat nahe an Horatias Ohr. «Höchst bedauernswert», flüsterte er heiser, «dem armen Pel ist nicht ganz wohl.»

«Kommen Sie doch sch-schneller, um Himmels willen!» mahnte sie erbost.

Inzwischen waren sie beim Grosvenor Square angelangt, und es hatte wieder zu regnen begonnen. Der Vicomte fragte unvermittelt: «Sagtest du nicht vorhin, es wäre eine schöne Nacht?»

«Mag sein», antwortete Sir Roland vorsichtig.

«Nun, und ich sehe, daß es regnet.»

«Es regnet», sagte Horatia, «und meine Federn werden verdorben ... Ach Gott, Pel, was ist denn jetzt wieder los?»

Der Vicomte war stehengeblieben. «Etwas vergessen», erklärte er. «Wollte doch nachsehen gehen, ob der Kerl, der Lethbridge, tot ist.»

«P-pel, es ist doch egal, das macht doch nichts aus.»

«O doch», erwiderte der Vicomte, «ich habe ja gewettet.» Und damit stürzte er in die Richtung der Half-Moon Street zurück.

Sir Roland schüttelte den Kopf. «Er hätte nicht so davongehen dürfen», sagte er streng. «Hat eine Dame unter seiner Obhut, geht seiner Wege, sagt kein Wort der Entschuldigung. Höchst armseliges Benehmen, das ... Darf ich Ihnen meinen Arm bieten, Madam?»

«Gott sei Dank sind wir gleich da!» sagte Horatia, indem sie ihn antrieb. Bei der Vortreppe ihres Hauses angelangt, blieb sie stehen und maß Sir Roland mit zweifelnden Blicken. «Ich nehme an, ich m-muß das Ganze erklären. Besuchen Sie mich morgen — ich meine heute. Bitte, v-vergessen Sie nicht. Und wenn ich Lord L-lethbridge wirklich erschlagen habe, sagen Sie es niemandem.»

«Bestimmt nicht. Kein Wort.»

Horatia betrat die erste Stufe. «Und Sie werden jetzt P-pelham nachgehen und ihn nach Hause bringen, nicht wahr?»

«Mit dem allergrößten Vergnügen», sagte Sir Roland und verbeugte sich tief. «Hocherfreut, Ihnen dienen zu dürfen.»

Nun, ganz so betrunken wie Pel scheint mir dieser nicht, dachte Horatia, während der verschlafene Portier auf ihr Klopfen das Tor öffnete. Und wenn ich ihm klarmachen kann, wie es geschah, und wenn Pelham keine Dummheit anstellt, dann braucht Rule die Geschichte vielleicht niemals zu erfahren.

Durch diese Überlegungen leicht getröstet, bestieg sie die Treppe zu ihrem noch erleuchteten Schlafzimmer. Sie entzündete die Kerzen auf ihrem Toilettetisch und ließ sich erschöpft vor den Spiegel nieder. Die Straußenfedern staken zerzaust und lahm in ihrem Haar, ihre Korsage war zerrissen. Sie führte gedankenlos die Hand an den Kragen, und plötzlich weiteten sich ihre Augen vor Entsetzen. Sie hatte heute einige der Drelincourt-Schmuckstücke getragen — eine Garnitur aus Perlen und Diamanten: Ohrgehänge, Brosche und Armbänder. Die Ohrgehänge waren da, die Armbänder saßen an den Handgelenken — die Brosche war fort.

Ihre Gedanken flogen zu dem Augenblick zurück, da sie sich in Lethbridges Armen wand und der Spitzeneinsatz ihres Kleides riß. Sie starrte auf ihr Spiegelbild. Unter dem Serkis-Rouge war sie tödlich bleich. Ihr Gesicht zog sich zusammen, und sie brach in Tränen aus.

15

DA SICH NICHTS EREIGNETE, das den Vicomte von seinem Vorsatz abgebracht hatte, setzte er, ein wenig wankend, seinen Weg in die Half-Moon Street fort. Das Tor von Lethbridges Haus war noch offen, wie es Horatia gelassen hatte, und er trat ungeniert ein. Auch die Türe zum Salon, wo das Licht brannte, war nur angelehnt. Der Vicomte steckte den Kopf durch und sah um sich.

Lord Lethbridge saß, mit in den Händen gestütztem Kopf, in einem Armstuhl beim Tisch. Auf dem Fußboden lagen eine leere Weinflasche und eine leicht aus der Form geratene Catogan-Perücke. Beim Geräusch der Schritte blickte Seine Lordschaft auf und starrte mit leeren Augen auf den Vicomte.

Der trat in den Raum. «Kam nachsehen, ob Sie tot sind», sagte er. «Hab' mit Pom gewettet, daß Sie es nicht sind.»

Lethbridge fuhr mit der Hand über die Augen. «Ich bin nicht tot», antwortete er schwach.

«Ich sehe es. Schade», sagte der Vicomte schlicht. Er kam zum Tisch und setzte sich. «Horry sagte, sie hätte Sie getötet; Pom sagte: vielleicht; ich sagte: nein, Unsinn.»

Lethbridge, der noch immer die Hand an den schmerzenden Kopf hielt, versuchte sich aufzuraffen. «Wirklich?» sagte er. Sein Blick maß den ungebetenen Gast. «Ach so, ja . . . Nun, ich darf Ihnen vielleicht nochmals versichern, daß ich noch sehr am Leben bin.»

«Ach, dann setzen Sie doch, bitte, Ihre Perücke auf», sagte der Vicomte vorwurfsvoll. «Was ich jetzt wissen will, ist, warum Horry Sie mit einem Schürhaken auf den Kopf gehauen hat.»

Lethbridge betastete vorsichtig den verletzten Schädel. «War's mit einem Schürhaken, ja? Nun, dann fragen Sie gefälligst sie; ich zweifle allerdings, ob sie es Ihnen sagen wird.»

«Sie sollten Ihr Haustor nicht offen lassen», sagte der Vicomte.

«So kann jeder hereinkommen und Sie auf den Kopf schlagen. Lächerlich finde ich das.»

«Ach, gehen Sie, bitte, nach Hause», sagte Lethbridge müde.

Der Vicomte musterte den gedeckten Tisch mit kundigem Auge. «Spielgesellschaft?» fragte er.

«Nein.»

Im selben Moment wurde die Stimme Sir Roland Pommeroys, der nach seinem Freund rief, hörbar. Auch er steckte den Kopf durch die Türe; er erblickte den Vicomte und trat ein. «Du sollst nach Hause gehen», sagte er kurz. «Ich habe Mylady versprochen, dich nach Hause zu bringen.»

Der Vicomte wies mit dem Finger auf seinen unfreiwilligen Gastgeber. «Er ist nicht tot, Pom, ich hatte es dir gleich gesagt.»

Sir Roland wandte den Kopf und besah sich Lethbridge aus der Nähe... «Nein», gab er mit einigem Widerstreben zu «er ist nicht tot. Da kann man nichts machen. Komm nach Hause.»

«Zum Teufel nochmals!» protestierte der Vicomte «so zahm willst du die Nacht beenden? Eine Partie Pikett?»

«Nicht in meinem Haus», sagte Lethbridge, indem er nach seiner Perücke griff und sie vorsichtig aufsetzte.

«Warum nicht?» fragte der Vicomte.

Doch sollte die Frage unbeantwortet bleiben, denn jetzt war ein dritter Besucher eingetreten.

«Sie verzeihen mir doch, mein lieber Lethbridge — dieser abscheuliche Regen! Und nicht eine Chaise zu bekommen, tatsächlich, nicht eine... Auch keine Droschke! Da nun Ihr Haustor weit offen stand, darf ich mich wohl hierher retten? Ich hoffe, ich störe nicht.» Das war Mr. Drelincourt, der den Kopf durch die Salontüre steckte.

«Oh, nicht im geringsten», antwortete Lethbridge ironisch. «Bitte nur einzutreten. Wenn ich mich nicht täusche, brauche ich Ihnen Lord Winwood und Sir Roland Pommeroy nicht erst vorzustellen?»

Mr. Drelincourt wich merklich zurück, versuchte jedoch, seinen scharfen Zügen eine gleichmütige Miene zu verleihen. «Ach so», sagte er, «ich hatte keine Ahnung, daß Sie heute Besuch empfingen. Dann entschuldigen Sie mich bitte.»

«Auch ich hatte davon keine Ahnung», sagte Lethbridge. «Vielleicht hätten Sie Lust, mit Winwood Pikett zu spielen?»

«Nein, da muß ich wahrhaftig um Verzeihung bitten!» sagte Drelincourt, indem er sich seitwärts zur Türe hinschob.

Der Vicomte, der ihn fixiert hatte, stieß Sir Roland mit dem Ellbogen. «Da ist dieser Kerl, der Drelincourt», sagte er.

Sir Roland nickte. «Ja», bestätigte er, «der Drelincourt. Ich weiß nicht recht, warum, Pel», sagte er, «aber den mag ich nicht. Hab ihn nie leiden mögen. Komm, gehen wir.»

«Durchaus nicht», antwortete der Vicomte würdig. «Ich frage dich: wer hat denn ihn hereingebeten? Das wäre ja noch schöner, wenn jeder in eine private Spielgesellschaft die Nase stecken könnte! Ich will dir sagen, was ich tue: ich ziehe sie ihm ein bißchen zurecht.»

Zutiefst beunruhigt, warf Drelincourt einen flehenden Blick auf Lethbridge, der jedoch nur mit mürrischer Miene zusah. Aber Sir Roland hielt seinen Freund zurück: «Das kannst du nicht tun, Pel! Gerade habe ich mich erinnert, daß du dich doch mit dem Kerl geschlagen hast. Du hättest ihn zuerst an der Nase ziehen müssen, jetzt geht das nicht mehr.» Er blickte sich stirnrunzelnd im Zimmer um. «Und noch etwas: der Kartenabend war doch bei Monty, nicht? Nun, dies hier ist nicht Montys Haus. Ich wußte doch, daß da etwas nicht stimmt.»

Der Vicomte setzte sich steif auf und wandte sich streng an Lethbridge: «Ist das nun ein Spielabend oder nicht?»

«Nein.»

Der Vicomte stand auf und griff nach seinem Hut. «Das hätten Sie gleich sagen sollen», meinte er. «Und wenn es kein Kartenabend ist — was ist es dann?»

«Ich habe keine Ahnung», sagte Lethbridge. «Denk schon eine Weile darüber nach.»

«Wenn einer empfängt, sollte er doch wissen, zu welchem Zweck», gab der Vicomte zu bedenken. «Wie sollen wir es wissen, wenn Sie es nicht einmal selbst wissen? Vielleicht ist es eine jener verdammten mondänen Soireen; in dem Fall wären wir doch nicht gekommen! Laß uns nach Hause gehen, Pom.»

Er nahm Sir Rolands Arm und ging mit ihm zur Türe. Dort besann sich Sir Roland auf etwas und kehrte nochmals um. «Sehr angenehmer Abend gewesen, Mylord», sagte er förmlich, verbeugte sich und ging hinter dem Vicomte aus dem Raum.

Mr. Drelincourt wartete, bis die beiden Zechgefährten außer Hörweite waren, dann gab er ein freudloses Gekicher von sich. «Ich wußte gar nicht, daß Sie mit Winwood auf so gutem Fuße stehen. Hoffentlich habe nicht ich die Unterbrechung des Abends verschuldet... Aber dieser Regen, und weit und breit keine Chaise...»

«Nehmen Sie doch, bitte, zur Kenntnis, daß keiner von Ihnen bei mir eingeladen war», sagte Lethbridge grob und ging zum Tisch hinüber.

Plötzlich fiel Drelincourt etwas auf; er bückte sich und hob unter der Ecke des persischen Teppichs eine antike, kreisförmige Diamanten- und Perlenbrosche auf. Er stutzte und warf einen raschen, scharfen Blick auf Lethbridge, der gerade ein Glas Wein in die Kehle goß. Im nächsten Augenblick lag die Brosche in seiner Tasche. Da sich Lethbridge nach ihm umwandte, sagte er munter: «Ich bitte noch tausendmal um

Verzeihung. Jetzt hat gewiß der Regen aufgehört, und Sie werden mir erlauben, mich zu verabschieden.»

«Mit Vergnügen.»

Mr. Drelincourts Auge schweifte über den für zwei gedeckten Soupertisch; er fragte sich, wo Lethbridge wohl seinen schönen Gast verbarg. «Ach nein, ich bitte Sie dringendst, nehmen Sie sich nicht die Mühe, mich zur Türe zu geleiten!»

«Ich will mich überzeugen, daß sie geschlossen wird», sagte Lethbridge grimmig und drängte ihn hinaus.

Einige Stunden später erwachte der Vicomte zu einem neuen, jedoch bereits fortgeschrittenen Tag und hatte nur noch eine höchst nebelhafte Erinnerung an die nächtlichen Vorgänge. Kaum hatte er jedoch ein paar Schluck starken Kaffee zu sich genommen, als er wieder genug wußte, um die Decken beiseitezuschleudern und, nach seinem Kammerdiener rufend, aus dem Bett zu springen.

Er saß in Hemdärmeln vor dem Toilettetisch und rückte sein Spitzenjabot zurecht, als man ihm meldete, Sir Roland Pommeroy sei unten und wünsche ihn zu sprechen.

«Ich lasse bitten», sagte der Vicomte kurz, indem er eine Nadel in sein Jabot steckte. Er griff nach seinem Solitär und war im Begriff, das schmale schwarze Band am Nacken zu befestigen, als Sir Roland eintrat.

Der Vicomte blickte auf und traf das Auge seines Freundes im Spiegel. Sir Rolands Miene war sehr feierlich; er schüttelte leicht den Kopf und stieß einen Seufzer aus.

«Ich brauche nichts mehr, Correy», sagte der Vicomte und verabschiedete seinen Diener.

Die Türe schloß sich diskret hinter dem Mann. Der Vicomte drehte sich auf seinem Stuhl um und stützte die Arme auf die Lehne. «Wie schlimm war der Rausch vorige Nacht?» fragte er.

Sir Roland wurde noch düsterer. «Ziemlich schlimm, Pel. Du wolltest den Kerl, den Drelincourt, an der Nase ziehen.»

«Das ist kein Beweis», sagte der Vicomte ungeduldig. «Aber es geht mir nicht aus dem Kopf, daß meine Schwester Horatia etwas damit zu tun hatte. Erzählte sie uns, daß sie Lethbridge mit einem Schürhaken auf den Kopf geschlagen hat — ja oder nein?»

«War es ein Schürhaken, ja?» rief Sir Roland erfreut. «Nicht und nicht konnte ich mich erinnern, womit sie ihn geschlagen haben wollte!... Ganz richtig. Und dann gingst du nachsehen, ob er tot war...» — der Vicomte fluchte leise — «und ich brachte Ihre Ladyschaft nach Hause.» Er zog die Stirne kraus. «Und dann sagte sie noch, ich sollte sie heute morgen besuchen.»

«Eine gottverdammte Geschichte», murmelte der Vicomte. «Was zum Teufel hatte sie in dem Haus zu schaffen?»

Sir Roland räusperte sich. «Natürlich... unnötig zu sagen, Pel — du darfst dich auf mich verlassen. Peinliche Sache — Losungswort: Maulhalten.»

Der Vicomte nickte. «Sehr anständig von dir, Pom... Also zu allererst muß ich wohl meine Schwester sprechen. Am besten, du kommst mit.»

Damit erhob er sich und griff nach seinem Rock. Ein leises Klopfen an der Türe, der Vicomte rief «Herein», und der Diener brachte auf einem Tablett einen versiegelten Brief. Der Vicomte griff danach und brach das Siegel.

Das Briefchen kam von Horatia und war sichtlich in größter Aufregung geschrieben. «Lieber Pel, etwas Schreckliches ist geschehen. Bitte, komm gleich zu mir. Ich bin ganz verzweifelt. Horry.»

«Wird auf Antwort gewartet?» fragte der Vicomte kurz.

«Nein, Mylord.»

«Dann lassen Sie im Stall Bescheid sagen, und Jackson soll mir den Phaeton bringen.»

Sir Roland, der voller Anteilnahme zugesehen hatte, wie sein Freund die Botschaft las, dachte, er hätte ihn selten so erbleichen gesehen, und räusperte sich nun schon zum zweitenmal. «Hör mal, Pel, lieber Freund, erinnere dich — sie hat ihn doch mit dem Eisen geschlagen. Und ihn betäubt...»

«Ja», sagte der Vicomte ein wenig versöhnt. «Tatsächlich. Hilf mir in den Mantel, Pom, wir wollen gleich zu ihr fahren.»

Als der Phaeton zwanzig Minuten später vor Rules Haus hielt, fand es Sir Roland für angezeigt, vorerst draußen zu bleiben; also trat der Vicomte allein ein und wurde sofort in einen der kleinen Salons geführt. Hier erwartete ihn seine Schwester — ein Bild der Verzweiflung.

Sie begrüßte ihn ohne Vorwürfe.

«Ach, P-pel, wie schön, daß du gekommen bist! Ich bin ganz niedergeschmettert. Du m-mußt mir helfen.»

Der Vicomte legte Hut und Handschuhe ab und sagte streng: «Also, Horry, was ist vorige Nacht geschehen? Du sollst dich jetzt nicht aufregen, sondern es mir ganz einfach erzählen.»

«Natürlich will ich es dir erzählen. Ich w-war in Richmond House beim B-ball und beim Feuerwerk.»

«Das laß weg», unterbrach er sie. «Du warst nicht in Richmond House und auch nicht in der Nähe, als ich dich traf.»

«Nein, da war ich in der Half-Moon Street», sagte Horatia unschuldig.

«Du warst bei Lethbridge?»

Sie hörte den Verdacht in seinem Ton. «Ja», sagte sie mit zurückgeworfenem Kopf, «aber wenn du vielleicht g-glaubst, daß ich freiwillig hinging, dann ist das von dir ganz abscheulich!» Ihre Lippen bebten. «Allerdings weiß ich nicht, wie ich dich überzeugen k-könnte, denn eine so dumme Geschichte hast du noch nie gehört, ich weiß selbst, daß sie nicht w-wahr klingt.»

«Nun, und wie lautet die Geschichte?» fragte er, indem er sich einen Stuhl heranzog.

Sie betupfte die Augen mit dem Zipfel ihres Taschentuches. «Also, weißt du, meine Sch-schuhe drückten mich, und da brach ich z-zeitig auf, und es regnete. Mein W-wagen wurde herbeigerufen, und wahrscheinlich habe ich mir den Lakai gar nicht angesehen — nun ja, wozu auch?»

«Was zum Teufel hat der Lakai damit zu tun?»

«Eine ganze Menge. Weil es nicht der richtige w-war.»

«Ich verstehe nicht, was das ausmachen soll?»

«Ich m-meine, er war gar nicht einer von unseren Leuten. Und auch der K-kutscher nicht. Beide gehörten Lord Lethbridge.»

«Was?» stieß der Vicomte aus; auf seiner Stirne erschienen schwarze Gewitterwolken.

Horatia nickte. «Ja, und sie führten mich zu Lethbridges Haus. Und bevor ich das noch begriff, w-war ich schon drinnen.»

«Herrgott!» entfuhr es ihm. «Du mußt doch erkannt haben, daß es nicht dein Haus war!»

«Nein, sage ich dir! Ich weiß, daß es blödsinnig klingt, aber es regnete doch, und der D-diener hielt den Schirm so, daß ich nicht v-viel sehen k-konnte, und ich war drinnen, bevor ich etwas b-bemerkte.»

«Hat dir Lethbridge das Tor geöffnet?»

«N-nein, der Portier.»

«Warum, zum Kuckuck, bist du dann nicht sofort wieder heraus?»

«Ja, das hätte ich tun sollen, aber dann kam Lord Lethbridge aus dem Salon und bat mich, einzutreten. Und weißt du, P-pel, ich habe das nicht verstanden. Ich d-dachte, es wäre ein Irrtum, und vor dem Portier wollte ich doch keine Szene machen. Also bin ich eingetreten. Und erst jetzt sehe ich, wie d-dumm das war, denn wenn Rule davon erfährt und Nachforschungen anstellt, werden die Diener sagen, daß ich f-freiwillig kam, was auch stimmt.»

«Rule darf das nie erfahren», sagte der Vicomte grimmig.

«Natürlich nicht, d-deshalb habe ich auch nach dir gesandt.»

«Horry, was geschah im Salon? Ich will jetzt das Ganze hören!»

«Es war f-furchtbar. Er sagte, er wollte mich vergewaltigen, aber weißt du, P-pel, es war nur, um sich an R-rule zu rächen. Also habe ich mich g-gestellt, als wollte ich vielleicht mit ihm d-durchbrennen, und wie er mir den Rücken g-gedreht hat, habe ich mit dem Eisen zugeschlagen und bin davongelaufen.»

Der Vicomte seufzte erleichtert. «Ist das alles, Horry?»

«Nein, es ist nicht alles», antwortete sie verzweifelt. «Als er mich — k-küßte, riß meine Bluse, und meine B-brosche fiel heraus, aber das habe ich erst zu Hause bemerkt. Und jetzt, P-pel, jetzt hat er sie!»

«Darum sorg dich nicht», sagte der Vicomte, indem er sich erhob. «Lange wird er sie nicht haben.»

Sie erhaschte den mörderischen Ausdruck im brüderlichen Antlitz und fragte erregt:

«Was wirst du tun?»

«Tun?» wiederholte der Vicomte mit einem häßlichen Auflachen. «Dem Hund das Herz aus der Brust schneiden!»

Horatia sprang auf. «Aber, P-pel, das geht doch nicht! Um Himmels w-willen, schlag dich nicht mit ihm! Du weißt, daß er ein viel besserer Fechter ist als du. Und denk doch auch an den Skandal. P-pel, wenn du das tust, richtest du mich zugrunde. Das d-darfst du nicht tun!»

Der Vicomte sah es ein. «Du hast recht», sagte er bitter, «es geht nicht . . . Aber zum Teufel nochmal, es muß doch irgendwie möglich sein, einen Streit vom Zaun zu brechen, ohne dich hineinzuziehen.»

«Wenn du dich mit ihm schlägst, wird jeder sagen, es ist m-meinetwegen, denn schon nach deinem D-duell mit Crosby ist geklatscht worden, und ich habe doch noch Dummheiten gemacht. Ach nein, P-pel, du darfst das nicht tun. Es ist schon schlimm genug, d-daß Sir Roland davon weiß . . .»

«Pom!» rief der Vicomte. «Richtig, der soll heraufkommen, vielleicht fällt ihm ein, was ich tun könnte.»

«Heraufkommen? W-wieso? Wo ist er denn?»

«Unten im Phaeton. Von ihm hast du nichts zu befürchten, Horry, der ist fabelhaft diskret.»

«N-nun ja, wenn du glaubst, daß er uns helfen kann, d-dann soll er kommen», sagte Horatia zögernd. «Aber bitte, erklär ihm alles vorher, P-pel, er muß sich ja sch-schreckliche Dinge von mir denken.»

Als demnach der Vicomte nach einer Weile in Gesellschaft Sir Rolands in den Salon zurückkam, waren dem ehrenwerten Herrn alle Tatsachen bereits mitgeteilt worden. Er beugte sich über Horatias Hand und stürzte sich sofort in eine einigermaßen verwickelte Entschuldigungsrede wegen seines nächtlichen Rausches. Der Vicomte fiel ihm ins Wort: «Das laß sein!» mahnte er. «Kann ich Lethbridge fordern?»

Sir Roland widmete der Frage eine eingehende Überlegung und sprach sein Verdikt erst nach einer längeren Pause.

«Nein», sagte er.

«Ich m-muß sagen, Sie haben m-mehr Verstand, als ich dachte» sagte Horatia beifällig.

«Willst du damit sagen, daß ich stillsitzen soll und die Hände in den Schoß legen, während der Hund meine Schwester entführt? Nein, bei Gott daraus wird nichts!»

«Keine leichte Sache für dich, Pel», sagte Sir Roland verständnisvoll. «Aber es geht nicht. Du hast Drelincourt gefordert, da gab's eine Menge Gerede. Lethbridge zu fordern wäre katastrophal!»

Der Vicomte schlug mit der Faust auf den Tisch. «Aber, zum Donnerwetter, Pom, verstehst du denn nicht, was der Kerl getan hat?»

«Sehr peinliche Sache», sagte Sir Roland. «Schlechter Ton... Muß vertuscht werden.»

Dem Vicomte fiel keine Widerrede ein.

«Du läßt sie einschlafen — der Klatsch hört auf — sagen wir, drei Monate, und dann erst fängst du zu streiten an.»

Pelhams Miene hellte sich auf.

«Ja, so ginge es. Damit wäre die Sache gelöst!»

«Gelöst? Gar nicht!» erklärte Horatia. «Ich m-muß doch meine Brosche zurückerhalten. Wenn Rule ihr F-fehlen bemerkt, kommt alles heraus.»

«Unsinn! Erzähl ihm, du hast sie auf der Straße verloren.»

«Das nützt nichts. Ich sagte dir doch, daß Lethbridge auf eine Bosheit aus ist. Vielleicht trägt er die Brosche sogar, bloß um Rules Verdacht zu erwecken.»

Sir Roland war tief schockiert. «Schlechte Rasse!» sagte er. «Der Kerl war mir schon immer zuwider.»

«Was für eine Brosche ist es denn?» fragte der Vicomte. «Würde Rule sie erkennen?»

«Ja, natürlich! Sie gehört zu einer Garnitur — ein sehr altes Stück, fünfzehntes Jahrhundert, glaube ich.»

«Ist dem so», entschied Seine Lordschaft, «dann müssen wir sie eben zurückholen. Am besten, ich suche Lord Lethbridge auf, jetzt gleich. Wie ich allerdings die Hände von ihm lassen soll — weiß ich nicht. Vermaledeit! Wie ein Esel stehe ich jetzt da mit meinem nächtlichen Besuch bei ihm!»

Sir Roland steckte wieder tief in Gedanken. «Das geht auch nicht», sagte er endlich. «Wenn du bei ihm nach der Brosche fragst, muß er doch erraten, daß sie Mylady gehört. Ich werde zu ihm gehen.»

Horatia warf ihm einen bewundernden Blick zu. «Ja, so wäre es v-viel besser», sagte sie. «Ich finde das sehr gütig von Ihnen.»

Sir Roland errötete und traf Anstalten, sich auf seine Mission zu begeben. «Keiner Erwähnung wert, Madam. Heikle Sache — mit Takt zu behandeln. Eine Kleinigkeit!»

«Takt?» sagte der Vicomte. «Takt für einen solchen Hund — du machst mich krank! Nimm den Phaeton, ich werde hier auf dich warten.»

Sir Roland beugte sich nochmals über Horatias Hand. «Hoffe, die Brosche in einer halben Stunde in Ihre Hände legen zu dürfen, Madam», sagte er und ging.

Allein mit seiner Schwester begann der Vicomte im Zimmer auf und ab zu gehen, wobei er, sooft ihm Lethbridges Schandtat einfiel, halblaut vor sich hin brummte. Plötzlich hielt er ein: «Horry, du wirst es Rule sagen müssen, er hat wahrhaftig das Recht, es zu wissen.»

«Ich k-kann es ihm nicht sagen!» antwortete Horatia mit verhaltener Leidenschaft. «Nicht schon wieder!»

«Schon wieder? Wie meinst du das?»

Horatia ließ den Kopf hängen und erzählte ihm stockend von der Redoute im Ranelagh. Der Vicomte fand die Geschichte, zumindest teilweise, höchst ergötzlich und schlug sich vor Freude aufs Knie.

«Nun ja, aber ich wußte ja nicht, daß es Rule war, und so mußte ich am nächsten T-tag beichten. Und jetzt mag ich nicht noch einmal ein Geständnis m-machen. Ich hatte ihm versprochen, daß ich Lethbridge während seiner Abwesenheit nicht sehen würde, und d-das, das von gestern, kann ich ihm einfach nicht sagen!»

«Seh ich gar nicht ein! Du hast doch genug Zeugen . . . Der Kutscher — was war übrigens mit ihm geschehen?»

«B-betäubt.»

«Um so besser», sagte Seine Lordschaft. «Wenn die Kutsche ohne ihn in die Stallungen zurückkam, dann hast du doch offensichtlich die Wahrheit gesprochen.»

«Ja, aber das tat sie nicht, dazu ist Lethbridge viel zu schlau», sagte Horatia erbittert. «Den Kutscher habe ich mir heute früh kommen lassen. Er meint, es war das schlechte Bier. Und der Wagen ist zur Taverne zurückgefahren. Also sagte ich ihm, daß ich mir einen Fackelträger suchen mußte, um eine Droschke zu rufen... Aber ihn entlassen, wo ich doch wußte, daß er und der Lakai betäubt worden waren, das wäre doch zu ungerecht gewesen; also sagte ich ihm, daß ich es Rule diesmal nicht erzählen würde.»

«Schlecht», beurteilte der Vicomte mit gerunzelter Stirne. «Aber immerhin wissen ja Pom und ich, daß du Lethbridge auf den Kopf geschlagen hast und dann fortgelaufen bist.»

«Das hilft nichts», sagte sie trübselig. «Du m-mußt mir doch unter allen Umständen beistehen — und das würde auch Rule denken.»

«Ja, warum denn, Horry, in Dreiteufelsnamen?»

«W-weil ich... ich war, bevor er f-fortfuhr, nicht sehr nett zu ihm. Er hätte mich gerne mitgenommen, und ich wollte nicht, und, verstehst du's denn nicht, Pel, jetzt sieht es so aus, als ob ich das G-ganze geplant hätte und Lethbridge in Wahrheit gar nicht aufgeben wollte. Und von dem sch-scheußlichen Ball bin ich auch noch zeitig fort — das macht es n-noch schlimmer!»

«Nun ja, sehr günstig sieht es nicht gerade aus», bekannte der Vicomte. «Hast du mit Rule gestritten?»

«Nein, nicht gestritten, n-nur... Nein.»

«Am besten, du sagst mir gleich alles und hast es hinter dir», ermahnte Seine Lordschaft streng. «Wahrscheinlich hast du wieder ein paar Streiche aufgeführt — ich warnte dich doch, daß er das nicht dulden würde!»

«Gar nicht!» sagte Horatia empört. «Nur hatte ich herausgebracht, daß er sich bei der Ranelagh-Affäre mit der scheußlichen Lady M-massey verschworen hatte.»

Der Vicomte starrte sie an. «Du phantasierst wohl?» sagte er in aller Ruhe.

«Nein. Sie war da und wußte davon.»

«Wer hat dir gesagt, daß er mit ihr verschworen war?»

«Nun, genau genommen niemand, aber Lethbridge dachte es, und natürlich war mir klar...»

«Lethbridge!» unterbrach der Vicomte geringschätzig. «Was bist du doch für ein Gänschen, Horry, mein Ehrenwort! Sei doch um Gottes willen nicht so naiv! Ein Mann verschwört sich nicht mit seiner Geliebten gegen seine Frau. Wer hätte je so einen Blödsinn gehört?»

Horatia setzte sich ruckartig auf. «M-meinst du das wirklich, P-pel?» fragte sie mit banger Hoffnung. «Aber ich k-kann eben doch nicht vergessen, daß er selbst gesagt hat ‹ja, s-sie hat es gewußt›.»

Der Vicomte musterte sie mit unverhohlener Verachtung. «Nun, wenn er das sagte, so beweist es, daß sie nichts damit zu tun hatte — falls da noch ein Beweis nötig wäre, was nicht der Fall ist. Herrgott, Horry, jetzt überleg doch einmal: Ist es denn anzunehmen, daß er so etwas sagte, wenn sie die Hand im Spiel hätte? Überdies erklärt es mir jetzt, weshalb die Massey so plötzlich nach Bath gefahren ist. Verlaß dich darauf: wenn sie herausgefunden hat, daß er das war, im roten Domino, dann hat es eine Szene gegeben, und Rule ist nicht der Mann, sich Szenen gefallen zu lassen. Ich hatte mich schon gefragt, was geschehen sein mochte, das sie veranlaßte, so Hals über Kopf davonzurasen... Nanu — was soll...» — denn Horatia war mit einem Freudenschrei in seine Arme geflogen.

«Laß das sein», sagte er mürrisch, indem er sich frei machte.

«Ach P-pel, daran hätte ich nicht gedacht!» Sie seufzte befreit.

«Du bist ein Närrchen.»

«Ja, das sehe ich jetzt ein. Aber wenn er nun mit der Frau gebrochen hat, so bin ich nur noch fester entschlossen, ihm von voriger Nacht nichts zu erzählen.»

Der Vicomte überlegte es sich. «Ich muß sagen, es ist eine verteufelt merkwürdige Geschichte. Aber du hast wohl recht. Wenn wir die Brosche zurückbekommen, kann dir nicht viel passieren. Und wenn es Pom nicht gelingt...» Seine Lippen preßten sich zusammen, und er schüttelte unheilverkündend den Kopf.

Inzwischen war Sir Roland in der Half-Moon Street angelangt, wo er das Glück hatte, Lord Lethbridge anzutreffen.

Lethbridge empfing ihn in einem prunkhaften, geblümten Morgenrock. Der empfangene Schlag schien ihm weiter nicht geschadet zu haben, und er begrüßte Sir Roland mit ausgesuchter Liebenswürdigkeit. «Bitte, nehmen Sie Platz, Pommeroy, was verschafft mir die einigermaßen unerwartete Ehre?»

Sir Roland dankte für den angebotenen Stuhl und setzte sein Taktgefühl ans Werk. «Höchst bedauerlicher Zwischenfall», sagte er... «Vorige Nacht... ich war ja nicht ganz wohl, wie Sie wissen... Habe eine Brosche verloren. Sie muß aus meinem Jabot gefallen sein.»

«Ach?» sagte Lethbridge und sah ihm eindringlich ins Auge. «Eigentlich eine Nadel, ja?»

«Nein, keine Nadel, eine Brosche. Familienschmuck, trag' ihn nur dann und wann... Verlust wäre fatal! Komme eben, um nachzusehen, ob sie sich hier irgendwo findet.»

«Ich verstehe. Und wie sieht sie aus?»

«Kreisförmig. Innenkreis Perlen und durchbrochene Fassung, Außenkreis Perlen und Diamanten», leierte Sir Roland fließend herunter.

«Tatsächlich? Klingt mir mehr nach einem Damenschmuckstück.»

Aus dieser Klemme rettete sich Sir Roland mit meisterhafter Gewandtheit: «Sie hat meiner Großtante gehört», sagte er.

«Dann wundert es mich nicht, daß sie Ihnen so teuer ist», bemerkte Seine Lordschaft voll warmen Mitgefühls.

«Eben», sagte Sir Roland. «Sentimentaler Wert, wissen Sie. Wäre froh, sie wieder in die Hand zu bekommen.»

«Ich bedaure außerordentlich, Ihnen nicht dienlich sein zu können. Dürfte ich anregen, daß Sie sich in Montacutes Haus umsehen? Sagten Sie nicht, daß Sie den Abend bei ihm verbracht haben?»

«Dort habe ich sie nicht verloren», antwortete Sir Roland mit größter Entschiedenheit. «Da habe ich natürlich zu allererst nachgesehen.»

Lethbridge zuckte die Achseln. «Wie bedauerlich! Ich fürchte, dann müssen Sie sie auf der Straße verloren haben.»

«Nein, nicht auf der Straße. Ich erinnere mich, daß ich die Brosche noch hatte, knapp bevor ich hier eintrat.»

«Was Sie nicht sagen! Wieso erinnern Sie sich daran so genau?»

Sir Roland brauchte einen Augenblick, um sich das auszudenken. «Ich weiß es, weil Pel zu mir sagte: ‹Was für eine merkwürdige Krawattennadel du da hast, Pom!› Und ich sagte: ‹Ja, von meiner Großtante› — und dann waren wir hier. Damals muß ich sie noch gehabt haben.»

«Den Anschein hat es allerdings. Aber vielleicht haben Sie sie nach Verlassen meines Hauses verloren. — Oder erinnern Sie sich vielleicht, daß Winwood Sie fragte: ‹Wo ist deine Krawattennadel?›»

«Ganz richtig», sagte Sir Roland und war für die gewährte Hilfe dankbar. «Pel sagte: ‹Ja, Pom, wo ist denn deine Krawattennadel hingeraten?› Wir sind aber doch nicht zurückgekehrt — Sie wissen, es war schon spät. Und hier war die Brosche ja in Sicherheit.»

Lethbridge schüttelte den Kopf. «Ich fürchte, Ihr Gedächtnis täuscht Sie, Pommeroy. Ihre Brosche ist nicht bei mir.»

Danach konnte sich Sir Roland nur mehr verabschieden. Lord Lethbridge begleitete ihn in die Halle und empfahl sich in verbindlichster Weise. «Und ich bitte Sie sehr, es mich wissen zu lassen, wenn Sie Ihr Schmuckstück wiederfinden», sagte er sehr artig. Er sah seinem niedergeschlagenen Gast nach, wie er die Treppe hinunterging, dann wanderte sein Blick zum Gesicht des Portiers: «Schicken Sie mir Moxton herauf», sagte er und begab sich zurück in den Salon.

Einen Augenblick später erschien sein Butler. «Mylord?»

«Hat sich eine Brosche gefunden, als heute morgen der Salon gefegt wurde?»

Der Butler senkte diskret die Lider. «Ich habe nichts dergleichen gehört, Mylord.»

«Erkundigen Sie sich!»

«Sehr wohl, Mylord.»

Während der Butler draußen war, stand Lethbridge beim Fenster und blickte mit leicht gerunzelter Stirne auf die Straße. Maxton kam zurück. «Nun?»

«Nein, Mylord.»

Lethbridges Miene blieb düster. «Danke», sagte er.

Der Butler verbeugte sich. «Bitte sehr, Mylord. Eurer Lordschaft Lunch ist aufgetragen.»

Lethbridge ging ins Speisezimmer; er war noch immer im Morgenrock, und noch immer lag der versonnene, grübelnde Ausdruck in seinem Auge.

Er saß eine ganze Weile bei Tisch und nippte zerstreut an seinem Rotweinglas. Wie er einmal Caroline Massey anvertraut hatte, war er nicht der Mann, der über eine Niederlage mit den Zähnen knirscht, aber die Vereitelung seines gestrigen Planes hatte ihn doch geärgert. Jene kleine Hexe mußte gezähmt werden, die Sache erhielt in seinen Gedanken einen gewissermaßen sportlichen Zug. Horatia hatte das erste Treffen gewonnen, nun war es von größter Wichtigkeit, ihr ein zweites aufzuzwingen, das sie nicht gewinnen sollte. Die Brosche schien da die bisher fehlende Gelegenheit zu bieten — wenn er sie nur in die Hand bekäme!

Er dachte zurück, und sein scharfes Gedächtnis brachte das Geräusch zerrissener Spitzen an sein Ohr. Er führte sein Glas an die Lippen und trank genußvoll. Ah ja, zweifellos war das der Augenblick, da die Brosche sich löste. Sicherlich ein erlesenes Schmuckstück, gehörte vielleicht zum Familienbesitz der Drelincourts. Er lächelte leicht bei der Vorstellung von Horatias Bestürzung. Ja, aus der Ringbrosche konnte eine gefährliche Waffe werden, wenn sie von der richtigen Hand geschwungen wurde.

Im Haus war die Brosche nicht, es wäre denn, daß ihn seine Leute belogen hätten. Den flüchtigen Verdacht gab er sofort auf; das Gesinde stand seit Jahren in seinen Diensten und wußte vermutlich, daß er kein Herr war, der sich betrügen ließe.

Plötzlich stand vor ihm das Bild Drelincourts. Er setzte sein Glas nieder. Crosby. Der Kerl hatte ein scharfes Auge. Aber hatte sich ihm denn eine Gelegenheit geboten, ungesehen etwas vom Fußboden aufzuheben? Lethbridge vergegenwärtigte sich Crosbys Bewegungen während seines kurzen Besuches. Sein Erscheinen: dabei bot sich keine Chance. Dann Winwoods und Pommeroys Abschied. Hatte er sie hinausbegleitet? Nein. Auch da keine Chance für Crosby. Einige zwischen ihm und dem Gast gewechselte Sätze — nicht viel, denn der Kopf tat ihm abscheulich weh... Und dann? Was war dann gewesen? Seine Finger schlossen sich wieder um den Fuß des Glases, und blitzartig fiel ihm ein, wie er zur Stärkung ein Glas Wein getrunken hatte. Ja, da hatte er ihm bestimmt eine Gelegenheit gegeben! Er hatte den Wein hinuntergestürzt und sich gleich wieder umgewandt. Wie war das? Hatte Crosby die Hand in der Tasche? Das Bild lebte vor ihm auf: er sah Crosby hinter einem Stuhl stehen, den Blick auf seinem Gastherrn, und die Hand aus der Tasche ziehen.

Es war wirklich ganz unterhaltsam. Einen Beweis gab es da natürlich nicht, nicht den Schatten eines Beweises, aber möglicherweise wäre ein Besuch bei Crosby doch nicht ganz unfruchtbar... Ja, man durfte vielleicht die Vermutung wagen, daß die Brosche ein Erbstück war. Crosby, der schlaue Geselle, scharf wie eine Messerspitze, wußte wohl ein Drelincourt-Erbstück zu erkennen. Gewiß, ein Besuch bei Crosby war der Mühe wert. Vermutlich war er schon im Begriff, ein nettes Plänchen auszuhecken, um zwischen Rule und seiner Frau einen Verdruß herbeizuführen. Gut, dann wollte er ihm diese Mühe ersparen. Verdruß sollte es ganz genug geben, aber nicht einfach durch das Vorzeigen einer Brosche.

Er stand vom Tisch auf und schlenderte die Treppe hinauf, indem er die genußvollen Gedanken weiterspann. Welch eine Überraschung für den teuren Crosby, einen Besuch von Lord Lethbridge zu empfangen! Er klingelte nach seinem Diener, legte den Morgenrock ab und setzte sich zur Vervollständigung seiner sehr sorgfältigen Toilette vor den Spiegel.

Eine Stunde später machte er, auf dem Weg zu Crosbys Wohnung, einen Abstecher zu White, erhielt jedoch auf seine Fragen den Bescheid, daß Mr. Drelincourt heute nicht im Klub erschienen war. So ging er denn, munter sein Ebenholzstöckchen schwingend, weiter auf die Jermyn Street zu.

Mr. Drelincourt lebte in einem Haus, das einem pensionierten Butler gehörte; der öffnete Seiner Lordschaft selbst und meldete, daß Mr. Drelincourt ausgegangen sei.

«Vielleicht», sagte Seine Lordschaft, «könnten Sie mir die Richtung angeben.»

Ach ja, das könne er. Mr. Drelincourt habe eine kleine Handtasche mitgenommen; er sei aufs Land gefahren.

«Ach, aufs Land?» sagte Lord Lethbridge und kniff die Augen zusammen. Er zog eine Guinea aus der Tasche und spielte unauffällig damit. «Ob Sie mir wohl sagen könnten — wohin aufs Land?»

«Jawohl, Mylord. Nach Meering», erwiderte Mr. Bridges. «Mr. Drelincourt ließ sich von mir eine Postchaise besorgen und ist um zwei Uhr abgefahren. Zwanzig Minuten früher hätten Euer Gnaden ihn noch hier angetroffen.»

Lethbridge ließ die Guinea in die Hand des Mannes fallen. «Vielleicht erreiche ich ihn noch», sagte er und lief leichtfüßig die Treppe hinunter.

Er winkte eine Droschke heran und ließ sich nach der Half-Moon Street zurückführen. Und dann fand sich sein Haushalt plötzlich in stürmische Aktivität gehetzt. Ein Lakai wurde in die Stallungen geschickt, um die leichte vierspännige Postchaise sofort herüber zu bestellen, während Mylord in sein Schlafzimmer ging und den Diener anwies, ihm eiligst einen Reiseanzug vorzubereiten. Zwanzig Minuten später trat Seine Lordschaft, jetzt in einem braunen Tuchmantel, mit hohen Stiefeln und dem Schwert an der Seite, wieder aus dem Haus, gab seinen Postillions einige kernige Anweisungen und kletterte in seine Chaise, einen leichten Wagen, der sänftenartig und wohlgefedert auf sehr hohen Rädern saß. Als das Gefährt in Piccadilly·einbog und seinen Weg nach Westen einschlug, lehnte sich Seine Lordschaft behaglich zurück, im angenehm beruhigenden Bewußtsein, daß es keine gemietete, vierspännige Chaise gäbe, die, hätte sie auch eine Stunde Vorsprung, Meering erreichen könnte, bevor er sie einholte.

16

MITTLERWEILE HATTE M. DRELINCOURT keine Ahnung, daß Lord Lethbridge auf seinen Fersen war.

Da ihm die Vorstellung, irgend jemand — oder gar Lord Lethbridge — hätte seinen Diebstahl bemerkt, völlig fernlag, sah er keinen Grund, die Fahrt nach Meering zu beschleunigen, und schob seine Abreise bis nach dem Mittagessen hinaus. War Mr. Drelincourt auch bei seiner Kleidung und manchen anderen Dingen großzügig, so ging er anderseits mit allen kleineren Ausgaben recht behutsam vor. Das Mieten einer Chaise für die Fünfzig-Kilometer-Fahrt schmerzte ihn; dazu noch einen Lunch im Gasthof um etwa vier oder fünf Shilling bezahlen zu müssen, wäre ihm wie die reinste Verschwendung vorgekommen. Speiste er noch zu Hause, so ersparte er sich überhaupt die Mahlzeit auswärts, denn dann, dachte er, wäre er früh genug in Meering, um bei seinem Vetter zu dinieren. Dort wollte er auch übernachten, und wenn ihm Rule nicht einen seiner eigenen Wagen zur Rückfahrt lieh, so wäre das eine kleinliche Handlungsweise, die er ihm nicht zutraute, denn Rule — das mußte man ihm lassen — war generös und mußte ja wissen, daß die Kosten einer Postchaise geringer wären, wenn sie leer zurückführe.

Mr. Drelincourt begann seine Reise in angenehmster Stimmung. Es war ein schöner, für eine ländliche Fahrt ausnehmend geeigneter Tag, und nachdem er das vordere Fenster herabgelassen hatte, um sich das ratternd schnelle Tempo zu verbieten, war alles getan, und er konnte zurückgelehnt die Landschaft bewundern oder sich ungestört seinen angenehmen Vorstellungen und Überlegungen hingeben.

Wie sich wohl denken ließ, war Mr. Drelincourt kein Bestandteil des Familienvermögens unbekannt. So hatte er denn auch Horatias Brosche sofort erkannt und wäre in der Lage gewesen, auswendig alle Steine zu bezeichnen, aus denen das Schmuckstück bestand. Als er sich am Vortag so rasch gebückt hatte, um es aufzuklauben, hatte er noch keine klare Vorstellung, was damit zu unternehmen wäre; inzwischen war ihm jedoch die Nachtruhe eine vortreffliche Beraterin gewesen. Es schien ihm über jeden Zweifel erhaben, daß Horatia irgendwo in Lethbridges Haus versteckt gewesen war; die Brosche genügte ihm als Beweis — und sie würde wohl auch Rule genügen. Drelincourt hatte Horatia immer schon für ein minderes Frauenzimmer gehalten; was ihn betraf, so war er durch die Entdeckung, daß sie Rules Abwesenheit ausnützte, um die Nacht in den Armen ihres Geliebten zu verbringen, zwar schockiert, aber keineswegs überrascht. Rule, der immer zu blödsinnig verträumt war, um, was vor seiner Nase vorging, zu bemerken, würde wahrscheinlich äußerst verwundert sein und noch empörter als der Vetter, dessen offensichtliche und nicht allzu schmerzliche Pflicht es war, ihn ohne Verzug vom zuchtlosen Benehmen seiner Frau in Kenntnis zu setzen. Dann blieb Seiner Lordschaft nur noch ein Weg offen, und Mr. Drelincourt war geneigt, anzunehmen, daß nach einer so verhängnisvollen Eheerfahrung wohl kein zweiter Versuch mehr riskiert würde.

Alles in allem fand Mr. Drelincourt, daß ihm an diesem milden Septembertag die Welt ein so freundliches Gesicht zeigte wie schon seit vielen Monaten nicht.

Er, der im allgemeinen den Freuden der Natur nicht sehr aufgeschlossen war, wurde heute dazu gedrängt, die braunroten Farbtöne der Bäume zu bewundern und aus seiner wohlgefederten Chaise beifällige Blicke auf das umliegende Land zu werfen.

Da Meering in der Nähe von Twyford, in der Grafschaft Berkshire, liegt, führte die Straße dahin über Knightsbridge und Hammersmith aus der Stadt, und dann weiter über Turnham Green und Hounslow, wo am George Inn die Chaise hielt und die Pferde gewechselt wurden. Den beiden Postillions, in deren Achtung Mr. Drelincourt schon sehr gesunken war, als er Befehl gab, nicht zu schnell zu fahren, mißfiel er bei der Rast noch gründlicher, denn statt auszusteigen, um ein Glas Brandy zu trinken und auch ihnen bei der Gelegenheit eine Erfrischungspause zu gönnen, saß er steif im Wagen und gab den Stallknechten nicht einen Grot *.

Die nächste Station war, nach weiteren fünfzehn Kilometern, Slough. Die Chaise setzte sich wieder in Bewegung; von Hounslow aus ging es durch die Heide, und das war eine so berüchtigte Straße, daß Mr. Drelincourt mehrere unerfreuliche Minuten hindurch bedauerte, die Ausgabe für eine Bewachung gescheut zu haben. Es ereignete sich jedoch nichts Mißliches, und bald wurde er über die Cranford-Brücke in die Richtung Longford geführt.

In Slough stieg Drelincourt aus, um die Glieder zu strecken, während die Pferde gewechselt wurden. Der Wirt, der, wie es sich beim Herannahen einer privaten Chaise gehörte, eilfertig aus dem Crown Inn geeilt war, verlor, als er den Gast erkannte, das fröhliche Lächeln aus den Zügen und dämpfte die Herzlichkeit seiner Begrüßung. Drelincourt war auf dieser Straße wohlbekannt und bei den wackeren Gastwirten wenig beliebt. Da er Mylord Rules Verwandter war, bot ihm Mr. Copper immerhin der Form halber eine Erfrischung an; die wurde abgelehnt, und der Wirt ging ins Haus zurück. Er könne kaum begreifen, vertraute er seiner Frau an, wie denn ein so sympathischer, großzügiger Gentleman wie Seine Lordschaft zu solch einem knauserigen, griesgrämigen Vetter käme.

Nach Slough ging es über Salt Hill nach Maidenhead. Eineinhalb Kilometer weiter, beim Maidenheader Dickicht, zweigte die Straße von der Worcester Road ab, dann kam man über die Bath Road nach Hare Hatch und Twyford.

Die Chaise war durch Maidenhead gekommen und fuhr nun in mäßigem Tempo dem Dickicht zu, als einer der Postillions weiter hinten ein zweites Fuhrwerk erblickte. Bei der nächsten Biegung sah er es genauer und sagte über die Achsel zu seinem Gefährten: «Herrgott, das ist dir ein Vornehmer! Sieh nur, wie die Pferde jagen! Ein Wettrennen hat keinen Sinn mit unserer Zittermamsell in den Kissen!»

* Damalige Münze, etwa vier Pence wert.

Der Junge, der eines der Stangenpferde ritt, begriff die Anspielung auf Drelincourt und mußte bedauernd einsehen, daß man unter diesen Umständen am besten auswich und die vornehme Herrschaft vorbeiließ.

Das donnernde Hufegetrampel hinter ihm drang nun auch an Drelincourts Ohr, worauf er mit seinem Stock ans Fenster klopfte und dem sich umkehrenden Postillion bedeutete, näher an den Straßenrand zu rücken. Mr. Drelincourt kannte aus böser Erfahrung die Streiche von nichtsnutzigen Jungen, die gerne ihre Pferde zu einem Wettrennen mit fremden Chaisen hetzten, ein Zeitvertreib, dem er von ganzem Herzen abhold war.

Die zweite Chaise überholte nun rasch die erste und raste im Staubwölkchen, das die galoppierenden Pferde emporwirbelten, vorbei. Mr. Drelincourt erhaschte den Anblick nur flüchtig, konnte aber doch eine Krone auf dem einen Schlag ausnehmen. Er ärgerte sich sehr über den unbekannten Reisenden, der in so tollem Tempo fuhr, und hoffte nur etwas bange, daß seine eigenen Postillions die Pferde, die anscheinend am liebsten der anderen Chaise nachgejagt wären, zu halten vermochten. Plötzlich sah er, wie der vordere Wagen vor ihm stehenblieb. Das schien ihm recht merkwürdig, denn es ließ sich durch keinen Grund erklären. Noch merkwürdiger wurde es, als die Pferde umschwenkten, zurücktraten, wieder schwenkten, bis die Chaise schließlich quer über der Straße stand und den Weg versperrte.

Drelincourts Postillions, die das Manöver ebenfalls beobachteten, meinten erst, die Chaise wäre irrtümlich über ihr Ziel hinausgefahren und im Begriff, umzukehren. Daraufhin ließen sie ihre Pferde im Schritt gehen. Aber der Wagen mit der Krone verharrte mitten auf der Straße, und so mußten auch sie stehenbleiben.

Höchst erstaunt beugte sich Drelincourt zwecks klarerer Sicht vor, wobei er seine Postillions befragte: «Was gibt es denn? Warum fahren die nicht weiter? Ist es ein Unfall?»

Im nächsten Augenblick sah er Lord Lethbridge aus der anderen Chaise abspringen und sank mit vor Angst toll klopfendem Herzen in die Kissen zurück.

Lethbridge kam auf Drelincourts Equipage zu, und der zitternde Gentleman nahm sich mit größter Mühe zusammen. Es ging doch nicht an, sich in der Ecke hockend antreffen zu lassen, also beugte er sich vor und ließ das Fenster herab. «Ach, sind Sie das, Mylord?» sagte er mit dünner Fistelstimme. «Ich konnte kaum meinen Augen trauen. Was führt Sie her?»

«Was?» wiederholte Seine Lordschaft spöttisch. «Sie, Crosby, denken Sie nur, Sie! Bitte gefälligst auszusteigen, ich habe ein Wort mit Ihnen zu reden.»

Drelincourt blieb am Fensterrahmen angeklammert und gab ein gezwungenes Lachen von sich. «Ach, Mylord, Ihre Scherze! Ich bin auf der Fahrt nach Meering zu meinem Vetter, Sie wissen ja. Ich ... ich glaube, es ist schon jetzt fast fünf, und um fünf Uhr speist er zu Abend.»

«Herunter mit Ihnen, Crosby!» sagte Lethbridge mit so beängstigendem Augenblitzen, daß Drelincourt eingeschüchtert nach dem Türdrücker tastete und, von den grinsenden Postillions begafft, vorsichtig abstieg. «Meiner Treu und Glauben», sagte er, «Ich habe keine Ahnung, was Sie mir mitzuteilen haben könnten! Und wo ich doch so spät daran bin! ... Ich sollte längst weiterfahren.»

Sein Arm wurde unsanft ergriffen. «Kommen Sie ein Stückchen mit, Crosby», sagte Seine Lordschaft. «Finden Sie unsere ländlichen Straßen nicht entzückend? Doch, nicht wahr? Sicherlich! ... Und Sie fahren also nach Meering? War das nicht ein ziemlich plötzlicher Entschluß, Crosby?»

«Plötzlich?» stammelte Drelincourt und zuckte unter dem Druck der Finger, die sich oberhalb seines Ellbogens einpreßten, zusammen. «Oh, durchaus nicht, Mylord, nicht im geringsten! Ich hatte Rule gesagt, daß ich ihn vielleicht besuchen würde. Schon seit einigen Tagen hatte ich es vor, glauben Sie mir!»

«Und natürlich hat das nicht das geringste mit einer gewissen Brosche zu tun?» erkundigte sich Lethbridge zuckersüß.

«Einer Brosche? Ich verstehe Sie nicht, Mylord!»

«Mit einer runden, gestern nacht in meinem Haus aufgeklaubten Perlen- und Diamantenbrosche?»

Mr. Drelincourt zitterten die Knie. «Ich protestiere, Sir. Ich ... ich finde mich hier nicht zurecht. Ich ...»

«Geben Sie die Brosche her, Crosby!» sagte Lethbridge drohend.

Mr. Drelincourt versuchte, seinen Arm loszubekommen. «Mylord, ich begreife Ihren Ton nicht. Offen gesagt, er will mir nicht gefallen. Und ich weiß auch nicht, was Sie meinen.»

«Crosby», sagte Seine Lordschaft, «du gibst jetzt die Brosche her oder ich pack dich am Genick und beutle dich wie eine boshafte Ratte — der du übrigens gleichst.»

«Aber, Sir!» schrie Drelincourt mit klappernden Zähnen, «das ist doch ungeheuerlich! Ja, ganz ungeheuerlich!»

«Das ist es auch», bestätigte Seine Lordschaft. «Mr. Crosby Drelincourt, Sie sind ein Dieb.»

Drelincourt wurde puterrot. «Die Brosche war nicht Ihr Eigentum, Sir!»

«Ebensowenig wie Ihres», wurde prompt erwidert. «Geben Sie sie her!»

«Ich habe mich schon um weniger duelliert», prahlte Crosby.

«Ist Ihnen danach zumute?» sagte Lethbridge. «Ich schlage mich zwar für gewöhnlich nicht mit Dieben, sondern bediene mich eines

Rohrstockes. Aber vielleicht mache ich zu Ihren Gunsten eine Ausnahme.»

Zu Mr. Drelincourts Entsetzen schob er den Degengriff vor und beklopfte ihn spielerisch. Der bedauernswerte Gentleman befeuchtete seine Lippen und sagte zitternd: «Ich werde mich mit Ihnen nicht schlagen, Sir. Die Brosche gehört eher mir als Ihnen.»

«Her damit!» befahl Lethbridge.

Mr. Drelincourt zauderte, las einen nicht mißzuverstehenden Ausdruck in Seiner Lordschaft Auge und versenkte langsam Daumen und Zeigefinger in die Westentasche. Im nächsten Moment lag die Brosche in Lethbridges Hand.

«Danke, Crosby», sagte der in einem Ton, bei dem Drelincourt den Mut ersehnte, ihm ins Gesicht zu schlagen. «Ich dachte mir gleich, daß ich Sie zu überreden verstehen würde. Jetzt können Sie Ihre Reise nach Meering fortführen — vorausgesetzt, daß sie Ihnen noch zweckmäßig erscheint. Wenn nicht, dürfen Sie sich mir anschließen. Ich fahre nach Maidenhead, Gasthof ‹Sun›, wo ich zu dinieren und übernachten gedenke. Ich schulde Ihnen vielleicht ein Abendessen — kommt mir beinahe so vor, nachdem ich Ihr Spielchen so herzlos verdorben habe.» Damit drehte er sich um, ließ Drelincourt stumm vor Empörung zurück und begab sich zu seiner Chaise, die inzwischen umgekehrt hatte und am Straßenrand auf ihn wartete. Er stieg leichtfüßig ein und fuhr ab, indem er Mr. Drelincourt, der noch auf der staubigen Straße stand, flüchtig zuwinkte.

Drelincourt sah ihm, vor Wut kochend, nach... Spiel verdorben, ja? Vielleicht hätte man da noch ein Wörtchen mitzureden. Er eilte zu seinem Wagen zurück, bemerkte die schadenfrohe Miene seiner Postillions und befahl ihnen schimpfend, weiterzufahren.

Vom Dickicht waren es bis Meering nur noch neun Kilometer, aber es war dann doch schon fast sechs Uhr, als die Chaise am Pförtnerhäuschen vorbei einfuhr. Das Haus lag eineinhalb Kilometer entfernt inmitten eines sehr hübschen Parks, doch war Mr. Drelincourt nicht in der Stimmung, die schönen Eichen und weiten Rasenflächen zu bewundern, sondern zappelte vor Ungeduld, während ihn die müden Pferde durch die lange Allee zum Haus führten.

Er fand seinen Vetter und Mr. Gisborne beim Rotwein im kerzenbeleuchteten Speisezimmer. War es draußen noch so hell — Mylord hatte eine eingefleischte Abneigung gegen im Tageslicht verzehrte Diners, also wurde dieses durch Zuziehen der schweren Portieren ausgeschlossen.

Sowohl er wie Gisborne waren im Reitanzug. Mylord saß träge auf einem Stuhl mit hoher Lehne, eines seiner gestiefelten Beine hing lässig über die Armlehne. Er blickte auf, als Drelincourt eingelassen wurde, und saß einen Augenblick reglos, während der wohlgelaunte Ausdruck langsam aus seinem Auge wich. Dann griff er bedächtig nach seiner Lorgnette und musterte seinen Vetter durch das Glas. «Ach Gott!» sagte er. Und: «Ja, warum denn nur?»

Das war kein vielversprechender Beginn, aber Drelincourts momentaner Zorn hatte alle Erinnerung an seine letzte Begegnung mit dem Grafen verdrängt, und nun war er unverzagt. «Vetter», sagte er, und dann übersprudelten seine Worte einander, «ich komme in einer ernsten und wichtigen Sache. Ich muß dich um ein Wort unter vier Augen bitten.»

«Ich könnte mir allerdings vorstellen, daß das eine ernste Sache ist, wenn du mir darum über fünfzig Kilometer nachreist», bemerkte Seine Lordschaft.

Mr. Gisborne erhob sich. «Wollen Sie mich entschuldigen, Sir.» Er verbeugte sich leicht vor Drelincourt, der ihm nicht die geringste Aufmerksamkeit schenkte, und ging hinaus.

Drelincourt zog einen Stuhl heran und setzte sich. «Ich bedaure es außerordentlich, Rule, doch mußt du dich auf sehr unerfreuliche Nachrichten gefaßt machen. Betrachtete ich es nicht als meine Pflicht, dir von meiner Entdeckung Mitteilung zu machen, so würde ich wahrlich vor der Aufgabe zurückschrecken.»

Der Graf schien nicht beunruhigt. Er saß weiter lässig auf seinem Stuhl; mit der einen auf dem Tisch liegenden Hand hielt er sein Weinglas, sein Blick ruhte leidenschaftslos auf Drelincourts Gesicht. «Diese Selbstaufopferung auf dem Altar der Pflicht ist mir neu», bemerkte er. «Nun ja, ich baue auf meine Nerven und werde wohl deine Nachricht mit gebührendem Gleichmut empfangen können.»

«Ich hoffe es, Rule, ja, ja, ich hoffe es von Herzen», sagte Drelincourt mit zuckenden Augenlidern. «Du beliebst, mein Pflichtgefühl zu verhöhnen . . .»

«Nur ungern unterbreche ich dich, Crosby, aber du solltest doch schon bemerkt haben, daß ich niemals höhne.»

«Schön, schön, Vetter, lassen wir das. Wie dem auch sei — du wirst wohl zugeben, daß ich meinen Teil am Familienstolz habe.»

«Gewiß will ich das, wenn du es mir sagst», antwortete der Graf sanft.

Drelincourt errötete. «Jawohl, ich sage es! Unser Name, unsere Ehre bedeutet mir, glaube ich, nicht weniger als dir. Und in diesem Zusammenhang stehe ich nun hier.»

«Höre, Crosby, wenn du vielleicht die ganze lange Reise gemacht hast, um mir mitzuteilen, daß die Häscher hinter dir her sind, dann muß ich dir leider sagen, daß das eine Zeitverschwendung war.»

«Sehr witzig, Mylord!» schrie Drelincourt. «Doch betrifft Sie meine Botschaft persönlich. Gestern abend, besser gesagt heute früh, denn es war auf meiner Uhr weit über zwei, hatte ich Gelegenheit, Lord Lethbridge zu besuchen.»

«Das ist zweifellos interessant», sagte der Graf. «Es ist zwar eine merkwürdige Zeit für die Abstattung eines Besuches, aber ich habe mir ja schon öfters gedacht, daß du, Crosby, ein merkwürdiges Geschöpf bist.»

Mr. Drelincourts Erregung nahm zu. «Ich kann nichts Seltsames darin finden», sagte er, «wenn sich einer vor dem Regen schützen will. Ich war auf dem Heimweg aus der South Audley Street und bog zufällig in die Half-Moon Street ein. Hier wurde ich vom Guß überrascht, und da Lethbridges Türe — zweifellos versehentlich — offen gelassen worden war, trat ich ein. Ich fand Seine Lordschaft in verstörter Verfassung im vorderen Salon, wo ein äußerst vornehmer Soupertisch gedeckt war — gedeckt für zwei, Mylord!»

«Du siehst mich über die Maßen schockiert», sagte der Graf. Er neigte sich ein wenig vor, griff nach der Weinflasche und füllte sein Glas.

Mr. Drelincourt stieß ein schrilles Lachen aus. «Da hast du auch alle Ursache!... Seine Lordschaft schien bei meinem Anblick betreten, ja, sogar sehr betreten.»

«Das kann ich mir denken», sagte der Graf. «Aber bitte, Crosby, fahr fort.»

«Vetter», sagte Drelincourt feierlich, «du mußt mir glauben, daß ich dies nur mit größter Überwindung tue... Während ich also nun bei Lord Lethbridge weilte, wurde meine Aufmerksamkeit durch etwas erregt, das, halb vom Teppich verdeckt, auf dem Fußboden lag. Etwas Glänzendes, Rule, etwas...»

«Crosby», sagte Seine Lordschaft müde, «deine Beredsamkeit in allen Ehren, aber berücksichtige doch, bitte, daß ich heute fast den ganzen Tag im Sattel gesessen bin, und verschone mich mit weiteren Einzelheiten. Ich bin ja eigentlich nicht sehr neugierig, du aber brennst offenbar darauf, mir die Sache zu sagen. Nun schön, was war es also, das sich deiner Aufmerksamkeit aufdrängte?»

Mr. Drelincourt schluckte seinen Ärger. «Eine Brosche, Mylord! Eine Damenbrosche!»

«Kein Wunder, daß Lord Lethbridge nicht sehr erfreut über deinen Besuch war.»

«Allerdings!... Irgendwo im Hause war im selben Augenblick eine Dame versteckt... Vetter, ich konnte ungesehen die Brosche aufheben und sie in meine Tasche stecken.»

Der Graf zog die Brauen hoch. «Ich sagte, glaube ich, schon vorhin, daß du ein merkwürdiger Geselle bist, Crosby.»

«Den Anschein mag es haben, aber ich besaß einen triftigen Grund für meine Handlungsweise. Hätte mich Lord Lethbridge nicht auf meiner Reise verfolgt und mir die Brosche gewaltsam entrissen, so könnte ich sie dir jetzt zeigen. Diese Brosche ist nämlich dir und mir wohlbekannt. Eine runde Brosche, Vetter, zwei Kreise aus Perlen und Diamanten.»

Der Graf hielt seinen Blick auf Drelincourt geheftet. Vielleicht rührte das von den Schatten her, die die Tafelkerzen warfen — jedenfalls sah sein Gesicht ungewöhnlich grimmig aus. Er schwang gemächlich sein Bein über den Stuhlarm, blieb aber weiter lässig zurückgelehnt sitzen. «Ja, Crosby, eine runde Brosche aus Perlen und Diamanten?»

«Richtig, Vetter! Eine Brosche, die ich sofort erkannte. Sie gehört zu der Garnitur aus dem fünfzehnten Jahrhundert, die du deiner ...»

Weiter kam er nicht. Der Graf war jählings aufgesprungen, hatte Drelincourt beim Hals gepackt und ihn von seinem Stuhl und um die Tischecke gezerrt, die die beiden trennte. Drelincourts entsetzte Augen glotzten in des Angreifers feurig graue. Er zerrte wirkungslos an Mylords Händen. Und nun wurde er hin und her geschüttelt, bis kein Wort mehr aus seiner Kehle drang. Die Zähne schlugen ihm aneinander, in seinen Ohren brauste es und doch hörte er deutlich die Stimme Seiner Lordschaft: «Du verlogener, boshafter Halunke!» sagte sie. «Ich habe dich zu milde behandelt. Und jetzt wagst du, daherzukommen, um mir deine gemeinen Lügen über meine Frau aufzutischen, vielleicht meinst du sogar, ich könnte dir glauben! Gott ist mein Zeuge, am liebsten möchte ich dich auf der Stelle erschlagen!»

Noch einen Augenblick hielt er den Vetter umklammert, dann schleuderte er ihn von sich und rieb die Hände aneinander, mit einer Gebärde maßloser Verachtung.

Mr. Drelincourt taumelte zurück; seine Hände suchten vergeblich nach einem Halt, er stürzte krachend zu Boden und blieb wie ein verprügelter Hund liegen.

Der Graf sah einen Augenblick zu ihm herab, mit einem Lächeln, wie es Mr. Drelincourt noch niemals auf seinen schönen Lippen gesehen hatte. Dann lehnte er sich, halb sitzend und mit aufgestützten Händen, gegen den Tisch. «Steh auf, Freund Crosby», sagte er, «noch bist du nicht tot.»

Drelincourt erhob sich mühsam und versuchte instinktiv, seine Perücke zurechtzuschieben. Sein Hals schmerzte, seine Beine zitterten so sehr, daß er kaum stehen konnte. Er wankte auf einen Stuhl zu und ließ sich dareinfallen.

«Du sagtest, glaube ich, daß Lord Lethbridge dir die berühmte Brosche abgenommen hat. Wo war das?»

Drelincourt brachte das Wort heiser hervor: «Maidenhead.»

«Ich bin überzeugt, daß sie der rechtmäßigen Besitzerin zurückerstattet wird. Dir ist ja wohl klar, Crosby, daß deine Gabe, mein Eigentum zu erkennen, dich doch bisweilen irreführt?»

«Ich dachte, es wäre ... ich ... vielleicht habe ich mich getäuscht.»

«Du hast dich getäuscht.»

«Ja, ich... ja, ich habe mich getäuscht. Ich bitte um Vergebung, es tut mir herzlich leid, Vetter.»

«Noch mehr wird es dir leid tun, Crosby, wenn auch nur ein Wort darüber nochmals von deinen Lippen fällt. Ist das ganz klar?»

«Ja, ja... Gewiß. Ich hielt es ja bloß für meine Pflicht, dir... dir zu sagen...»

«Seit dem Tag, da ich mich mit Horatia Winwood vermählte», sagte Seine Lordschaft ruhig, «versuchst du Unheil zwischen uns zu stiften. Da dir das nicht gelingen will, bist du nun närrisch genug gewesen, diese äußerst dumme Geschichte zu erdichten. Du bringst mir keinen Beweis — ach doch, richtig: Lord Lethbridge hat dir ja das Beweisstück gewaltsam entrissen... Wie praktisch!»

«Aber ich... er tat es wirklich!» protestierte Drelincourt verzweifelt.

«Es tut mir leid, dich verletzen zu müssen», sagte der Graf, «aber das glaube ich dir nicht. Vielleicht ist es dir ein Trost, zu hören, daß ich, auch wenn du mir die Brosche vorgelegt hättest, nichts Schlechtes von meiner Frau geglaubt hätte. Ich bin kein Othello, Crosby, das hättest du wissen müssen.» Er griff nach der Glocke und klingelte. Dem eintretenden Diener befahl er kurz: «Mr. Drelincourts Chaise.»

Mr. Drelincourt hörte es mit Bestürzung. Er sagte kläglich: «Aber, Rule, ich habe nicht diniert, und die Pferde sind erschöpft. Ich... ich hätte nie gedacht, daß du mich so behandeln würdest.»

«Nein? Nun, der Red Lion in Twyford wird gewiß für ein Abendessen und neue Pferde sorgen. Sei froh, daß du mit heiler Haut aus meinem Hause trittst.»

Drelincourt sank in sich zusammen und sagte kein Wort mehr. Kurz nachher meldete der Diener, daß die Chaise vor dem Tor stünde. Drelincourt warf einen verstohlenen Blick auf das unerbittliche Gesicht des Grafen und erhob sich. «Ich... ich wünsche dir eine gute Nacht, Rule», sagte er mit dem Versuch, die Bruchstücke seiner zerschmetterten Würde aufzuklauben.

Der Graf nickte und sah ihm wortlos nach, da er dem Diener folgte. Bald hörte er den Wagen an seinen verhängten Fenstern vorbeirattern und klingelte neuerdings. Als der Diener eintrat, sagte er, zerstreut seine Fingernägel betrachtend: «Ich brauche meinen Rennwagen, bitte.»

«Jawohl, Mylord», sagte der erstaunte Diener. «Meinen Mylord — jetzt?»

«Sofort», sagte der Graf seelenruhig. Damit stand er auf und ging gemächlich aus dem Zimmer.

Zehn Minuten später stand der Wagen bereit. Mr. Gisborne, der gerade die Treppe herunterkam, wunderte sich über den Anblick Seiner Lordschaft, der mit dem Hut auf dem Kopf und dem kurzen Schwert an der Seite aus dem Hause trat.

«Gehen Sie aus, Sir?» fragte er.

«Wie Sie sehen, Arnold.»

«Es ist doch hoffentlich nichts geschehen, Sir?»

«Gar nichts, mein Lieber.»

Draußen hing ein Groom an den Zügeln von zwei herrlichen Grauschimmeln und bemühte sich, ihrer kapriziösen Bewegungen Herr zu werden.

Der Graf ließ die Blicke über die Tiere streifen. «Frisch, ja?»

«Wenn mir Eure Lordschaft den Ausdruck erlauben will — ein paar richtige Teufel.»

Der Graf lachte, kletterte in den Wagen und sammelte die Zügel in der behandschuhten Hand. «Laß sie los!» Der Groom sprang zur Seite, und die Grauen stürzten davon.

Der Groom sah dem Wagen nach, wie er um eine Ecke verschwand. «Wenn ich das nur auch so könnte...», sagte er seufzend und ging mit einem traurigen Kopfschütteln zu den Ställen zurück.

17

DIE «SUN» IN MAIDENHEAD war ein sehr beliebtes Reisegasthaus, in dem Unterkunft und Verpflegung gleich vorzüglich waren.

Lord Lethbridge setzte sich zum Abendessen in eines der Privatzimmer, einen angenehmen Raum mit alter Eichentäfelung. Alsbald brachte man ihm eine Ente, ein Stück Lamm mit eingelegten Pilzen, eine Languste und Quittengelee. Der Wirt, der ihn kannte, fand ihn ungewöhnlich mild gestimmt und fragte sich, mit welcher Teufelei er sich wohl gerade befaßte; das grüblerische Lächeln, das Seiner Lordschaft auf den Lippen saß, konnte — dessen war er überzeugt — nur auf irgendeine Teufelei hinweisen. Auch fand der vornehme Gast ausnahmsweise einmal an den Speisen nichts auszusetzen und ließ sich sogar zu einem Lobwort über den Burgunder herab.

Ja, Mylord Lethbridge fühlte sich heute beinahe wohlwollend gesinnt. Mr. Drelincourt so schön ordentlich überlistet zu haben, bereitete ihm noch mehr Freude als die Rückgewinnung der Brosche. Er lächelte bei dem Gedanken an den betrübt nach London zurückreisenden Crosby. Daß der so närrisch sein könnte, seinem Vetter eine durch keine Tatsache gestützte Geschichte zu bringen, fiel ihm nicht einmal ein. Er selbst war nicht der Mann, der den Kopf verliert, und hatte er auch von Drelincourts Intelligenz keine besonders hohe Meinung, so übertraf doch solch ein Übermaß von Dummheit seine Vorstellung.

Es waren an diesem Abend reichlich viel Gäste in der «Sun»; mußte deshalb auch mancher eine Weile warten, so sah der Wirt doch jedenfalls dazu, daß Lethbridge sofort bedient werde. Nachdem abgedeckt worden war und nur noch der Wein auf dem Tisch stand, kam er noch einmal persönlich, erkundigte sich, ob Mylord noch einen Wunsch hätte, und schloß die Fensterläden mit eigener Hand. Er stellte einige Kerzen auf den Tisch, versicherte Seiner Lordschaft, daß er die Bettwäsche wohlgetrocknet und gelüftet finden würde, und ging unter Kratzfüßen hinaus. Gerade hatte er eine Magd an die Wärmeflasche erinnert, die sofort in das Bett gelegt werden sollte, als ihm seine Frau zurief:

«Cattermole, da kommt Mylord angefahren!»

«Mylord» konnte in Maidenhead nur einen bezeichnen, und Mr. Cattermole stürzte denn auch sofort hinaus, um den geehrten Gast willkommen zu heißen. Beim Anblick des Rennwagens machte er große Augen, doch rief er gleich einen Stallknecht heran, der sich der Pferde annehmen sollte, und kam, ganz Lächeln und Verbeugungen, auf den Gast zu.

Der Graf lehnte sich aus dem Schlag: «Guten Abend, Cattermole. Können Sie mir sagen, ob Lord Lethbridges Chaise vor ungefähr einer Stunde hier die Pferde gewechselt hat?»

«Lord Lethbridge, Mylord? Seine Lordschaft wird hier übernachten.»

«Welch ein glücklicher Zufall!» sagte der Graf. Während er aus dem Rennwagen kletterte, ließ er die Gelenke der linken Hand spielen. «Und wo finde ich Seine Lordschaft?»

«Im Eichensalon, Mylord, er hat soeben fertiggespeist. Ich werde Euer Gnaden hingeleiten.»

«Nein, nein, das ist ganz unnötig», erwiderte der Graf, indem er das Haus betrat. «Ich kenne den Weg.» Am Fuß der niederen Treppe blieb er stehen und sagte leise über die Schulter: «Übrigens ist meine Angelegenheit mit Seiner Lordschaft privater Natur. Ich darf bestimmt auf Sie rechnen: Sie werden dafür sorgen, daß wir ungestört bleiben.»

Mr. Cattermole warf ihm einen raschen, listigen Blick zu ... Ach so, da bereitete sich wohl etwas vor. Unangenehm für sein Haus, ja, recht peinlich ... Noch schlimmer wäre es jedoch für ihn, wenn er bei dieser Gelegenheit Lord Rule in die Quere käme. Er verbeugte sich mit plump diskreter Miene. «Sehr wohl, Mylord», sagte er und zog sich zurück.

Lord Lethbridge saß noch immer bei seinem Wein und überdachte die Tagesereignisse, als er hörte, wie die Türe geöffnet wurde. Er blickte auf, und seine Züge wurden hart. Ein paar Sekunden lang, da Lethbridge reglos auf seinem Stuhl saß und der Graf schweigend, den Blick auf ihn gerichtet, auf der Schwelle stand, sahen sie einander ins Auge. Und schon wußte sich Lethbridge des anderen Ausdruck zu deuten. Er erhob sich: «Ach so», sagte er. «Crosby hat Sie also besucht?» Er griff in die Tasche und holte die Brosche heraus. «Sind Sie darum gekommen, Mylord?»

Der Graf machte die Türe zu und drehte den Schlüssel im Schloß.

«Ja, Lethbridge, darum bin ich gekommen. Und auch noch um etwas anderes.»

«Etwa um mein Blut?» Lethbridge gab ein kleines Lachen von sich.

«Beides werden Sie sich erst erkämpfen müssen.»

Der Graf trat einen Schritt vor. «Das wird uns wohl beiden zur Genugtuung gereichen. Sie haben bei Ihrem Rachewerk einen entzückenden Geschmack an den Tag gelegt, Lethbridge, aber es ist Ihnen mißlungen.»

«Mißlungen?» wiederholte Lethbridge mit einem bedeutsamen Blick auf die Brosche.

«Wenn Sie meinen Namen in den Schmutz zu ziehen bezweckten — gewiß! Meine Frau bleibt meine Frau. Und jetzt werden Sie mir sagen, mit welchen Mitteln Sie sie gezwungen haben, Ihr Haus zu betreten.»

Lethbridge zog die Brauen hoch. «Und woraus schöpfen Sie die Überzeugung, Mylord, daß Gewalt dazu nötig war?»

«Einfach aus meiner Kenntnis ihres Wesens. Wie Sie sehen, werden Sie einiges zu erklären haben.»

«Ich prahle nicht mit meinen Eroberungen, Rule», sagte Lethbridge leise und sah, wie sich die Hand des Grafen unwillkürlich zusammenkrampfte. «Ich werde nichts erklären.»

«Das wollen wir erst sehen», sagte Rule. Er schob den Tisch in eine Ecke und blies die Kerzen darauf aus. Jetzt beleuchtete sie nur noch der Lüster, der in der Mitte des Zimmers hing.

Lethbridge schleuderte die Stühle zurück, ergriff seinen Degen, der auf dem einen lag, und zog ihn aus der Scheide. «Herrgott, wie lange ersehne ich dies schon», sagte er plötzlich, «ich bin froh, daß Crosby bei Ihnen war.» Er legte den Degen nieder und entledigte sich seines Rockes.

Der Graf antwortete nicht, begann aber auch mit seinen Vorbereitungen, zog die Stiefel aus, schnallte den Degengurt ab und schob die rüschenreichen Hemdärmel zurück.

Und nun standen unter dem weichen Kerzenlicht zwei stattliche Männer einander gegenüber, in deren Herzen der lang verborgene Zorn zu kräftig brannte, als daß da noch Platz gewesen wäre für kleines Geplänkel. Keinem der beiden schien der seltsame Rahmen bewußt zu werden, der obere Salon in einem Gasthof, in den das Surren der Stimmen aus dem Kaffeehaus gedämpft hereindrang. Mit Vorbedacht machten sie ihren Kampfplatz zurecht, wohlüberlegt bliesen sie eine tropfende Kerze aus und legten Röcke und Stiefel ab. Aber in den ruhigen Vorbereitungen lag etwas Todernstes, etwas zu Grimmiges, um sich in einen lärmenden Raufhandel aufzulösen.

Die Degen blitzten zu kurzem Gruß und schlugen aufeinander, Stahl knirschte auf Stahl. Beide Männer waren erfahrene Fechter, aber hier handelte es sich nicht um ein Schaustück erlesener Waffenkunst mit feinen Kunstgriffen, sondern um einen scharfen Kampf, um gefährlich harten, blitzschnellen Zugriff. Für beide war im Augenblick die Welt versunken. Nichts war mehr wirklich als des anderen Klinge in ihren Scheinmanövern, den plötzlichen Vorstößen und geschickten Parierbewegungen. Ihre Augen bohrten sich ineinander; die schuhelosen Füße stapften weich auf dem Holzboden, man atmete rasch und schwer.

Lethbridge drang, auf den rechten Fuß gestützt, mit hoch erhobenem Arm, auf dem die harten Muskeln schwollen, vor und führte eine blitzrasche Terz aus. Rule fing Stärke auf Stärke, die schwache Degenseite blitzte an seinem Arm entlang und hinterließ eine lange, rote Schramme; dann fielen die beiden Klingen wieder auseinander. Der Kampf ging weiter; dies war kein Streit, den ein einziger Hieb beenden konnte. Das Blut tropfte langsam von Rules Vorderarm auf den Boden. Lethbridge sprang mit beiden Füßen zurück und richtete die Degenspitze abwärts. «Verbinden Sie das!» sagte er kurz. «Ich habe keine Lust, in Ihrem Blut auszugleiten.»

Rule zog ein Taschentuch heraus, wickelte es um den Schnitt und zog den Knoten mit den Zähnen fest.

«Auslegen!»

Der Kampf ging weiter — zäh und unbarmherzig. Lethbridge versuchte eine gewundene Quart mit vorgehaltener linker Hand. Seine Spitze streifte kaum Rules Seite, der blitzschnell parierte. Es folgte ein wüstes Aneinanderschlagen der Klingen, und dann stand Lethbridge etwas keuchend wieder in Deckung.

Er führte ständig die Offensive und wandte jede nur mögliche List an, um Rule zu einer Bloßstellung zu locken. Immer wieder versuchte er durch dessen Deckung zu dringen, und immer wieder wurde seine Klinge flink pariert und abgelenkt. Jetzt begann er zu erschlaffen; Schweiß floß ihm in dicken Tropfen von der Stirne, und er wagte nicht, ihn mit der linken Hand von den Augen zu wischen, aus Angst, Rule könnte in dem einen Moment, da er blind wäre, einen Treffer placieren. Er führte eine wilde Quart aus, der Graf parierte im Halbkreis; bevor sich Lethbridge noch erholen konnte, sprang er vor und faßte die Klinge unterhalb des Heftes. Jetzt berührte seine Degenspitze den Boden. «Wischen Sie sich den Schweiß von den Augen!»

Lethbridges Lippen verzerrten sich zu einem eigenartigen, bitteren Lächeln. «Sind wir jetzt quitt?»

Der Graf antwortete nicht; er ließ seinen Degen sinken und wartete. Lethbridge fuhr mit dem Taschentuch über die Stirne und warf es zur Seite.

«Auslegen!»

Jetzt veränderte sich das Bild, denn der Graf ging endlich zum Angriff über. Lethbridge wurde schwer bedrängt; er mußte stets neue

Hiebe parieren und büßte allmählich seine Kraft ein. Er fühlte selbst, daß er der Erschöpfung nahe war, und riskierte eine *Botte coupée*, indem er die hohe Quart fingierte und eine niedere Terz ausführte. Doch traf er nichts als die abwehrende Klinge Rules, und der Kampf ging weiter.

Er hörte des Grafen atemlos aber deutlich gesprochene Frage: «Wieso kam meine Frau in Ihr Haus?»

Jetzt parierte er zu spät. Die Degenspitze des Gegners fuhr blitzartig unter seine Deckung, blieb einen Augenblick unbewegt und zog sich zurück. Er begriff, daß er soeben geschont worden war und daß das immer wieder geschehen würde, bis Rule seine Antwort hätte. Er grinste wild und antwortete zwischen zwei keuchenden Atemzügen: «Entführt.»

Die Degen klirrten aneinander und trennten sich wieder. «Und dann?»

Lethbridge biß die Zähne zusammen. Fast wäre er aus der Deckung gekommen und rettete sich nur wie durch ein Wunder; der Degengriff fühlte sich schlüpfrig an in seiner feuchten Hand.

«Und dann?»

«Ich rühme mich nicht ... meiner ... Eroberungen», sagte er schwer atmend und sammelte die letzten Kräfte, um die Attacke abzuwehren, die, wie er wußte, den Gang beenden würde.

Sein Degen glitt an Rules Waffe ab; das Herz schien ihm bersten zu wollen, seine Kehle war ausgetrocknet, und jetzt war der Schmerz in seinem Arm zur dumpfen Qual angewachsen. Ein Nebel bildete sich vor seinen Augen. Plötzlich rollten die Jahre zurück. «Um Himmels willen, Marcus», keuchte er, «mach ein Ende!»

Er sah den Hieb kommen — ein gerader, plötzlicher Quartausfall, der auf das Herz hinzielte — und parierte ein letztes Mal; zum Abwehren war es zu spät — er konnte ihn nur noch ein wenig ablenken. Rules Degenspitze glitt über des Gegners Klinge und bohrte sich tief in seine Schulter. Die Waffe fiel Lethbridge aus der Hand; einen Augenblick stand er noch auf schwankenden Beinen, dann stürzte er zu Boden, und sein Hemd färbte sich mit scharlachroten Flecken.

Rule wischte mit leicht zitternder Hand den Schweiß vom Gesicht. Er senkte den Blick auf Lethbridge, der, zusammengekrümmt und nach Luft ringend, zu seinen Füßen lag. Schon war sein Hemd durch und durch naß; das Blut floß auf die Eichenlatten und bildete eine dunkle Lache. Plötzlich warf Rule den Degen fort, schritt zum Tisch und fegte Gläser und Weinflasche zu Boden. Er faßte das Tischtuch, bohrte die starken Zähne darein und riß es der ganzen Länge nach auseinander. Im nächsten Augenblick lag er neben Lethbridge auf den Knien und tastete nach dessen Wunde. Die nußbraunen Augen öffneten sich und betrachteten ihn spöttisch. «Ich glaube ... ich sterbe ... auch diesmal nicht», flüsterte er.

Der Graf hatte die Wunde bloßgelegt und stillte das Blut. «Das meine ich auch», sagte er, «aber es ist tief gegangen.» Er riß noch ein Stück Tuch ab und machte daraus einen Bausch, den er ihm fest um die Wunde band. Dann richtete er sich auf, holte Lethbridges Rock, der über einer Stuhllehne hing, rollte ihn zusammen und legte ihn ihm als Kissen unter den Kopf. «Ich lasse einen Arzt holen», sagte er kurz, ging hinaus und rief vom oberen Treppenabsatz nach dem Wirt.

Der feiste Cattermole erschien blitzschnell; vermutlich hatte er bereits auf den Ruf gewartet. Er stand unten, auf das Geländer gestützt, und blickte besorgt mit gerunzelter Stirne und fest zusammengepreßten Lippen zum Grafen empor.

«Schicken Sie einen Ihrer Burschen um einen Arzt», sagte Rule, «und bringen Sie mir eine Flasche Kognak herauf.»

Der Wirt nickte und ging. «Cattermole», rief ihm Seine Lordschaft nach, «Sie bringen uns den Kognak selbst!»

Dazu lächelte der Wirt säuerlich. «Gewiß, Mylord.»

Rule ging in den Eichensalon zurück. Lethbridge lag, wie er ihn verlassen hatte, und hielt die Augen geschlossen. Er war sehr blaß; die eine Hand lag schlaff mit aufwärts gedrehten Fingern an seiner Seite auf dem Boden. Rule blickte mit gerunzelter Stirne auf ihn herab. Lethbridge rührte sich nicht.

Cattermole brachte eine Flasche und zwei Gläser. Er stellte sie auf den Tisch, warf einen besorgt abschätzenden Blick auf die leblose Gestalt und murmelte: «Doch wohl nicht tot, Mylord?»

«Nein.» Der Graf ergriff die Flasche und goß ein Glas voll.

«Gott sei Dank!» sagte der Wirt. «Sie tun mir damit nichts Gutes, Mylord.»

«Sie werden keinen Schaden erleiden», erwiderte der Graf ruhig, begab sich wieder zu Lethbridge und kniete neben ihm nieder.

«Hier, Lethbridge, trinken Sie das!» sagte er, indem er ihn ein wenig emporhob.

Lethbridge schlug die Augen auf; sie waren vor Erschöpfung leer, doch bekamen sie ihren Ausdruck wieder, nachdem er den Kognak geschluckt hatte. Einen Augenblick sah er Rule ins Gesicht, schnitt eine merkwürdige kleine Grimasse und blickte über ihn hinweg auf Cattermole, der über ihn gebeugt stand.

«Was, zum Teufel, haben Sie hier zu suchen?» fragte er unwirsch.

Der Wirt verzog den Mund. «Ja, ja, der lebt noch», murmelte er. «Ich werde in Rufnähe sein, wenn Sie mich brauchen, Mylord.» Damit ging er hinaus und schloß die Türe hinter sich.

Das Blut floß bereits durch den Leinenbausch. Der Graf knüpfte den Verband enger und erhob sich. Er hob den Degen vom Boden auf, wischte ihn sorgfältig ab und steckte ihn in die Scheide.

Lethbridge sah ihm zynisch belustigt zu. «Warum zerstören Sie, was Sie so schön vollendet haben?» erkundigte er sich. «Ich hatte doch ganz den Eindruck, daß Sie mich töten wollten.»

Der Graf blickte auf ihn herab. «Wenn ich Sie sterben lasse, werden sich die üblen Folgen für mich vielleicht schwer vermeiden lassen», sagte er.

Lethbridge grinste. «Die Antwort paßt eher zu mir als zu Ihnen», sagte er. Auf einen Ellbogen gestützt, versuchte er sich aufzusetzen.

«Sie sollten still liegenbleiben», sagte der Graf stirnrunzelnd.

«Ach nein», antwortete Lethbridge schwer atmend, «die Lage ist mir — nun — zu niedrig. Krönen Sie Ihre Menschenfreundlichkeit, indem Sie mir noch in den Stuhl helfen.»

Der Graf beugte sich über ihn und hob ihn auf; Lethbridge sank leicht keuchend mit an die Schulter gepreßter Hand in einen Stuhl. Ein grauer Schatten kroch über sein Gesicht. Er flüsterte: «Geben Sie mir den Brandy ... habe Ihnen einiges zu sagen.»

Der Graf hatte bereits eingeschenkt; jetzt hielt er das Glas an Lethbridges Lippen. Lethbridge griff mit unsicherer Hand danach. «Her damit, zum Teufel, so hilflos bin ich noch nicht!» Er leerte das Glas auf einen Zug und legte sich kräftesammelnd zurück, während der Graf seine Ärmel herunterrollte. Bald konnte er wieder sprechen.

«Um einen Doktor haben Sie geschickt? Wie edelmütig! Dann wird er ja wahrscheinlich gleich hier sein. Lassen Sie uns die Sache erledigen. Ihrer Frau ist bei mir nichts geschehen.» Er sah das rasche Aufblicken von Rules grauen Augen und gab ein leichtes Kichern von sich. «Ach nein, geben Sie sich keiner Täuschung hin: ich bin schon der Bösewicht, für den Sie mich halten. Sie hat sich selbst gerettet.»

«Interessant», sagte Rule, ging zu einem Stuhl und setzte sich auf die Armlehne. «Ich hielt sie schon immer für eine findige junge Dame.»

«Findig», murmelte Lethbridge, «ja, ja, ganz entschieden. Sie benützte einen Schürhaken.»

Die Lippen des Grafen zuckten. «Ach so. Nun, und die Erinnerung an die darauffolgenden Begebnisse ist dann wohl — wollen wir sagen —, wohl ein bißchen nebelhaft?»

Lethbridge lachte. Unter der Erschütterung zuckte er zusammen und hielt wieder die Hand an die schmerzende Schulter. «Sie war, glaube ich, der Meinung, mich getötet zu haben. Sagen Sie ihr, daß ich ihr nichts verarge, außer mein Haustor offen gelassen zu haben.»

«Ach ja», sagte Rule. «Dann kam Crosby.»

Lethbridge hatte die Augen geschlossen; bei diesen Worten schlug er sie wieder auf. «Ist das alles, was Ihnen bekannt ist? Crosby hat wohl nicht erzählt, daß er Winwood und Pommeroy bei mir angetroffen hat?»

«Nein. Vielleicht hielt er das für unwesentlich oder — wer weiß — dachte er, es könnte die Wirkung seiner Erzählung beeinträchtigen. Es tut mir leid, Sie damit zu ermüden, aber ich muß Sie bitten, mir noch einiges mehr anzuvertrauen. Was, zum Beispiel, führte Winwood zu Ihnen?»

«Die Mitteilung, daß ich erschlagen worden war — mit einem Schürhaken erschlagen.»

Rule atmete tief. «Sie sehen mich bestürzt. Kaum wage ich zu fragen: Was kam dann?»

«Keine Sorge. Er nahm meine Genesung freundlich auf... Sie dürfen mir noch etwas einschenken... Ja, ja, durchaus freundlich. Er wollte sogar Pikett mir mir spielen.»

«Ach, nun beginne ich zu verstehen. Und wäre die Hoffnung unbescheiden, daß Pommeroy sich in ähnlichem Zustand befand?»

«Viel Unterschied nahm ich zwischen den beiden nicht wahr. Die Erkenntnis, daß bei mir nicht, wie sie offenbar dachten, ein Spielabend im Gang war, veranlaßte die Herren, sich zu verabschieden.» Er nahm sein frisch gefülltes Glas und trank es leer. «Das begrüßten sowohl ich wie auch Crosby. Dann steckte der die Brosche ein. Und heute morgen mußte ich einen zweiten Besuch Pommeroys über mich ergehen lassen. Er kam um die Brosche. Sie werden für die Komik der Situation Verständnis haben: bis dahin wußte ich nämlich gar nicht von deren Existenz... Das übrige ist Ihnen vermutlich bekannt: wäre Crosby nicht ein solcher Narr gewesen, Ihnen die Geschichte zuzutragen, so bliebe noch eine Partie zu spielen.» Er stellte sein leeres Glas nieder und zog die Brosche aus seiner Hosentasche. «Hier — nehmen Sie sie. Es lohnt sich nicht. Bilden Sie sich aber nicht ein, daß ich reuig vor Ihnen liege. Rache — Ihre Frau nannte das Bombast. Ich weiß es nicht. Wären wir einander schon vor Jahren so» — er wies mit einem Kopfnicken auf den Degen — «begegnet, wer weiß, wie es dann gekommen wäre.» Er bewegte sich, trachtete die Schulter bequemer zu lagern. Mit gerunzelter Stirne fuhr er fort: «Die Erfahrung — das will ich zugeben — zeigt, daß Sie vielleicht recht hatten, mir Louisa zu verwehren. Mir fehlen alle Tugenden eines Ehemannes. Ist sie glücklich mit ihrem Landedelmann? Wahrscheinlich! Die Frauen sind — bestenfalls — langweilige Geschöpfe.» Vor Schmerz verkrampfte sich sein Gesicht. Er sagte reizbar: «Reinigen Sie mir den Degen und verwahren Sie ihn, ich werde ihn wieder benützen, glauben Sie mir!» Einen Augenblick betrachtete er Rule wortlos. Als sein Degen in die Scheide geglitten war, seufzte er. «Erinnern Sie sich an unseren Fechtkampf bei Angelo?»

Rule lächelte flüchtig. «Ich erinnere mich. Wir waren immer ziemlich gleichwertige Partner.»

«Sie haben inzwischen Fortschritte gemacht. Wo bleibt der verdammte Bader? Ich habe nicht das geringste Verlangen, Ihnen mit meinem Tod gefällig zu sein.»

«Möchten Sie glauben, Robert, daß mir das gar kein Gefallen wäre?»

Lethbridge sah zu ihm auf; wieder saß ihm der Spott im Auge. «Erinnerungen sind verflucht lästige Dinge, was? — Ich werde nicht sterben.» Sein Kopf sank ein wenig vornüber; er hob ihn mühselig und stützte ihn auf der gepolsterten Sessellehne. «Sie müssen zugeben, daß es ein kluger Zug war, Horrys Freundschaft zu gewinnen. Übrigens sagte ich ihr, Caroline sei damals in Ihrem Ranelagh-Spiel mitverschworen gewesen.»

«Sie hatten schon immer eine böse Zunge, Robert», sagte Rule freundlich.

«Ach ja, immer.»

Er hörte die Türe aufgehen und drehte sich um. «Nun, endlich! Bitte, sehen Sie mich nicht so entgeistert an, mein Guter, ich vermute, Sie haben schon einmal im Leben eine Degenwunde gesehen.»

Der Arzt legte seine Tasche auf den Tisch.

«Viele, Sir», antwortete er würdig. Sein Blick fiel auf die Flasche. «Kognak? Kognak ist kein Heilmittel. Hoffentlich beenden Sie die heutige Nacht nicht in hohem Fieber.» Er sah den blutgetränkten Verband und räusperte sich. «Hm! Einigermaßen geblutet. Cattermole! Schicken Sie zwei Jungen herauf, um Mylord in sein Zimmer zu tragen. Bleiben Sie, bitte, ruhig sitzen, Sir; ich werde die Wunde erst untersuchen, wenn ich Sie im Bett habe.»

Lethbridge lächelte verzerrt. «Ich könnte Ihnen kein ärgeres Geschick wünschen, als jetzt an meiner Stelle zu sein, Marcus.» Er hielt ihm die linke Hand hin. «Mit Ihnen bin ich nun fertig. Wissen Sie, daß Sie immer das Schlechteste in mir ausgelöst haben? Ihr Stich wird schneller heilen als der meine, leider. Es war ein guter Kampf, kann mich an keinen besseren erinnern. Der Haß ist eben ein scharfes Gewürz, nicht wahr?... Und wenn Sie jetzt Ihre verdammte Güte noch weitertreiben wollen, bestellen Sie meinem Diener, dem Esel, daß er mir hierher nachreisen soll.»

Rule drückte ihm die Hand. «Das einzige, mein lieber Robert, das Sie immer wieder erträglich macht, ist Ihre Unverfrorenheit... Schön, ich werde morgen in London sein, dann schicke ich Ihnen den Mann. Gute Nacht.»

Eine halbe Stunde später betrat er schlendernden Schrittes die Bibliothek in Meering, wo Mr. Gisborne Zeitung las, und streckte sich mit einem langen, befriedigten Seufzer auf die Couch.

Mr. Gisborne warf ihm einen erstaunten Seitenblick zu. Der Graf hielt die Hände unter dem Nacken verschränkt, und an der Stelle, wo die Spitzenmanschette vom rechten Handgelenk zurückfiel, zeigte sich der Zipfel eines blutbefleckten Taschentuches. Jetzt hoben sich die müden Augenlider. «Liebster Arnold, ich fürchte, ich bereite Ihnen wieder einmal eine Enttäuschung. Kaum wage ich es Ihnen zu sagen: wir fahren morgen nach London zurück.»

Mr. Gisbornes Blick traf die blinzelnden Augen. «Ganz nach Belieben, Sir», sagte er mit einer Verbeugung.

«Sie sind», sagte Seine Lordschaft, «ja wahrhaftig, Gisborne, Sie sind der König aller Sekretäre. Und natürlich haben Sie mit Ihrer Vermutung ganz recht. Wie bringen Sie es zustande, so scharfsichtig zu sein?»

Mr. Gisborne gab lächelnd die Erklärung: «Um Ihren Vorderarm ist ein Taschentuch gebunden, Sir.»

Der Graf zog den Arm vor und besah ihn versonnen. «Dies hier», sagte er, «war die reinste Gedankenlosigkeit. Offenbar werde ich alt.» Womit er die Augen schloß und in einen Zustand angenehmer Apathie zurückfiel.

18

ALS SIR ROLAND POMMEROY mit leeren Händen von seiner Mission zurückkehrte, fand er Horatia und ihren Bruder beim Pikettspiel im Salon. Offenbar war Horatias Geist heute ausnahmsweise nicht ganz auf die Karten gerichtet, denn Sir Roland war kaum vorgelassen worden, als sie schon ihr Päckchen auf den Tisch warf und sich ihm eifrig zuwandte: «Haben S-sie sie?»

«Hör mal, spielst du jetzt oder nicht?» tadelte der Vicomte, der sich nicht so leicht ablenken ließ.

«Nein, n-natürlich nicht. — Sir Roland, hat er sie Ihnen gegeben?»

Sir Roland wartete vorsichtig, bis sich die Tür hinter dem Diener geschlossen hatte. Dann räusperte er sich. «Ich möchte Sie warnen, Madam. Vorsicht in Gegenwart der Dienstboten. Sache muß vertuscht werden — Indiskretion wäre höchst fatal.»

«Das laß gut sein», sagte der Vicomte ungeduldig. «Ich habe noch nie einen Diener gehabt, der nicht alle meine Geheimnisse gekannt hätte. Hast du die Brosche?»

«Nein. Melde tiefstes Bedauern, Madam. Lord Lethbridge leugnet jede Kenntnis ab.»

«Aber ich w-weiß doch, daß sie dort ist! Sie haben ihm nicht etwa g-gesagt, daß sie mir gehört?»

«Gewiß nicht, Madam. Ich hatte es mir auf dem Weg ausgedacht und sagte ihm, daß sie meiner Großtante gehörte.»

Der Vicomte, der bis dahin zerstreut die Karten mischte, legte sie bei diesen Worten nieder. «Daß sie deiner Großtante gehörte? Zum Donnerwetter, Pom, sogar wenn der Kerl betäubt war, wird er dir nie und nimmer glauben, daß deine Großtante um zwei Uhr morgens zu ihm hereingewackelt ist. Das ist doch nicht glaubwürdig! Ganz abgesehen davon, daß du keine solchen Geschichten über deine Großtante verbreiten solltest.»

«Meine Großtante ist tot», verwies ihn Sir Roland nicht ohne Strenge.

«Nun, das macht es noch schlimmer», sagte der Vicomte. «Erwartest du von einem Mann wie Lethbridge, daß er sich Gespenstergeschichten erzählen läßt?»

«Das hat doch mit Gespenstern nichts zu tun», erwiderte Sir Roland erzürnt. «Du bist wohl nicht bei Trost, Pel! Ich sagte ihm, ich hätte die Brosche geerbt.»

«Aber es ist doch ein D-damenschmuckstück!» sagte Horatia. «Er k-kann Ihnen das unmöglich geglaubt haben.»

«O doch, Madam, gewiß! Eine glaubwürdige Geschichte, zwanglos vorgebracht — nichts einfacher als das. Aber leider ist die Brosche nicht in Seiner Lordschaft Händen. Bedenken Sie, Madam, die Aufregung in dem Augenblick — die Brosche fiel auf der Straße zu Boden. Möglich, wissen Sie, ganz gut möglich. Wahrscheinlich erinnern Sie sich nicht genau, aber glauben Sie mir, es wird so gewesen sein.»

«Ich erinnere mich g-ganz genau!» sagte Horatia. «Ich war ja nicht berauscht.»

Die Bemerkung war für Sir Roland so beschämend, daß er errötend verstummte. So blieb es dem Vicomte überlassen, einen Verweis auszusprechen.

«Schon gut, Horry, genug! Wer sagte, du wärst berauscht gewesen? Pom hat nichts dergleichen gemeint, nicht wahr, Pom?»

«N-nein, aber ihr wart es — b-beide!» sagte Horatia.

«Das geht dich gar nichts an», erwiderte der Vicomte hastig, «hat mit der Sache nichts zu tun. Pom mag recht haben — oder auch nicht, das kann man nicht wissen —, aber wenn du die Brosche tatsächlich auf der Straße verloren hast, läßt sich weiter nichts machen. Wir können nicht den ganzen Weg bis zur Half-Moon Street gehen und alle Kanalgitter untersuchen.»

Horatia faßte nach seinem Handgelenk. «P-pel», sagte sie ernsthaft, «ich habe die Brosche b-bei Lethbridge verloren. Er hat den Spitzeneinsatz von meiner Bluse abgerissen, und daran steckte sie. Sie hat einen festen Verschluß und wäre n-nicht von selbst aufgegangen.»

«Wenn dem so ist», antwortete der Vicomte, «dann muß ich hingehen und selbst mit Lethbridge sprechen. Ich möchte wetten, daß diese ganze Geschichte um Poms Großtante ihn mißtrauisch gemacht hat.»

Der Plan gefiel keinem der beiden Zuhörer. Sir Roland konnte nicht glauben, daß, wo Taktgefühl versagt hatte, die rauhen Methoden des Freundes Erfolg brächten, und Horatia hatte große Angst, ihr jähzorniger Bruder könnte sich zu dem Versuch hinreißen lassen, die Brosche durch Waffengewalt zurückzuergattern. Die sich ergebende lebhafte Diskussion wurde erst durch den Butler unterbrochen, der meldete, daß der Lunch serviert wäre.

Beide Gäste ließen sich dazu einladen; der Vicomte brauchte gar nicht erst gedrängt zu werden, und Sir Roland nur wenig. In Gegenwart der Diener mußte der Gesprächsgegenstand notgedrungen gewechselt werden, kaum war aber abgetragen worden, als Horatia genau dort anschloß, wo man unterbrochen wurde.

«V-verstehst du denn nicht, Pel: wenn du jetzt zu Lethbridge gehst, nachdem Sir Roland schon bei ihm war, d-dann muß er doch die Wahrheit ahnen?»

«Wenn du mich fragst», erwiderte der Vicomte, «ich meine, er wußte sie gleich. Großtante! Da weiß ich mir schon bessere Mittel!»

«Ach, Pel», sagte Horatia sorgenvoll, «das laß doch bitte sein! Du weißt ja, was du immer anstellst. Du hast mit Crosby gefochten, und das gab einen Skandal. Und ich bin sicher, du machst wieder das gleiche, wenn du jetzt zu Lethbridge gehst.»

«Nein», antwortete der Vicomte. «Er ficht ja besser als ich. Aber ein besserer Schütze ist er nicht.»

Sir Roland starrte ihn entsetzt an. «Das darf keine Schießerei werden, Pel. Der Ruf deiner Schwester — kolossal heikle Sache!»

Er brach ab, denn die Türe wurde geöffnet.

«Captain Heron», meldete der Lakai.

Einen Augenblick herrschte überraschte Stille. Der Captain trat ein, blieb bei der Tür stehen und blickte lächelnd um sich. «Nun, Horry», sagte er, «starr mich doch nicht wie ein Gespenst an!»

«Gespenster!» schrie der Vicomte. «Davon haben wir gerade genug. Was führt dich nach London, Edward?»

Horatia war aufgesprungen. «Ach, Edward! Und hast du Lizzie mitgebracht?»

Captain Heron schüttelte den Kopf. «Nein, leider nicht, meine Liebe. Elisabeth ist noch in Bath. Ich selbst bin nur auf ein paar Tage gekommen.»

Horatia umarmte ihn herzlich. «Nun, m-macht nichts. Ich freue mich r-riesig, dich hier zu sehen, Edward. Ach richtig, kennst du Sir Roland Pommeroy?»

«Ich glaube, ich habe nicht das Vergnügen», sagte der Captain, während er und Sir Roland sich voreinander verbeugten. «Ist Rule verreist, Horry?»

«Ja, G-gott sei Dank», antwortete sie. «N-nein, so habe ich es nicht gemeint, nur sitze ich gerade schön in der Klemme. Hast du schon zu Mittag gegessen, Edward?»

«Ja, in der South Street. Was ist denn geschehen?»

«Peinliche Sache», warf Sir Roland ein. «Sollten Sie lieber nicht erzählen, Madam.»

«Ach, Edward ist verläßlich. Er ist doch mein Schwager. P-pel, glaubst du, daß uns Edward vielleicht helfen könnte?»

«Nein», sagte der Vicomte barsch, «das glaube ich nicht. Wir brauchen auch gar keine Hilfe. Ich werde dir die Brosche zurückholen.»

Horatia faßte nach des Captains Hand.

«B-bitte, Edward, sag Pelham, daß er sich nicht mit Lord Lethbridge duellieren darf. Es wäre verhängnisvoll.»

«Sich mit Lethbridge duellieren?» wiederholte Heron. «Das schiene mir höchst unklug. Warum denn nur?»

«Wir können das jetzt nicht alles erklären», antwortete der Vicomte. «Horry, wer sagt dir, daß ich mich duellieren will?»

«Du hast es gesagt! Du sagtest, daß er kein besserer Schütze ist als du.»

«Ist er auch nicht. Aber ich brauche nichts anderes zu tun, als dem Kerl die Pistole an die Schläfe zu legen und die Brosche zu verlangen.»

Horatia ließ Herons Arm los. «Das ja, Pel», lobte sie, «das n-nenne ich einen vernünftigen P-plan.»

Der Captain blickte zwischen Erheiterung und Schreck von einem zum andern. «Wie gewalttätig ihr Leute seid», tadelte er. «Sagt mir doch, was geschehen ist.»

«Ach, weiter nichts», sagte der Vicomte. «Der üble Patron, der Lethbridge, hat gestern Horry in sein Haus gezwungen, und sie hat dort ihre Brosche verloren.»

Horatia nickte. «Ja, und jetzt will er mich k-kompromittieren, und gibt die Brosche deshalb nicht heraus. Die ganze G-geschichte ist recht ärgerlich.»

Der Vicomte erhob sich. «Ich werde sie dir bringen. Und dazu nicht jenen verdammten Takt brauchen.»

«Ich gehe mit dir, Pel», sagte Sir Roland niedergeschlagen.

«Du kannst mit nach Hause kommen, wenn ich mir die Pistole hole», antwortete Pel gestrenge, «aber in die Half-Moon Street nehme ich dich nicht mit, das sage ich dir gleich.»

Nachdem er, von seinem Freund begleitet, fortgegangen war, sagte Horatia mit einem Seufzer: «H-hoffentlich bekommt er sie diesmal. Komm in die Bibliothek, Edward, und erzähl mir von L-lizzie. Warum ist sie nicht m-mitgekommen?»

Der Captain hielt die Tür in die Halle für sie offen.

«Es erschien nicht ratsam», sagte er, «aber ich habe dir vieles von ihr auszurichten.»

«N-nicht ratsam? Wieso?» fragte Horatia, indem sie über die Schulter zurückblickte.

Heron wartete mit seiner Antwort, bis sie in der Bibliothek saßen.

«Ja, weißt du, Horry, ich freue mich, dir mitteilen zu können, daß Lizzie sich in gesegneten Umständen befindet.»

«Du freust dich...?» wiederholte Horatia. «Oh! Jetzt verstehe ich dich! Wunderbar, Edward!... Also so etwas, jetzt werde ich Tante! Rule muß mich gleich nach dem Newmarket Meeting nach Bath bringen. Das heißt, wenn er sich nicht von mir scheiden läßt», fügte sie betrübt hinzu.

«Um Gottes willen, Horry, es wird doch nicht so schlimm sein?» rief Heron entsetzt.

«N-nein, vorläufig nicht. Aber wenn ich meine Brosche nicht zurückbekomme, k-könnte er es wohl tun. Ich bin eine schlechte Ehefrau, Edward, jetzt s-sehe ich es ein.»

Heron setzte sich neben sie auf das Sofa und ergriff ihre Hand. «Arme Horry!» sagte er freundlich. «Willst du mir jetzt alles erzählen, von Anfang an?»

Die Geschichte, die ihm stockend erzählt wurde, war etwas verworren, aber er fand sich nach einiger Zeit zurecht und gab der Meinung Ausdruck, daß es zu keiner Scheidung kommen würde. «Aber eines finde ich, Horry», sagte er, «daß du es Rule morgen sagen solltest.»

«Das kann und will ich nicht», erwiderte sie heftig, «wer hätte jemals eine solche Geschichte gehört?»

«Es ist allerdings eine seltsame Geschichte», gab er zu. «Aber ich meine, er würde dir glauben.»

«N-nicht mehr — nach all den Dummheiten, die ich schon g-gemacht habe. Und wenn, so müßte er L-lethbridge fordern oder so etwas, und das g-gäbe einen Skandal und er würde es mir nie verzeihen, weil ich die Ursache g-gewesen wäre.»

Der Captain drang nicht weiter in sie. Er überlegte, daß die Sache vielleicht noch irgendwelche Hintergründe hatte. Rule kannte er nur flüchtig, erinnerte sich jedoch, daß Elisabeth einen unbeugsamen Zug um dessen Mund bemerkt hatte, der ihr Grund zu allerlei Befürchtungen gab. Heron hatte viel Vertrauen zum Urteil seiner Frau. Aus dem, was Horatia unbewußt verriet, gewann er nicht den Eindruck, daß die beiden eine so ungetrübte Ehe wie er und seine schöne Lizzie führten. Bestand vielleicht schon eine leichte Entfremdung zwischen ihnen — und Horatias Weigerung, Rule nach Meering zu folgen, schien darauf hinzudeuten —, dann wäre wohl der Augenblick schlecht gewählt, um ihm das unwahrscheinliche Abenteuer zu erzählen. Anderseits setzte der Captain keine besondere Hoffnung auf seines Schwagers Überredungsvermögen. Er streichelte zwar Horatias Hand und versicherte ihr, daß sich alles einrenken werde, war aber eigentlich selbst nicht sehr zuversichtlich. Doch hegte er für sie, die ihm zu seiner Lizzie verholfen hatte, eine große Dankbarkeit, und sein Versprechen, ihr, wie er nur könnte, zu helfen, kam aus aufrichtigem Herzen.

«Ich w-weiß, Edward», sagte Horatia erregt. «Nun, vielleicht b-bekommt Pel die Brosche jetzt, dann wäre ja alles gerettet.»

Es dauerte lange, bis der Vicomte, noch immer in Begleitung des getreuen Sir Roland, im Grosvenor Square wieder auftauchte. Horatia war bereits unruhig geworden; sie stellte sich furchtbare Kampfszenen vor, schon erwartete sie jeden Augenblick, den leblosen Körper ihres Bruders hereintragen zu sehen. Als er endlich kam, warf sie sich ihm an die Brust. «Ach, P-pel», schrie sie, «ich dachte schon, du wärst t-tot!»

«Tot? Warum zum Teufel sollte ich tot sein?» brummte der Vicomte, indem er seinen eleganten Rock aus ihrer Umklammerung löste. «Nein, deine Brosche habe ich nicht. Den Kerl soll der Teufel holen — er war nicht zu Hause.»

«Nicht zu Hause? Ja, was tun wir denn dann?»

«Nochmals hingehen», antwortete der Vicomte grimmig.

Aber der zweite Besuch, den der Vicomte knapp vor dem Abendessen machte, erwies sich ebenso fruchtlos wie der erste. «Meiner Meinung nach geht er mir aus dem Weg», sagte er. «Schön, dann fange ich ihn mir am frühen Morgen, bevor er noch ausgegangen sein kann. Und wenn der vermaledeite Portier mir auch dann erzählen will, daß er nicht zu Hause ist, dringe ich ein und sehe selbst nach.»

«In dem Fall muß ich dich begleiten», beschloß Heron. «Wenn du in ein fremdes Haus einzubrechen versuchst, wird das nicht glatt vor sich gehen.»

«Das finde ich auch», sagte der noch immer dienstbeflissene Sir Roland. «Am besten, wir gehen alle drei. Ich werde dich zu Hause abholen, Pel.»

«Kolossal anständig von dir, Pom», sagte der Vicomte. «Um neun Uhr, ja?»

«Neun Uhr», bestätigte Sir Roland. «Dann heißt es wohl, heute zeitig schlafen gehen.»

Am nächsten Morgen traf Heron als erster bei Winwood ein. Er fand ihn fertig angezogen und im Begriff, eine seiner silbereingefaßten Pistolen zu laden.

«Da sieh dir das hübsche Dingerchen an», sagte der Vicomte. «Einmal habe ich damit alle Herzen auf einer Spielkarte durchlöchert. Cheston hatte zehn zu eins dagegen gewettet. Mit so einer Pistole kannst du nämlich gar nicht danebenschießen. Oder vielleicht könntest *du* es», räumte er treuherzig ein, «ich nicht.»

Der Captain grinste bei dieser Herabsetzung seiner Schützenkunst, setzte sich auf den Tischrand und sah zu, wie der Vicomte sein Pulver einfüllte. «Nur um eins bitte ich dich, Pel, schieß Lethbridge nicht den Kopf ab.»

«Nein, aber vielleicht muß ich ihn flügellahm machen», sagte der

Vicomte, indem er einen weichen Lederlappen vom Tisch nahm und seine Kugel hineinlegte. «Ich werde ihn nicht töten, obwohl mir das, bei Gott, nicht leichtfällt!» Er hob die Waffe, hielt den Daumen über das Zündloch und schob behutsam die Kugel ein. «So. Und wo ist Pom? Hat wohl verschlafen, das hätte ich mir gleich denken können!» Er ließ die Pistole in seine Tasche gleiten und erhob sich. «Weißt du, Edward», sagte er ernst, «es ist wirklich eine furchtbare Geschichte. Wie sie Rule auffassen würde, wenn sie ihm zu Ohren käme, kann niemand sagen. Ich rechne auf deine Hilfe.»

«Natürlich will ich dir helfen», antwortete Heron, «wenn Lethbridge die Brosche hat, bekommen wir sie zurück.»

Da Sir Roland in diesem Augenblick auftauchte, griffen sie nach ihren Hüten und machten sich auf den Weg in die Half-Moon Street. Der Portier, der ihnen die Tür öffnete, meldete auch heute, daß sein Herr nicht zu Hause sei.

«Was Sie nicht sagen!» bemerkte der Vicomte. «Nun, dann will ich einmal hineingehen und mich umsehen.»

«Aber er ist doch nicht hier, Mylord!» protestierte der Mann, der den Türgriff nicht losgelassen hatte. «Er ist gestern in seiner Chaise fortgefahren und seither nicht zurückgekehrt.»

«Glaub ihm nicht, Pel», riet Sir Roland aus dem Hintergrund.

«Aber wahrhaftig, Sir, Mylord ist nicht hier. Außer Ihnen fragt noch ein ... nun, noch jemand nach ihm.»

Hier legte der Captain seine kräftige Schulter an die Tür und warf den Flügel zurück.

«Ungeheuer interessant», sagte er. «Wir werden jetzt hinaufgehen und uns überzeugen, ob Seine Lordschaft nicht vielleicht unbemerkt nach Hause gekommen ist. Komm, Pel!»

Der Portier wurde energisch zurückgedrängt und stieß einen Hilferuf aus. Ein vierschrötiger Geselle in einem Friesmantel und mit schmutzigem Halstuch, der in der engen Halle saß, blickte grinsend auf, bot jedoch keine Unterstützung an. Der Butler kam keuchend die Treppe herauf, blieb aber beim Anblick der Gesellschaft verwundert stehen. Er verneigte sich vor dem Vicomte und meldete abweisend:

«Seine Lordschaft ist nicht zu Hause, Mylord.»

«Vielleicht haben Sie nicht unter dem Bett gesucht», sagte der Vicomte. Der Mann im Friesmantel quittierte den Scherz mit einem derben Lachen. «Ah ja, Euer Gnaden, das haben Sie richtig heraus. Ein muffiger Kerl ist der, das habe ich schon immer gefunden.»

«Wie belieben?» sagte Sir Roland, indem er ihn durch die Lorgnette musterte. «Wer ist dieser Mann, Pel?»

«Wie zum Teufel soll ich das wissen? Sie, Herr So-und-So, bleiben jetzt einmal hier, ich habe oben ein Wörtchen mit Seiner Lordschaft zu reden.»

Der Butler stellte sich an den Fuß der Treppe. «Seine Lordschaft ist nicht zu Hause, Sir!» Er sah den Vicomte die Pistole aus der Tasche ziehen und keuchte: «Mylord!»

«Gehen Sie mir aus dem Weg, sonst könnte etwas passieren», sagte der Vicomte.

Der Butler wich zurück. «Ich versichere Eurer Lordschaft... ich... ich begreife das nicht, Mylord! Mein Herr ist aufs Land gefahren.»

Der Vicomte gab ein wegwerfendes Schnauben von sich und lief die Treppe hinauf. Nach wenigen Augenblicken kam er wieder: «Stimmt. Er ist nicht hier.»

«Durchgebrannt?» rief der Stämmige. «Der Blitz soll mich treffen, wenn ich mir jemals wieder mit einem noblen Herrn etwas anfange!» Nach dieser undurchsichtigen Bemerkung hieb er mit der Faust in seinen Hut und saß wieder brütend da.

Der Vicomte warf einen neugierigen Blick auf ihn. «Was wollen Sie von ihm, he? Wer sind Sie?»

«Das ist meine Sache», antwortete der Mann. «Zwanzig hübsche Guineen, die will ich von ihm, und die bekomme ich auch, und wenn ich bis morgen hier sitzen muß.»

Jetzt ergriff Heron das Wort und wandte sich an den Butler: «Wir haben dringend mit Seiner Lordschaft zu sprechen. Könnten Sie uns sagen, wo er anzutreffen wäre?»

«Seine Lordschaft hat keine Weisungen hinterlassen, Sir», sagte der Butler steif. «Ich wollte selbst, ich wäre besser unterrichtet, denn dieser... dieser Mensch hier besteht darauf, die Rückkehr Seiner Lordschaft abzuwarten, obzwar ich ihn schon verwarnt habe. Ich werde die Polizei rufen.»

«Das trau dich!» sagte der Mann geringschätzig. «Ich weiß, was ich weiß, und ich weiß auch, wer im Kittchen schläft, wenn ich was erzähl.»

Sir Roland, der genau zugehört hatte, schüttelte den Kopf. «Ich kann dem Kerl nicht folgen», sagte er. «Kittchen? — noch nie von dem Ort gehört.»

«Solche Leute wie Sie nennen es ‹Gefängnis›», erklärte der Mann. «Ich nenne es Kittchen. Kapiert?»

Der Vicomte musterte ihn mit zusammengezogenen Brauen. «Mir kommt vor, daß ich Ihnen schon einmal begegnet bin. Ihr Gesicht erkenne ich zwar nicht, aber die Stimme!»

«Vielleicht war er maskiert», regte Sir Roland hilfreich an.

«Herrgott, Pom, sei doch nicht so ein... Oder warte mal... maskiert?» Der Vicomte schlug sich aufs Knie. «Jetzt hast du mich darauf gebracht! Himmel und Hölle, du bist der Falott, der mich einmal auf dem Shosters Hill überfallen wollte!»

Der dicke Mann, der sich verfärbt hatte, schlich gegen die Tür zu. «Nein, nein», murmelte er, «das war nicht ich! Gelogen ist das!»

«Ach was, ich trag dir's nicht nach», sagte der Vicomte wohlgelaunt. «Du hast ja auch von mir nichts bekommen.»

«Ein Straßenräuber, ja?» fragte Sir Roland interessiert. «Verteufelt merkwürdigen Umgang pflegt der Lethbridge, das muß man wohl sagen!»

«Hm!» Der Captain betrachtete den massigen Mann mit wenig Beifall. «Ich kann mir denken, welche Art Geschäfte Sie mit Seiner Lordschaft betreiben.»

«Wirklich?» sagte Sir Roland. «Nun, was denn?»

«Strengen Sie Ihr Gehirn an», sagte Heron unfreundlich. «Am liebsten würde ich Sie der Wache übergeben, aber das geht wahrscheinlich nicht.» Jetzt wandte er sich an den Butler: «Bitte, denken Sie jetzt zurück. Vorgestern nacht ist in diesem Hause eine Brosche verloren worden. Erinnern Sie sich, daß sie gefunden wurde?»

Der Butler schien erfreut, wenigstens eine Frage beantworten zu können. «Nein, Sir, in diesem Haus ist keine Brosche gefunden worden. Seine Lordschaft hat mich ausdrücklich gefragt — gleich nachdem dieser Herr ihn gestern besucht hatte.» Und er wies mit dem Kopf auf Sir Roland.

«Wie war das?» rief der Vicomte erregt. «Sagten Sie, *nach* dem Besuch?»

«Jawohl, Mylord. Seine Lordschaft ließ mich sofort, nachdem der Herr das Haus verlassen hatte, rufen.»

Heron legte besänftigend die Hand auf den Arm des Vicomte. «Danke», sagte er. «Komm, Pelham, hier ist für uns nichts mehr zu tun.»

Damit zog er den widerstrebenden Schwager zur Tür, die vom Portier mit bereitwilligster Eile geöffnet wurde.

Die drei Verschwörer gingen die Stufen hinunter und machten sich auf den Weg nach Piccadilly.

«Auf der Straße fallen gelassen», sagte Sir Roland. «Ich hatte es gleich gewußt.»

«Es sieht mir jetzt auch schon so aus», bekräftigte Heron. «Und doch ist Horry überzeugt, daß die Brosche in dem Haus verloren wurde. Ich glaube, der Butler sprach die Wahrheit. Könnte noch irgend jemand anderer die Brosche gefunden haben?»

Der Vicomte blieb wie angewurzelt stehen. «Drelincourt!» sagte er. «Herrgott nochmal, die Viper, das Krötchen, dieses...»

«Sprichst du von dem Macaroni, Rules Vetter? Was hat er damit zu tun?» fragte der Captain.

Sir Roland, der eine ganze Weile den Vicomte angestarrt hatte, schüttelte ihm plötzlich die Hand. «Du hast es heraus, Pel — erraten! Jede Wette, daß er sie genommen hat!»

«Natürlich! Wir haben ihn doch bei Lethbridge zurückgelassen. Meiner Treu, ich drehe ihm den verdammten dürren Kragen um!» sagte der Vicomte wutschnaubend und stürzte in schärfstem Tempo in der Richtung nach Piccadilly davon.

Die beiden anderen eilten ihm nach.

«War denn Drelincourt in jener Nacht dort?» fragte Heron.

«Er kam herein, weil es regnete», erklärte Sir Roland. «Pel wollte ihn an der Nase packen. Es kommt wohl auch noch dazu.»

Jetzt hatte Heron den Vicomte eingeholt. «Du mußt vorsichtig sein, Pelham», sagte er. «Wenn er die Brosche nicht hat und du ihn beschuldigst, machst du die Sache nur schlimmer. Warum sollte er sie übrigens genommen haben?»

«Um Unheil zu stiften! Glaubst du, ich kenne ihn nicht?» antwortete der Vicomte. «Wenn er damit schon bei Rule war, sind wir erledigt.»

Sir Roland nickte. «Stimmt», sagte er, «stimmt auffallend. Läßt sich nicht anders ansehen. Am besten, wir erledigen ihn. Wird sich nicht umgehen lassen.»

«Pelham, du Narr, gib mir deine Pistole!» befahl Heron.

Der Vicomte schüttelte ihn ab und raste weiter. Sir Roland zupfte den Captain am Ärmel. «Lassen Sie ruhig Pel mit dem Mann fertig werden», sagte er vertraulich. «Er schießt verdammt gut, wissen Sie!»

«Herrgott im Himmel, Sie sind so verrückt wie er!» ächzte der Captain. «Verstehen Sie denn nicht, Mensch, daß es zu keinem Duell kommen darf?»

Sir Roland schürzte die Lippen. «Ich sehe nicht ein, warum», sagte er abwägend. «Ein bißchen ausgefallen, aber dann sind ja wir beide dabei und sehen zu, daß es gerecht zugeht. Kennen Sie den Drelincourt?»

«Nein, aber...»

«Nun ja, das ist es eben. Sonst würden Sie mir recht geben. Den Kerl sollte jemand erschießen, das denke ich mir schon längst.»

Hier gab Heron alle weiteren Überredungsversuche auf.

19

MR. CROSBY DRELINCOURT hatten seine Erlebnisse zu sehr erschüttert, als daß er noch, da er Meering verließ, an sein Abendessen gedacht hätte. Derzeit hatte er keinen anderen Wunsch, als nach Hause zu kommen. Er fuhr von Meering nach Twyford, wo die Pferde gewechselt wurden, und leistete sich sogar die schmerzende Ausgabe einer bewaffneten Eskorte zum Schutz gegen Straßenräuber. Die Heimreise kam ihm zwar endlos vor, aber die Chaise setzte ihn doch kurz nach zehn Uhr in der

Jermyn Street ab; zu der Stunde hatte er sich von dem Abenteuer schon ein wenig erholt, und nun quälte ihn der Hunger. Unglücklicherweise war, da er nicht erwartet wurde, kein Abendessen für ihn bereit; er mußte ins Gasthaus gehen und bedauerte erbittert, nicht schon unterwegs gespeist zu haben.

Am nächsten Morgen schlief er lange und wollte sich gerade im Morgenrock an den Frühstückstisch setzen, als er donnernde Schläge an das Haustor hörte und gleich darauf Stimmen. Er horchte — das Messer fiel ihm aus der Hand. Eine der Stimmen, die sich immer wieder erhob, war ihm bekannt. Er wandte sich rasch an seinen Diener, der soeben die Kaffeekanne vor ihn hingestellt hatte. «Ich bin nicht zu Hause», sagte er. «Rasch, lassen Sie sie nicht heraufkommen!»

Der Mann fragte stumpf: «Wie befehlen, Sir?»

Drelincourt stieß ihn zur Tür. «Sagen Sie ihnen, daß ich ausgegangen bin, Sie Esel! Lassen Sie sie nicht herein! Ich fühle mich nicht wohl und kann niemanden empfangen.»

«Bitte sehr, Sir», sagte der Diener und verbiß ein schadenfrohes Lächeln.

Mr. Drelincourt sank nervös in seinen Stuhl zurück und betupfte sich nervös das Gesicht mit seiner Serviette. Er hörte den Diener hinuntergehen, um mit den Besuchern zu verhandeln, und vernahm unmittelbar darauf zu seinem Entsetzen, wie jemand mit Riesenschritten, immer drei Stufen auf einmal, die Treppe heraufstürmte.

Die Tür wurde derb aufgestoßen: auf der Schwelle stand Vicomte Winwood. «Ausgegangen, ja?... Jetzt möchte ich einmal hören, warum Sie sich unbedingt vor mir verleugnen lassen wollten?»

Drelincourt stand auf und klammerte sich an die Tischkante. «Wahrhaftig, Mylord, soll ein Mensch nicht mehr allein sein dürfen, wenn er es wünscht?» Jetzt erblickte er das Gesicht Pommeroys, der über die Schulter des Vicomte ins Zimmer spähte, und befeuchtete die trockenen Lippen. «Ich bitte Sie, meine Herren, was soll dieser Überfall bedeuten?» fragte er kraftlos.

Der Vicomte trat näher und setzte sich ungeniert, eine Hand in der weiten Rocktasche, auf eine Ecke des Tisches. Hinter ihm stand Sir Roland an die Wand gelehnt und stocherte gleichgültig in den Zähnen. Heron stellte sich neben den Vicomte, offensichtlich bereit einzuschreiten, falls sich die Notwendigkeit ergab.

Drelincourt blickte mit düsteren Vorahnungen von einem zum anderen. «Ich kann mir nicht vorstellen, meine Herren, was... was Sie herführt», sagte er.

Die engelhaft blauen Augen des Vicomte ruhten auf seinem Gesicht. «Weshalb sind Sie gestern aufs Land gefahren, Drelincourt?» fragte er. «Ich... ich...»

«Ich hörte von Ihrem Diener, daß Sie in einer vierspännigen Chaise ausgefahren sind und spät heimkehrten — so spät, daß Sie jetzt nicht gestört werden dürfen. Wo sind Sie gewesen?»

«Ich verstehe nicht ... ich verstehe absolut nicht, inwiefern meine Reisen Sie angehen, Mylord!»

Sir Roland nahm den Zahnstocher aus dem Mund. «Will's uns nicht sagen», bemerkte er. «Ein böses, sehr böses Zeichen.»

«Er wird es uns aber doch sagen», kündigte der Vicomte an und erhob sich.

Drelincourt trat einen Schritt zurück. «Mylord — ich ... ich protestiere. Ich begreife Sie gar nicht. Ich war in ... privater Angelegenheit verreist, das kann ich Ihnen versichern.»

«Privat, ja?» fragte der Vicomte, indem er einen Schritt näher trat. «Und diese private Angelegenheit stand nicht etwa in Zusammenhang mit einem Schmuckstück?»

Drelincourt wurde aschfahl. «Nein, nein», keuchte er.

Der Vicomte riß die Pistole aus der Tasche und legte auf ihn an. «Du lügst, du Heuchler!» stieß er zwischen den Zähnen hervor. «Steh still!»

Drelincourt stand wie angewurzelt und starrte gebannt auf die Pistole. Hier konnte Sir Roland seinen Einwand nicht unterdrücken. «Nicht jetzt, Pel, das geht nicht! Du mußt die Sache ordentlich machen.»

Der Vicomte ging darüber hinweg. «Gestern haben Sie bei Lethbridge eine runde Brosche aufgehoben, nicht wahr?»

«Ich habe keine Ahnung, was Sie meinen», plapperte Drelincourt. «Eine Brosche? Davon weiß ich nichts, aber schon gar nichts.»

Der Vicomte drückte den Lauf seiner Pistole gegen Drelincourts Magengrube. «Der Hahn geht bei dieser Pistole ganz erstaunlich leicht los», sagte er, «da genügt der leiseste Anstoß. Nicht rühren! Ich weiß, daß Sie die Brosche an sich genommen haben. Was haben Sie damit getan?»

Drelincourt schwieg; sein Atem flog. Sir Roland legte sorgfältig seinen Zahnstocher in das goldene Etui und steckte es ein. Jetzt kam er gemächlich näher, versenkte die Finger in Drelincourts Kragen und verknotete dessen Halstuch nach allen Regeln der Kunst. «Leg die Pistole weg, Pel. Wir wollen es aus ihm herauswürgen.»

Drelincourt, dessen Hals noch von seines Vetters derbem Griff her schmerzte, gab einen halberstickten Schrei von sich. «Ja, ich habe sie aufgeklaubt. Ich wußte nicht, wie sie dorthin gekommen war — keine Ahnung hatte ich!»

«Sie haben sie Rule gebracht? Antworten Sie!» knurrte der Vicomte.

«Nein, nein. Keine Spur. Ich schwöre es Ihnen!»

Heron, der ihn genau beobachtete, nickte. «Lassen Sie ihn los, Pommeroy, ich glaube, er spricht die Wahrheit.»

«Wo ist sie, wenn Sie sie nicht Rule gebracht haben?»

«Ich habe sie nicht», keuchte Drelincourt mit dem Blick auf der Pistole.

«Daß wir Ihnen glauben, können Sie nicht erwarten», sagte Pommeroy sachlich. «Sie sind damit nach Meering gefahren, nicht wahr?»

«Ja, aber ich habe sie nicht Rule gegeben. Lord Lethbridge hat sie.»

Vor Verblüffung ließ ihn Pommeroy los. «Der Teufel soll mich holen, wenn ich mir das deuten kann», sagte er. «Wie kam denn er dazu, zum Kuckuck?»

«Er... er kam mir nachgefahren und entriß sie mir. Ich konnte mir nicht helfen. Ich schwöre Ihnen, daß das die Wahrheit ist.»

«Da hast du's, Pom», sagte der Vicomte erbittert. «Das kommt von deinem Großtantengewäsch!»

«Gut», sagte Sir Roland, «jetzt wissen wir wenigstens, wer die Brosche hat. Das macht es uns leichter. Wir müssen nur Lethbridge finden, dann lassen wir uns die Brosche ausfolgen und die ganze Sache ist erledigt.»

Der Vicomte wandte sich an Drelincourt: «Wo ist Lethbridge?»

Drelincourt sagte mürrisch: «Ich weiß nicht. Er wollte in Maidenhead übernachten.»

Der Vicomte überlegte rasch. «Maidenhead? Das sind ungefähr vierzig Kilometer, wollen sagen: drei Stunden Fahrt. Wir erreichen ihn noch.» Er ließ die Pistole in die Tasche gleiten. «Hier sind wir fertig. Was Sie betrifft» — er wandte sich an Drelincourt, der sichtbar zusammenschrumpfte —, «wenn Sie mir noch einmal in die Quere kommen, so wird das das letzte Mal sein. Los, Pom, gehen wir. Komm, Edward!»

Kaum standen sie wieder auf der Straße, wurde Heron von einem lautlosen Lachen geschüttelt.

Der Vicomte blieb stehen und fragte mit zusammengezogenen Brauen: «Was ist in dich gefahren?»

Der Captain hielt sich am Gitter fest: «Sein Gesicht», sagte er prustend, «wie du da mitten in sein Frühstück geplatzt bist. O-Gott-o-Gott!»

«Ja?» sagte Sir Roland, «war das mitten in seinem Frühstück? Wie drollig!»

Plötzlich wurde auch dem Vicomte die Komik der Situation bewußt, und er brach in ein dröhnendes Gelächter aus. Drelincourt, der in seinem Zimmer durch einen Vorhangspalt hinausspähte, wurde beim Anblick seiner drei Gäste, wie sie sich auf dem Gehsteig vor Heiterkeit bogen, in helle Wut versetzt.

Endlich ließ der Captain das Gitter los. «Wohin jetzt?» fragte er schwach.

«Zu White», beschloß der Vicomte. «Zu dieser Stunde wird niemand dort sein, und wir müssen uns die Sache überlegen.»

«Ich bin dort nicht Mitglied, weißt du?» sagte Heron.

«Das macht nichts. Pom übrigens auch nicht. Aber ich bin Mitglied», erwiderte der Vicomte und machte sich als erster auf den Weg.

Sie fanden das Kaffeehaus des Klubs verlassen und nahmen davon Besitz. Der Vicomte warf sich in einen Armstuhl und versenkte die Hände in die Hosentaschen.

«Nehmen wir an, Lethbridge ist um zehn Uhr in Maidenhead aufgebrochen», überlegte er. «Dann kommt er gegen eins an. Vielleicht sogar früher. Er fährt gewöhnlich schnell.»

Das erregte bei Sir Roland Widerspruch. «Er würde nicht um zehn fortfahren, Pel. Das ist zu früh.»

«Was sollte ihn dort halten?» fragte der Vicomte. «Ich habe noch nie gehört, daß man in Maidenhead etwas unternehmen kann.»

«Ein Bett wird's doch geben, nicht? Stehst du jemals vor neun auf? Er auch nicht, das wette ich mit dir. Sagen wir: elf.»

«Ist denn das so wichtig?» fragte Heron, indem er seine Feldbinde zurechtrückte.

«Wichtig? Natürlich!» erwiderte der Vicomte. «Wir müssen den Kerl doch fangen. Wird er unterwegs mittagessen, Pom?»

«Er wird im ‹King's Head› in Longford lunchen», antwortete Sir Roland.

«Oder in Colnbrook», sagte der Vicomte. Im ‹George› gibt es guten Lammbraten mit gerösteten Pilzen.»

«Aber nein, Pel», wandte Sir Roland sanft ein. «Du denkst an die Tauben in Brentford.»

Der Vicomte widmete der Bemerkung einige Überlegung und gelangte zu dem Ergebnis, daß sein Freund recht hatte. «Schön, dann sagen wir eben Longford. Dort ist er um zwölf Uhr. Vor zwei ist er nicht in London.»

«Das würde ich nicht behaupten, Pel», wandte Sir Roland ein.

«Aber zum Teufel, laß doch dem Mann Zeit, bei seinem Wein zu sitzen!»

«Nicht in Longford», sagte Sir Roland schlicht. «Im ‹King's Head› bleibt man nicht bei seinem Wein sitzen.»

«Wenn dem so ist», sagte der Vicomte, «dann geht er eben nicht dorthin mittagessen. Und was wir uns ausdenken, ist falsch.»

Heron richtete sich auf. «Jetzt hört schon auf, von seinem Lunch zu sprechen», bat er. «Er wird irgendwo essen — das übrige geht uns nichts an. Wie wollt ihr denn auf offener Straße zu ihm gelangen?»

Der Vicomte ließ den Kopf sinken und dachte tief nach.

«Das ginge nicht, ohne ihn zu überfallen», sagte Captain Heron. «Nein, ihr könnt nur in seinem Haus auf ihn warten.»

Der Vicomte sprang auf. «Richtig getroffen, Edward! Eine fabelhafte Idee! Das wollen wir tun.»

«Ja? In der Half-Moon Street auf ihn warten? Ich sage ja nicht, daß es eine gute Idee ist, aber . . .»

«O Gott, nein!» unterbrach ihn der Vicomte. «*Das* hat keinen Sinn. Überfallen wollen wir ihn!»

«Aber um Gottes willen, das war doch nicht meine Idee!» protestierte Heron beunruhigt.

«Natürlich war es deine Idee. Dir ist es eingefallen, nicht? Dabei muß ich sagen, Edward, so etwas hätte ich von dir nicht gedacht. Hielt dich immer für verflixt anständig.»

«Da hattest du recht. Ich bin so anständig, wie man nur sein kann. Und ich will mit einem Überfall nichts zu tun haben.»

«Warum nicht? Kein Arg dabei. Wir werden dem Kerl nichts tun — oder sagen wir, nicht viel.»

«Pelham, kannst du einen Augenblick vernünftig sein? Denk doch, bitte, an meine Uniform.»

Sir Roland, der gedankenvoll an seinem Stockgriff saugte, hob jetzt den Kopf. «Jetzt fällt mir etwas ein», sagte er. «Gehen Sie nach Hause und ziehen Sie sich um. Ein Überfall in der Uniform — das geht nicht. Das kannst du ihm nicht zumuten, Pel.»

«Herrgott nochmal, habt ihr wirklich gedacht, daß wir so gehen wollten, wie wir da sind? Natürlich brauchen wir lange Mäntel und Masken.»

«Ich besitze einen Rockelor», erwähnte Sir Roland hilfsbereit. «Vor einem Monat bei Grogan machen lassen. Ich wollte dir ihn längst zeigen, Pel: ein hübsches Grau und Silberknöpfe. Nur mit dem Futter bin ich nicht ganz einverstanden. Grogan hat Karmeliterseide durchgesetzt, aber ich mag das eigentlich nicht sehr — nein, sogar gar nicht.»

«In einem seidengefütterten Rockelor kann man keine Chaise überfallen. Dazu braucht man Friesmäntel und Halstücher.»

Sir Roland schüttelte den Kopf. «Unmöglich, Pel. Haben Sie einen Friesmantel, Heron?»

«Nein, Gott sei Dank, den habe ich nicht.»

«Ich auch nicht», sagte der Vicomte aufspringend. «Und darum müssen wir uns den Kerl holen, der noch bei Lethbridge sitzt. Kommt jetzt, wir haben keine Zeit zu verlieren.»

Sir Roland erhob sich und sagte voller Bewunderung: «Nie im Leben wäre mir das eingefallen. Den findigen Kopf hast du, Pel, kein Zweifel.»

«Pelham, ist dir auch bewußt, daß das höchstwahrscheinlich der Raufbold ist, der deine Schwester entführt hat?» fragte der Captain.

«Meinst du? — ja, tatsächlich, das glaube ich auch. Sagte er nicht, daß er noch zwanzig Guineen zu bekommen hätte? Nun, wenn ihn Lethbridge dingen konnte, so können wir das auch.» Und nach dieser Erklärung setzte er sich in Bewegung.

Heron kam ihm auf der Straße nach. «Alles schön und gut, Pelham, aber eine so hirnverbrannte Sache können wir nicht tun. Wenn wir erwischt werden, ist das vermutlich das Ende meiner Laufbahn.»

«Nun ja, ich habe ja auch nie begriffen, warum du zur Armee wolltest. Aber wenn du jetzt lieber auskneifst, können Pom und ich auch allein fertig werden.»

«Aber, Pel, liebster Freund», protestierte Sir Roland entrüstet, «Heron kneift doch nicht aus! Er sagte nur, er wäre erledigt, wenn die Sache schiefgeht. Du solltest einem Menschen nicht gleich ins Gesicht springen, weil er eine Bemerkung macht.»

«Wenn es nicht für Horry wäre, würde ich wirklich auskneifen», sagte Heron. «Warum zum Donnerwetter kannst du nicht einfach warten, bis Lethbridge nach Hause kommt? Sollten wir drei zusammen nicht imstande sein, ihm die Brosche wegzunehmen, ohne eine Maskerade als Straßenräuber?»

«Weil das ein besseres Vorgehen ist», antwortete der Vicomte. «Die Hauptsache ist, den Skandal zu vermeiden. Wenn ich dem Kerl die Pistole an den Schädel setze und er mich daraufhin fordert — was haben wir damit erreicht? Es ist dann schlimmer als zuvor! Die Sache kommt Rule unbedingt zu Ohren, und wenn du glaubst, sein Verdacht fällt nicht auf Horry, kennst du ihn schlecht. Auf meine Art bekommen wir die Brosche ohne ein Stäubchen Skandal, und niemand ahnt etwas. Nun, Edward, hältst du mit oder nicht?»

«Ja. Du hast auch nicht ganz unrecht, wenn die Sache nicht schiefgeht.»

«Da kann nichts schiefgehen — es wäre denn, daß der Halunke inzwischen fortgegangen ist.»

«Kann er nicht getan haben», sagte Sir Roland. «Er wollte doch bleiben, bis er seine zwanzig Guineen hätte. Lethbridge ist noch nicht zurück, also hat er sein Geld nicht, also ist er noch dort.»

Es erwies sich, daß Sir Roland recht hatte. Als die Freunde wieder einmal in der Half-Moon Street einlangten, saß der stämmige Mann noch immer in der Halle. Kaum hatte der Portier gesehen, wer auf der Schwelle stand, machte er einen kühnen Versuch, die Tür zuzuschlagen. Das aber wurde durch Sir Roland, der sich höchst geistesgegenwärtig dagegen warf, vereitelt, und dem Portier, der nun zwischen Tür und Wand eingezwängt stand, ging beinahe der Atem aus. Als er sich endlich losgemacht hatte, stöhnte er über den Anblick der drei jungen Herren, die bereits in der Halle standen. Sobald ihm jedoch auseinandergesetzt wurde, daß sie lediglich den Vierschrötigen wegführen wollten, erhellte sich seine Miene beträchtlich, und er gestattete ihnen sogar, den würdigen Mann zu einem kleinen Privatgespräch in den Salon zu führen.

Dieser warf, von der Pistole des Vicomte bedroht, die Hände hoch.

«Lassen Euer Gnaden nicht das Zeug auf mich los», sagte er heiser. «Ich habe Ihnen nie etwas getan.»

«Das stimmt», bekräftigte der Vicomte. «Und ich will dir auch nichts tun, wenn du dich anständig benimmst. Wie heißt du? Sag schon — ich muß dich doch irgendwie nennen, nicht?»

«Nennen Sie mich Ned. Ned Hawkins. Nicht mein Name, aber hübsch. Edward Hawkins, der bin ich, und stehe den Herren zu Diensten.»

«Wir können keinen zweiten Edward brauchen», wandte Sir Roland ein. «Heron heißt Edward, das bringt uns in Verwirrung.»

«Frederick also, macht mir nichts aus. Um den Herrschaften angenehm zu sein.»

«Hawkins genügt», sagte der Vicomte. «Und du bist ein Straßenräuber, was?»

«Ich?» rief Mr. Hawkins, ganz gekränkte Unschuld. «Bei unserem Herrn Jesus...»

«Schon gut», unterbrach der Vicomte. «Dir habe ich vor sechs Monaten auf dem Shooter Hügel den Hut vom Kopf geschossen. Aber jetzt hätte ich einen Auftrag für dich. Was sagst du zu zwanzig Guineen, he?»

Mr. Hawkins fuhr zurück. «Der Blitz soll mich treffen, wenn ich noch einmal mit einem noblen Herrn zusammenarbeite — das sage ich dazu.»

Der Vicomte hob seine Pistole. «Schön, dann behalte ich dich hier, während mein Freund einen Schutzmann holt.»

«Das werden Sie sich überlegen. Wenn Sie mich einsperren lassen, nehme ich Seine Lordschaft, den Brummigen, auch mit — wie gefällt Ihnen das?»

«Gut», sagte der Vicomte. «Er ist nicht mein Freund. Vielleicht deiner?»

Mr. Hawkins spuckte vielsagend. Sir Roland, dessen Anstandssinn verletzt wurde, erhob entrüsteten Protest. «Hör mal, Pel, du kannst den Kerl nicht in einem fremden Haus spucken lassen! Schlechter Ton, mein Lieber, abscheulich!»

«Tu das nicht noch einmal!» befahl denn auch der Vicomte. «Nützt dir ja auch nichts. Er hat dich wohl um deinen Lohn beschwindelt?»

«Ja, ausgekniffen ist er mir. Bestohlen hat er mich. Wenn der mir wieder einmal in den Weg läuft...»

«Dazu kann ich dir verhelfen. Was hältst du davon, ihn zu überfallen — für zwanzig Guineen?»

Hawkins sah mißtrauisch von einem zum anderen. «Wozu?» fragte er.

«Er hat etwas, das ich brauche», erklärte der Vicomte kurz. «Entschließ dich: die Wache oder zwanzig Guineen?»

Hawkins rieb sich das rauhe Kinn. «Wer tut mit? Alle drei junge Herren?»

«Ja. Wir werden seine Chaise überfallen.»

«Was? In dem Aufzug?» Er wies auf den goldbetreßten Rock des Vicomte.

«Aber nein, du Dummkopf!» antwortete Winwood ungeduldig. «Dazu brauche ich dich eben. Du sollst uns drei Mäntel wie den deinen verschaffen und Masken.»

Ein breites Grinsen erschien auf Hawkins' Gesicht. «So mutig! Hol's der Henker — mir gefällt das», gab er bekannt. «Ich bin dabei. Wo ist der Bursche?»

«Auf der Bath-Straße, am Weg nach London.»

Hawkins nickte. «Dann wird's auf der Heide sein. Wann?»

«Irgendwann nach zwölf Uhr. Genau kann ich's nicht sagen.»

Hawkins ließ die Mundwinkel hängen. «Davon halt ich nichts. Ich arbeite am liebsten, wenn die Plaudertasche da ist.»

«Wenn wir eines nicht brauchen können, so sind es Plaudertaschen.»

«Aber, Euer Gnaden, haben Sie nie etwas vom Mond gehört?»

«Mond? Wenn der Mond aufgeht, sitzt unser Mann schon in Sicherheit zu Hause. Nein, bei Tageslicht oder gar nicht.»

Hawkins seufzte. «Wie Sie wünschen, Euer Gnaden. Und Sie brauchen Gewänder und Masken? Pferde haben Sie?»

«Eigene Pferde, eigene Pistolen», bestätigte der Vicomte.

«Mich mußt dann du versorgen, Pelham», mahnte der Captain.

«Ist mir ein Vergnügen, mein Lieber.»

«Ihre eigenen Knaller? Wir benützen sonst keine solchen Dingerchen, Euer Gnaden — nichts als Beschläge.»

Der Vicomte warf einen Blick auf seine Waffe.

«Was willst du von der Pistole? Tadelloses Stück. Hundert Guineen habe ich für das Paar bezahlt.»

Hawkins wies mit dem schmutzigen Finger auf die Metallbeschläge. «Zuviel Zeugs daran.»

«Na ja, vielleicht, aber ich habe gern meine eigenen Pistolen bei mir... Also wo bekommen wir die Mäntel und Masken?»

«Kennen Sie das Half Way House?» fragte Hawkins. «Dort werde ich Sie erwarten. Es gibt da ein feines Plätzchen, wo ich meine Klepper unterbringe. Ich gehe jetzt gleich hin, und wenn Sie kommen, soll mich der Blitz treffen, wenn ich nicht alles für Sie bereit habe.»

«Und woher weiß ich, daß du auch wirklich dort sein wirst?» fragte der Vicomte.

«Weil ich die zwanzig Guineen haben will», antwortete Hawkins folgerichtig. «Und weil der eingebildete Kerl meine Faust zu spüren bekommen soll. Darum.»

20

EINE STUNDE SPÄTER hätte man drei besonnene junge Herren beobachten können, wie sie gelassen gegen Knightsbridge ritten. Heron, der einen flotten Braunen aus Winwoods Ställen ritt, hatte die scharlachrote Uniform und die gepuderte Perücke gegen einen schlichten ledergelben Anzug und eine braune Schleifenperücke eingetauscht. Bevor er den Vicomte zu Haus abholte, hatte er noch Zeit gefunden, einen Besuch am Grosvenor Square abzustatten, wo er Horatia in hellster Aufregung vorfand. Von der weiteren Entwicklung der Angelegenheit benachrichtigt, drückte sie vorerst stärkste Mißbilligung aus, weil niemand den unseligen Drelincourt umgebracht hatte, und es dauerte einige Minuten, bevor der Captain imstande war, sie von der Aufzählung von dessen Missetaten abzulenken. Erst nachdem ihre Entrüstung ein wenig abgeflaut war, konnte er ihr den Plan des Vicomte vorlegen. Den begrüßte sie sofort mit Anerkennung: das wäre ein unglaublich kluger Einfall, und selbstverständlich sei ein Scheitern ausgeschlossen. Der Captain legte ihr noch ans Herz, die Sache für sich zu behalten, und verließ sie, um nach Pall Mall zu gehen.

Er selbst hegte nicht viel Hoffnung, Hawkins vor dem Half Way House oder überhaupt irgendwo anzutreffen, aber es hatte offensichtlich keinen Sinn, dem optimistischen Vicomte von dieser Befürchtung Mitteilung zu machen. Sein Schwager war in bester Kampfstimmung; ob nun Hawkins die Vereinbarung einhielt oder nicht — es sah entschieden so aus, als sollte der Plan ausgeführt werden.

Etwa einen halben Kilometer vor dem Half Way House tauchte ein einsamer Reiter auf, der sein Pferd im Schritt gehen ließ. Als die Herren sich näherten, blickte er über die Schulter, und Heron mußte einsehen, daß er der neuen Bekanntschaft Unrecht getan hatte.

Mr. Hawkins begrüßte ihn jovial. «So sind mir die Herren im Wort geblieben!» rief er fröhlich. Sein Blick glitt beifällig über des Vicomte Stute. «Nettes Tierchen haben Sie da, aber tückisch, das möchte ich wetten . . . Jetzt kommen Sie mit zu meiner Höhle. Sie wissen schon . . .»

«Hast du die Mäntel mit?» fragte der Vicomte.

«Alles in Butter, Euer Gnaden.»

Die Bierkneipe, die Hawkins zu seinem Hauptquartier gemacht hatte, befand sich in einiger Entfernung von der Straße. Es war eine recht üble Spelunke, und aus den Mienen der im Schankraum versammelten Gesellschaft ließ sich schließen, daß sie hauptsächlich von Raufbolden von Hawkins' Art besucht wurde. Als Vorspiel zu ihrem Abenteuer bestellte der Vicomte vier Humpen Kognak und bezahlte mit einer auf den Schanktisch geworfenen Guinea.

«Schmeiß nicht mit den Guineen herum, du Narr!» mahnte Heron leise. «Gleich werden sie dir die Taschen ausrauben, wenn du nicht aufpaßt.»

«Ja, da hat der Captain recht», sagte Hawkins, der ihn gehört hatte. «Ich bin ein Straßenräuber, habe noch nie was gestohlen und werde es nie tun, aber da sind zwei Kerle, die 's nicht gut mit Ihnen meinen. Hierher kommt alles mögliche. Einbrecher, Betrüger, gewöhnliche Diebe und Lumpen. Nun, meine Herren Raufbolde, legen Sie all das Zeug ab, ich hab die Kleider drüben bei den Tänzerinnen.»

Sir Roland zupfte den Captain am Ärmel. «Wissen Sie, Heron, der Kognak war nicht das richtige. Hoffentlich steigt er dem armen Pel nicht zu Kopf — der wird furchtbar wild, wenn er einen Rausch hat. Und mit Tänzerinnen darf er schon gar nichts zu tun haben.»

Heron beruhigte ihn: «Ich glaube nicht, daß er Tänzerinnen gemeint hat; das ist sicher nur ein Dialektwort.»

«Ach so», sagte Sir Roland befreit. «Schade, daß er nicht anständig sprechen kann. Ich verstehe ihn leider fast gar nicht.»

Es erwies sich, daß Hawkins' «Tänzerinnen» eine Anzahl von baufälligen Stufen waren, die zu einem übelriechenden Schlafzimmer führten. Auf der Schwelle fuhr Sir Roland zurück und führte das parfümierte Taschentuch an die Nase. «Pel — nein, wahrlich Pel...», brachte er schwach über die Lippen.

«Duftet ein bißchen nach Zwiebeln», bemerkte der Vicomte. Er warf seinen verwegenen *à la Valaque*-Hut beiseite, griff nach einem ramponierten Dreispitz, der auf einem Stuhl lag, und setzte sich ihn auf die blonden, ungepuderten Locken. Er betrachtete die Wirkung in einem gesprungenen Spiegel und fragte kichernd: «Wie gefalle ich dir, Pom?»

Sir Roland schüttelte den Kopf. «Das ist doch kein Hut, Pel. Das kannst du nie im Leben einen Hut nennen!»

Hawkins gab ein lautes Gelächter von sich. «Ein ganz feiner Hut ist das, schöner als Eure.» Er reichte dem Vicomte eine Halsschleife und zeigte ihm, wie er sie binden müßte, um das Spitzenjabot völlig zu verdecken. Über dessen glänzende Stiefel rümpfte er die Nase. «In den Tretern kann man sich spiegeln», sagte er, «aber da läßt sich jetzt nichts machen.» Er sah Sir Roland zu, der sich mühselig in einen Mantel mit dreifachem Kragen einhüllte, und reichte ihm einen Hut, der noch schäbiger war als der erste. Sir Rolands elegante Stulpenhandschuhe erregten sein Mißfallen. «Eigentlich brauchen Sie das Zeug nicht», sagte er. «Na ja, ich weiß nicht, vielleicht ist es doch ganz gut, die weißen Pratzen zu verdecken... Schön, meine Herren, und jetzt nehmen Sie die Masken wieder weg, bis ich Ihnen sage, daß Sie sie anlegen sollen. Erst wenn wir auf die Heide kommen.»

Heron zog das Halstuch fest und schob den Biberhut tief über die Augen. «Die eigene Frau könnte mich in diesen Kleidern nicht erkennen — das wollte ich wetten! Wenn mir nur der Mantel nicht so eng um die Brust wäre... Sind wir bereit?»

Hawkins zog einen Holzkasten hervor, der unter dem Bett gestanden hatte, öffnete ihn und brachte drei riesige Pistolen zum Vorschein. «Zwei habe ich noch selbst», sagte er, «aber mehr konnte ich nicht herbeischaffen.»

Der Vicomte hielt eine der beiden hoch und verzog das Gesicht. «Unhandlich. Die kannst du haben, Pom, ich habe meine eigenen mitgebracht.»

«Doch nicht Ihre kleinen Kracher mit dem vielen Zeugs drauf?» fragte Hawkins mit besorgt gerunzelter Stirn.

«Nein, nein! Große Pistolen wie die deinen... Hör mal, Pom, das Schießen überläßt du am besten mir. Wer weiß, was passiert, wenn du diesen Kläffer losläßt.»

«Die Pistole stammt von *Gentleman Joe*», sagte Hawkins gekränkt. «Der, was vor zwölf Monaten gebaumelt ist. Und was war das für ein Kerl!»

«Der voriges Jahr den französischen Postwagen ausraubte?» erkundigte sich der Vicomte. «Ist gehenkt worden, was?»

«Hab's doch gerade gesagt», antwortete Hawkins.

«Nun, sein Geschmack bei Pistolen imponiert mir nicht», meinte der Vicomte, indem er Sir Roland die Waffe reichte. «Kommt, laßt uns jetzt aufbrechen.»

Sie gingen zusammen die Treppe hinunter und in den Hof, wo zwei verlotterte Burschen, die die Pferde im Schritt hin und her führten, von Hawkins entlassen wurden. Der Vicomte warf ihnen ein paar Silbermünzen zu, dann ging er nachsehen, ob seine Pistolen sich noch in den Satteltaschen befänden. Hawkins meinte, da könne er ohne Sorge sein. «Das waren zwei meiner eigenen Jungen», sagte er, indem er einen großen braunen Wallachen bestieg.

Der Vicomte schwang sich leicht in den Sattel, wobei er die Vorzüge des Braunen genau ins Auge faßte. «Wo hast du den Klepper gestohlen?» fragte er.

Hawkins legte grinsend die Finger an die Nase.

Sir Roland lenkte sein Pferd, das offenbar von dem Lokal nicht mehr hielt als sein Herr und in seiner Hast wegzukommen nervös tänzelte und seitwärts ausbrach, neben den Vicomte. «Pel», sagte er, «wir können unmöglich in diesem Aufzug über die Hauptstraße reiten... Nein, zum Kuckuck, das tue ich nicht!»

«Über die Hauptstraße?» sagte Hawkins. «Der Himmel behüte Sie, mein Freund — keine Hauptstraße für Raufbolde! Folgen Sie mir.»

Der von Hawkins gewählte Weg war seinen Gefährten unbekannt und schien ihnen recht gewunden. Er umging alle Dörfer, machte einen weiten Bogen um Hounslow und brachte sie schließlich kurz nach ein Uhr auf die Heide. Nach zehn Minuten in leichtem Galopp erblickten sie die Bather Straße.

«Sie müssen sich aufstellen, wo sie niemand sehen kann», riet Mr. Hawkins. «Ich kenne einen kleinen Hügel, ganz voll mit Gebüsch. Wissen Sie auch, wie der Kasten von Ihrem Mann aussieht?»

«Wie was aussieht?» fragte der Vicomte.

«Der Kasten — ich meine die Kutsche.»

«Sag doch gleich, was du meinst, Mensch», ermahnte der Vicomte streng. «Es ist eine vierspännige Chaise, mehr weiß ich nicht.»

«Kennst du denn seine Pferde nicht?» fragte Heron.

«Nur die, die er zum Rennwagen nimmt — das hilft uns nichts. Wir halten eben die erste Chaise, die herankommt, an, und ist sie es nicht, dann überfallen wir die nächste.»

«Gut», billigte Sir Roland, indem er ein wenig unsicher seine Maske musterte. «Etwas Übung wird uns ohnehin nicht schaden. Sieh mal, Pel, diese Maske gefällt mir gar nicht. Viel zu lang und breit!»

«Und ich wieder», sagte Heron, der das Lachen nicht mehr verbeißen konnte, «danke meinem Schöpfer dafür!»

«Wenn ich das Zeug anziehen soll, hängt es mir über das ganze Gesicht», klagte Sir Roland. «Ich kann damit nicht atmen.»

Mittlerweile waren sie zu dem Hügel gekommen, den Hawkins erwähnt hatte. Die auf dem Hang wachsenden Büsche gewährten vorzüglichen Schutz, und aus dieser Stellung, die etwa fünfzig Meter abseits lag, übersah man eine beträchtliche Straßenstrecke. Auf der Höhe angelangt, stiegen sie ab und ließen sich nieder, um auf ihre Beute zu warten.

«Hast du auch bedacht, Pel», sagte Heron, indem er seinen Hut abnahm und ihn neben sich aufs Gras warf, «daß, wenn wir mehrere Chaisen aufhalten müssen, bevor wir auf die richtige stoßen, unsere ersten Opfer vermutlich reichlich Zeit haben werden, uns in Hounslow anzuzeigen?» Er blickte über den sich rekelnden Vicomte hinweg auf Hawkins: «Ist Ihnen das jemals passiert, lieber Freund?»

«Ah ja, passiert ist es mir schon, aber mich hat noch keiner erwischt.»

«Hör mal, Edward, auf wieviel Chaisen rechnest du denn hier?»

«Nun, es ist schließlich die Hauptstraße aus Bath.»

Sir Roland schob die Maske, die er anprobiert hatte, aus dem Gesicht. «Die Bather Saison hat noch gar nicht begonnen», stellte er fest.

Heron streckte sich der ganzen Länge nach auf dem federnden Moorboden aus und schützte sich vor dem grellen Sonnenlicht mit vor den Augen verschränkten Händen. «Du gehst doch so gerne Wetten ein, Pelham», sagte er träge. «Nun, ich wette mit dir zehn gegen eine Guinea, daß bei deinem famosen Plan etwas schiefgeht.»

«Abgemacht», erwiderte der Vicomte prompt. «Aber es war dein Plan, nicht meiner.»

Plötzlich verkündete Sir Roland: «Ich höre etwas kommen.»

Der Captain setzte sich auf und tastete nach seinem Hut.

«Das ist keine Chaise», sagte ihr Leiter und Mentor, ohne den Grashalm, den er kaute, aus dem Mund zu nehmen. Er warf einen Blick auf die Sonne und rechnete sich die Zeit aus. «Wahrscheinlich der Schmierenwagen aus Oxford.»

Nach wenigen Augenblicken tauchte das Vehikel bei der nächsten Straßenkurve auf. Es war eine große, schwerfällige, von sechs Pferden gezogene Kutsche mit hoch aufgetürmtem Gepäck. Neben dem Kutscher saß eine bewaffnete Wache, und auf dem Dach standen, schlecht und recht aneinander geklammert, jene Reisenden, die nur den halben Fahrpreis bezahlen konnten.

«Bühnenvölkchen, rühr' ich nie an», bemerkte Mr. Hawkins, während er dem Wagen nachsah, der auf der unebenen Straße taumelte. «Nichts zu holen, höchstens ein paar Flaschen Rum oder einen schäbigen Beutel.»

Die Kutsche arbeitete sich mühselig weiter und war bald außer Sicht. Eine Weile hing der Lärm der stampfenden Pferdehufe noch in der ruhigen Luft, dann nahm er ab und verklang.

Als nächster kam ein einsamer Reiter vorbei, den sein Weg westwärts führte. Hawkins schüttelte den Kopf. «Kleinwild», sagte er mit einem geringschätzigen Naserümpfen.

Dann herrschte wieder Schweigen über der Heide, nur eine Lerche trillerte irgendwo. Heron schlummerte friedlich, der Vicomte schnupfte. Nach etwa zwanzig Minuten fiel in die Stille das Poltern einer rasch fahrenden Kutsche. Der Vicomte stieß Heron scharf in den Ellbogen und griff nach seiner Maske. Hawkins horchte mit geneigtem Kopf. «Sechs Pferde», erkannte er. «Hören Sie sie?»

Der Vicomte war aufgestanden und hatte seinem Pferd die Zügel über den Kopf gelegt. Einen Augenblick blieb er reglos. «Sechs?»

«Ja. Begleitmannschaft, nehme ich an. Vielleicht ist es die Post.» Er überblickte seine Gefährten. «Wir sind vier — was meinen Sie, meine Herren Raufbolde?»

«Gerechter Himmel, nein!» antwortete der Vicomte. «Wir werden doch keinen Postwagen überfallen!»

Hawkins seufzte. «Eine ganz seltene Gelegenheit...», bedauerte er. «Hier, was sagte ich Ihnen? Es ist die Bristoler Postkutsche.»

Der Wagen war, von zwei Reitern eskortiert, um die Kurve gefahren. Die Pferde, die ihre Reise fast beendet hatten, waren schweißbedeckt; eines hinkte leicht.

Ein Güterwagen, der im Schneckentempo auf der weißen Straße herankroch, war während der nächsten Viertelstunde die einzige Unterbrechung der Eintönigkeit. Mr. Hawkins ließ vernehmen, daß er einen kannte, der sich ein recht nettes Einkommen schuf, indem er bei Transporten mauste, er selbst jedoch verachte solch niedriges Gewerbe.

Sir Roland gähnte. «Wir haben eine Theater- und eine Postkutsche, einen Mann auf einem Rotschimmel und einen Güterwagen gesehen. Verteufelt langweilig finde ich das, Pel, ein recht armseliger Sport! Heron, haben Sie daran gedacht, ein Pack Karten mitzubringen?»

«Nein», antwortete Heron verschlafen.

«Ich auch nicht», sagte Sir Roland und sank in sein Schweigen zurück.

Nach einer Weile hielt Hawkins die Hand ans Ohr. «Ah», sagte er bedeutsam, «das klingt mir schon eher danach. Jetzt legen Sie die Masken an, meine Herren. Es kommt eine Chaise.»

«Ich glaub's nicht», sagte Sir Roland düster. Immerhin band er die Maske vor und stieg in den Sattel.

Auch der Vicomte legte seine Maske an und drückte wieder einmal den Hut fest auf den Kopf. «Herrgott, Pom, wenn du dich nur sehen könntest!» sagte er.

Sir Roland, der sich damit befaßte, das Rüschchen seiner Maske vom Mund wegzublasen, unterbrach sich einen Augenblick: «Ich sehe *dich*, Pel, und das genügt mir. Genügt mir reichlich!»

Hawkins bestieg seinen braunen Wallachen. «Also jetzt nur mit der Ruhe, meine wilden Herren! Wir reiten zu ihnen hinunter, ja? Und dann müssen Sie aufpassen, wie Sie die Knaller loslassen. Ich bin ein friedlicher Mensch — wir wollen keinen erschießen...» Er nickte dem Vicomte zu. «Sie sind mit Ihrem Knaller geschickt, also schießen nur Sie und ich. Und passen Sie auf — nur *über* die Köpfe!»

Der Vicomte zog eine seiner Pistolen aus dem Futteral. «Bin gespannt, wie das meiner Stute gefällt», sagte er wohlgelaunt. «Ruhe, Firefly, Ruhe, mein Gutes!»

Eine von vier Pferden im Trott gezogene Chaise bog um die Ecke. Hawkins packte die Zügel des Vicomte. «Sachte», bat er. «Lassen Sie ihnen doch erst Zeit, heranzukommen. Es hat keinen Sinn, sich schon jetzt zu zeigen. Warten Sie auf mich.»

Die Chaise näherte sich. «Ein nettes Paar Stangenpferde», war Sir Rolands Urteil. «Gute, ausdauernde Traber.»

«Captain, Sie übernehmen die Postillions, verstanden?» befahl Hawkins.

Der Vicomte fuhr ihn an: «Wenn wir uns nicht bald rühren, werden keine Postillions mehr zu übernehmen sein. Komm schon, Mensch!»

Die Chaise war nun fast auf ihrer Höhe. Hawkins ließ Winwoods Zügel fahren. «Los!» rief er und gab dem Pferd die Sporen.

«Hurra! Sturmangriff!» schrie Sir Roland und stürzte mit geschwenkter Pistole den Hügel hinab.

«Nicht schießen, Pom!» rief der Vicomte und hielt die eigene, weniger mächtige Waffe bereit. In den Steigbügeln stehend drückte er den Hahn und sah, wie sich einer der Postillions duckte, als der Schuß über seinen Kopf hinweg pfiff. Die Stute scheute und versuchte durchzugehen. Er lenkte sie in die richtige Bahn und sauste wie der Blitz quer über die Straße. «Stehenbleiben, alles ausfolgen!... Ruhe, Firefly!»

Die Postillions hatten die erschrockenen Pferde zum Halten gebracht. Jetzt kam auch Captain Heron näher und hielt die Pistole auf sie gerichtet. Sir Roland, der begeisterte Pferdeliebhaber, hatte sich durch die Stangenpferde, die er sehr genau prüfte, ablenken lassen.

Der Vicomte und Hawkins waren an die Chaise herangeritten. Plötzlich wurden die Fenster krachend heruntergelassen; ein alter Herr mit rotem Gesicht beugte Kopf und Schultern heraus und schoß mit ausgestrecktem Arm aus einer kleinen Pistole in die Richtung des Vicomte. «Halunken, Räuber, Halsabschneider!» schimpfte er zungenfertig. «Weiterfahren, ihr feigen Hunde!»

Der Schuß sauste an Pelhams Ohr vorbei. Die Stute bäumte sich in ihrem Schreck und mußte beruhigt werden. «Passen Sie ein wenig auf, Sir!» mahnte der Vicomte entrüstet. «Fast hätten Sie mich in den Kopf getroffen!»

Auf der anderen Seite des Wagens hielt Hawkins seine Pistole dem alten Herrn vor die Nase. «Weg mit den Knallern», knurrte er, «und kommen Sie herunter. Los! Heraus mit Ihnen!» Er legte seinem Pferd die Zügel um den Hals, saß seitwärts im Sattel und riß den Schlag der Chaise auf. «Ein fetter Bissen!... Geben Sie die Börse her! Ah, und auch das hübsche...»

Jetzt sagte der Vicomte rasch: «Geh fort, du Esel, das ist nicht unser Mann!»

«Mir genügt er schon», erwiderte Hawkins, indem er dem alten Herrn eine Tabatiere aus der Hand riß. «Hübsches Dingerchen, das. Und jetzt weiter! Wo ist Ihre Börse?»

«Ich liefere Sie der Wache aus!» wütete sein Opfer. «Unglaublich! Bei hellem Tageslicht! Hier, du Dieb!» Womit er seinen Hut vor Hawkins Pistolenlauf warf, nach hinten griff und sich einen langen Ebenholzstock holte.

«Herrgott, den trifft noch der Schlag!» sagte der Vicomte und ritt auf die andere Seite hinüber zu Mr. Hawkins. «Gib die Tabatiere her», befahl er kurz. «Edward! Edward, hör mich an! Führ den Dummkopf weg — wir haben uns geirrt.»

Er wich einem drohenden Stockschlag aus, warf die Tabatiere in die Chaise und nahm die Zügel wieder auf. «Laß ihn weiterfahren, Pom!» rief er.

Sir Roland kam näher. «Den Falschen erwischt, ja? Aber, ich sag dir etwas, Pel — so ein nettes Paar Stangenpferde habe ich schon

197

lange nicht gesehen. Genau solche könnte ich brauchen. Was glaubst du, ob er sie verkauft?»

Der alte Herr, der noch immer am Trittbrett der Chaise stand, drohte ihm mit der Faust. «Hundebande! Mörder!» brüllte er, «euch werde ich noch gewachsen sein, ihr Gauner! Mein Stöckchen gefällt euch nicht, was? Dem ersten, der mir in die Nähe kommt, haue ich den Schädel ein! Räuber! Feiglinge! Feige Halunken! Weiterfahren, ihr verfluchte Zittermamsells! Rollt drüber!»

Heron, der den verblüfften Hawkins übernommen hatte, sagte mit einer Stimme, die von unterdrücktem Lachen bebte: «Um Himmels willen, kommt fort! Wenn der so weitermacht, wird ihm eine Ader platzen!»

«Warten Sie einen Moment», sagte Sir Roland. Er schwenkte den abscheulichen Biberhut und beugte sich über den Hals seines Pferdes. «Ich habe nicht die Ehre, Sie zu kennen, mein Herr, aber Sie besitzen da ein hübsches Paar Stangenpferde. Genau solche suche ich gerade.»

Der alte Herr stieß einen Wutschrei aus. «So eine Frechheit! Meine Pferde wollen Sie stehlen, ja? Postillion, ich habe Weiterfahren befohlen!»

«Aber woher denn — das liegt mir fern, glauben Sie mir!» protestierte Sir Roland.

Heron beugte sich zu ihm, faßte seine Zügel und zog ihn fort. «Kommen Sie doch, Sie junger Wirrkopf! Sie bringen uns noch alle ins Verderben!»

Sir Roland ließ sich wegführen. «Schade», sagte er kopfschüttelnd. «Sehr schade. Habe noch nie einen so unverträglichen Menschen gesehen.»

Der Vicomte, der ein paar kräftige Worte an Hawkins richtete, wandte sich um. «Wie sollte er denn begreifen, daß du seine Pferde kaufen wolltest? Übrigens haben wir jetzt keine Zeit, Pferde zu kaufen. Am besten, wir verschanzen uns wieder. Meine Stute hat die Schießerei ganz brav ausgehalten, nicht wahr, du gutes Tierchen?» Der Captain sah dem abrollenden Wagen nach. «Paß auf, Pelham, der zeigt uns in Hounslow an.»

«Wenn auch», sagte der Vicomte. «Er kann die Wache nicht auf uns hetzen — wir haben ihm nichts genommen.»

«Nicht ein Stück», brummte Hawkins grollend. «Und dabei hatte er seinen Koffer unter der Bank. Mich kriegen keine noblen Herren mehr dran, daß ich mit ihnen arbeite!»

«Hör schon auf mit dem Geschwätz», mahnte der Vicomte. «Dem Richtigen kannst du, was du willst, wegnehmen, aber solange du für mich arbeitest, wirst du keinen anderen ausrauben.»

Sie ritten den Hügel hinan und stiegen auf der Höhe ab. «Sollte mich die Sache meine Laufbahn kosten, trete ich zum — wie nennt

Man gerät mitunter an den Falschen . . .

... wenn man auf so unfeine Art um den Besitz von Dingen ficht. Setzt man noch das Risiko in Rechnung, das solchen Unternehmungen innewohnt, so kann einem der Gewinn teuer zu stehen kommen.

Unter sorgfältiger Abwägung des Für und Wider ist demnach davon abzuraten, durch Straßenraub an das zu kommen, was man mit geringster Mühe* in jeder Bank haben kann: nämlich Geld.

* Gemeint ist der mühelose und sehr ertragreiche Erwerb von Wertpapieren.

Pfandbrief und Kommunalobligation

Meistgekaufte deutsche Wertpapiere - hoher Zinsertrag - bei allen Banken und Sparkassen

Verbriefte Sicherheit

man's — zum Straßenraub über. Ich ahnte nicht, wie leicht das ist», sagte Heron.

«Ja, aber die Kleider mag ich nicht», sagte der Vicomte. «Scheußlich heiß!»

Sir Roland seufzte. «Prachtvolle Pferde», murmelte er wehmütig.

Die Zeit verging; wieder rumpelten ein Güter- und ein Theaterwagen vorbei, dann kamen noch drei Reiter. «Wir können den Kerl doch nicht verpaßt haben?» fragte der Vicomte sorgenvoll.

«Verpaßt haben wir nur unser Mittagessen», antwortete Heron. Er zog die Uhr aus der Tasche. «Es ist schon drei, und ich werde um fünf in der South Street zum Diner erwartet.»

«Bei meiner Mutter?» fragte Winwood. «Da muß ich dich warnen: sie hat einen furchtbar schlechten Koch. Ich konnte es nicht aushalten — mit ein Grund, weshalb ich ausgezogen bin ... Was ist los, Hawkins, hörst du etwas?»

«Es kommt eine Chaise», sagte Hawkins. Und fügte nicht ohne Erbitterung hinzu: «Hoffentlich die richtige.»

Als das Gefährt sichtbar wurde — ein blitzend eleganter, auf sehr hohen Blattfedern schwingender Wagen, sagte der Vicomte: «Das sieht mir nun eher so aus. Los, Pom, jetzt haben wir unseren Mann.»

Das Manöver, das bei der ersten Chaise so gut gelungen war, hatte auch diesmal den gleichen Erfolg. Erschreckt über die vierköpfige Gaunerbande, die über sie herfiel, hielten die Postillions sofort an. Wieder richtete der Captain seine Pistolen auf sie, während der Vicomte zur Chaise stürzte und mit möglichst derber Stimme brüllte: «Stehenbleiben! Alles ausfolgen! Los, aussteigen!»

In der Chaise saßen zwei Herren. Der Jüngere beugte sich hastig vor und hielt dem Vicomte eine kleine Pistole entgegen, doch fiel ihm der andere in den Arm: «Schießen Sie nicht, lieber Freund», sagte er gelassen. «Wirklich, ich möchte es nicht haben.»

Die bewaffnete Hand des Vicomte fiel zurück, und er gab einen halberstickten Ausruf von sich.

«Schon wieder falsch!» grunzte Mr. Hawkins entrüstet.

Der Graf von Rule stieg gemächlich aus. Sein ruhiger Blick lag auf Winwoods Mähre.

«Nein, so etwas!» sagte er. «Und was soll ich dir denn eigentlich ausfolgen, Pelham?»

21

KURZ NACH VIER UHR vernahm man in Rules Stadthaus ein wütendes Klopfen am Tor. Horatia, die gerade in ihr Zimmer ging, um sich umzuziehen, blieb erblassend auf der Treppe stehen. Als der Portier geöffnet hatte und sie Sir Roland Pommeroy hutlos auf der Schwelle stehen sah, schrie sie auf und lief wieder hinunter. «Gütiger Himmel», rief sie, «w-was ist geschehen?»

Sir Roland, dem offenbar der Atem ausging, verbeugte sich nichtsdestoweniger zeremoniös. «Bitte vielmals um Verzeihung ... ganz ungehörige Hast ... muß aber doch um ein Wort unter vier Augen bitten.»

«Ja, ja, g-gewiß», sagte Horatia und zog ihn in die Bibliothek. «Wurde jemand getötet? ... Aber nicht P-pelham, um Gottes willen, nicht P-pelham!»

«Nein, nein, Madam, mein Ehrenwort, nichts dergleichen! Nur ein höchst unglückseliger Zufall — und Pelham bat mich, Sie sofort zu benachrichtigen. Bin schleunigst nach Hause geritten, ließ mein Pferd im nächstgelegenen Stall, eilte herüber zu Ihren Diensten. Es ist kein Augenblick zu verlieren.»

«Was ist es denn? Habt ihr L-lethbridge gefunden?»

«Nicht Lethbridge, Madam — Rule», sagte Sir Roland, worauf er sein Taschentuch aus dem Ärmel schüttelte und sich die heiße Stirn betupfte.

«Rule?» wiederholte Horatia entsetzt.

«Ihn selbst, Madam ... Recht peinliche Situation.»

«Ihr — ihr habt doch nicht etwa Rule überfallen?» fragte sie atemlos.

Sir Roland nickte. «Äußerst peinlich», bekräftigte er.

«Hat er euch erkannt?»

«Bedaure außerordentlich, Madam — er erkannte Pelhams Stute.»

Horatia rang die Hände. «Ein solches Mißgeschick! Was s-sagte er? Was d-dachte er? Weshalb reiste er denn schon z-zurück?»

«Belieben unbesorgt zu sein, Madam: Pel hat die Situation gerettet. Sehr geistesgegenwärtiger Bursche, kluger Kopf!»

«Aber ich verstehe nicht, w-wie er es anstellen konnte ...»

«Ganz einfach, Mylady: er sagte, es wäre eine Wette.»

«Und das g-glaubte ihm Rule?» fragte sie mit weit aufgerissenen Augen.

«Gewiß. Wir hätten seine Chaise mit einer anderen verwechselt, erzählte er ihm. Ganz glaubwürdig — warum nicht? Nur meinte Pel, Sie sollten wissen, daß Rule auf dem Heimweg ist.»

«Ah ja, das will ich meinen», sagte sie. «Aber, L-lethbridge! M-meine Brosche?»

Sir Roland verwahrte sein Taschentuch. «Kann den Mann nicht verstehen, sollte doch jetzt zu Hause sein ... Statt dessen — weit und breit nicht zu erblicken! Pel und Heron und Hawkins warten weiter auf ihn. Und ich muß jetzt Lady Winwood Botschaft bringen: Heron — sehr ordentlicher Mensch übrigens — kann nicht in der South Street speisen, muß doch versuchen, Lethbridge aufzuhalten ... Bitte sich nicht aufzuregen, Madam, bitte überzeugt zu sein, daß wir die Brosche wiederbekommen ... Rule hat nicht den geringsten Verdacht, nein, nein, nicht den geringsten!»

«Ich kann ihm unmöglich unter die Augen treten», sagte Horatia zitternd.

Sir Roland, der mit Unbehagen bemerkte, daß sie im Begriff war, in Tränen auszubrechen, wich zur Tür zurück. «Wirklich kein Anlaß zu Besorgnis, Madam. Aber ich müßte jetzt wohl gehen. Ich meine, es wäre verkehrt, wenn er mich hier anträfe.»

«Ja», bestätigte Horatia hilflos, «das meine ich auch.»

Nachdem sich Sir Roland unter vielen Kratzfüßen entfernt hatte, ging sie langsam in ihr Schlafzimmer, wo die Jungfer sie erwartete, um ihr beim Ankleiden behilflich zu sein. Horatia hatte mit ihrer Schwägerin vereinbart, daß sie nach dem Diner mit ihr ins Drury Lane Theater gehen wollte, und eine *grande toilette* aus Satin in der modischen, sogenannten *soupir étouffé*-Tönung lag auf einem Stuhl ausgebreitet. Von der Jungfer, die sich ihrer Herrin sofort bemächtigte und ihre Korsettschnüre zu lösen begann, wurde ihr mitgeteilt, daß M. Frédin (ein Schüler des berühmten Meisters der Coiffure, M. Léonard aus Paris) schon zur Stelle war und im *powder-closet* ihrer harrte. Horatia gab nur ein mattes «Oh» von sich, trat aus ihrer Polonaise und ließ sich das Satinunterkleid über den Kopf schieben. Dann wurde sie in einen Frisiermantel gehüllt und M. Frédins Händen ausgeliefert.

Der Künstler, dem die bedrückte Stimmung seiner Klientin entging, war heute voller begeisterter Anregungen für eine *coiffure*, die, wie er meinte, jeden Beschauer entzücken müßte ... Mylady hätte das *Quesaco* nicht gefallen — nun ja, möglicherweise war das etwas zu anspruchsvoll. Vielleicht hätte Mylady ihr Haar gerne in «schäumende Kaskaden» gelegt — das wäre eine entzückende Modeidee. Oder, da Mylady eher *petite* war, wäre eventuell das Butterfly angezeigt.

«M-mir einerlei», sagte Mylady.

M. Frédin, der bereits flink und fingerfertig Nadeln aus dem Haar nahm, Locken zurechtschüttelte, Knoten löste, war zwar enttäuscht, arbeitete aber mit doppeltem Eifer weiter. Wahrscheinlich begehrte Mylady etwas Neues, etwas *épatant* ... Dann käme der «Igel» natürlich nicht in Betracht, aber begeistert wäre Mylady zweifellos vom «Tollen Hund». Hochelegant wäre auch der «Jäger im Busch», das wolle er jedoch nicht vorschlagen — diese Frisur eigne sich am besten für Damen, die über die erste Jugendfrische hinaus wären. Der «Königsvogel» hingegen sei noch immer beliebt. Oder, falls Mylady in versonnener Stimmung wäre, das «Bübchen».

«Ach, frisieren Sie mich *à l'urgence*!» sagte Horatia ungeduldig. «Ich habe Eile.»

Für M. Frédin war das ein wenig kränkend, aber er kannte die Damen und deren Launen zu gut, um seinem Gefühl Ausdruck zu geben. Seine geschickten Finger gingen emsig an die Arbeit, und nach einer erstaunlich kurzen Zeitspanne tauchte Horatia aus dem Kabinett hervor und trug auf dem Kopf eine Masse zwanglos zusammengeraffter, mit duftendem Veilchenpuder *à la Maréchale* bestreuter Locken. Sie setzte sich an ihren Toilettetisch und griff nach dem Tiegel mit dem Rouge. Rule durfte sie keinesfalls so blaß vorfinden . . . Ach Gott, stand da nicht wieder das abscheuliche Sergis-Rouge, mit dem sie wie eine Hexe aussah. «Bitte, nehmen Sie das sofort weg!»

Gerade hatte sie das Hasenpfötchen aus der Hand gelegt und von der Jungfer die Schachtel mit den Pflästerchen in Empfang genommen, als es klopfte. Sie erschrak und warf einen verängstigten Blick über die Schulter. Die Tür ging auf, und der Graf trat ein.

«Ach!» sagte Horatia schwach. Dann fiel ihr ein, daß sie Überraschung vortäuschen müßte: «Nein, so etwas, M-mylord, sind Sie das wirklich?»

Der Graf hatte seinen Reiseanzug gegen eine Abendtoilette aus braunrotem Samt mit geblümter Weste und kurzer Satinhose ausgewechselt. Er durchschritt den Raum, kam auf Horatia zu und verbeugte sich zum Handkuß. «Kein anderer, meine Liebe! Oder sollte ich — aber jetzt will ich keine Schonung! — etwa *de trop* sein?»

«Aber nein, gewiß nicht», antwortete Horatia unsicher. Ihr Atem ging ein wenig rasch. Bei seinem Anblick hatte sie ein ganz merkwürdiges Herzklopfen empfunden. Wenn die Jungfer nicht dabei gewesen wäre... wenn sie die Brosche nicht verloren hätte... Aber die Jungfer, das lästige Geschöpf, stand da und knickste, und Lethbridge hatte die Brosche, und natürlich konnte man nicht in Rules Arme fliegen und an seine Brust gelehnt in Tränen ausbrechen. Sie zwang sich zu einem Lächeln. «Nein, gewiß nicht», wiederholte sie. «Ich freue m-mich riesig, dich wiederzusehen... Aber was brachte Sie so bald zurück, Sir?»

«Du, Horry», erwiderte er, auf sie herablächelnd.

Sie errötete und öffnete die Schachtel mit den Schönheitspflästerchen. Viele Gedanken wirbelten in ihrem Kopf. Er mußte mit der Massey gebrochen haben... Endlich begann er sie zu lieben... Wenn er nun die Sache mit Lethbridge und der Brosche entdeckte, war alles wieder verloren... Sie war wohl die abscheulichste Betrügerin auf der ganzen Welt.

«Ach, jetzt laß *mich* einmal meine Geschicklichkeit zeigen», sagte Seine Lordschaft, indem er ihr die Schachtel aus der Hand nahm. Er wählte ein winziges, rundes Stück schwarzen Taft und drehte sanft Horatias Kopf zu sich herüber. «Welches soll es sein?» fragte er. «Das ‹Zweideutige›? Das glaube ich nicht. Das ‹Galante›? Nein, auch nicht. Es soll sein...», er drückte das erwählte an ihren Mundwinkel — «das

‹Kußpflästerchen›, Horry!» Damit beugte er sich rasch vor und küßte sie auf die Lippen.

Ihre Hand flog auf, berührte seine Wange und fiel zurück. Was war sie doch für eine falsche, verabscheuungswerte arme Sünderin! Sie wich zurück, zwang sich zu einem Lachen. «Mylord, w-wir sind nicht allein! Und ich — ich m-muß mich anziehen; ich gehe mit Louisa und Sir Humphrey ins Drury Lane Theater.»

Er richtete sich auf. «Soll ich Louisa eine Botschaft schicken oder ins Theater mitkommen?» fragte er.

«Ach — ich darf L-louisa nicht im Stich lassen», sagte sie hastig... Sie konnte unmöglich den ganzen Abend mit ihm allein verbringen, sonst platzte sie bestimmt mit der ganzen Geschichte heraus, und wenn er ihr auch glaubte, so müßte er doch in ihr die lästigste aller Frauen sehen, die immer wieder in eine Klemme geriet.

«Dann gehen wir zusammen, Liebste. Ich werde unten auf dich warten.»

Zwanzig Minuten später saßen sie einander am Speisetisch gegenüber. «Ich hoffe», sagte Seine Lordschaft, indem er die Ente tranchierte, «daß du dich während meiner Abwesenheit halbwegs gut amüsiert hast, liebes Kind?»

Halbwegs gut amüsiert? Gütiger Himmel! «Ach ja, Sir, allerdings», antwortete sie artig.

«Dieser Richmond Ball — bist du da nicht dabeigewesen?»

Horatia schauerte unwillkürlich. «Doch — dabei war ich.»

«Ist dir kalt, Horry?»

«K-kalt? Nein, g-gar nicht.»

«Ich dachte, ich sähe dich frösteln.»

«Nein — o nein! D-der Richmond Ball — sehr hübsch war der, Feuerwerk, du weißt ja... N-nur drückten mich meine Schuhe, das hat das Vergnügen gestört. Neue Schuhe, mit Diamanten darauf. Ich war so böse, daß ich sie am liebsten zurückgeschickt hätte, nur wurden sie durch die Nässe ruiniert.»

«Durch die Nässe?» wiederholte der Graf.

Horatias Gabel fiel klirrend auf den Teller. Das kam davon, wenn man versuchte, Konversation zu machen! Sie hatte es vorausgeahnt: natürlich würde sie sich verplappern. «Ach ja», sagte sie hastig, «das habe ich dir noch gar nicht erzählt. Der B-ball wurde durch einen Regenguß verpatzt. Unglückselig, nicht? Und... und da b-bekam ich auch nasse Füße.»

«Das war gewiß unglückselig. Und was hast du gestern unternommen?»

«Gestern? Ach, da... da habe ich nichts Besonderes getan.»

Seine Augen blitzten schelmisch. «Meine liebe Horry, nie hätte ich ein solches Geständnis von dir erwartet.»

«Ja, ich ... ich fühlte mich nicht g-ganz wohl und blieb deshalb zu Hause.»

«Dann hast du Edward wohl noch gar nicht gesehen?»

Horatia blieb der Schluck Rotwein beinahe in der Kehle stecken. «Herrgott ja, natürlich, wie k-konnte ich das nur vergessen! Denk dir, Rule, Edward ist in London!» Jetzt wurde ihr bewußt, wie sie sich da immer tiefer verstrickte, und sie versuchte, den falschen Schritt gutzumachen. «Aber w-wieso weißt denn *du* schon, daß er hier ist?» fragte sie.

Der Graf wartete, bis der Diener die Teller gewechselt hatte. «Ich habe ihn gesehen», antwortete er.

«Ach ... Ah, wirklich? W-wo denn?»

«Auf der Hounslower Heide», antwortete der Graf, indem er das Einglas einklemmte, um die Kirschen, die ihm angeboten wurden, zu begutachten. «Nein, danke ... Ja, Horry, auf der Hounslower Heide — eine höchst unerwartete Begegnung.»

«Das al ... allerdings. W-was hatte er denn dort zu suchen?»

«Er wollte mich überfallen», sagte der Graf in aller Ruhe.

«W-wirklich?» Horatia schluckte einen Kirschenkern und mußte husten. «Wie merkwürdig!»

«Und unvorsichtig!»

«Ja, s-sehr. V-vielleicht war es eine Wette», gab Horatia zu bedenken, da ihr Sir Rolands Worte einfielen.

«Wahrscheinlich.» Seine Augen trafen die ihren. «Pelham und sein Freund Pommeroy waren auch mit dabei. Ich war dann leider nicht das richtige Opfer, nicht das, das sie erwartet hatten.»

«N-nein? Nein, n-natürlich! ... Ich meine ... glauben Sie nicht, Sir, daß es an der Zeit wäre, ins Theater zu fahren?»

Rule erhob sich. «Aber gewiß, meine Liebe.» Er griff nach ihrem Taftmantel und legte ihn ihr um die Schultern. «Darf ich wohl eine Anregung wagen?» fragte er sanft.

«Selbstverständlich! Was denn?»

«Zu dieser Satintönung solltest du keine Rubine tragen; die Perlengarnitur würde besser dazu passen.»

Darauf folgte eine unheimliche Stille; Horatia hatte plötzlich eine trockene Kehle, und ihr Herz schlug stürmisch. «Z-zum Wechseln ist es jetzt schon zu spät», brachte sie schließlich hervor.

«Schön», sagte Rule und öffnete ihr die Türe.

Auf der ganzen Fahrt nach Drury Lane hielt sie eine fließende Konversation aufrecht. Was sie zu besprechen fand, dessen konnte sie sich später nie mehr entsinnen, aber jedenfalls redete sie fest darauf los, bis die Kutsche vor dem Theater hielt und ihr nun für die nächsten drei Stunden das Tête-à-tête erspart blieb.

Am Rückweg konnte man natürlich das Stück und die Kunst der

Schauspieler besprechen, ferner auch Lady Louisas neue Toilette, und dank diesen Themen blieb man gefährlicheren fern. Später schützte Horatia Müdigkeit vor und ging früh zu Bett, und dann lag sie lange wach, fragte sich, was Pelham wohl erreicht hätte und was sie tun sollte, falls ihm seine Aufgabe mißglückt wäre.

Am nächsten Morgen erwachte sie mit müden Augen und bedrückt. Auf dem Frühstückstablett lagen neben der Schokoladetasse ihre Briefe. Während sie trank, durchsuchte sie die Post mit der freien Hand, in der Hoffnung, die krakelige Handschrift des Vicomte zu erkennen. Aber von ihm war da nichts, es waren zumeist Einladungen und Rechnungen. Sie stellte ihre Tasse nieder und begann die Umschläge zu öffnen. Ja, genau so hatte sie es sich vorgestellt: ein großer Empfang, ein Spielabend — ihr lag nichts mehr daran, ob sie jemals wieder eine Spielkarte in die Hand bekäme. Ein Picknick in Boxhill . . . o nein! Übrigens würde es sicher regnen. Ein Konzert im Ranelagh — nun, hoffentlich müßte sie diesen verabscheuten Ort nie wieder betreten! . . . Gütiger Himmel! Konnte sie dreihundertfünfundsiebzig Guineen bei einer Schneiderin ausgegeben haben? Und was war dies hier? Fünf Federn zu je fünfzig Louis! Nein, das war wirklich zu ärgerlich, wenn man bedachte, daß sie für die *Quesaco*-Frisur gekauft wurden, die ihr gar nicht gut gestanden hatte!

Wieder brach sie ein Siegel auf, und nun entfaltete sie ein Blatt schlichten, goldgeränderten Briefpapiers. Die Worte, in klarer, wie gestochener Schrift, sprangen sie förmlich an:

«Wenn die Dame, die in der Nacht des Richmond-House-Balls in der Half-Moon Street eine runde Brosche aus Perlen und Diamanten verloren hat, sich am achtundzwanzigsten September um Punkt zwölf Uhr nachts allein beim griechischen Tempel, am Ende der langen Allee, im Park von Vauxhall einfinden will, wird ihr die Brosche von dem gegenwärtigen Besitzer zurückerstattet werden.»

Keine Unterschrift, keine Anrede, und die Handschrift war offensichtlich verstellt. Eine Minute lang starrte Horatia ungläubig darauf, dann übergab sie hastig der Jungfer ihr Frühstückstablett und warf die Bettdecke zurück. «Schnell! Ich m-muß sofort aufstehen! Legen Sie mir ein Stadtkleid, einen Hut und ein P-paar Handschuhe bereit . . . Ach ja, und dann laufen Sie hinunter und sagen Sie Bescheid, daß ich in einer halben Stunde mein L-landaulet brauche — nein, nicht das L-landaulet, die Stadtkutsche. Und räumen Sie alle diese Briefe weg. Und b-bitte, b-beeilen Sie sich!»

Heute wurde ausnahmsweise einmal nicht viel Zeit bei der Toilette vergeudet; eine halbe Stunde später lief Horatia schon mit dem Sonnenschirm unter dem Arm und nur halb angezogenen Handschuhen die Treppe hinunter. Rule war nicht zu sehen, und nachdem sie einen vorsichtigen Blick in die Richtung der Bibliothek geworfen hatte, lief sie an deren Türe vorbei und stand schon auf der Straße, bevor irgend jemand Zeit gehabt hätte, sie bei ihrer Flucht zu beobachten.

Die Kutsche erwartete sie; sie verlangte, zu Lord Winwoods Wohnung nach Pall Mall geführt zu werden, stieg ein und fiel mit einem Seufzer der Erleichterung in die Kissen zurück, weil es ihr gelungen war, das Haus zu verlassen, ohne Rule in die Arme zu laufen.

Der Vicomte saß beim Frühstück, als man ihm seine Schwester anmeldete, und sah stirnrunzelnd auf. «Herrgott, Horry, weshalb kommst du zu mir zu dieser Stunde daher? Das hättest du nicht tun sollen. Wenn Rule erfährt, daß du im Morgengrauen davonrennst, muß er doch Verdacht schöpfen.»

Horatia fuhr mit zitternder Hand in ihr Retikül und holte ein goldgerändertes Blatt Papier heraus. «D-deshalb komme ich», sagte sie, «lies das!»

Der Vicomte nahm den Brief und glättete ihn auf dem Tisch. Zugleich sagte er: «Na schön, dann setz dich und beruhig dich. Willst du mit mir frühstücken? ... Ja, was soll denn das bedeuten?»

«P-pel, kann das von L-lethbridge sein?»

Der Vicomte drehte den Brief um, als könnte ihn die Kehrseite belehren. «Weiß der Teufel», sagte er. «Ich halte es für eine Falle.»

«W-wieso denn? Oder meinst du, daß es ihm jetzt vielleicht leid tut?»

«Nein, das meine ich nicht», sagte Seine Lordschaft unumwunden. «Eher würde ich annehmen, daß der Kerl dich zu fangen versucht. Am Ende der langen Allee? Ja, den Tempel kenne ich. Verflucht zugig ist es dort. Und ganz nahe bei einem der Gittertore. Ich sag' dir etwas, Horry: ich wette um fünfundzwanzig Pfund mit dir, daß er dich entführen will.»

Horatia rang die Hände. «Aber, P-pel, ich muß trotzdem hingehen! Ich m-muß doch versuchen, die Brosche zurückzubekommen!»

«Das sollst du auch», sagte der Vicomte aufmunternd. «Jetzt wird endlich etwas geschehen!» Er gab ihr den Brief zurück und trank einen großen Schluck Bier. «Hör mich an, Horry», befahl er. «Wir werden heute abend alle nach Vauxhall gehen — du und ich und Pom, und auch Edward, wenn er will. Um Mitternacht gehst du zu dem Tempel, während wir uns im Gebüsch verstecken. Wir werden sehen, wer hineingeht, verlaß dich darauf! Wenn es Lethbridge ist, fangen wir ihn. Und wenn es wer anderer ist — aber ich glaube, es wird Lethbridge sein — brauchst du nur zu rufen: wir hören dich. Morgen werden wir deine verfluchte Brosche haben, Horry!»

Horatia nickte. «Ja, das ist ein sehr k-kluger Plan, P-pel. Und ich werde Rule sagen, daß ich mit dir ausgehe — da hat er g-gar nichts dagegen. Ist denn Lethbridge g-gestern nicht zurückgekommen?»

«Offenbar nicht», sagte der Vicomte mürrisch. «Ich habe mit Edward und mit dem Kerl, dem Hawkins, bis neun Uhr auf der vermaledeiten Wiese gewartet, und wir haben keine Spur von ihm gesehen. Du weißt ja wohl, daß wir Rules Chaise aufgehalten haben?»

«Ja, n-natürlich. Sir Roland erzählte es mir, und dann auch Rule selbst.»

«Das war ein ganz gehöriger Schreck, als ich sah, wer es war», gestand der Vicomte. «Er hat ein scharfes Auge, weißt du, dein Rule, das muß man ihm lassen. Er erkannte meine Stute auf den ersten Blick.»

«Aber er f-faßte keinen Verdacht, nicht wahr, P-pel? Weißt du das ganz sicher?» fragte sie besorgt.

«O Gott nein — wieso denn?» Er blickte auf die Uhr. «Jetzt muß ich Pom finden, und du, Horry, mußt zurückfahren.»

Zu Hause angelangt, legte Horatia Hut und Handschuhe ab und begab sich auf die Suche nach Rule. Sie fand ihn in der Bibliothek, wo er die *Morning Chronicle* las. Er stand bei ihrem Eintritt auf und hielt ihr die Hand entgegen. «Nun, mein Liebes, du bist ja heute so früh auf.»

Horatia legte die Hand in die seine. «Es war am M-morgen so schön», erklärte sie, «und ich soll mit der M-mama ausfahren.»

«Ach so.» Er führte ihre Finger an seine Lippen. «Ist nicht heute der achtundzwanzigste, Horry?»

«Doch. Ja, der achtundzwanzigste.»

«Dann kommst du wohl mit mir zum Almack-Ball?»

Tiefste Betrübnis malte sich auf ihren Zügen. «Oh!... Ach, wie nett wäre das gewesen!... Aber es ist unmöglich; ich habe mit P-pel vereinbart, daß ich heute m-mit ihm nach Vauxhall gehe.»

«Ich habe immer gefunden», bemerkte Seine Lordschaft versonnen, «daß man die meisten Verabredungen nur trifft, um sie dann wieder zu lösen.»

«Diese eine kann ich aber nicht lösen», sagte Horatia mit ungekünsteltem Bedauern.

«Ist sie wirklich so wichtig? Du wirst mich eifersüchtig machen, Horry — eifersüchtig auf Pel.»

«Ja, sehr, sehr wichtig», sagte sie ernst. «Das heißt, ich m-meine — nun, P-pel legt großen Wert auf meine Gegenwart.»

Der Graf spielte zerstreut mit ihren Fingern.

«Glaubst du, daß mir Pel erlauben wird, mitzuhalten?»

«O nein, das w-wäre ihm sicher nicht recht», sagte sie entsetzt. «Zumindest... nein, so habe ich es n-natürlich nicht gemeint. Aber er will mir ein paar junge Leute vorstellen, Freunde, weißt du, die dir bestimmt nicht g-gefielen.»

«Ich bin doch bekanntlich der wohlwollendste aller Sterblichen», sagte der Graf kläglich. Er ließ Horatias Hand los und drehte sich zum Spiegel, um seine Krawatte zurechtzurücken. «Mach dir um mich keine Sorgen, mein Kind. Ich verspreche dir, mich zurückzuziehen, falls mir eure Freunde mißfallen.»

Horatia starrte ihn völlig verdonnert an. «Ich g-glaube nicht, daß du dich unterhalten würdest, M-marcus... nein, wirklich nicht.»

Er verbeugte sich leicht. «An deiner Seite, Horry, würde ich mich überall unterhalten. Und wenn du mich nun entschuldigen willst, meine Liebe, möchte ich dich verlassen und mich den vielen Dingen zuwenden, die mir der arme Arnold immer wieder ans Herz legt.»

Kaum hatte ihn Horatia aus dem Zimmer gehen gesehen, als sie sich an den Erkertisch setzte und eine erregte Zeile an ihren Bruder schrieb.

Das durch einen Boten überbrachte Briefchen wurde beim Vicomte abgegeben, als er gerade von seinem Besuch bei Sir Roland nach Hause kam. Er las es, fluchte leise und kritzelte eine rasche Antwort.

«Der Teufel soll Rule holen», schrieb er. «Ich werde ihm Pom aufhalsen, um ihn zurückzuhalten.»

Als die kurze Nachricht Horatia überbracht wurde, las sie sie mit gelindem Zweifel. Ihre Erfahrung mit Sir Rolands Taktgefühl war nicht danach angetan, ihr Vertrauen in seine Behandlung einer heiklen Situation zu nähren. Doch hatte sie selbst ja alles, was sie wagen durfte, versucht, um Rule von seinem Vorsatz abzubringen — weniger Erfolg als sie konnte auch Sir Roland nicht haben.

Der Graf war noch in Unterredung mit Mr. Gisborne, als ein Diener eintrat und ihm meldete, daß Sir Roland Pommeroy ihn zu sprechen wünsche. Er war im Begriff, einen Brief zu unterschreiben; nun blickte er auf, und Mr. Gisborne, der ihn beobachtete, wunderte sich über das erheiterte Aufblitzen seiner Augen. Die Mitteilung, daß Sir Roland gekommen war, ergab dafür keine Erklärung. «Danke», sagte Seine Lordschaft. «Bestellen Sie Sir Roland, daß ich ihm gleich zur Verfügung stehe. Ärgerlich, Arnold, nicht wahr, immer werden wir unterbrochen? Ich bedaure es von Herzen, glauben Sie mir, aber ich muß Sie verlassen.»

«Sie bedauern es, Sir?» antwortete Mr. Gisborne zweifelnd. «Darf ich mir die Bemerkung erlauben, daß Sie mir eher erfreut vorkamen?»

«Aber nicht, weil ich Ihrer Gesellschaft entrissen werde, mein lieber Junge», erwiderte Seine Lordschaft, legte die Feder aus der Hand und erhob sich. «Ich habe eben heute einen genußreichen Morgen.»

Gisborne fragte sich, wieso.

Sir Roland Pommeroy war in einen der Salons geführt worden und stand beim Fenster, als der Graf eintrat. Er bewegte die Lippen wie einer, der lautlos eine Rede memoriert.

«Guten Morgen, Pommeroy», sagte der Graf, indem er die Tür schloß. «Dies ist ein unerwartetes Vergnügen.»

Sir Roland drehte sich um und kam ihm entgegen. «Morgen, Rule! Schöner Tag! Sie sind hoffentlich gestern gut nach Hause gekommen? ... Äußerst bestürzt über meinen Irrtum, daß ich Ihre Chaise mit der des ... mit der anderen verwechselt habe.»

«Keine Ursache», antwortete Rule sehr artig. «Deshalb hätten Sie sich wirklich nicht zu bemühen gebraucht, lieber Freund.»

Sir Roland zerrte an seiner Krawatte. «Offen gestanden bin ich nicht aus diesem Grund gekommen», bekannte er. «Ich wußte ja, daß Sie das verstehen würden.»

«Ganz richtig», sagte der Graf, indem er seine Tabatiere aufklappte. «Ich habe es verstanden.»

Sir Roland bediente sich und schnupfte. «Sehr guter Tabak. Ich hole mir meinen immer bei meinem Händler in Haymarket. Immer denselben, wissen Sie, spanisch.»

«Tatsächlich? Dies hier wird mir von Jacobs im Strand gemischt.»

Aber nun bemerkte Sir Roland, daß er in ein Gespräch getrieben wurde, das mit seinem Auftrag durchaus nichts zu tun hatte, und schnitt es daraufhin energisch ab. «Ja, also, weshalb ich zu Ihnen kam. ... Kleine Kartenpartie bei mir heute abend. Würde mich sehr freuen, wenn Sie mich beehren wollten.»

«Das ist äußerst liebenswürdig von Ihnen», sagte Rule, wobei eine Spur von Überraschung in seiner wohlklingenden Stimme zu vernehmen war.

Dies entging auch Sir Roland nicht. Schon da ihn der Vicomte mit der Aufgabe betraut hatte, ihm Seine Lordschaft «vom Hals zu schaffen», hatte er einen schwachen Protest erhoben: «Aber zum Teufel nochmal, Pel, ich kenne doch den Mann fast gar nicht! Und er ist viele Jahre älter als ich! Ich kann ihn doch nicht so ohne weiteres einladen!» Unter neuerlichen Versuchen, seine Krawatte zu lockern, erläuterte er jetzt: «Späte Einladung — ist mir bewußt — hoffe, Sie verzeihen — sehr schwer, einen Vierten zu finden ... Letzter Moment, Sie verstehen. Zu einem Spiel Whisk.»

«Mit dem allergrößten Vergnügen wäre ich Ihnen gefällig, mein lieber Pommeroy», sagte der Graf. «Leider ist es mir jedoch...»

Sir Roland hob beschwörend die Hand. «Sagen Sie mir nicht, daß Sie nicht kommen können. Bitte nicht! Whisk kann man nicht zu dritt spielen, Mylord... Sehr peinliche Situation!»

«Das ist es sicherlich», würdigte Rule teilnahmsvoll. «Und Sie haben ja vermutlich alle möglichen Leute schon gefragt?»

«Ach ja, jeden! Kann keinen Vierten finden. Jetzt bitte ich Sie inständigst, lassen Sie mich nicht im Stich!»

«Es tut mir außerordentlich leid», sagte der Graf kopfschüttelnd.

«Aber ich fürchte, ich muß Ihre — hm — sehr schmeichelhafte Einladung ablehnen. Wissen Sie, meine Frau und ich haben nämlich eine Einladung zu einer Gartengesellschaft in Vauxhall angenommen.»

«Bin überzeugt, daß Ihre Frau Gemahlin Sie entschuldigen würde. ...Übrigens wird es höchstwahrscheinlich regnen — sehr trüber Abend», stieß Sir Roland fieberhaft hervor. «Sie meinen vermutlich Pels Gesellschaftsabend — der wäre gar nicht nach Ihrem Geschmack, Sir. Pels Freunde sind sehr merkwürdige Menschen. Die würden Ihnen nicht gefallen, glauben Sie mir!»

Des Grafen Lippen zuckten. «Jetzt haben Sie meinen Entschluß bekräftigt, liebster Pommeroy. Wenn diese Leute so eigenartig sind, möchte ich meiner Frau zur Seite stehen.»

«Ach, das sind sie nicht!» verbesserte Sir Roland hastig. «O Gott, nein, durchaus nicht. Tadellos anständige Menschen, nur eben langweilig, verstehen Sie, eine Art Gesellschaft, die Ihnen nicht zusagen würde. Sie würden sich bei mir und beim Whisk viel besser unterhalten.»

«Glauben Sie wirklich?» Er schien nachzudenken. «Ich spiele allerdings sehr gerne Whisk.»

Sir Roland seufzte befreit. «Dachte ich mir doch, daß ich auf Sie rechnen dürfte. Sie machen mir zuerst beim Diner das Vergnügen — um fünf Uhr.»

«Wer sind denn Ihre anderen Gäste?» erkundigte sich Seine Lordschaft.

«Nun, ehrlich gestanden, weiß ich es noch nicht genau», vertraute ihm Sir Roland an. «Aber es finden sich bestimmt Leute, die gerne spielen möchten. Bis fünf Uhr ist alles arrangiert.»

«Sie locken mich sehr», sagte der Graf. «Und dennoch — nein, ich darf da nicht nachgeben. Vielleicht ein anderes Mal. Trinken Sie ein Glas Madeira mit mir, bevor Sie gehen?»

Sir Roland schüttelte betrübt den Kopf. «Nein, danke, ich muß zurück zu... ich meine, ich muß in den Boodle Klub. Vielleicht finde ich dort einen Vierten. Ausgeschlossen, Sir, Sie doch noch umzustimmen?»

«Leider ja. Ich muß — ja, wirklich, ich muß unbedingt meine Frau begleiten.»

Sir Roland begab sich traurig nach Pall Mall zurück, wo ihn der Vicomte ungeduldig erwartete. «Fehlgeschlagen, Pel», sagte er. «Mein möglichstes getan, nicht zu bewegen.»

«Der Teufel hol den Kerl», sagte der Vicomte zornig. «Was ist los mit ihm, zum Kuckuck? Jetzt haben wir uns den ganzen Plan schön ordentlich ausgedacht, und er muß das Ganze zerstören, weil er sich in den Kopf gesetzt hat, sich meiner Gesellschaft anzuschließen. Donnerwetter nochmal — wenn ich ihn doch nicht haben will!»

Sir Roland rieb nachdenklich sein Kinn mit dem Griff seines Spazierstockes. «Das Dumme ist, Pel, daß du ja gar keine Gesellschaft gibst.»

Der Vicomte hatte sich in einen Sessel sinken lassen. «Was schadet das?» sagte er reizbar.

Sir Roland gab sich nicht zufrieden. «Es schadet schon», sagte er. «Da kommt jetzt Rule dazu, und ich sagte ihm, die Gesellschaft würde ihm nicht gefallen, es seien merkwürdige Leute. Weil ich ihn abschrecken wollte, verstehst du? Und wenn du jetzt keine Gesellschaft zusammenstellst — nun, du siehst schon, was ich meine.»

«Also da hört sich schon alles auf!» sagte der Vicomte entrüstet. «Nicht genug an dem, daß ich den ganzen Tag vergeude, um mir diese verfluchte Sache auszudenken, soll ich jetzt noch eine Gesellschaft zusammentrommeln, damit deine dumme Geschichte stimmt. Ich will doch gar keine Gesellschaft! Und wo soll ich deine merkwürdigen Leute hernehmen? Das sag mir mal!»

«Ich habe es nur gut gemeint, Pel», antwortete Sir Roland besänftigend, «glaub mir! Übrigens muß es eine Menge komische Käuze in der Stadt geben — ich weiß das — alle Klubs haben welche.»

«Aber nicht unter meinen Bekannten! Man kann doch nicht den Klub durchsuchen und komisch aussehende Fremde auffordern, mit nach Vauxhall zu kommen. Was würden wir übrigens mit ihnen anfangen, wenn wir erst dort sind?»

«Wir geben ihnen zu essen. Während sie soupieren, verduften wir, holen die Brosche, kommen zurück — ich wette zehn gegen eins, daß es niemand bemerkt.»

«Nein», sagte der Vicomte kurz, «ich tue es nicht... Wir werden uns etwas ausdenken müssen, um Rule zu entfernen.»

Als Captain Heron zehn Minuten später ins Zimmer trat, fand er den Vicomte mit auf die Hand gestütztem Kinn und Sir Roland am Griff seines Stockes saugend vor; beide Herren waren in ihre Gedanken vertieft. Heron blickte von einem zum anderen und sagte: «Ich komme euch fragen, was ihr jetzt zu tun gedenkt. Von Lethbridge habt ihr wohl nichts gehört?»

Der Vicomte blickte auf. «Jetzt hab ich's», sagte er. «*Du* wirst uns Rule vom Hals schaffen.»

«Was soll ich?» fragte Heron verblüfft.

«Ich wüßte nicht, wie», warf Sir Roland ein.

«Herrgott, Pom, nichts leichter als das! Privatdinge, die zu besprechen sind, das kann ihm Rule nicht verweigern.»

Captain Heron legte Hut und Handschuhe auf den Tisch. «Pelham, willst du mir das freundlichst erklären? Warum muß Rule ferngehalten werden?»

«Nun, wegen der... ach ja, das weißt du ja noch gar nicht. Also Horry hat einen Brief bekommen, in dem ihr jemand die Rückgabe

ihrer Brosche verspricht, wenn sie ihn heute nacht im Tempel am Ende der Langen Allee in Vauxhall treffen will. Mir kommt vor, das
muß Lethbridge sein — ja, er ist es sicher. Nun, und da hatte ich die
ganze Sache geplant: sie, ich, Pom und du sollten nach Vauxhall gehen, und während sie den Tempel aufsucht, würden wir Wache stehen.»

Heron nickte. «Das scheint mir eine gute Idee. Aber eigentlich seltsam von...»

«Natürlich ist es eine gute Idee, eine ganz verdammt gute Idee!
Was aber läßt sich der vermaledeite Kerl, der Rule, einfallen? Mitkommen will er! Als ich davon hörte, schickte ich Pom zu ihm, um ihn zu
einem Kartenabend einzuladen...»

Sir Roland seufzte. «So dringlich wie nur möglich habe ich ihn eingeladen. Nichts erreicht — er will unbedingt nach Vauxhall.»

«Und wie zum Teufel soll denn ich ihn abhalten?» fragte Heron.

«Du bist gerade der Richtige», antwortete der Vicomte. «Du gehst
einfach jetzt zu ihm und erzählst ihm, daß du wichtige Dinge mit ihm
zu besprechen hast. Wenn er meint, ihr solltet sie sofort besprechen,
sagst du, unmöglich, jetzt hast du zu tun, Zeit hättest du nur heute
abend. Das klingt doch ganz vernünftig; Rule weiß ja, daß du nur ein
paar Tage in der Stadt bleibst. Da kann er es dir nicht abschlagen.»

«Ja, aber, Pelham, ich habe doch nichts Wichtiges mit ihm zu besprechen», protestierte der Captain.

«Gott im Himmel! du wirst dir doch etwas ausdenken können! Was,
ist ganz egal, wenn du ihn bloß von Vauxhall abhältst. Familienange-
legenheiten, Geld, irgendwas!»

«Fällt mir nicht ein!» sagte der Captain. «Nach allem, was er schon
für mich getan hat, kann und will ich ihm nicht sagen, daß ich mit
ihm über Geld sprechen möchte.»

«Schön, dann sag es ihm nicht. Sag bloß, daß du heute abend ein
vertrauliches Gespräch mit ihm führen möchtest. Er wird dich nicht fragen, worüber — so ist er nicht —, und schließlich, Edward, mußt du
doch imstande sein, über etwas zu sprechen, wenn der Moment gekommen ist!»

«Natürlich», bekräftigte Sir Roland. «Nichts einfacher als das. Sie
waren doch in jenem Krieg in Amerika, nicht? Nun, davon erzählen
Sie ihm. Von der Schlacht, wo Sie dabei waren — wie hieß sie denn
nur?»

«Ich kann doch Rule nicht ersuchen, mir einen Abend zu widmen,
und ihm dann Kriegsgeschichten erzählen, die er gar nicht hören will.»

Sir Roland unterstützte den Freund: «Das würde ich nicht so sagen.
Woher wissen Sie, daß er die nicht hören will? Sehr viele Leute interessieren sich für den Krieg. Ich selbst zwar nicht, aber das will noch
nicht heißen, daß Rule...»

«Sie scheinen das nicht richtig zu begreifen», sagte Heron abgekämpft. «Sie wollen, daß ich Rule zu verstehen gebe, ich hätte wichtige Dinge mit ihm zu besprechen...»

Der Vicomte unterbrach ihn: «Du bist es, der es nicht begreift. Uns liegt nur daran, daß du Rule heute abend von Vauxhall fernhältst. Wenn das nicht gelingt, ist das Spiel verloren. Wie du es tust, ist ganz einerlei, wenn er nur fort bleibt.»

Heron zögerte. «Ich weiß. Und ich täte es gerne, wenn mir nur etwas Vernünftiges einfiele, worüber ich mit ihm reden könnte.»

«Keine Sorge, es wird dir schon einfallen», ermutigte ihn der Vicomte. «Du hast ja noch den ganzen Nachmittag vor dir. Nur tue mir die Liebe und geh jetzt gleich zu ihm.»

«Ich wollte, ich hätte meinen Londoner Besuch auf nächste Woche verschoben», brummte Heron, indem er unlustig nach seinem Hut griff.

Graf Rule war im Begriff, sich zum Lunch zu setzen, als ihm der zweite Besuch gemeldet wurde. «Captain Heron?» sagte er. «Gewiß, ich lasse bitten!» Dann wartete er vor dem Kamin stehend, bis der Captain eintrat. «Nun, Heron», sagte er und streckte ihm die Hand entgegen. «Sie kommen gerade zurecht, um mit mir zu speisen.»

Der Captain errötete. «Ich kann leider nicht bleiben, Sir, werde jetzt gleich in Whitehall erwartet. Ich kam nur — Sie wissen ja, daß meine Zeit hier begrenzt ist — ich kam Sie fragen, ob es Ihnen passen würde ... kurzum, ob ich Sie heute abend besuchen dürfte, zum Zweck einer vertraulichen Aussprache.»

Der heiter versonnene Blick des Grafen ruhte einen Augenblick auf ihm. «Ich nehme an, das muß heute sein?» sagte er.

«Nun ja, Sir, wenn Sie es mir ermöglichen wollten; ich wüßte kaum, wie ich es morgen schaffen könnte» — Heron war höchst unbehaglich zumute.

Es entstand eine kurze Pause. «Dann stehe ich Ihnen selbstverständlich zu Diensten», sagte Seine Lordschaft.

22

DER VICOMTE KAM IN ALLER PRACHT — im kastanienbraunen Samtanzug mit Jabot aus Dresdner Spitzen und mit dicht gepudertem, zu Taubenflügeln über den Ohren eingedrehtem Haar — der dringlichen Einladung seiner Schwester nach, um erst noch bei ihr zu dinieren, bevor er sie nach Vauxhall führte. Seine Anwesenheit sollte sie vor einem Tête-à-tête mit Rule bewahren, und falls es diesem einfiele, noch weitere peinliche Fragen zu stellen, so meinte Horatia, daß ihr Bruder besser als sie selbst imstande wäre, sie zu beantworten.

Doch verhielt sich der Graf äußerst rücksichtsvoll und plauderte liebenswürdig über die harmlosesten Gegenstände. Einen einzigen Augenblick des Mißbehagens verursachte er den Geschwistern, als er versprach, ihnen nach Vauxhall nachkommen zu wollen, falls ihn Heron nicht allzu lange aufhielte.

«Aber eigentlich brauchen wir uns deshalb nicht zu sorgen», sagte der Vicomte, «Edward hat sich verpflichtet, Rule bis Mitternacht aufzuhalten, und bis dahin werden wir deinen Schund endlich wieder in der Hand haben.»

«Es ist kein Sch-schund», sagte Horatia, «sondern ein Familienerbstück.»

«Das mag wohl sein», erwiderte der Vicomte, «aber es hat uns jedenfalls mehr zu schaffen gemacht, als irgendein Erbstück wert ist; ich kann schon nicht mehr davon hören.»

Die Kutsche setzte sie am Flußufer ab, wo der Vicomte ein Boot für den restlichen Weg mietete. Sie hatten bis Mitternacht noch drei Stunden durchzubringen, und zu tanzen war keiner der beiden in der Stimmung. Sir Roland Pommeroy war ihnen beim Parkeingang entgegengekommen; er half Horatia zeremoniös aus dem Kahn, machte sie auf eine feuchte Bodenstelle aufmerksam, damit sie die Seidenschuhe nicht benetze, und reichte ihr seinen Arm mit tadelloser Grandezza. Während sie in einen der Wege einbogen, die zur Mitte der Gartenanlage führten, bat er sie, nur bestimmt keine Angst zu haben. «Können versichert sein, Mylady, daß Pel und ich Wache halten werden.»

«Ich habe ja g-gar keine Angst», antwortete Horatia. «Ich w-wünsche mir sogar sehr, Lord Lethbridge zu treffen, damit er einmal von mir hört, was ich von ihm halte.» In ihren dunklen Augen glomm es. «Ich kann Ihnen sagen, wenn es ohne S-skandal ginge, wäre es mir sogar recht, mich von ihm entführen zu lassen. Er w-würde es bereuen, glauben Sie mir!»

Und ein Blick auf ihr zorniges Gesicht gab Sir Roland zu verstehen, daß dies keine leeren Worte waren.

Beim Pavillon angelangt, sahen sie, daß außer dem Ball und anderen für die Kurzweil des Publikums vorgesehenen Unterhaltungen auch noch in der Konzerthalle ein Oratorium aufgeführt wurde. Da weder der Vicomte noch seine Schwester tanzen wollten, schlug Sir Roland vor, sich eine Weile hinzusetzen und zuzuhören. Er selbst machte sich nicht viel aus Musik, wußte aber, daß die einzige Zerstreuuung, die die Geschwister locken mochte, die Karten wären, und lenkte sie wohlweislich vom Spielzimmer ab. Wenn sie sich einmal zum Pharao oder Loo hingesetzt hätten, erklärte er, würden sie den Zweck ihrer Unternehmung sicherlich vergessen.

Horatia ließ sich leicht überreden; wenn nur die Brosche schließlich wieder in ihren Besitz kam, war ihr in der Zwischenzeit eine Ablenkung so lieb wie die andere. Der Vicomte meinte, dies könnte ja auch nicht langweiliger sein, als im Park spazierenzugehen oder in den Lauben zu sitzen und sich müßig die Vorübergehenden anzusehen. Also begaben sie sich zur Konzerthalle und traten ein. Ein Programm, das ihnen bei der Tür überreicht wurde, gab bekannt, daß das Oratorium «Susanna» von Händel gespielt wurde; ein Umstand, der den Vicomte beinahe zur Umkehr veranlaßt hätte. Hätte er vorher gewußt, daß es ein Stück von jenem Burschen, dem Händel, sein sollte, dann hätten ihn keine zehn Pferde in Hörnähe gebracht, und ganz bestimmt hätte er keine halbe Guinea für die Eintrittskarte bezahlt. Er hatte einmal seine Mama zu einer Aufführung von «Judas Makkabäus» begleiten müssen. Natürlich hatte er vorher keine Ahnung, wie das werden sollte, sonst hätte er sich trotz aller Sohnespflicht nicht hinschleppen lassen. Jetzt aber wußte er Bescheid, und kein Tod oder Teufel brächte ihn dazu, so etwas nochmals durchzuhalten.

Eine mächtige Dame mit einem riesigen Turban, die am Ende der Reihe saß, befahl so streng «Ruhe!», daß der Vicomte gezähmt in seinen Sessel sank. «Wir müssen zusehen, daß wir da herauskommen, Pom», flüsterte er, aber dem Unterfangen, sich nochmals an den Knien so vieler Musikbegeisterter vorbeizudrängen, war sogar seine Kühnheit nicht gewachsen. Nach einigen wilden Blicken nach rechts und links ergab er sich und versuchte zu schlummern, doch war das auf dem harten Stuhl und bei dem vielen Lärm unmöglich, und so saß er denn in wachsender Empörung still, bis das Oratorium endlich zu Ende war.

«M-mir scheint, ich m-mag Händel auch nicht sehr», bemerkte Horatia, während sie aus der Halle traten. «Obzwar mir jetzt einfällt, daß M-mama ‹Susanna› sehr schön findet . . . Aber einige haben hübsch gesungen, nicht?»

«Ich habe im ganzen Leben keinen solchen Krawall gehört», sagte der Vicomte, «kommt, wir wollen jetzt das Abendessen bestellen.»

Der Gänsebraten und Burgunderwein, die man sich in einer der Lauben zu Gemüte führte, trugen viel dazu bei, seinen Gleichmut wieder herzustellen, und er hatte gerade Horatia mitgeteilt, daß sie ganz gut bis Mitternacht behaglich hier sitzen bleiben könnten, als plötzlich Sir Roland, der die Menge durch seine Lorgnette betrachtete, fragte: «Sieh mal, Pel, ist das dort nicht Miss Winwood?»

Der Vicomte hätte sich beinahe verschluckt. «Gütiger Himmel, wo?»

Horatia setzte ihr Glas Ratafia nieder. «Ch-charlotte?» stieß sie atemlos hervor.

«Dort drüben — blauer Mantel, rosa Bänder», sagte Sir Roland und wies mit einer Kopfbewegung hin.

«Ich sehe sie nicht — aber das würde schon stimmen», sagte Horatia pessimistisch. «Sie kapriziert sich auf Blau, das ihr gar nicht steht.»

Jetzt hatte auch der Vicomte seine ältere Schwester erblickt. «Ja, ja», stöhnte er. «Das ist schon Charlotte. O Gott — mit Theresa Maulfrey!»

Horatia faßte hastig Mantel und Retikül und zog sich in den Hintergrund der Laube zurück. «Wenn uns Theresa sieht, s-setzt sie sich zu uns, und dann bekommen wir sie nie w-wieder los», sagte sie aufgeregt. «P-pel, laß uns fortgehen!»

Der Vicomte blickte auf die Uhr. «Elf. Was zum Teufel fangen wir jetzt an?»

«Wir gehen im Park spazieren», bestimmte Horatia. «Wir müssen den beiden doch ausweichen.»

Aber offenbar waren auch Mrs. Maulfreys Freunde geneigt, in den Gärten zu lustwandeln. Nicht weniger als fünfmal stießen die beiden Gesellschaften beinahe zusammen und mußte der Vicomte seine Schwester rasch auf einen anderen Pfad drängen. Als die Verschwörer dann schließlich eine verborgene Bank in der Allee der Liebespaare entdeckten, ließ sich der Vicomte erschöpft darauf nieder. In Zukunft, meinte er, könnte seine Schwester jedes einzelne Stück der Drelincourt-Sammlung verlieren — er würde keinen Finger mehr rühren, um sie wiederzufinden.

«Aber, aber, Pel, lieber Freund», protestierte der stets galante Sir Roland vorwurfsvoll. «Versichere meinerseits Ihrer Ladyschaft — immer gern zu Diensten!»

«Du kannst nicht behaupten, daß du dich gerne eine Stunde lang um Gebüsche und Ecken drückst», warf der Vicomte ein. «Womit ich nicht sagen will, daß es nicht dafürgestanden sein wird, wenn wir den Lethbridge zu guter Letzt erwischen.»

«Was wollt ihr mit ihm machen?» erkundigte sich Horatia mit lebhaftem Interesse.

«Das laß unsere Sorge sein», antwortete der Vicomte düster und wechselte einen Blick mit Sir Roland. «Wie spät ist es, Pom?»

Sir Roland sah auf die Uhr. «Es fehlen noch zehn Minuten.»

«Dann wollen wir jetzt gehen», sagte der Vicomte, indem er sich erhob.

Sir Roland legte die Hand auf seinen Arm. «Jetzt fällt mir noch etwas ein: was tun wir, wenn wir jemand anderen in dem Tempel finden?»

«Nicht um zwölf Uhr», erwiderte der Vicomte, nachdem er die Frage überlegt hatte. «Jetzt sind alle beim Souper. Lethbridge muß das bedacht haben. Bist du bereit, Horry? Du hast doch keine Angst?»

«N-natürlich habe ich keine Angst», sagte sie geringschätzig.

«Schön, also dann vergiß nicht, was du zu tun hast. Wir werden dich am Ende der Langen Allee verlassen. Weiter können wir dich nicht begleiten, der Kerl beobachtet dich vielleicht. Und dann brauchst du nur noch...»

«Bitte, P-pel, fang nicht nochmal von n-neuem an. Du kommst mit Sir Roland von der anderen Seite her zum T-tempel, und ihr versteckt euch dort. Und ich soll langsam durch die Lange Allee gehen. F-fürchten tue ich mich gar nicht, außer vor einer Begegnung mit Charlotte.»

Mehrere getrennte Pfade führten zum kleinen Tempel am Ende der Langen Allee, und da er günstigerweise von blühenden Büschen umgeben war, konnten sich die beiden jungen Leute unschwer in nächster Nähe verbergen. Sir Roland begegnete das Mißgeschick, daß er sich an einem besonders dornigen Rosenstrauch stach, da aber in dem Augenblick niemand in Hörnähe war, hatte es nichts zu bedeuten.

Mittlerweile wanderte Horatia durch die Allee und blickte dabei, auf der Hut vor Charlotte, vorsichtig und wachsam um sich. Mit seiner Annahme, daß fast alle Gäste beim Souper sitzen würden, hatte der Vicomte recht gehabt: Horatia traf nur wenige Leute. Einige Pärchen schlenderten an ihr vorbei. Gleich zu Beginn sah sie eine Gesellschaft junger Damen, die in höchst unmanierlicher Weise mit jedem vorübergehenden Herrn liebäugelten, aber dann wurde es in der Allee immer einsamer. Das Starren einiger junger Dandies brachte ihr in peinlicher Weise zu Bewußtsein, daß sie da so völlig unbegleitet wanderte, aber ihre unnahbare Miene tat ihre Wirkung, und ein verruchter Herr in braunem Satin, der einen Schritt in ihre Richtung gewagt hatte, zog sich hastig zurück.

Der Weg war durch farbige Lampen beleuchtet, die sich recht hübsch ausnahmen; nötig waren sie heute nicht, denn hoch am Himmel segelte klar und schön der Vollmond. Jetzt erblickte Horatia bereits den kleinen Tempel am Ende der Allee, um den sich widersinnigerweise eine Laternengirlande schlang. Sie dachte an ihre treuen Wächter und wo sie sich wohl versteckt hätten, und an Heron — worüber mochte er jetzt am Grosvenor Square plaudern?

Ein paar niedrige Stufen führten zum Tempel. Trotz aller tapferen Haltung wurde Horatia jetzt doch ein wenig bange. Sie blieb einen Augenblick unten stehen und blickte nervös um sich; es war ihr vorgekommen, als hätte sie Schritte gehört.

Richtig: jemand kam über einen der kleinen Wege, die zum Tempel führten.

Sie zog den Mantel enger um die Schultern; eine Sekunde zögerte sie noch, dann lief sie mit fest zusammengepreßten Lippen über die Stufen und in den Tempel.

Die Schritte näherten sich, jetzt hörte sie sie auf der Treppe und drehte sich im beruhigenden Bewußtsein, Pel jederzeit zu Hilfe rufen zu können, entschlossen dem Säuleneingang zu.

Sie war auf Lethbridge, auf eine maskierte Gestalt, sogar auf einen besoldeten Halunken gefaßt, doch bot sich ihrem erstaunten Blick keine dieser unheimlichen Erscheinungen. Der auf der Schwelle stand, war der Graf von Rule.

«R-rule!» stammelte sie. «Ach G-gott, was soll ich nun — ich meine, du hast mich furchtbar erschreckt! Ich warte hier auf P-pelham, hatte keine Ahnung, daß du kommen würdest.»

Der Graf schritt über den Marmorboden auf sie zu. «Ja, weißt du, es gelang mir, mich — nun ja, mich vor Heron zu retten.»

Draußen flüsterte Sir Roland entsetzt: «Pel, mein Lieber — hast du *das* gesehen?»

«Gesehen?» zischte der Vicomte. «Ob ich's gesehen habe! Was sollen wir jetzt tun? Der Teufel hol den Esel, den Heron!»

Drinnen sagte Horatia mit einem kleinen, hohlen Lachen: «Wie... wie schön, daß du sch-schließlich doch — kommen konntest. Hast... hast du schon s-soupiert?»

«Nein», antwortete der Lord. «Aber ich bin auch nicht hergekommen, um zu soupieren; ich kam, um dich zu treffen.»

Horatia zwang sich zu einem Lächeln. «Das war s-sehr lieb von dir. Aber du solltest doch essen gehen. B-bitte, bestell uns eine Laube, ich warte nur noch auf P-pel und komme dir mit ihm nach.»

Der Graf sah versonnen auf sie nieder.

«Ach, meine Liebe, wie eilig du es hast, mich wieder loszuwerden, nicht wahr?»

Aus Horatias plötzlich tränenumflorten Augen flog ein rascher Blick zu ihm auf. «N-nein, g-gar nicht! Nur daß ich... o Gott, ich k-kann es nicht erklären», sagte sie hilflos.

«Horry», sagte Seine Lordschaft, «es gab einen Tag, da dachte ich, du hättest Vertrauen zu mir.»

«Das habe ich doch auch!» rief Horatia. «Nur bin ich dir eine so furchtbar schlechte Frau gewesen, und ich hatte mir doch so sehr vorgenommen, nichts anzustellen, während du weg wärest, und ich k-kann zwar nichts dafür, aber es wäre d-doch nicht passiert, wenn ich dir gefolgt hätte und mich nicht mit Lethbridge angefreundet hätte. Und sogar, w-wenn du mir jetzt glaubst — aber ich wüßte nicht, wie du das könntest, weil es doch eine so unmögliche Geschichte ist —, w-wirst du mir nie verzeihen, daß ich wieder an so einem sch-schrecklichen Skandal schuld bin.»

Der Graf behielt ihre Hand in der seinen. «Aber, Horry, was habe ich denn getan, daß du in mir ein solches Schreckgespenst siehst?»

«Du bist kein Schreckgespenst», sagte sie leidenschaftlich. «Aber ich w-weiß, du wirst b-bereuen, mich g-geheiratet zu haben, wenn du erst hörst, in welcher K-klemme ich sitze.»

«Da müßte es schon eine ganz gehörige Klemme sein.»

«N-nun, das ist es», sagte sie treuherzig. «Und es ist alles so v-verworren, daß ich nicht einmal weiß, wie ich es dir erklären soll.» Sie warf einen besorgten Blick in den Bogengang. «Wahrscheinlich f-fragst du dich, wieso ich hier g-ganz allein bin Nun   »

«Durchaus nicht. Ich weiß, weshalb du hier bist.» Sie sah ihn mit zuckenden Wimpern an. «Das k-kannst du nicht wissen.»

«Ich weiß es aber doch», sagte er freundlich. «Du kamst, um mich zu treffen.»

«Nein», sagte Horatia. «Ich k-kann mir nicht einmal denken, woher du wußtest, daß ich hier sein würde.»

In seinen Augen blitzte es belustigt. «Wirklich, Horry?»

«Nein. Außer —», ihre Brauen zogen sich zusammen. «Ach, Edward kann mich doch nicht verraten haben?»

«Gewiß nicht. Edward machte einen — ja wirklich, einen höchst lobenswerten Versuch, mich zu Hause zurückzuhalten. Ich glaube, er hätte mich sogar in meiner eigenen Wohnung eingesperrt, wenn ich ihn nicht ins Vertrauen gezogen hätte.» Er ließ die Hand in die Tasche gleiten und zog sie wieder heraus. «Ich kam her, Horry, um eine Vereinbarung mit einer Dame einzuhalten und ihr dies hier auszufolgen.»

Auf seiner Handfläche lag die runde Brosche. Horry stieß einen Schreckensschrei aus. «M-marcus!» Ihr verblüffter Blick flog zu dem seinen auf, und sie sah ihn auf sie herablächeln. «Du hast also... aber w-wieso denn? Wo hast du sie g-gefunden?»

«In Lord Lethbridges Besitz.»

«Also weißt du alles — hast es die ganze Z-zeit gewußt? Aber wie kam das? Wer hat es dir g-gesagt?»

«Crosby», antwortete der Graf. «Ich fürchte, ich bin etwas unsanft mit ihm umgegangen. Ich fand nämlich, daß er nicht zu wissen brauchte, wie sehr ich ihm zu Dank verpflichtet bin.»

«Crosby!» sagte Horatia mit funkelnden Augen. «Nun, wenn er auch dein Vetter ist, Rule, so ist er doch die abscheulichste Kröte auf der ganzen Welt, und ich hoffe, du hast ihn erwürgt.»

«Beinahe.»

«Das freut mich außerordentlich», sagte Horatia mit Wärme. «Und wenn er es d-dir erzählt hat, k-kannst du unmöglich die W-wahrheit wissen, denn erstens w-war er nicht dabei und w-weiß nicht Bescheid, und zweitens hat er bestimmt irgendeine abscheuliche Geschichte erfunden, b-bloß um dich gegen mich aufzuhetzen.»

«Das ist eine Aufgabe, die weit über Crosbys Kräfte ginge», sagte der Graf, indem er die Brosche in ihren Spitzenkragen steckte. «Die wahre Geschichte erfuhr ich von Lethbridge. Aber um mich zu überzeugen, Horry, daß dich in jener Nacht nur Gewalt in sein Haus bringen konnte, bedurfte es nicht seiner oder irgendeines anderen Worte.»

«Ach, Rule», sagte Horatia mit zitternder Stimme, und zwei dicke Tränen flossen über ihre Wangen.

Des Grafen Hände streckten sich ihr entgegen, aber da hörte er draußen Schritte und drehte sich um. Herein trat der Vicomte mit einem Schwall von Worten auf den Lippen. «Verzeih, daß ich dich warten ließ, Horry, aber da war Lady Louisa... nein, so ein seltsames Zusammentreffen!» Seine Verblüffung war nicht schlecht fingiert. «Rule! Ich hätte nie gedacht, dich heute nacht hier zu sehen. Was für ein glücklicher Zufall!»

Der Graf seufzte. «Nur so weiter, Pelham, ich bin sicher, du hast irgendeine eilige Botschaft für mich, die mich an die andere Ecke des Parkes schicken wird.»

«Nein, nein, so weit nicht», versicherte ihm der Vicomte. «Nur bis zu den Lauben. Ich bin Lady Louisa begegnet; sie sucht dich überall, hat dir etwas Wichtiges zu sagen.»

«Was ich besonders an dir bewundere, Pelham», sagte der Lord, «ist dein Reichtum an Einfällen.»

«Es m-macht nichts mehr aus, P-pel!» sagte Horatia, indem sie sich die Augen trocknete. «M-marcus wußte es schon die ganze Zeit, und er war es, der die B-brosche hatte und der mir den Brief schrieb, und jetzt brauchen wir uns g-gar keine Sorgen mehr zu machen!»

Der Vicomte starrte auf die Brosche, dann auf Rule, öffnete den Mund, schloß ihn wieder und schluckte heftig. «Soll das nun heißen, daß Pom und ich Himmel und Erde in Bewegung gesetzt haben, um die verdammte Brosche zurückzubekommen, während du sie die ganze Zeit in der Tasche hattest? Herrgott nochmal, das ist doch wirklich die Höhe!»

«Ja, weißt du, als du mich auf der Hounslower Heide überfielst, konnte ich wirklich der Versuchung nicht widerstehen — einer übermächtigen Versuchung, Pelham, glaub mir —, dich ein wenig zu foppen. Du wirst dich bemühen müssen, mir zu verzeihen, mein lieber Junge.»

«Verzeihen? Ist dir bewußt, daß ich keine freie Sekunde gehabt habe, seitdem die Brosche verloren wurde? Wir mußten sogar einen Straßenräuber herbeischleifen, ganz zu schweigen von Poms armer Großtante.»

«Nein, wirklich?» fragte Rule mit Interesse. «Dem Räuber zu begegnen habe ich ja das Vergnügen gehabt, daß aber auch eine Großtante Poms die Hand im Spiel hatte, ist mir neu.»

«Hatte sie auch nicht — sie ist tot», sagte der Vicomte kurz. Dann fiel ihm etwas ein. «Wo ist Lethbridge?» fragte er.

«Lethbridge ist in Maidenhead», antwortete Seine Lordschaft. «Aber ich glaube, du brauchst dich um ihn nicht zu kümmern.»

«Meinst du wirklich? Ich glaube hingegen, daß ich mich noch heute morgen auf dem Weg nach Maidenhead befinden werde.»

«Du wirst natürlich ganz nach Wunsch vorgehen, mein Lieber», sagte Rule liebenswürdig, «aber vielleicht sollte ich dich doch warnen:

Seine Lordschaft ist derzeit nicht in der Verfassung, dich zu empfangen.»

Der Vicomte zwinkerte verständnisinnig. «Ach, so steht es, ja? Nun, das ist immerhin etwas. Auch Pom wird sich über die Nachricht freuen. Ich will ihn rufen.»

«Ach, bemüh dich doch nicht!» bat der Lord. «Weißt du, Pelham, ich möchte nicht ungezogen erscheinen, aber ich sehe mich gezwungen, dir mitzuteilen, daß du mir momentan ein klein wenig *de trop* vorkommst.»

Der Vicomte ließ den Blick von Rule zu Horatia streifen. «Verstanden», sagte er, «ihr sollt ungestört sein. Schön, dann gehe ich.» Er nickte Rule zu. «Wenn du einem guten Rat folgen willst, Marcus», sagte er streng, «dann läßt du das Frätzchen in Zukunft nicht aus dem Auge.» Sprach's und ging.

Da die beiden allein zurückblieben, glitt ein verstohlener Blick Horatias zu ihrem Gatten, der ernst auf sie herabsah. Sie sagte unter sehr starkem Stottern: «Rule, ich w-will jetzt w-wirklich versuchen, eine Frau, wie du sie willst, zu werden, und k-keinen Sk-skandal mehr verursachen und in keine K-klemme mehr geraten.»

«Du *bist* eine Frau, wie ich sie will», antwortete er.

«J-ja?» stammelte sie und sah ihm ins Gesicht.

Er trat auf sie zu. «Horry, du hast mir einmal gesagt, daß ich schon ziemlich alt bin, aber dann heirateten wir doch. Willst du es mir jetzt sagen, Liebste — war ich zu alt?»

«Du bist gar nicht alt», sagte Horry mit krauser Stirne. «Gerade das richtige Alter für . . . für einen Ehegatten. Nur war ich noch so jung und dumm. Und ich dachte . . . ich meinte . . .»

Er führte ihre Hand zu seinen Lippen. «Ich weiß, Horry», sagte er. «Als ich dich heiratete, gab es eine andere Frau in meinem Leben. Die gibt es nun nicht mehr, mein Liebes, und in meinem Herzen hatte sie nie einen Platz.»

«Ach, M-marcus, dann setz m-mich auf diesen Platz», bat sie aufschluchzend.

«Du bist schon dort», antwortete er, fing sie in seinen Armen und küßte sie — gar nicht sanft, sondern so ungestüm, daß ihr fast der Atem ausging.

«Oh!» sagte sie keuchend. «Ich hatte keine Ahnung, daß du so k-küssen kannst!»

«Und doch kann ich es, wie du siehst», sagte Seine Lordschaft. «Und — es täte mir leid, wenn dir das nicht gefiele —, denn ich will es wieder tun.»

«Aber es g-gefällt mir», sagte Horatia. «Es g-gefällt mir s-sehr!»

Klassiker des 20. Jahrhunderts

in kostbarer Ausstattung
alle Werke ungekürzt

Pearl S. Buck
Ostwind — Westwind
Die Mutter
Die erste Frau

Colette
Eifersucht
La Vagabonde
Die Fessel
Mitsou

A. J. Cronin
Der spanische Gärtner
Das Licht
Das Haus der Schwäne

Graham Greene
Das Ende einer Affäre
Orientexpreß
Das Attentat
Die Reisen mit
meiner Tante

John le Carré
Schatten von gestern
Der Spion,
der aus der Kälte kam
Krieg im Spiegel
Mord erster Klasse

Alexander Lernet-Holenia
Die Auferstehung des
Maltravers
Die Abenteuer eines jungen
Herrn in Polen
Ich war Jack Mortimer
Beide Sizilien

Roger Martin du Gard
Die Thibaults:
Das graue Heft
Die Besserungsanstalt
Sommerliche Tage
Die Sprechstunde
Sorellina
Der Tod des Vaters

Die Reihe wird fortgesetzt.

Die preiswerten Jubiläumsausgaben im

Paul Zsolnay Verlag